Über den Autor

Alberto Moravia wurde am 28. November 1907 in Rom als Sohn eines aus Mähren eingewanderten Architekten geboren. In seiner Jugend jahrelang von einer schweren Krankheit ans Bett gefesselt, wurde er von einem Privatlehrer erzogen. Nach seiner Genesung begann er 1925 zu schreiben. Sein Roman «Die Gleichgültigen» (1929; rororo Nr. 570) wurde von den Faschisten ebenso verboten wie die Novelle «La mascherata» (1941), eine getarnte satirische Darstellung der Diktatur. In seiner Heimat verfemt, ging er als Zeitungskorrespondent nach Griechenland, England, China, Rußland und Amerika. Sein Knabenroman «Agostino» (1944, rororo Nr. 5630) erhielt den ersten italienischen Literaturpreis, der nach der Befreiung des Landes verliehen wurde. 1952 erhielt er den Premio Strega. Alberto Moravia starb am 26. September 1990 in Rom.

Von Alberto Moravia erschienen als rororo-Taschenbücher außerdem: «Gefährliches Spiel» (Nr. 331), «Die Römerin» (Nr. 513), «Cesira» (Nr. 637), «Die Mädchen vom Tiber» (Nr. 673), «Römische Erzählungen» (Nr. 705), «La Noia» (Nr. 876), «Inzest» (Nr. 1077), «Ich und Er» (Nr. 1666), «Das Paradies» (Nr. 1850), «Ein anderes Leben» (Nr. 4083), «Desideria» (Nr. 4757), «1934 oder Die Melancholie» (Nr. 5485), «Die Verachtung» (Nr. 5627), «Die Lichter von Rom» (Nr. 5628), «Der Ungehorsam» (Nr. 5631), «Judith in Madrid» (Nr. 5834), «Die Frau im schwarzen Cape» (Nr. 12277) und «Der Zuschauer» (Nr. 12521).

Alberto Moravia

Der Konformist

Roman

Deutsch von
Percy Eckstein und
Wendla Lipsius

rororo
Rowohlt

Die Originalausgabe erschien bei
Gruppo Editoriale Fabbri-Bompiani,
Sonzogno, Etas S. p. A., Milano,
unter dem Titel «Il conformista»
Umschlagentwurf Dieter Ziegenfeuter

60.–62. Tausend November 1990

Veröffentlicht im Rowohlt Taschenbuch Verlag GmbH,
Reinbek bei Hamburg, September 1965

Gesamtherstellung Clausen & Bosse, Leck
Printed in Germany
980-ISBN 3 499 15629 6

Vorspiel

Erstes Kapitel

Als Marcello noch ein Kind war, erging es ihm wie einer Elster: Alle Dinge um ihn herum bezauberten ihn. Vielleicht deshalb, weil seine Eltern – mehr aus Gleichgültigkeit denn Strenge – nie daran gedacht hatten, seinen Eigentumstrieb zu befriedigen. Vielleicht aber verbargen sich hinter dieser Habgier andere tiefere und dunkle Instinkte. Jedenfalls wurde er unausgesetzt von dem wilden Wunsch nach den verschiedensten Gegenständen befallen. Wertlose Dinge, wie ein Bleistift mit Gummikappe, ein illustriertes Buch, eine Schleuder, ein Lineal, ein tragbares Tintenfaß aus Ebaniet, erweckten eine intensive, unvernünftige Sehnsucht in ihm. Sobald ihm das begehrte Objekt dann gehörte, erfüllte ihn ein jähes, verzaubertes, maßloses Vergnügen.

Marcello hatte daheim ein Zimmer ganz für sich allein, in dem er schlief und lernte. Alle Dinge, die auf seinem Tisch lagen oder in den Schubfächern eingeschlossen waren, besaßen für ihn den Zauber von heiligen oder geweihten Gegenständen – je nachdem, ob er schon vor längerem oder erst vor kurzem in ihren Besitz gelangt war. Sie glichen also nicht einfach den anderen Dingen im Haus, sondern stellten Bruchstücke einer bereits gemachten oder noch zu bestehenden Erfahrung dar und waren darum mit Leidenschaft und Dunkel geladen. Marcello war sich auf seine Art und Weise über den eigentümlichen Charakter seines Besitzes im klaren, und während er einen unauslöschlichen Genuß daraus zog, litt er gleichzeitig darunter wie unter einer Schuld, die sich ständig erneuerte und ihm nicht einmal Zeit zur Reue ließ.

Von allen Dingen, die er begehrte, zogen ihn Waffen am stärksten an – vielleicht deshalb, weil er in ihnen etwas Verbotenes sah. Aber nicht die harmlosen Waffen, mit denen Kinder zu spielen pflegen, faszinierten ihn, die Blechgewehre, die Knallpistolen, die Holzdolche. Ihn faszinierten die wirklichen Waffen, bei denen die Vorstellung von Drohung und Lebensgefahr nicht nur eine Illusion war, sondern die erste und letzte Ursache ihrer Existenz. Mit den Kinderpistolen spielte man «Tod», ohne die Möglichkeit, ihn wirklich hervorzurufen. Mit den Pistolen der Erwachsenen jedoch konnte man den Tod tatsächlich heraufbeschwören, und nur weise Zurückhaltung vermochte dies zu verhindern. Ein paarmal hatte Marcello richtige Waffen in der Hand gehabt: ein Jagdgewehr und den alten Revolver seines Vaters, den ihm dieser in der Kassette gezeigt hatte. Bei jeder Berührung hatte ihn ein Schauder erfaßt, als hätte seine Hand im Griff der Waffe endlich die natürliche Verlängerung gefunden.

Unter den Kindern der Nachbarschaft hatte Marcello zahlreiche Freunde, und bald war ihm klar, daß seine Freude an Waffen tiefere und dunklere Gründe hatte als die kindlichen Kriegsspiele der anderen. Die spielten Soldaten und taten so, als seien sie wild und grausam. In Wirklichkeit jedoch ging es ihnen nur um das Spiel, und sie führten sich wild auf ohne inneren Anteil. Bei Marcello verhielt es sich gerade umgekehrt: Seine Grausamkeit und Wut suchten im Soldatenspiel einen Ausdruck. Und wenn sich dazu keine Möglichkeit bot, widmete er sich anderen Belustigungen, die immer mit Tod und Zerstörung verknüpft waren.

Zu jener Zeit war Marcello grausam, ohne Reue und ohne Scham. Dies schien ihm ganz natürlich, denn aus der Grausamkeit erwuchsen ihm die einzigen Freuden, die ihm nicht schal vorkamen. Außerdem war seine Grausamkeit noch so kindisch, daß sie weder bei ihm selbst noch bei den anderen Verdacht erweckte. So geschah ihm etwa folgendes: Während der heißen Tageszeit, am Anfang des Sommers, ging er in den Garten hinunter. Es war ein schmaler, aber dichter Garten mit vielen Pflanzen und Bäumen, um die sich seit Jahren niemand gekümmert hatte. Marcello war mit einer dünnen, biegsamen Gerte bewaffnet, die er auf dem Dachboden aus einem alten Teppichklopfer gezogen hatte. Eine Weile schlenderte er auf den Kieswegen unter den glühenden Sonnenstrahlen und dem Spiel der Baumschatten umher und betrachtete die Blumen. Er spürte, daß seine Augen leuchteten, daß sich sein Körper einem Gefühl des Wohlbehagens erschloß, als ginge er ein in die ganze Lebenskraft des sprießenden, lichtübergänzten Gartens. Er fühlte sich glücklich. Doch es war ein angriffslüsternes, grausames Glück, das sich am Unglück anderer messen wollte.

Da sah er inmitten eines Beetes eine schöne Gruppe weiß- und gelbblühender Margueriten und eine Tulpe mit rotem Kelch auf grünem Stengel. Sofort vollführte er einen Hieb mit seiner Gerte, ließ diese gleich einem Degen durch die Luft pfeifen. Die Gerte schnitt den Kelch und einige Blätter glatt ab, die in der Nähe zu Boden fielen, und ließ die geköpften Stengel zurück. Diese Beschäftigung verschaffte Marcello eine Verdoppelung seiner Lebenskraft und jenen tiefen Genuß, den die Entfaltung einer zu lange zurückgehaltenen Energie bereitet. Überdies empfand er irgendein Gerechtigkeits- und Machtgefühl: als hätten jene Pflanzen eine Schuld auf sich geladen und wären nun von ihm dafür bestraft worden. Und er war sich bewußt, daß es eben in seiner Macht gelegen hatte, sie zu bestrafen.

Dabei war es ihm nicht ganz unbekannt, wie sehr solcherlei Zeitvertreib verboten und unstatthaft war. Fast gegen seinen Willen sah er sich dann und wann nach der Villa um. Er hatte Angst, seine Mutter könnte ihn vom Salonfenster oder die Köchin vom Küchenfenster aus beobachten. Er fürchtete nicht so sehr einen Vorwurf als vielmehr – und dessen war er sich bewußt – die Gegenwart von Zeugen bei Handlungen, die ihm selbst abnorm und auf geheimnisvolle Weise schuldverstrickt vorkamen.

Der Übergang von den Pflanzen zu den Tieren verlief unmerklich. Zwar empfand Marcello eine noch deutlichere und tiefere Freude, als er nicht mehr die Blumen köpfte, sondern irgendwelchen Tieren Gewalt antat; aber er hätte nicht zu sagen vermocht, wann er sich dieser Freude zuerst bewußt geworden war. Vielleicht hatte ihn nur ein Zufall auf diesen Weg gedrängt, ein Gertenhieb, der anstatt einer Pflanze den Rücken einer schlafenden Eidechse traf. Aber es konnte auch sein, daß eine leichte Übersättigung, ein Überdruß ihn dahin getrieben hatte, sich nach neuen Opfern für seine Grausamkeit umzusehen.

Jedenfalls hatte sich Marcello an einem stillen Nachmittag, während alle im Hause schliefen, von Reue und Scham vernichtet, plötzlich vor einem Eidechsengemetzel gefunden: Es waren sechs Tierchen, die er teils auf Ästen, teils auf Steinen ausfindig gemacht hatte. Gerade als sie durch seine schweigsame Gegenwart mißtrauisch geworden waren und die Flucht ergreifen wollten, wurden sie von ihm mit Gertenhieben getötet. Was ihn wirklich zu dieser Tat veranlaßt hatte, war ihm nicht klar. Oder vielmehr: Er wollte sich darüber keine Rechenschaft ablegen. Jetzt war es nun einmal geschehen. Nichts anderes gab es mehr als die brennende, unreine Sonne auf den blutigen, schmutzigen Leibern der toten Eidechsen. Sie lagen auf dem zementierten Gehsteig, und er stand daneben, die Gerte in der Faust. Noch spürte er auf seinem Gesicht und in seinem Körper die Erregung, die ihn während des Gemetzels befallen hatte, aber sie war nicht mehr wohlig-glühend wie kurz zuvor, sondern nahm langsam die Farbe von Scham und Reue an. Auch war ihm bewußt, daß dieses Mal zu dem ihm schon bekannten Gefühl der Grausamkeit und Macht eine neue, unerklärliche körperliche Lust getreten war. Ihn befiel eine wirre Angst. Er glaubte einen völlig abnormen Charakter zu besitzen, dessen er sich schämen mußte, der ihn für immer von der Gesellschaft gleichaltriger Knaben trennen würde, den es geheimzuhalten galt, wenn er sich nicht auch noch vor den anderen bloßstellen wollte. Kein Zweifel, er war nicht so wie die Jungen seines Alters. Die gaben sich weder gemeinsam noch einzeln einem ähnlichen Zeitvertreib hin. Und diese seine Andersartigkeit war endgültig: Die Eidechsen lebten nicht mehr, daran war nicht zu rütteln. Ihr Tod, den er mit seinem grausamen, tollen Tun heraufbeschworen hatte, war die Gesamtheit aller von ihm begangenen schlechten Handlungen, war also er selbst. So wie er früher die Gesamtheit anderer, völlig harmloser und normaler Handlungen gewesen war.

Noch am selben Tage wollte sich Marcello seine Abnormität bestätigen lassen, er wollte über seine neue und schmerzliche Entdeckung mit seinem kleinen Freund Roberto sprechen, der in der Villa nebenan wohnte. Immer wenn es dämmerte, pflegte Roberto nach der Erledigung seiner Schularbeiten in den Garten zu gehen. Dort, oder im Garten Marcellos, spielten die beiden Jungen dann im Einverständnis mit den Eltern bis zur Abendessenszeit. Nun wartete Marcello den ganzen stillen Nachmittag auf diese Stunden. Die Eltern waren ausgegangen. Im

Haus befand sich nur die Köchin, und Marcello hörte sie unten in der Küche leise singen. Meist lernte oder spielte er nachmittags allein in seinem Zimmer. Heute jedoch lag er von Ungeduld gepeinigt auf dem Bett. Weder ein Spiel noch eine Arbeit vermochten ihn zu fesseln. Zwar war ihm das Nichtstun unerträglich und brachte ihn fast zur Raserei, aber es war ihm auch unmöglich, sich mit irgend etwas zu beschäftigen. Der Schrecken über seine Entdeckung lähmte ihn, und zugleich hoffte er ungeduldig, daß die Begegnung mit Roberto diese Lähmung lösen werde. Wenn Roberto ihm sagte, daß auch er Eidechsen tötete, daß es auch ihm Freude bereitete, zu töten, daß er daran nichts Schlechtes finde, dann – so wähnte er – würde das Gefühl des Abnormen wieder schwinden. Er würde diesen Eidechsenmord gleichgültig als einen belanglosen Zwischenfall ohne Folgen hinnehmen können. Warum er gerade auf Robertos Urteil so großen Wert legte, wußte er nicht. Unklar dachte er: Wenn auch Roberto so etwas tut, auf die gleiche Art und mit den gleichen Gefühlen, dann tun es sicher alle. Und was alle tun, ist doch wohl normal, das heißt in Ordnung. Er glaubte mit Bestimmtheit zu wissen, daß von Robertos Antwort seine eigene Seelenruhe abhing.

Ängstlich und mit dem Wunsch, daß alles sich so abspielen werde, wie er es hoffte, erwartete er voll Ungeduld die Dämmerung. Als schließlich aus dem Garten ein langer Pfiff herauftönte, war er gerade drauf und dran einzuschlafen. Dieser Pfiff war das vereinbarte Zeichen, mit dem Roberto sein Kommen anmeldete. Marcello erhob sich von seinem Bett. Ohne das Licht anzuzünden, verließ er in der Dämmerung das Zimmer und ging die Treppe hinab in den Garten.

In der trüben Beleuchtung dieser späten Stunde standen die Bäume regungslos da, und unter ihren Ästen lagen bereits die nächtlichen Schatten. Es roch nach Blumen, Staub und nach dem von der Nachmittagssonne erhitzten Boden. Die Luft schien dicht und bewegungslos. Das Gitter, das den Garten Marcellos von dem Robertos trennte, verschwand völlig unter dem vollen, tiefen Blätterwerk des Efeus, der eine Art grüner Mauer bildete. Marcello ging geradewegs auf eine Ecke im Hintergrund des Gartens zu, dorthin, wo Efeu und Schatten am dunkelsten waren. Er stieg auf einen großen Stein und schob mit einer einzigen entschlossenen Handbewegung einen Teil der Ranken beiseite. Er kannte diese Art Guckloch im Blätterwerk, und es kam seinem Bedürfnis nach Geheimnis und Abenteuer entgegen. Der beiseite geschobene Efeu brachte die Stange des Gartengitters zum Vorschein und dahinter das feine, bleiche Gesicht und die blonden Haare Robertos. Marcello hob sich auf die Zehenspitzen und fragte seinen Freund:

«Hat uns niemand gesehen?»

Das war die stehende Eröffnungsformel ihres Spieles.

Roberto antwortete, als sage er eine Lektion her: «Nein. Niemand . . .» Und dann, nach einem Augenblick: «Hast du gelernt?» Er sprach im Flüsterton, was gleichfalls zum Ritual gehörte.

Marcello flüsterte zurück: «Nein, heute habe ich nicht gelernt . . . Ich hatte keine Lust. Ich werde der Lehrerin sagen, daß ich mich nicht wohl gefühlt habe.»

«Ich hab schon den ganzen Aufsatz gemacht», flüsterte Roberto. «Und eine von den Rechenaufgaben hab ich auch fertig. Die zweite muß ich noch machen. Warum hast du denn nicht gelernt?»

Auf diese Frage hatte Marcello gewartet. «Ich habe nicht gelernt», antwortete er, «weil ich auf Eidechsen Jagd gemacht habe.»

Er hoffte, Roberto würde antworten: «Ah, tatsächlich? Das tue ich auch manchmal.» Oder so etwas Ähnliches. Aber das Gesicht Robertos zeigte keine Spur von Verständnis oder wenigstens Neugier. So fügte Marcello mit einiger Anstrengung hinzu, wobei er sich auch bemühte, seine Verlegenheit zu verbergen: «Ich hab sie alle umgebracht.»

Roberto fragte vorsichtig: «Wie viele?»

«Im ganzen sieben», antwortete Marcello. Und dann zwang er sich zu einer technisch-informativen Prahlerei: «Sie saßen auf den Ästen und Steinen . . . Ich habe gewartet, bis sie sich bewegten und sie so erwischt . . . mit einem einzigen Gertenschlag . . . mit einem Schlag für jede.» Befriedigt zeigte er Roberto die Gerte.

Er bemerkte, daß ihn sein Freund jetzt neugierig ansah, beinahe staunend.

«Warum hast du sie denn getötet?» fragte Roberto.

«So ...» Marcello sprach nicht weiter. Fast hätte er gesagt: Weil es mir Freude machte. Schließlich fügte er hinzu: «Weil sie schädlich sind. Weißt du nicht, daß die Eidechsen schädlich sind?»

«Nein», erwiderte Roberto. «Das habe ich nicht gewußt. Wieso schädlich?»

«Sie fressen die Trauben», gab Marcello zurück. «Vergangenes Jahr, auf dem Land, haben sie alle Trauben an der Laube aufgefressen.»

«Aber hier gibt es doch gar keine Trauben?»

«Außerdem sind sie böse», fuhr Marcello fort, ohne Robertos Einwand zu beachten. «Eine Eidechse ist, anstatt auszureißen, mit aufgerissenem Maul auf mich zugeschossen. Sie wollte mich angreifen. Wenn ich sie nicht rechtzeitig erwischt hätte ...» Er schwieg. Dann fragte er in vertraulichem Ton: «Hast du nie welche umgebracht?»

Roberto schüttelte den Kopf und erwiderte: «Nein. Niemals.» Darauf senkte er den Blick und meinte mit betrübtem Gesicht: «Man sagt, daß man den Tieren nichts Böses tun soll.»

«Wer sagt das?»

«Meine Mutter.»

«Die Erwachsenen sagen viel», bemerkte Marcello, seiner Sache immer weniger sicher. «Aber du mußt es einmal probieren, Dummkopf! Glaube mir – es ist lustig!»

«Nein, ich werde es nicht probieren.»

«Und warum nicht?»

«Weil es schlecht ist.»

Da ist also nichts zu machen, dachte Marcello enttäuscht. Er wurde jetzt zornig auf diesen Freund, der ihn ahnungslos auf seiner Abnormität festnagelte. Aber es gelang ihm, sich zu beherrschen, und er schlug Roberto vor: «Hör einmal, morgen mache ich wieder Jagd auf Eidechsen. Wenn du mitmachst, schenke ich dir das Paket Spielkarten.»

Marcello wußte, daß dieses Angebot für Roberto etwas Verlockendes hatte. Dieser hatte schon mehrmals den Wunsch nach dem Kartenspiel geäußert.

Und wirklich, Roberto antwortete jetzt, wie von einer plötzlichen Eingebung erleuchtet: «Ich komme mit dir. Aber unter einer Bedingung – wir fangen die Eidechsen lebend, sperren sie in eine Schachtel und lassen sie dann wieder frei. Und du gibst mir die Karten.»

«Nein, nein!» rief Marcello. «Der Hauptspaß besteht ja eben darin, sie mit so einer Gerte zu treffen! Ich möchte wetten, daß du das nicht fertigbringst...»

Der andere gab keine Antwort.

Marcello sprach weiter: «Also... komm morgen... Die Sache ist abgemacht. Du mußt dir nur noch eine Gerte beschaffen.»

«Nein», sagte Roberto halsstarrig. «Ich komme nicht.»

«Warum denn nicht? Das Kartenspiel ist ganz neu!»

«Gib dir keine Mühe», fuhr Roberto fort. «Ich töte keine Eidechsen. Nicht einmal, wenn...» Er zögerte und suchte in Gedanken nach einem Gegenstand von angemessenem Wert. «Nicht einmal, wenn du mir deine Pistole gibst.»

Marcello begriff endgültig, daß da nichts zu machen war. Plötzlich ließ er seiner Wut, die schon lange in ihm gesessen hatte, freien Lauf: «Du willst nicht, weil du ein Feigling bist», sagte er. «Du hast ganz einfach Angst!»

«Angst? Wovor? Daß ich nicht lache!»

«Du hast Angst!» wiederholte Marcello wütend. «Ein Hase bist du! Ein richtiger Angsthase!» Unvermutet griff er mit der Hand durch das Gitter und packte den Freund beim Ohr. Roberto hatte abstehende rote Ohren, und es war nicht das erste Mal, daß Marcello ihn kniff. Noch nie aber hatte er es mit solcher Wut und mit einem so starken Wunsch getan, Roberto Schmerzen zuzufügen. «Gib zu, daß du ein Hase bist!»

«Nein! Laß mich!» jammerte der andere und wand sich. «Au! Au!»

«Gib zu, daß du ein Hase bist!»

«Nein! Laß mich!»

«Gib zu, daß du ein Hase bist!»

Das warme, verschwitzte Ohr schien in Marcellos Hand zu brennen. Tränen traten in die blauen Augen Robertos und er stammelte: «Na gut, von mir aus bin ich ein Hase...» Marcello ließ ihn sofort los. Roberto sprang vom Gitter weg und lief davon. «Ich bin kein Hase!» rief er dabei. «Während ich das sagte, dachte ich das Gegenteil! Ich hab dich reingelegt!» Seine schmerzlich-spöttische Stimme verlor sich in der Ferne, jenseits des Gebüsches, im Nachbargarten. Er war verschwunden.

Marcello blieb mit einem Gefühl tiefen Unbehagens zurück. Roberto hatte ihm die Solidarität verweigert und damit die Absolution. So war er in seiner Abnormität verblieben. Und weil er Roberto gezeigt hatte, wie wichtig ihm dessen Solidarität gewesen war, hatte er sich zur Lüge und Gewalttätigkeit hinreißen lassen: So gesellten sich zur Scham und Reue über den Eidechsenmord neue Scham und neue Reue, weil er Roberto belogen, ihm nicht die wahren Gründe für das Gemetzel anvertraut, sich durch seinen Wutanfall verraten und schließlich Roberto beim Ohr gepackt hatte. Es war ihm unmöglich, alle diese Schuldgefühle abzuwälzen.

Während dieser unerfreulichen Betrachtungen erinnerte er sich immer wieder an den Eidechsenmord. Er hoffte im geheimen, plötzlich keine Reue mehr zu empfinden, die Angelegenheit als etwas Belangloses betrachten zu können. Zugleich wünschte er, daß die Eidechsen nie ums Leben gekommen wären. Aber bei diesem Wunsch mußte er feststellen, daß jenes gar nicht unangenehme und gerade darum so abscheuliche Gefühl körperlicher Erregung, das er bei der Jagd empfunden hatte, wieder zurückkam. Es war ein sehr starkes Gefühl, und deshalb zweifelte er daran, daß er in den kommenden Tagen der Versuchung eines erneuten Mordes würde widerstehen können. Das bestürzte ihn tief: Er war also nicht nur abnorm, sondern er konnte seine Abnormität nicht einmal beherrschen oder wenigstens eindämmen.

Marcello saß in diesem Augenblick in seinem Zimmer, an seinem Tisch, ein geöffnetes Buch vor sich, und erwartete das Abendessen. Nun sprang er auf, ging zum Bett, warf sich auf dem Bettvorleger in die Knie, wie er das beim Beten zu tun pflegte. Mit lauter Stimme, die Hände gefaltet und in einem Tonfall, den er für echt hielt, sagte er:

«Ich schwöre zu Gott, daß ich nie mehr Pflanzen, Blumen oder Eidechsen anrühren werde.»

Doch das Bedürfnis nach Absolution bestand weiter in ihm, jenes Bedürfnis, das ihn veranlaßt hatte, Robertos Spießgesellenschaft zu suchen. Nur hatte es sich jetzt in das Gegenteil verkehrt, nämlich in den Wunsch, verurteilt zu werden. Hätte sich

Roberto mit ihm solidarisch erklärt, wäre ihm die Reue erspart geblieben. Doch Marcello allein besaß nicht genug Kraft, in seinem verwirrten Kopf Ordnung zu schaffen. Robertos Urteil war unannehmbar. Es war ja ein Junge wie Marcello – ausreichend als Komplice, doch unzureichend als Richter. Roberto hatte sich auf seine Mutter berufen, als er Marcellos Vorschlag ablehnte. Marcello dachte, daß auch er sich an seine Mutter wenden wolle. Nur sie konnte ihn absolvieren oder verdammen – jedenfalls seine Tat in irgendeine Ordnung bringen. Während er diesen Entschluß faßte, sah er seine Mutter als etwas Abstraktes vor sich, nämlich als die Idealmutter, die sie hätte sein sollen, aber nicht war. Im Grunde seiner Seele zweifelte er darum an dem guten Ausgang dieses Planes. Da er jedoch keine andere Mutter hatte, wurde schließlich das Bedürfnis, sich an sie zu wenden, stärker als alle Zweifel.

Nun wartete Marcello auf den Augenblick nach dem Zubettgehen, wenn seine Mutter in das Zimmer kommen und ihm «Gute Nacht» wünschen würde. Es war dies eine der wenigen Gelegenheiten, bei denen er sie allein sehen konnte. Denn während der Mahlzeiten oder den seltenen Spaziergängen war stets auch sein Vater zugegen. Instinktiv hatte Marcello nur wenig Vertrauen zu seiner Mutter, aber er liebte sie. Vielleicht mehr noch: Er bewunderte sie in staunendem Entzücken, wie man eine ältere Schwester mit eigenartigen Gewohnheiten und launischer Wesensart bewundert. Marcellos Mutter hatte sehr jung geheiratet und war moralisch und körperlich immer ein kleines Mädchen geblieben. Da sie von zahlreichen gesellschaftlichen Verpflichtungen in Anspruch genommen wurde, kümmerte sie sich nur wenig um ihren Sohn, und es bestand deshalb zwischen den beiden keinerlei Vertraulichkeit. Andererseits hatte sie aber auch nie einen klaren Trennungsstrich zwischen ihrem Leben und dem seinen gezogen. So war Marcello in einem Tumult von überstürzten Auftritten und Abgängen, von probierten und weggeworfenen Kleidern und unablässig wechselnden Launen herangewachsen. Er war groß geworden beim Anhören endloser nichtiger Telefongespräche, lärmender Auftritte mit Schneiderinnen, Lieferanten und Dienstmädchen. Marcello durfte das Zimmer seiner Mutter betreten, wann er wollte, und den neugierigen, unbeachteten Zuschauer einer Intimität spielen, in der für ihn trotzdem keinerlei Platz war. Manchmal riß sich die Mutter wie in einem plötzlichen Reueanfall zusammen und beschloß, sich ihrem Sohn zu widmen. Dann nahm sie ihn mit zur Schneiderin oder Modistin. Dort mußte er stundenlang auf einem Schemel sitzen, während die Mutter Hüte und Kleider probierte. Und schließlich wünschte er unter diesen Umständen beinahe die gewohnte wirbelige Gleichgültigkeit zurück.

Heute abend merkte er sogleich, daß es die Mutter noch eiliger hatte als sonst. Ehe Marcello die Zeit gefunden hatte, seine Schüchternheit zu überwinden, wandte sie ihm schon wieder den Rücken und ging durch das dunkle Zimmer auf die angelehnte Tür zu. Aber Marcello hatte keine Lust, noch einen ganzen Tag auf den Richterspruch zu warten, dessen er bedurfte. Er richtete sich also schnell in seinem Bett auf und rief laut: «Mutter!»

Er sah, wie sie sich beinahe ärgerlich auf der Schwelle umwandte. «Was ist denn, Marcello?» fragte sie und ging wieder auf das Bett zu. Jetzt stand sie nahe bei ihm, im Gegenlicht, weiß und zart in ihrem ausgeschnittenen schwarzen Kleid. Das feine, bleiche, von schwarzen Haaren umrahmte Gesicht lag zwar im Schatten, aber Marcello konnte doch Eile, Ungeduld und Unzufriedenheit auf ihren Zügen erkennen. Trotzdem ließ er sich von einem Impuls hinreißen und erklärte: «Mutter, ich muß dir etwas sagen . . .»

«Ja, Marcello, aber mach es rasch. Ich muß gehen. Papa wartet schon.» Dabei nestelte sie mit beiden Händen an dem Verschluß ihrer Halskette.

Marcello wollte nun der Mutter von dem Eidechsenmord erzählen und sie fragen, ob er etwas Schlimmes getan habe. Doch die Eile der Mutter veranlaßte ihn, seinen Plan zu ändern, oder vielmehr den Satz abzuändern, den er in Gedanken bereits vorbereitet hatte. Eidechsen schienen ihm plötzlich zu kleine und unbedeutende Tiere, um die Aufmerksamkeit eines Menschen zu fesseln, der in Eile war. Er erfand also eine Lüge, die seine Missetat vergrößerte. Mit dem Eingeständnis einer enormen Schuld hoffte er, das Gefühl der Mutter erwecken zu können, dessen dumpfe Trägheit er nur ahnte. Mit einer Sicherheit, über die er sich selbst wunderte, sagte er: «Mutter, ich habe die Katze umgebracht!»

Soeben war es der Mutter fast gelungen, die beiden Teile des Halskettenverschlusses zusammenzubringen. Die Hände hinter dem Nacken verschränkt, das Kinn auf die Brust gepreßt, blickte sie zur Erde und klopfte ungeduldig mit dem Schuhabsatz auf den Boden. «Ach so?» fragte sie mit verständnisloser Stimme. Es schien, als hätten ihre Bemühungen um die Halskette ihre Aufmerksamkeit restlos in Anspruch genommen.

Unsicher geworden, setzte Marcello hinzu: «Ich hab sie mit der Schleuder erschlagen . . .» Die Mutter schüttelte verärgert den Kopf. Sie nahm die Hände vom Nacken, zwischen den Fingern die Halskette, die zu schließen ihr noch immer nicht gelungen war. «Dieser verdammte Verschluß!» rief sie wütend. «Marcello, sei lieb! Hilf mir!» Sie setzte sich schräg aufs Bett, wandte dem Sohn den Rücken zu und fuhr ungeduldig fort: «Gib aber acht, daß der Verschluß wirklich zuschnappt! Sonst springt er gleich wieder auf.»

Während sie sprach, hatte Marcello die mageren, bis zum Kreuz entblößten Schulterblätter vor sich. In dem Lichtschein, der von der Tür ins Zimmer fiel, waren sie weiß wie Papier. Die schlanken Hände mit den spitzen, scharlachroten Fingernägeln hielten das Schmuckstück auf dem zarten, mit einem Schatten dunklen Flaums bedeckten Nacken.

Marcello dachte: Wenn das Kollier geschlossen ist, hört sie mich mit mehr Geduld an. Er beugte sich also vor, ergriff die beiden Teile des Schlosses und brachte sie mit einem Griff zum Einschnappen. Aber jetzt erhob sich die Mutter sofort, neigte sich mit einem flüchtigen Kuß über ihn und sagte: «Danke. Nun schlaf. Gute Nacht!» Und ehe Marcello sie zurückzuhalten vermochte, verschwand sie.

Am folgenden Tag war das Wetter warm, der Himmel bewölkt. Marcello aß schweigend zwischen den beiden schweigenden Eltern, glitt dann von seinem Stuhl und ging in den Garten hinaus. Wie gewöhnlich bewirkte der volle Magen in ihm ein träges Unbehagen, vermischt mit nachdenklicher Sinnlichkeit. Er schritt leise, beinahe auf den Zehenspitzen, über den knirschenden Kies im Schatten der von Insekten umschwirrten Bäume, erreichte das Gartengitter und blickte hinaus. Vor sich hatte er das wohlbekannte Bild der sanft abfallenden Straße mit ihrer Doppelreihe milchiggrüner Pfefferbäume. Sie war zu dieser Stunde menschenleer und unter den tiefen, schwarzen Wolken am Himmel seltsam dunkel. Auf der gegenüberliegenden Straßenseite waren andere Gitter, andere Gärten, andere Villen, aber alle ähnelten dem Besitz seiner Eltern. Nachdem er die Straße aufmerksam betrachtet hatte, trat Marcello vom Gitter zurück, zog seine Schleuder hervor und bückte sich. Zwischen dem feinen Kies lagen etliche größere weiße Steinchen. Eines dieser Steinchen, in der Form einer Nuß, ergriff Marcello und schob es in die Lederschlaufe der Schleuder. Dann begann er längs der Mauer, die seinen Garten von dem Robertos trennte, auf und ab zu gehen.

Er hatte den Eindruck, daß er sich jetzt im Kriegszustand mit Roberto befand. Er mußte also mit größter Aufmerksamkeit den Efeu an der Trennungsmauer überwachen und bei der geringsten Bewegung im Blätterwerk schießen. In diesem Spiel äußerte sich sein Zorn gegen Roberto, der nicht Komplice bei dem Eidechsenmord hatte sein wollen. Genauso hatte sich Marcellos grausamer Instinkt in dem gestrigen Gemetzel geäußert.

Natürlich wußte Marcello sehr wohl, daß Roberto keineswegs durch den Efeu zu ihm herüberspähte, denn er pflegte um diese Zeit zu schlafen. Trotzdem benahm sich Marcello so, als befände sich der andere in der Nähe. Der alte, gewaltige Efeustock wuchs bis zu den Spitzen des Gitters empor, und seine großen, schwärzlichen, staubigen Blätter lagen dicht übereinander, gleich Spitzenvolants auf einer ruhigen Frauenbrust. Kein Windhauch bewegte sie. Ein paarmal glaubte Marcello, ein leichtes Beben im Blätterwerk zu bemerken, das heißt, er redete sich ein, ein solches Beben wahrzunehmen. Da schleuderte er schließlich gezielt seinen Stein ins Gebüsch.

Gleich darauf beugte er sich hastig nieder, suchte einen zweiten Stein und setzte sich wieder in Kampfstellung: die Beine gespreizt, die Arme vorgestreckt, die Schleuder abschußbereit. Konnte es nicht sein, daß Roberto doch hinter den Blättern stand und auf ihn zielte? Aber Roberto ist im Vorteil, dachte Marcello, er ist unsichtbar, während ich ohne jede Deckung bin.

Im Laufe dieses Spiels gelangte er bis ans Ende des Gartens, dorthin, wo er in das Grün des Efeus eine Art Fenster geschnitten hatte. Er blieb stehen und betrachtete aufmerksam die Umfassungsmauer. In seiner Phantasie war das Haus ein Schloß, dessen Mauern von den Kletterpflanzen vollkommen verborgen waren. Nur das Loch im Efeu stellte eine gefährliche, leicht zu überwindende Bresche dar. Plötzlich sah Marcello die Blätter erzittern. Etwas bewegte sich von rechts nach links. Also mußte irgendwer dort sein. Im selben Augenblick dachte er: Roberto kann nicht dort sein, das Ganze ist ein Spiel, also darf ich den Stein ruhig schleudern ... Und gleichzeitig dachte er: Roberto ist doch dort, ich darf den Stein nicht schleudern, um ihn nicht zu treffen. Dann, mit plötzlichem, unüberlegtem Entschluß, spannte er die Gummibänder und schoß den Stein in das dichteste Blätterwerk ab. Nicht genug damit, beugte er sich sofort wieder nieder, nahm hastig einen anderen Stein, tat ihn in die Schleuder und schoß zum zweitenmal. Kurz darauf schoß er zum drittenmal. Mittlerweile hatte er alle Bedenken und Ängste beiseite geschoben. Es war ihm gleichgültig, ob Roberto dort stand oder nicht. Das einzige, was er empfand, war ein Gefühl kämpferischer Heiterkeit. Er hatte tüchtig in die Blätterwand hineingeschossen, ließ nun die Schleuder keuchend zu Boden fallen und schlich sich an die Mauer heran. Es war, wie er es nicht nur erhofft, sondern sogar gewußt hatte: von Roberto war nichts zu sehen.

Die Gitterstäbe waren sehr weit und gestatteten ihm, seinen Kopf in den fremden Garten zu stecken. Von irgendeiner ganz unklaren Neugier befallen, schaute er zu Boden. An dieser Stelle in Robertos Garten gab es keine Schlinggewächse, sondern eine Irishecke, die zwischen der Mauer und dem Kiesweg verlief. Gerade unter Marcellos Augen, zwischen der Mauer und den weißen und violetten Irisblüten, sah er eine große graue Katze auf der Seite liegen. Er bemerkte die unnatürliche Lage des Tieres – die Pfoten von sich gestreckt, die Schnauze an der Erde – und ein sinnloser Schrecken raubte ihm den Atem. Das dichte bläulichgraue Fell wirkte struppig, ein wenig gesträubt und dabei unbewegt – wie bei jenen toten Tieren, die Marcello vor einer Weile auf dem Marmortisch in der Küche gesehen hatte. Sein Entsetzen steigerte sich immer mehr. Er sprang von seinem Beobachtungsposten hinab, zog aus einem Rosenstrauch eine Stange, kletterte wieder empor, schob den Arm zwischen die Gitterstäbe und stach mit dem erdigen Ende seiner Stange nach der Katze. Doch diese rührte sich nicht. Mit einemmal schienen ihm die Irisblüten auf ihrem hohen grünen Stengel mit den roten und violetten Kronen, rings um den grauen, regungslosen Körper, Totenblumen zu sein, die eine mitleidige Hand für den Leichnam gebracht hatte. Er warf die Stange fort und sprang zur Erde, ohne den Efeu wieder in Ordnung zu bringen.

Marcellos Entsetzen war vielfältiger Art. Sein erster Impuls war, sich in einem Schrank, in einem Verschlag, jedenfalls irgendwo im Dunkeln einzuschließen, um sich selbst zu entfliehen. Entsetzen empfand er, weil er die Katze getötet hatte. Aber noch mehr war er entsetzt, weil er ja diesen Mord am Tag zuvor seiner Mutter bereits mitgeteilt hatte: ein unzweifelhaftes Zeichen dafür, daß ihm grausame, mörderische Taten auf schicksalhaft-geheimnisvolle Weise vorausbestimmt waren. Doch beides wurde von einem noch weit größeren Entsetzen übertroffen: ER hatte tatsächlich die Absicht gehabt, Roberto zu töten. Nur einem Zufall war es zu verdanken, daß die Katze an Stelle seines Freundes ums Leben gekommen war.

Ein Zufall, dem ein Sinn innewohnte: Es ließ sich nicht leugnen, daß ein Fortschritt stattgefunden hatte – von den Blumen zu den Eidechsen, von den Eidechsen zu der Katze, von der Katze zu dem geplanten, beabsichtigten, wenn auch nicht ausgeführten Mord an Roberto. Dieser Mord war immer noch ausführbar, vielleicht sogar unvermeidlich.

So war er also anomal, dachte er. Zu diesem Gedanken trat noch ein lebendiges, körperliches Sichbewußtwerden dieser Abnormität. Das Schicksal hatte ihn demnach ein für allemal gezeichnet und ihn auf eine einsame, bedrohliche, blutige Straße gedrängt. Keine menschliche Kraft würde ihn mehr zurückhalten können.

Unter diesen Betrachtungen ging er zwischen dem Haus und dem Gartengitter hin und her und blickte dabei manchmal zu den Fenstern der Villa empor. Er hoffte beinahe, dort die Gestalt seiner frivolen, gedankenlosen Mutter erscheinen zu sehen. Aber auch sie konnte jetzt nichts mehr für ihn tun, wenn sie überhaupt je etwas hätte tun können. Plötzlich eilte er voll Hoffnung zu der Umfriedung, kletterte an der Mauer hoch und starrte durch die Gitterstäbe. Aber er erblickte keinen leeren Fleck dort, wo er zuvor die Katze gesehen hatte. Sie lag noch immer da – grau und regungslos inmitten des Totenkranzes aus weißen und violetten Blüten. Der Tod, die beginnende Verwesung des Kadavers, hatte einen schwarzen Streifen Ameisen angelockt. Der zog sich über die ganze Hecke, bis zu der Schnauze, ja bis zu den Augen des verendeten Tieres. Marcello starrte auf dieses Schauspiel. Auf einmal sah er – wie bei einer Doppelbelichtung – an Stelle der Katze den toten Roberto zwischen den Irisblüten liegen. Die Ameisen kamen und gingen über seine gebrochenen Augen und über seinen halbgeöffneten Mund. Schaudernd riß sich Marcello von dieser Vision los und sprang wieder hinunter. Dann zog er vorsichtig den Vorhang aus Efeublättern zu. Nun trat zu dem Entsetzen über sich selbst und zur Reue auch noch die Angst, entdeckt und bestraft zu werden.

Er fürchtete sich vor dieser Entdeckung und Bestrafung, fühlte aber gleichzeitig, daß er sie herbeiwünschte – nicht zuletzt deshalb, weil er hoffte, von der abschüssigen Bahn zurückgehalten zu werden, solange dazu noch Zeit war. Von dieser abschüssigen Bahn, an deren Ende unabwendbar der Mord stand. Soweit er sich erinnern konnte, hatten seine Eltern ihn sehr selten bestraft. Sie folgten allerdings nicht irgendwelchen Erziehungsgrundsätzen, die eine Strafe ausschlossen, sondern waren, wie er dunkel begriff, nur gleichgültig. Deshalb litt er jetzt nicht nur unter dem Bewußtsein, ein Verbrechen begangen zu haben und überdies noch zu weit Schlimmerem fähig zu sein, sondern auch darunter, daß er niemanden hatte, der ihn bestrafen würde. Er hatte nicht einmal eine Ahnung, worin diese Strafe bestehen müsse. Derselbe Mechanismus, der ihn dazu getrieben hatte, sich Roberto anzuvertrauen, drängte ihn jetzt dazu, seinen Eltern ein Geständnis abzulegen – darüber war sich Marcello halbwegs im klaren. Von Roberto hatte er hören wollen, daß seine vermeintliche Schuld gar keine Schuld, sondern etwas ganz Alltägliches sei. Von seinen Eltern hoffte er, daß sie in Entrüstungsrufe ausbrechen und erklären würden, diese unerhörte Tat verdiene eine angemessene Strafe. Im ersten Fall wäre die Absolution Robertos für ihn ein Ansporn zu neuen ähnlichen Taten gewesen. Von seinen Eltern erhoffte er eine strenge Verurteilung. Dieser Unterschied machte ihm allerdings wenig aus. In Wirklichkeit ging es ihm, wie er sehr wohl begriff, nur darum, aus der erschreckenden Isolierung, in der er sich befand, wieder auszubrechen – mit jedem Mittel und um jeden Preis.

Vielleicht hätte er sich schon am selben Abend während des Essens dazu entschlossen, seinen Eltern die Tötung der Katze zu gestehen. Aber er hatte plötzlich den Eindruck, daß seine Eltern bereits alles wußten. Sobald er nämlich am Tisch Platz genommen hatte, stellte er mit einer Mischung aus Angst und kaum verhehlter Erleichterung fest, daß Vater und Mutter feindselig und übellaunig wirkten. Die Mutter hatte ihrem kindischen Gesicht einen Ausdruck übertriebener Würde verliehen, saß mit niedergeschlagenen Blicken steif und schweigend da. Der Vater, ihr gegenüber, legte durch verschiedene deutliche Zeichen seine ebenso üble Laune an den Tag. Der Vater war um viele Jahre älter als die Mutter. Oft gab er in bedrückender Weise Marcello das Gefühl, er sei mit seiner Mutter in ein und dieselbe kindische Welt verbannt und seine Mutter sei gar nicht seine Mutter, sondern seine Schwester. Der Vater war hager, hatte ein trockenes und faltiges Gesicht, auf dem nur selten ein kurzes freudloses Lachen sichtbar wurde. Seine hervortretenden Augen funkelten ausdruckslos, wie Minerale; auf seiner Wange erschien häufig ein nervöses Zucken – beides Dinge, die sicher zusammenhingen. Er liebte die kontrollierten, knappen Bewegungen, wahrscheinlich deshalb, weil er lange Jahre im Militärdienst verbracht hatte. Marcello wußte jedoch, daß Selbstbeherrschung und Präzision immer übertrieben wurden, wenn er zornig war. Sie verwandelten sich dann in eine seltsame, pünktliche Heftigkeit, die jede noch so einfache Geste mit Bedeutsamkeit erfüllte. An diesem Abend bei Tisch bemerkte Marcello sofort, daß der Vater jede gewohnte und belanglose Handlung unterstrich, als wolle er die Aufmerksamkeit der anderen darauf lenken. Zum Beispiel griff er nach dem Glas, trank einen Schluck, stellte es klirrend wieder hin. Oder er suchte nach dem Salzfaß, nahm etwas Salz heraus, knallte es auf den Tisch zurück. Nicht minder lärmend brach er das Brot in Stücke und legte diese auf den Tisch. Dann schien ihn eine plötzliche Leidenschaft für Symmetrie erfaßt zu haben: Er schob Teller und Bestecke so lange hin und her, bis Messer, Gabel und Löffel genau rechtwinkelig um den Suppenteller gruppiert waren.

Wäre Marcello weniger um sich selbst besorgt gewesen, hätte ihm schnell klarwerden können, daß alle diese mit bedeutsamer, pathetischer Energie geladenen Bewegungen seines Vaters nicht ihm, sondern der Mutter galten. Die tauchte bei jedem neuen Lärm immer tiefer in ihre Würde ein, seufzte nachsichtig und hob mit dem Ausdruck einer Dulderin die Augenbrauen. Aber Marcello war überzeugt, seine Eltern wüßten alles. Sicher hatte Roberto, dieser Hase, den Zuträger gemacht. Zwar sehnte Marcello eine Bestrafung herbei, als er aber die üble Laune seiner Eltern sah, befiel ihn plötzlich ein Ekel vor der Heftigkeit, deren sein Vater, wie er wußte, fähig war.

Seine Mutter bezeigte ihm nur gelegentlich und sozusagen zufällig ihre Zärtlichkeit – mehr aus Reue als aus Liebe. Der Vater wiederum war nur hin und wieder streng, dann aber unmäßig und ohne wirklichen Grund. Offenbar wollte er nach langen Pausen der Zerstreutheit dann und wann seiner Rolle als Erzieher irgendwie gerecht werden. Erst wenn sich die Mutter oder die Köchin über Marcello beschwert hatten, erinnerte sich der Vater plötzlich, daß er einen Sohn hatte: Er brüllte und tobte und verprügelte den Jungen. Besonders vor den Schlägen hatte Marcello Angst: Der Vater trug am kleinen Finger einen Ring mit einem massiven Stein, der während solcher Szenen stets nach innen gedreht war und zu der erniedrigenden Härte der Ohrfeigen noch einen durchdringenden Schmerz fügte. Marcello vermutete, daß der Vater den Ring absichtlich nach innen drehte, dessen war er aber nicht sicher.

Verschüchtert und verschreckt baute er jetzt in aller Eile ein glaubhaftes Lügengebäude auf: Nicht er hatte die Katze getötet, sondern Roberto. Die Katze befand sich ja in Robertos Garten. Wie hätte er sie über die Mauer hinweg, durch den Efeu hindurch, töten können? Dann aber fiel ihm plötzlich ein, daß er ja am Abend zuvor selbst seiner Mutter die Tötung einer Katze gestanden hatte. Er erkannte, daß ihm der Ausweg der Lüge verschlossen war. Wahrscheinlich hatte die Mutter trotz ihrer Zerstreutheit dem Vater sein Geständnis wiedererzählt. Und dann hatte dieser zwischen dem Geständnis und den Anschuldigungen Robertos einen Zusammenhang hergestellt. Da gab es nun keinerlei Ausrede.

An diesem Punkt schlugen Marcellos Gedanken wieder um.

Heftig wünschte er aufs neue eine rasche und entscheidende Strafe herbei. Doch was für eine Strafe? Er erinnerte sich: Roberto hatte eines Tages von Instituten gesprochen, wohin Eltern ihre mißratenen Söhne zur Strafe schickten. Zu seiner eigenen Überraschung wünschte er jetzt, zur Strafe in ein solches Institut geschickt zu werden. In diesem Wunsch kam unbewußt der Widerwille gegen das ungeordnete Familienleben zum Ausdruck. Er ließ ihn das herbeiwünschen, was die Eltern für eine Strafe hielten. Er betrog sich selbst mit der schlauen Berechnung, in so einem Institut seine Reue beschwichtigen und vielleicht sogar sein Schicksal ändern zu können.

Diese Gedankenkette führte ihn zu einigen Phantasiebildern, die zwar beängstigend wirkten, aber zugleich auch angenehm waren: ein strenges, kaltes, graues Gebäude mit vergitterten Fenstern. Eisige, schmucklose Schlafsäle mit Reihen von Betten und hohen, weißgekalkten Wänden. Freudlose Klassenzimmer voller Bänke, vorn ein Katheder. Nackte Korridore, finstere Treppen, massive Türen, unpassierbare Gitter. Alles – mit einem Wort – wie im Gefängnis! Und doch zog Marcello so ein Institut der haltlosen, beängstigenden, unerträglichen Freiheit des Elternhauses vor. Sogar der Gedanke, in einer gestreiften Uniform zu stecken und mit rasiertem Kopf umherzugehen, wie das jene Internatszöglinge taten, die er bisweilen auf der Straße vorbeimarschieren gesehen hatte, sogar diese demütigende und beinahe ekelerregende Vorstellung war ihm jetzt willkommen. Denn er sehnte sich verzweifelt nach irgendeiner Norm und Ordnung.

Während er solchen Phantasien nachging, sah er nicht nach seinem Vater hin, sondern hielt den Blick auf das blendendweiße Tischtuch geheftet. Dann und wann fielen Insekten darauf nieder, die am Lampenschirm abgeprallt waren. Einmal hob er die Augen. Da sah er hinter seinem Vater auf dem Fensterbrett das Profil einer Katze auftauchen. Ehe er jedoch ihre Farbe ausnehmen konnte, war sie bereits heruntergesprungen. Sie durchquerte das Speisezimmer und verschwand in der Richtung nach der Küche. Obzwar Marcello seiner Sache keineswegs sicher war, weitete sich sein Herz doch bei dem freudigen Gedanken, dies sei die Katze, die er wenige Stunden vorher im Garten Robertos liegen gesehen hatte. Allein die Hoffnung, sie könne es sein, befriedigte ihn. War es nicht ein Beweis dafür, daß ihm das Schicksal dieser Katze näherstand als sein eigenes?

«Die Katze!» rief er laut. Dann warf er die Serviette auf den Tisch, schob ein Bein vor und fragte: «Ich bin fertig, Papa. Darf ich aufstehen?»

«Du bleibst sitzen», sagte der Vater mit drohender Stimme.

Verschüchtert meinte Marcello: «Aber die Katze lebt doch . . .»

«Ich habe dir gesagt – bleib sitzen!» befahl der Vater nochmals. Dann, als seien Marcellos Worte für ihn das Signal gewesen, das lange Schweigen zu durchbrechen, wandte er sich an seine Frau: «Also – sag etwas! Sprich!»

«Ich habe nichts zu sagen», erwiderte sie mit betonter Würde, die Augen niedergeschlagen, einen verächtlichen Zug um den Mund. Sie trug ein schwarzes, ausgeschnittenes Abendkleid. Marcello bemerkte, daß sie zwischen den mageren Fingern ein kleines Taschentüchlein hielt und oftmals an die Nase führte. Mit der anderen Hand griff sie dann und wann nach einem auf dem Tisch liegenden Stück Brot, und zwar mit den Fingerspitzen und den Nägeln, wie ein Vogel, der Krumen aufpickt.

«Sag schon, was du zu sagen hast! Sprich! Zum Donnerwetter!»

«Dir habe ich nichts zu sagen . . .»

Marcello begriff erst jetzt, daß nicht sein Katzenmord den Ärger der Eltern verursacht hatte. Dann, plötzlich überstürzte sich alles. Der Vater sagte nochmals: «Sprich! Zum Donnerwetter!» Als einzige Antwort zuckte die Mutter mit den Schultern. Da ergriff der Vater das vor ihm stehende Kelchglas und schrie: «Willst du sprechen? Ja oder nein?» Er schmetterte das Glas auf den Tisch nieder, es ging in Stücke. Der Vater führte mit einem Fluch die verletzte Hand zum Mund. Erschrocken erhob sich die Mutter und eilte zur Tür. Beinahe wollüstig sog der Vater das Blut aus seiner Wunde, die Brauen hatte er zu einem dichten Bogen zusammengezogen. Als er sah, daß seine Frau davonlief, unterbrach er sich in seiner Beschäftigung und schrie: «Ich verbiete dir, zu gehen! Verstanden?» Darauf warf die Mutter heftig die Tür ins Schloß. Der Vater sprang auf und lief nun ebenfalls zur Tür. Erregt durch die Heftigkeit der Szene, rannte Marcello hinterher.

Der Vater befand sich auf der Treppe, hatte eine Hand auf

dem Geländer, schien sich aber merkwürdigerweise gar nicht zu beeilen, obwohl er immer zwei Stufen auf einmal nahm. Es schien, als schwebe er schweigend zum Erdgeschoß hinab. Marcello mußte an den gestiefelten Kater denken. Er zweifelte gar nicht daran, daß der Vater auf seine Art schneller sein würde als die Mutter, die mit ihren kleinen, unordentlichen Schritten vor ihm die Treppe hinunterlief und dabei von ihrem engen Rock behindert wurde.

Jetzt bringt er sie um! dachte Marcello, der dem Vater folgte.

Im Erdgeschoß angelangt, eilte die Mutter zu ihrem Zimmer. Es gelang ihrem Mann, sich hinter ihr durch den Türspalt zu zwängen. Das alles sah Marcello, während er mit seinen kurzen Knabenbeinen die Treppe hinunterlief, weder wie sein Vater zwei Stufen auf einmal nahm, noch wie seine Mutter hüpfen konnte. Schließlich unten angelangt, stellte er fest, daß plötzlich auf den Lärm der Verfolgung eine seltsame Stille eingetreten war. Die Tür zum Zimmer seiner Mutter war angelehnt geblieben. Marcello trat zögernd auf die Schwelle.

Zunächst sah er in dem halbdunklen Zimmer nur die beiden großen duftigen Vorhänge an den Fenstern, rechts und links von den Betten. Ein Luftzug wehte sie gerade in die Höhe, sie berührten fast den Deckenlüster. Diese weißen, schweigenden Vorhänge gaben dem halbdunklen Zimmer einen Anstrich von Verlassenheit – als wären die Eltern auf ihre Verfolgung durch die geöffneten Fenster in die Sommernacht hinausgeflogen. Dann entdeckte Marcello in dem aus dem Korridor hereindringenden Lichtstreifen endlich seine Eltern, das heißt, er sah nur den Rükken des Vaters, unter dem die Mutter fast völlig verschwand. Ihre Haare lagen auf dem Kissen, mit einem Arm tastete sie nach dem Kopfende des Bettes. Krampfhaft suchte sich dieser Arm irgendwo festzuklammern, ohne daß ihm dies gelang. Der Vater, der die Mutter unter sich zu erdrücken schien, vollführte mit Schultern und Händen Bewegungen, als wolle er sie erdrosseln.

Er bringt sie um! dachte Marcello. Er stand immer noch auf der Schwelle und empfand eine seltsame kämpferische und grausame Erregung und den Wunsch, in diesen Kampf einzugreifen. Ob er dem Vater helfen oder die Mutter verteidigen wollte, das wußte er eigentlich nicht. Auf einmal hoffte er, daß durch dieses sich hier anbahnende, viel schlimmere Verbrechen sein eigenes ausgelöscht werde. Was bedeutete schon die Tötung einer Katze, gemessen an der Tötung einer Frau?

Als Marcello gerade sein letztes Zögern überwunden hatte und sich fasziniert und voller Kampfeslust ins Zimmer hineinbewegte, ertönte die Stimme seiner Mutter – nicht wie die eines Menschen, der erdrosselt wird, sondern fast zärtlich. Sie murmelte: «Laß mich . . .» Doch ihr erhobener Arm, der bis jetzt immer noch das Kopfende des Bettes gesucht hatte, senkte sich und umschlang den Nacken des Mannes. Verwundert und beinahe enttäuscht tat Marcello ein paar Schritte zurück und trat auf den Korridor hinaus.

Langsam und vorsichtig, um keinen Lärm zu machen, wandte er sich dem Untergeschoß und der Küche zu. Schon quälte ihn wieder die Neugier: War die Katze, die vom Fenster gesprungen war, mit der identisch, die er im Garten hatte liegen sehen? Als er die Küchentür aufstieß, bot sich ihm ein Bild häuslichen Friedens: In der weißen Küche saßen zwischen dem elektrischen Herd und dem Eisschrank die ältliche Köchin und das junge Stubenmädchen beim Essen an ihrem Marmortisch. Und auf dem Fußboden, unter dem Fenster, hockte die Katze und leckte mit rosafarbener Zunge Milch aus einer Schüssel. Doch es war, wie Marcello sofort enttäuscht feststellte, keineswegs die bewußte graue Katze, sondern ein ganz anderes, gestreiftes Tier.

Da er nicht wußte, wie er sein Auftauchen in der Küche rechtfertigen sollte, ging er zu der Katze, beugte sich hinab und streichelte ihren Rücken. Das ließ sie sich, ohne ihre Mahlzeit zu unterbrechen, schnurrend gefallen. Die Köchin erhob sich und schloß die Tür. Dann öffnete sie den Eisschrank, nahm einen Teller mit einem Tortenstück heraus, stellte ihn auf den Tisch, schob einen Stuhl heran und sagte zu Marcello: «Willst du ein Stück Torte? Von gestern abend? Ich hab es eigens für dich aufgehoben.» Marcello gab keine Antwort, ließ die Katze, setzte sich und begann zu essen.

Das Stubenmädchen sagte: «Gewisse Dinge verstehe ich einfach nicht. Da haben sie den ganzen Tag Zeit und soviel Platz im Haus – warum müssen sie gerade bei Tisch in Gegenwart des Jungen streiten?»

Die Köchin erwiderte belehrend: «Wenn man sich um seine Kinder nicht kümmern will, soll man sie nicht in die Welt setzen.»

Nach einem kurzen Schweigen bemerkte das Stubenmädchen: «Er könnte seinem Alter nach ihr Vater sein ... Natürlich kann das nicht gut gehen.»

«Wenn's sich nur darum drehte ...» meinte die Köchin und warf einen bedeutsamen Blick auf Marcello.

«Außerdem», fuhr das Stubenmädchen fort, «ist dieser Mann meiner Meinung nach nicht normal.»

Marcello aß zwar weiter, spitzte aber bei dieser Bemerkung die Ohren. «Auch sie ist der gleichen Ansicht», schwatzte das Mädchen. «Wissen Sie, was sie mir vor kurzem gesagt hat, als ich sie am Abend auskleidete? ‹Giacomina›, hat sie gesagt, ‹früher oder später wird mich mein Mann umbringen.› Da hab ich gefragt, warum gehen Sie denn dann nicht von ihm fort? Und sie ...»

«Psssttt ...» unterbrach die Köchin und deutete auf Marcello. Das Stubenmädchen verstand und fragte den Jungen: «Wo sind denn Papa und Mama?»

«Oben im Zimmer», erwiderte Marcello. Und dann, wie von einem unwiderstehlichen Impuls getrieben, fügte er hinzu: «Papa ist wirklich nicht normal. Wißt ihr, was er getan hat?»

«Nein, was denn?»

«Er hat eine Katze getötet.»

«Eine Katze? Wie denn?»

«Mit meiner Schleuder. Ich hab gesehen, wie er im Garten eine graue Katze verfolgte, die auf der Mauer entlangging. Dann nahm er einen Stein, schoß ihn nach der Katze und traf sie. Die Katze fiel hinunter in den Garten Robertos. Ich habe später nachgeschaut und festgestellt, daß sie wirklich tot war.» Während des Sprechens ereiferte sich Marcello, behielt aber den Ton eines unschuldigen Jungen bei, der ahnungslos und naiv von einer Missetat erzählt, deren Zeuge er gewesen ist.

«Nein so was!» rief das Stubenmädchen und schlug die Hände zusammen. «Eine Katze! Ein Mann dieses Alters, ein Herr, nimmt die Schleuder seines Sohnes und bringt damit eine Katze um! Wenn das nicht verrückt ist!»

«Wer schlecht zu den Tieren ist, der ist auch schlecht zu den

Menschen», sagte die Köchin. «Erst erschlägt man eine Katze und zuletzt einen Menschen.»

«Warum?» fragte Marcello und hob plötzlich die Augen von seinem Teller.

«So sagt man», erwiderte die Köchin und streichelte ihn. «Obwohl es nicht immer wahr ist...» fuhr sie zu dem Stubenmädchen gewandt fort. «Der Mörder aus Pistoja, der die vielen Leute umgebracht hat... Das hab ich in der Zeitung gelesen, wissen Sie... Haben Sie eine Ahnung, was er jetzt im Gefängnis tut? Er hält sich einen Kanarienvogel!»

Die Torte war zu Ende. Marcello stand auf und verließ die Küche.

Zweites Kapitel

Die Köchin hatte gesagt: «Erst erschlägt man eine Katze und zuletzt einen Menschen...» Der Schrecken vor dieser Schicksalhaftigkeit verblaßte bei Marcello während der Sommerferien am Meer, und die ganze Angelegenheit wurde beinahe bedeutungslos. Er dachte zwar noch an den undurchschaubaren grausamen Mechanismus, in dem sein Leben für ein paar Tage gefangen gewesen war, sagte sich aber: Es hat sich nur um ein Alarmsignal gehandelt, jedoch nicht um eine unannehmbare Verurteilung, wie ich das eine Weile befürchtete.

Die Tage verstrichen in Heiterkeit, Sonne und im Rausch der salzigen Meerluft. Es gab Zerstreuungen und Entdeckungen. Marcello kam sich mit jedem Tag mehr als ein Sieger vor: im Kampf gegen ein dunkles, bösartiges, tragisches Verhängnis, das ihn gegen seinen Willen erst zu der Zerstörung der Blumen, dann zum Eidechsengemetzel und schließlich bis zum Mordversuch an Roberto getrieben hatte. Allerdings spürte er, daß jene Macht immer noch gegenwärtig war und immer noch drohte, nur hatte sie ihn nicht mehr direkt in ihren Krallen. Er benahm sich wie in Angstträumen: Man versucht, einem Ungetüm zu entgehen, indem man sich schlafend stellt. Wenn man schon eine drohende Gefahr nicht beseitigen kann, überlegte er, ist es weise, sich wie im Traum zu verhalten.

Der Sommer wurde einer der ausgelassensten, wenn nicht sogar glücklichsten in seinem Leben überhaupt. Es war der letzte Sommer, in dem er noch ein Kind war – ohne einen Widerwillen gegen seine Kindlichkeit zu verspüren.

Zum Teil hing seine Gelöstheit einfach mit seinem Knabenalter zusammen, zum Teil rührte sie aber auch von dem Willen her, um jeden Preis aus der verdammten schicksalhaften Vorausbestimmung zu entfliehen. Er fragte sich nicht, was ihn dazu trieb, zehnmal an einem Vormittag ins Wasser zu springen, mit den wildesten Spielkameraden zu wetteifern, stundenlang auf dem sonnenüberglühten Meer zu rudern, kurzum, alles, was er tat, mit übersteigertem Eifer zu tun. Es war derselbe Impuls, der ihn veranlaßt hatte, die Spießgesellenschaft Robertos nach dem Eidechsenmord zu suchen, die Bestrafung durch die Eltern nach der Tötung der Katze herbeizusehnen: das Bedürfnis nach Normalität und der Wunsch, sich einer allgemein anerkannten Regel anzupassen, also allen anderen gleich zu sein. Denn Anderssein bedeutete ja soviel wie Schuldigsein. Mitunter freilich verriet sich das Gewollte und Künstliche seines Verhaltens in einer plötzlich aufzuckenden schmerzlichen Erinnerung. Er sah wieder die tote Katze zwischen den weiß-violetten Irisblüten in Robertos Garten liegen. Und er erschrak wie ein Schuldner, der im Geist aufs neue seine Unterschrift auf seinem Schuldschein erblickt. Hatte er vielleicht doch mit jener Katzenleiche eine dunkle, fürchterliche Verpflichtung auf sich genommen, der er sich früher oder später nicht würde entziehen können? Auch dann nicht, wenn er sich tief in der Erde verstecken oder über den Ozean entfliehen würde, um seine Spuren zu verwischen?

In solchen Augenblicken tröstete er sich mit dem Gedanken, daß ja zwei, drei Monate schon vergangen waren. Bald würden Jahre vorüber sein. Es kam vor allem darauf an, viel Zeit verstreichen zu lassen, ohne das Ungeheuer zu reizen. Solche Anfälle von Gewissensnöten wurden aber immer seltener und hörten gegen das Ende des Sommers völlig auf. Als Marcello schließlich nach Rom zurückkehrte, hatte sich die Katzenepisode und alles, was vorher geschehen war, in seiner Erinnerung fast verflüchtigt. Sie war verblichen, beinahe durchscheinend geworden wie eine in einem anderen Leben gemachte Erfahrung. Sie reichte nur noch als ein folgenloses Ereignis in seine jetzige Existenz hinein, an das ihn keine Verantwortung mehr band.

Nicht wenig trug zu diesem Vergessen auch der Umstand bei, daß er nun in die Schule eintrat. Ein aufregendes Erlebnis! Bisher hatte Marcello zu Hause gelernt. In diesem Jahr begann für ihn die öffentliche Schule. Alles war ihm dort neu: die Mitschüler, die Lehrer, die Klassenzimmer, die Stundenpläne. Unter diesen verschiedenartigsten Eindrücken zog ihn ein Element – nach dem ungeordneten Leben, dem Fehlen jeder festen Regel und seiner Einsamkeit daheim – am meisten an, nämlich das der Ordnung und der Disziplin. Auch die Tatsache, daß allen Beschäftigungen gemeinsam nachgegangen wurde, befriedigte ihn. Die Schule glich ein wenig jenem Institut, von dem er einmal geträumt hatte. Doch sie enthielt nur die erfreulichen Seiten seines Traums, sie war kein Gefängnis und ohne jeden demütigenden Zwang. Marcello merkte bald, daß ihm das Schulleben zutiefst zusagte. Es freute ihn, morgens pünktlich aufzustehen, sich rasch zu waschen und anzukleiden, sein Bücherpaket fest zu schnüren und in Wachstuch zu verpacken und dann in Eile der Schule zuzustreben. Es freute ihn, mit der Schar der Kameraden in das alte Gymnasium einzubrechen, die schmutzigen Treppen hinaufzulaufen, die düsteren, hallenden Gänge entlangzurasen und dann im Klassenzimmer zu stehen, wo sich die Reihen der Bänke befanden und das Katheder thronte. Vor allem aber gefiel ihm das Ritual der Unterrichtsstunden: der Eintritt des Lehrers, das Aufrufen der Namen, der Wetteifer mit den Kameraden bei der Beantwortung der gestellten Fragen, die Prüfungen, der Erfolg oder Mißerfolg, der ruhige, unpersönliche Ton der Lehrer.

Dennoch war Marcello ein mittelmäßiger Schüler, in verschiedenen Fächern sogar einer der schlechtesten. Denn was er an der Schule liebte, war ja nicht die Arbeit, sondern die ganz neue und seiner Wesensart besser entsprechende Lebensform – die Normalität. Um so mehr, da sie im Schulbetrieb nicht etwas Zufälliges, von den Vorlieben und natürlichen Neigungen des Gemütes Abhängiges war, sondern eine festgelegte Regel, unparteiisch und getragen von nicht zu bezweifelnden Gesetzen.

Seine mangelnde Erfahrung und Naivität aber machten ihn ungeschickt und unsicher, wenn er es mit jenen anderen Regeln zu tun bekam, die jenseits der Schuldisziplin das Verhalten der Schüler untereinander bestimmten. Auch diese anderen Regeln waren ein Aspekt der neuen Normalität; jedoch wurde er mit ihnen viel schwerer fertig. Das wurde ihm zum erstenmal bewußt, als er zum Katheder gerufen wurde, um seine schriftliche Arbeit vorzuweisen: Der Lehrer nahm ihm das Heft aus der Hand, legte es aufs Pult und begann zu lesen. Marcello, an die familiären, formlosen Beziehungen zu den Lehrerinnen gewöhnt, die ihn zu Haus unterrichtet hatten, blieb nicht etwa abseits auf dem Podium stehen, sondern legte einen Arm um die Schulter des Lehrers und – Kopf an Kopf – begann er, mit ihm die Aufgabe durchzusehen. Ohne jede sichtbare Verwunderung beschränkte sich der Lehrer darauf, Marcellos Arm fortzuschieben. Daraufhin brach die ganze Klasse in schallendes Gelächter aus. In diesem Gelächter glaubte Marcello eine Mißbilligung zu erkennen, die anders und viel weniger duldsam und verständnisvoll war als die des Lehrers. Später, als er sich nicht mehr so sehr schämte, sagte er sich, daß er mit jener naiven Geste gleich zwei verschiedenen Regeln zuwidergehandelt hatte: der Regel der Schule, die Disziplin und Respekt vor dem Lehrer forderte, und der Regel der Schüler, die von ihm Verschlagenheit und Verschlossenheit verlangte. Und was das Sonderbare war: Diese beiden Regeln widersprachen einander nicht, sondern ergänzten sich in geheimnisvoller Weise.

Er begriff, daß es zwar recht leicht war, in kurzer Zeit ein ordentlicher Schüler zu werden, daß es aber viel schwieriger war, sich zu einem gerissenen, unverfrorenen Mitschüler zu entwikkeln. Was dieser Umwandlung im Wege stand, war seine mangelnde Erfahrung, seine bisherige Lebensweise und nicht zuletzt auch seine körperliche Erscheinung. Marcello hatte von seiner Mutter regelmäßige und zarte Gesichtszüge von einer fast raffinierten Vollkommenheit geerbt: Er hatte ein rundes Gesicht mit zarten, gebräunten Wangen, eine kleine Nase, einen geschweiften, launischen Mund, ein deutlich gekennzeichnetes Kinn. Unter den in die Stirn hängenden kastanienbraunen Haaren saßen zwei graublaue Augen von etwas dunklem, doch zugleich unschuldigem und zärtlichem Ausdruck. Es war beinahe ein Mädchengesicht. Die derben Jungen in seiner Klasse hätten das wahrscheinlich gar nicht beachtet, wenn Marcellos sanfte Schönheit nicht durch einige ausgesprochen weibliche Kennzeichen unterstrichen worden wäre. So aber konnte man sich wirklich fragen, ob man es hier mit einem Mädchen zu tun hatte, das als Junge verkleidet herumging: Marcello errötete ungewöhnlich leicht, hatte eine nicht zu unterdrückende Neigung, zärtliche Gefühle durch zärtliche Gesten auszudrücken, und sein Wunsch, zu gefallen, war so lebhaft, daß er bis zur Servilität und Koketterie führte. Diese weiblichen Kennzeichen waren Marcello bisher nicht bewußt geworden. Als er schließlich merkte, womit er sich in den Augen seiner Mitschüler lächerlich machte, war es bereits zu spät. Selbst wenn er jetzt imstande gewesen wäre, sich zu beherrschen, hätte er doch seinen Ruf, ein Mädchen in Hosen zu sein, nicht mehr ändern können.

Seine Mitschüler verspotteten ihn dauernd, geradezu automatisch, als wären seine femininen Züge bereits jenseits aller Diskussionen. Bald fragten sie ihn mit geheucheltem Ernst, warum er denn nicht in einer Mädchenklasse sitze und wie er auf die Idee verfallen sei, Hosen statt eines Kleides anzuziehen. Bald wollten sie wissen, wie er daheim seine Zeit verbringe. Mit Stricken oder mit Puppenspiel? Bald erkundigten sie sich, warum seine Ohrläppchen nicht durchlöchert seien wie bei den Mädchen. Einmal fand er unter seiner Bank ein Stück Stoff mit Nadel und Fingerhut: Eine klare Aufforderung, sich doch mit einer Näharbeit zu beschäftigen. Ein anderes Mal legten sie ihm ein Puderschächtelchen aufs Pult. Dann fand er auf seinem Platz sogar einen rosafarbenen Büstenhalter, den einer der Jungen seiner älteren Schwester entwendet hatte. Und von allem Anfang an hatten sie seinen Vornamen mit einem weiblichen Diminutiv versehen und nannten ihn Marcellina.

Allen diesen Hänseleien gegenüber empfand Marcello eine Mischung aus Ärger und einer Art geschmeichelter Befriedigung, als sei ein Teil seiner selbst darüber gar nicht böse. Er hätte nicht sagen können, ob er über die Ursache der Hänseleien befriedigt war oder einfach über die Tatsache, daß sich seine Kameraden überhaupt mit ihm beschäftigten. Eines Tages jedoch empfingen sie ihn mit dem Gewisper: «Marcellina ... Marcellina, ist das wahr, daß du Mädchenhöschen trägst?» Da erhob er sich und beschwerte sich in dem plötzlich eingetretenen Schweigen der Klasse. Mit lauter Stimme sagte er, daß er immer mit einem weiblichen Spitznamen gerufen werde.

Der Lehrer, ein stattlicher Mann mit Bart, hörte ihn lächelnd an und fragte dann:

«Du wirst mit einem weiblichen Spitznamen gerufen? Wie lautet er denn?»

«Marcellina», antwortete Marcello.

«Und das ist dir nicht recht?»

«Nein, weil ich doch ein Junge bin!»

«Komm her!» sagte der Lehrer. Marcello gehorchte und stellte sich neben das Katheder. «Jetzt zeig der Klasse deine Muskeln», forderte ihn der Lehrer freundlich auf. Gehorsam beugte Marcello den Arm und ließ den Bizeps schwellen. Der Lehrer neigte sich zu ihm hinüber, betastete Marcellos Oberarm, machte ein spöttisch-beifälliges Gesicht und erklärte dann, zu der Klasse gewandt: «Wie ihr sehen könnt, ist Marcello ein kräftiger Junge und bereit zu beweisen, daß er kein Mädchen ist. Wer fordert ihn zum Zweikampf heraus?»

Ein langes Schweigen folgte. Der Lehrer ließ den Blick durch die Klasse schweifen und sagte: «Niemand? Daraus ist zu ersehen, daß ihr vor ihm Angst habt. Also hört auf, ihn Marcellina zu nennen!»

Die ganze Klasse brach in Gelächter aus. Mit rotem Kopf kehrte Marcello in seine Bank zurück. Aber von diesem Tag an hörten die Hänseleien nicht etwa auf, sondern verdoppelten sich. Es war Marcello bei seinen Kameraden nur abträglich gewesen, daß er gepetzt und damit die stillschweigenden Regeln ihrer Kameradschaft gebrochen hatte.

Marcello begriff, daß er – um dem Spott ein Ende zu machen – den Jungen beweisen mußte, wie wenig mädchenhaft er in Wirklichkeit war. Allerdings wußte er, daß es keinen Zweck haben würde, nur seine Muskeln vorzuzeigen, wenn auch der Lehrer dieser Meinung gewesen war. Um einen wirklichen Beweis zu erbringen, war etwas Ungewöhnliches erforderlich, was den Kameraden imponieren, was ihre Bewunderung wecken mußte. Was aber?

Ganz allgemein dachte er an eine Handlung oder einen Gegenstand, womit die Vorstellung von Kraft, Männlichkeit, wenn nicht gar Brutalität verbunden war. Er hatte gemerkt, daß die Kameraden einen gewissen Avanzini bewunderten, der ein Paar lederne Boxhandschuhe besaß. Avanzini, ein schmächtiger blonder Junge, konnte mit diesen Boxhandschuhen gar nicht umgehen. Trotzdem hatten sie ihm eine besondere Wertschätzung eingetragen. Ähnlich bewundert wurde auch ein gewisser Pugliese, der behauptete, einen unfehlbaren Griff der japanischen Ringkämpfertechnik zu kennen, mit dem man jeden Gegner fällen könne. Diesen Griff hatte zwar noch niemand gesehen, was die Jungen aber nicht hinderte, Pugliese ebenso zu bewundern wie Avanzini. Marcello begriff also, daß er sobald wie möglich einen Gegenstand wie die Boxhandschuhe herzeigen oder eine Fertigkeit wie diesen japanischen Ringergriff vortäuschen müsse. Zugleich aber war ihm klar, daß es sich um nichts Dilettantisches handeln dürfe wie bei Avanzini oder Pugliese. Er gehörte, wie er deutlich spürte, zu den Menschen, die das Leben und seine Verpflichtungen ernst nahmen. An Stelle von Avanzini hätte er seinem Gegner die Nase kaputtgeschlagen, an Stelle von Pugliese ihm den Hals gebrochen. Angesichts dieser beiden Jungen erfüllte ihn seine Unfähigkeit zu oberflächlicher Rhetorik mit einem unbestimmten Mißtrauen gegen sich selbst: Er wollte zwar den Kameraden einen Beweis für seine Kraft liefern – das schienen sie ja als Preis für ihre Achtung von ihm zu fordern –, hatte aber vor diesem Beweis irgendwie Angst.

Eines Tages bemerkte er, daß die Jungen, die ihn besonders eifrig zu hänseln pflegten, mehrmals untereinander tuschelten. Er glaubte ihren Blicken entnehmen zu müssen, es sei wieder ein neuer Streich gegen ihn geplant. Aber die Unterrichtsstunde verlief ohne jeden Zwischenfall. Als das Schlußzeichen ertönte, machte sich Marcello auf den Heimweg. Er blickte sich nicht um. Es war Anfang November, stürmisch, aber mild. Die letzte duftende Wärme des vergangenen Sommers schien sich mit der ersten, noch ungewissen Strenge des Herbstes zu vereinen. Marcello spürte eine dunkle Erregung. Es war ihm, als entwickle heute die Natur eine zerstörerische, mörderische Wut, nicht unähnlich der, die ihn selbst ein paar Monate zuvor veranlaßt hatte, Blumen zu köpfen und Eidechsen zu töten. Der Sommer war eine gleichmäßige, vollkommene Jahreszeit gewesen mit heiterem Himmel, dichtbelaubten Bäumen und Sträuchern voller Vögel. Jetzt sah Marcello mit Genuß, wie der Herbstwind diese Vollkommenheit zerriß, zerfetzte, wie er dunkle Wolken über den Himmel jagte, die Blätter von den Bäumen fegte und auf dem Boden in Wirbeln umhertrieb, wie er die Vögel verscheuchte, daß sie in schwarzen Schwärmen zwischen Blättern und Wolken das Weite suchten.

An einer Straßenecke bemerkte er, daß eine Gruppe von fünf Kameraden hinter ihm herging. Es war gar nicht zu bezweifeln, daß sie ihn verfolgten, denn zwei von ihnen wohnten in der entgegengesetzten Richtung. Doch in seine herbstlichen Empfindungen versunken, achtete Marcello zunächst nicht weiter darauf. Er hatte es nämlich eilig, zu der großen Platanenallee zu gelangen. Von dort führte eine Seitenstraße zum Hause seiner Eltern. In jener Allee, so wußte er, häuften sich die welken Blätter gelb und raschelnd auf den Gehsteigen, und im voraus genoß er das Vergnügen, mit beiden Füßen in diesen Herbstblättern herumzusteigen.

Wie zum Spaß suchte er nun seine Verfolger abzuschütteln, indem er bald in ein Haustor trat, bald sich unter die Menge der übrigen Passanten mischte. Doch er mußte feststellen, daß ihn die fünf nach kurzem Suchen immer wieder fanden. Jetzt war die Allee schon ganz nahe. Marcello wollte sich nicht beim Spiel mit den welken Blättern beobachten lassen und beschloß daher, den Kameraden bereits vorher entgegenzutreten. Also wandte er sich um und fragte: «Warum geht ihr mir nach?»

Einer der fünf, ein Blonder mit scharfgeschnittenem Gesicht und kahlgeschorenem Kopf, antwortete prompt: «Wir gehen dir gar nicht nach. Die Straße ist doch für alle da, nicht?»

Marcello erwiderte nichts und setzte seinen Weg fort. Da war die Allee: zwei Reihen riesiger, kahler Platanen, dahinter die vielfenstrigen Häuser. Und da lagen auch die gelben, welken Blätter, in den Rinnsalen zu Haufen getürmt, auf dem schwarzen Asphalt verstreut, gelb wie Gold. Die fünf waren nicht mehr zu sehen, vielleicht hatten sie die Verfolgung aufgegeben. Marcello glaubte sich ganz allein in der breiten, menschenleeren Allee. Ohne Eile trat er nun mitten hinein in die Herbstblätter, schritt darin vorwärts und freute sich, daß seine Beine bis zu den Knien in der raschelnden Laubmasse versanken. Als er sich bückte, um eine Handvoll Blätter aufzuheben und in die Luft zu werfen, hörte er von neuem die spöttischen Stimmen: «Marcellina... Marcellina... zeig deine Höschen...!»

Da überkam ihn der beinahe wollüstige Wunsch, sich zu schlagen. Hochaufgerichtet ging er mit Entschiedenheit seinen Verfolgern entgegen und sagte: «Wollt ihr jetzt abhauen – ja oder nein?» Statt einer Antwort warfen sich alle fünf auf ihn. Marcello hatte irgendwie gehofft, so kämpfen zu können wie die Horatier und die Kuriatier in der Legende. Hin und her laufend wollte er bald den einen, bald den anderen mit einem kräftigen Schlag erledigen und sie so alle zusammen dahin bringen, von ihm abzulassen. Das aber war, wie er sofort merkte, unausführbar. Die fünf hatten sich in weiser Voraussicht gleichzeitig auf ihn gestürzt, einer hielt ihn an den Armen, ein anderer an den Beinen fest, zwei hingen um seine Leibesmitte. Der fünfte jedoch, wie Marcello sah, öffnete hastig ein Paket. Dem entnahm er ein Kinderröckchen aus blauem Kattun.

Alle lachten jetzt, während sie ihn eisern festhielten. Der mit dem Röckchen in der Hand sagte: «Komm, Marcellina, wehr dich nicht. Wir ziehen dir nur das Röckchen an und lassen dich dann zu Mutti laufen.»

Das war genau der Scherz, den Marcello befürchtet hatte. Mit purpurrotem Kopf schlug er wütend um sich, aber die fünf zusammen waren natürlich stärker als er. Zwar gelang es ihm, einem das Gesicht zu zerkratzen, einem anderen einen Fausthieb in den Magen zu versetzen; aber er spürte doch, wie seine Bewegungsfreiheit immer weiter eingeengt wurde. «Laßt mich... ihr Trottel! Laßt... mich...!» stöhnte er. Daraufhin stießen seine Peiniger ein Triumphgeschrei aus, denn das Röckchen glitt über Marcellos Kopf. Seine Proteste verloren sich wie in einer Art Sack. Er strampelte ohne Erfolg. Geschickt schoben die Jungen den Rock immer weiter herunter, bis er auf den Hüften saß. Dann spürte Marcello, wie sie in seinem Rücken die Bänder knoteten.

Auf einmal hörte er eine ruhige Männerstimme, die mehr neugierig als vorwurfsvoll fragte: «Darf man wissen, was ihr da treibt?» Sogleich ließen die fünf von Marcello ab und liefen davon. Er fand sich plötzlich allein – noch keuchend und blutrot im Gesicht, den Rock fest um die Hüften gebunden. Er hob den Blick und sah vor sich den Mann stehen, der die Kameraden vertrieben hatte. Der Unbekannte trug eine dunkelgraue Uniform mit hochgeschlossenem Kragen, war bleich und hager, hatte tiefliegende Augen, eine große traurige Nase, einen verächtlichen Ausdruck um den Mund und Haare im Bürstenschnitt. Auf den ersten Blick wirkte er beinahe übertrieben streng, dann aber entdeckte Marcello einige Züge an diesem Fremden, die alles eher als streng waren: etwas Weiches, Verlebtes in den Mundwinkeln, eine Unsicherheit der ganzen Haltung.

Jetzt bückte sich der Unbekannte, hob die Bücher auf, die Marcello während des Kampfes hatte zu Boden fallen lassen, reichte sie ihm und fragte:

«Was wollten sie dir denn antun?»

Seine Stimme schien zwar genauso streng zu sein wie sein Gesicht, doch hörte Marcello aus dem Ton des Fremden eine mühsam zurückgedrängte Weichheit heraus. Gereizt antwortete er: «Sie treiben immer ihren Unfug mit mir, diese Idioten!» Zugleich bemühte er sich, den Knoten des Röckchens auf seinem Rücken zu lösen.

«Warte», sagte der Mann, bückte sich und knöpfte den Knoten auf. Der Rock fiel zu Boden, Marcello stieg heraus und beförderte ihn mit einem Fußtritt auf den nächsten Blätterhaufen.

Irgendwie schüchtern erkundigte sich der Mann: «Du wolltest wohl gerade nach Haus gehen?» Marcello sah zu ihm auf und antwortete: «Ja.»

«Schön», sagte der Mann, «ich bring dich heim. Im Auto.» Er deutete nach einem großen Wagen, der in einiger Entfernung am Rand des Gehsteigs geparkt war. Marcello besah sich den Wagen. Es war eine Marke, die er nicht kannte, vielleicht eine ausländische. Das Auto war lang, schwarz und sah altmodisch aus. Marcello überlegte, ob der Mann nicht vor der Annäherung mit Absicht den Wagen dort drüben geparkt habe. Der Knabe zögerte mit der Antwort. «Komm», drängte der Mann, «los! Ich mache mit dir eine schöne Spazierfahrt. Und dann bring ich dich heim. Ist dir das recht?»

Marcello wollte ablehnen, denn er spürte, daß er eigentlich ablehnen müsse. Doch er kam nicht mehr dazu, den Mund aufzumachen. Der Mann nahm ihm das Bücherpaket einfach aus der Hand und sagte: «Das trag ich dir.» Darauf ging er auf das Auto zu. Marcello folgte ihm, etwas betroffen von der eigenen Fügsamkeit, doch nicht lustlos. Der Mann öffnete den Schlag, warf die Bücher auf den Rücksitz, setzte sich ans Lenkrad, bedeutete Marcello, neben ihm Platz zu nehmen. Dann schloß er den Schlag, streifte Handschuhe über und ließ den Motor an.

Majestätisch, ohne Hast, glitt der Wagen leise surrend die baumbestandene Allee entlang. Es ist wirklich ein Wagen alten Typs, dachte Marcello, doch vorzüglich gehalten, mit Liebe blank geputzt. Die Metallteile blitzten. Der Mann hielt das Lenkrad mit der einen Hand und griff mit der anderen nach einer Schirmmütze, die er aufsetzte. Die Mütze verstärkte sein strenges Aussehen noch, gab ihm nahezu einen militärischen Anstrich.

Verlegen fragte Marcello: «Gehört der Wagen Ihnen?»

«Kannst ruhig ‹du› zu mir sagen», erwiderte der Mann, ohne Marcello anzublicken. Er hupte, und das Signal klang ebenso ernst und altmodisch, wie der Wagen aussah. «Nein, der gehört nicht mir. Er gehört meinem Brotgeber. Ich bin der Chauffeur.»

Marcello antwortete nicht. Der Mann, dessen Gesicht nur im Profil zu sehen war, lenkte den Wagen mit gelöster, eleganter Präzision und fragte: «Bist du enttäuscht, daß ich nicht der Besitzer bin? Schämst du dich?»

Marcello protestierte lebhaft: «Aber nein. Warum sollte ich denn?»

Der Mann lächelte befriedigt und beschleunigte das Tempo. «Jetzt fahren wir ein wenig auf den Berg», sagte er. «Auf den Monte Mario. Ist's recht?»

«Dort bin ich noch nie gewesen», erwiderte Marcello.

Der Mann sagte: «Dort ist es schön. Man hat einen Blick über die ganze Stadt.» Nach einem Augenblick des Schweigens fragte er sanft: «Wie heißt du?»

«Marcello.»

«Ja», sagte der Mann zu sich selbst. «Stimmt. Deine Kameraden riefen dich Marcellina. Ich heiße Pasquale.»

Als Marcello gerade dachte, daß Pasquale ein lächerlicher Name sei, sagte er Mann: «Das ist aber ein lächerliche Name. Nenne mich Lino.» Es schien, als habe der andere seine Gedanken erraten.

Jetzt durchquerte das Auto die breiten schmutzigen Straßen eines Vorstadtviertels mit häßlichen Mietskasernen. Gruppen von Gassenjungen, die mitten auf der Fahrbahn spielten, stoben zur Seite. Vom Gehsteig aus schauten zerraufte Frauen und Männer in zerfetzter Kleidung dem ungewohnten Wagen nach. Beschämt durch das Verhalten dieser Menschen schlug Marcello die Augen nieder. «Das ist der Testaccio», sagte der Mann. «Aber gleich kommen wir auf den Monte Mario.» Der Wagen verließ das armselige Viertel und fuhr nun auf einer breiten Straße hinter einer Straßenbahn her. Die Häuserreihen zu beiden Seiten stiegen, wie die Straße mit ihren dauernden Kurven, empor.

«Um wieviel Uhr mußt du daheim sein?»

«Ich habe Zeit», antwortete Marcello. «Vor zwei Uhr essen wir nie.»

«Wer erwartet dich daheim? Vater und Mutter?»

«Ja.»

«Hast du auch Geschwister?»

«Nein.»

«Und was tut dein Papa?»

«Er tut nichts», erwiderte Marcello ein wenig unsicher.

In einer Kurve fuhr der Wagen der Straßenbahn vor. Um die Kurve möglichst eng zu nehmen, griff der Mann mit beiden Armen ins Lenkrad, ohne dabei den Oberkörper zu bewegen, was eine elegante Geschicklichkeit verriet. Dann fuhr der Wagen, noch immer in der Steigung, an hohen grasbewachsenen Mauern, an Holundersträuchern und Villentoren vorbei. Da und dort verriet ein mit venezianischen Lämpchen verzierter Eingang oder ein Bogen mit ochsenblutroter Aufschrift das Vorhandensein eines Restaurants oder einer ländlichen Osteria.

Lino fragte plötzlich: «Machen dir dein Papa und deine Mama manchmal Geschenke?»

«Ja, manchmal ...» erwiderte Marcello etwas unbestimmt.

«Viele oder wenige?»

Marcello wollte nicht eingestehen, daß er zu Haus mit Geschenken nur spärlich bedacht wurde. Bisweilen liefen sogar die Feiertage ganz ohne Geschenke ab.

Also beschränkte er sich darauf zu antworten: «Na ja, es geht ...»

«Macht es dir Freude, Geschenke zu bekommen?» fragte Lino, öffnete eine Klappe am Armaturenbrett, zog einen gelben Lappen hervor und putzte damit die Windschutzscheibe.

Marcello sah ihn an. Der Mann hatte ihm noch immer das Profil zugewandt, saß aufrecht da, den Mützenschirm fast über die Augen gezogen.

«Ja», sagte Marcello obenhin. «Es macht mir Freude ...»

«Und was für ein Geschenk hättest du jetzt gern – zum Beispiel ...?»

Diesmal war der Sinn der Frage eindeutig: Marcello begriff, daß dieser geheimnisvolle Lino ihm aus irgendwelchen Gründen ein Geschenk machen wollte. Mit einemmal fiel ihm die Anziehung ein, die alle Waffen auf ihn ausübten. Gleichzeitig wurde ihm blitzartig klar, daß der Besitz einer wirklichen Waffe ihm die Achtung seiner Mitschüler sichern würde. In dem Gefühl, mehr zu verlangen als billig war, antwortete er also: «Zum Beispiel einen Revolver ...»

«Einen Revolver ...» wiederholte der Mann ohne jedes Anzeichen von Verwunderung. «Was für einen Revolver? Einen mit Platzpatronen oder eine Luftpistole?»

«Nein», sagte Marcello kühn, «ich meine einen echten Revolver.»

«Und was willst du mit einem echten Revolver anfangen?»

Marcello zog es vor, den wahren Grund nicht zu sagen. «Scheibenschießen», erwiderte er, «bis ich eine unfehlbare Sicherheit bekomme.»

Marcello hatte den Eindruck, daß der Mann seine Fragen nicht so sehr aus wirklicher Neugier stellte, sondern mehr, um ihn zum Sprechen zu bringen.

«Warum ist es dir denn so wichtig, eine unfehlbare Sicherheit im Schießen zu bekommen?» wollte er jetzt wissen.

«Man kann sich damit gegen alles verteidigen», erwiderte Marcello ernsthaft.

Der Mann schwieg einen Augenblick. Dann sagte er: «Greif in diese Tasche dort, da neben dir am Wagenschlag.»

Neugierig folgte Marcello der Aufforderung. Seine Finger ertasteten die Kälte eines metallischen Gegenstandes. «Nimm ihn heraus», befahl der Mann.

Er riß den Wagen zur Seite, um einem Hund auszuweichen, der gerade über die Straße lief.

Marcello brachte den metallischen Gegenstand zum Vorschein. Es war tatsächlich eine automatische Pistole, schwarz, flach und schwer von Zerstörung und Tod. Der Lauf reckte sich vorwärts, als werde er gleich Kugeln ausspeien. Ohne es zu wollen, umklammerte Marcello den kühlen Schaft der Waffe mit vor Vergnügen bebenden Fingern.

«Meinst du so was?» fragte Lino.

«Ja», sagte Marcello.

«Na schön. Wenn du wirklich eine solche Pistole haben willst, schenke ich dir eine. Aber nicht diese. Die gehört zum Wagen. Eine andere. Das gleiche Modell.»

Marcello gab keine Antwort. Er kam sich vor wie in einer verwandelten Welt: in einer Märchenwelt, in der fremde Chauffeure fremde Knaben einluden, in einen Wagen zu steigen und ihnen dann Pistolen versprachen. Alles schien ungeheuer einfach geworden zu sein. Aber diese appetitanregende Einfachheit, so schien ihm, hatte doch irgendwie einen unangenehmen Beigeschmack – als sei sie, wer weiß warum, mit einer noch versteckten, aber sehr bald ans Tageslicht kommenden Schwierigkeit verbunden. Wahrscheinlich, überlegte er kühn, hatten sowohl der Chauffeur als er zwei ganz verschiedene Absichten. Er, für sein Teil, wollte jetzt in den Besitz der Pistole kommen. Linos Absicht wahr es wahrscheinlich, im Tausch für diese Pistole etwas zunächst noch Geheimnisvolles und vielleicht auch Unmögliches zu verlangen. Jetzt fragte es sich, wer von beiden aus diesem Tauschhandel den größeren Gewinn ziehen würde.

«Wohin fahren wir denn nun?» fragte Marcello.

«Zu dem Haus, wo ich wohne», erwiderte Lino. «Die Pistole holen.»

«Und wo ist dieses Haus?»

«Wir sind schon da», antwortete der Mann, nahm Marcello die Pistole weg und steckte sie in die Tasche.

Marcello blickte sich um: Der Wagen hielt auf einer gewöhnlichen Landstraße – Bäume, Holunderhecken, dahinter Felder und Himmel. Aber in einiger Entfernung sah man ein Gartentor mit Torbogen, zwei Säulen und einem grüngestrichenen Gitter. «Warte hier», sagte Lino, stieg aus und ging zum Tor. Er öffnete die Torflügel und kam zurück. Marcello betrachtete ihn. Er war nicht so groß, wie er im Sitzen ausgesehen hatte. Im Verhältnis zum Oberkörper und zu den breiten Hüften waren seine Beine kurz. Lino stieg wieder in den Wagen und fuhr durch das Tor. Sie gelangten auf einen kiesbestreuten Weg, der zwischen zwei Reihen zerzauster, vom Wind geschüttelter Zypressen hindurchführte. Am Ende des Weges glitzerte etwas in einem vereinzelten Sonnenstrahl und hob sich grell gegen den Gewitterhimmel ab. Es war eine Glasveranda im Erdgeschoß eines zweistöckigen Gebäudes.

«Das ist die Villa», sagte Lino. «Aber jetzt ist niemand da.»

«Wer ist der Besitzer?» fragte Marcello.

«Du meinst die Besitzerin», verbesserte Lino. «Eine amerikanische Dame. Sie ist momentan in Florenz.»

Der Wagen hielt. Die lange niedrige Villa aus weißen rechteckigen Zementflächen, roten Rohziegelstreifen und blitzenden Glasfenstern hatte einen Vorbau, der auf vierkantigen Pfeilern aus Naturstein ruhte.

Lino öffnete den Wagenschlag, sprang heraus und sagte: «Komm, steig aus!»

Marcello wußte nicht, was Lino von ihm wollte, und es gelang ihm auch nicht, dies zu erraten. Immer stärker aber wurde in ihm ein Mißtrauen wach und die Angst, irgendwie betrogen zu werden. «Und die Pistole?» fragte er, ohne sich zu rühren.

«Die ist dort drin», erwiderte Lino ein wenig ungeduldig und deutete nach den Fenstern der Villa. «Jetzt gehen wir sie holen.»

«Gibst du sie mir auch wirklich?»

«Freilich! Eine schöne, neue Pistole . . .»

Wortlos stieg nun Marcello aus. Sogleich fiel ihn der trunkene, nach Tod riechende, staubig-warme Herbstwind an. Bei diesen Windstößen überkam ihn ein nicht zu definierendes Gefühl. Er folgte Lino, wandte sich aber einmal um und betrachtete den kiesbestreuten Vorplatz, der von Buschwerk und spärlichen Oleanderbäumen umgeben war.

Dann musterte er den vor ihm hergehenden Lino und bemerkte, daß etwas die Seitentasche seines Kittels schwellte. Natürlich, die Pistole, die ihm Lino kurz zuvor aus der Hand genommen hatte! Unvermittelt war er sicher, daß Lino nur diese eine Pistole besaß, und er fragte sich, warum sein neuer Freund ihn eigentlich belogen hatte und ihn jetzt in diese Villa lockte. Sein Mißtrauen wuchs, zugleich aber auch seine Entschlossenheit, die Augen weit offenzuhalten und sich nicht hineinlegen zu lassen. Unterdessen hatten sie ein großes Wohnzimmer betreten, in dem Sessel und Ruhebetten umherstanden. An der Rückwand befand sich ein Kamin mit roter Ziegelhaube. Lino ging noch immer voran, durchquerte den Raum und schritt auf eine blaugestrichene Tür zu.

Unruhig fragte Marcello: «Wohin gehen wir denn?»

«In mein Zimmer», erwiderte Lino leichthin, ohne sich umzuwenden.

Marcello beschloß, jetzt zum erstenmal Widerstand zu leisten und damit Lino zu verstehen zu geben, daß er dessen Spiel durchschaut habe. Als Lino die blaue Tür öffnete, hielt er sich entfernt und sagte: «Gib mir sofort die Pistole, sonst geh ich weg!»

«Die Pistole hab ich doch nicht bei mir», antwortete Lino und wandte sich halb um. «Sie liegt in meinem Zimmer.»

«Natürlich hast du sie bei dir», gab Marcello zurück. «Sie ist in deiner Jackentasche.»

«Das ist doch die aus dem Wagen!»

«Eine andere hast du gar nicht!»

Lino schien ungeduldig zu werden, unterdrückte dies aber sogleich. Wieder fiel Marcello der Gegensatz auf, den in Linos Gesicht der weichliche Mund unter den schmerzlich-flehenden Augen zu dem trockenen und strengen Gesicht bildete. «Schön, ich gebe dir diese hier», sagte er. «Aber komm mit mir. Was macht dir denn das schon aus? Hier kann uns ja jeder von draußen sehen . . .»

Und wenn man uns sieht? hätte Marcello beinahe gefragt. Er schwieg aber, denn er fühlte, daß hinter Linos Worten etwas Böses stand, das er nicht begriff.

«Gut!» sagte er knabenhaft. «Aber nachher gibst du sie mir?»

«Da kannst du ganz sicher sein.»

Sie betraten einen schmalen weißen Korridor, an dessen Ende es wieder eine blaue Tür gab. Diesmal ging Lino nicht voran, sondern hielt sich an Marcellos Seite. Er schlang leicht den Arm um dessen Hüfte und fragte:

«Ist dir denn die Pistole gar so wichtig?»

«Ja», sagte Marcello, beinahe unfähig zu sprechen, weil ihm Linos Arm so unbehaglich war.

Lino zog seinen Arm weg, öffnete die Tür und ließ Marcello eintreten. Sie befanden sich jetzt in einem langen, schmalen, weißen Raum. Ganz hinten war ein Fenster. Die Einrichtung bestand aus einem Bett, einem Tisch, einem Schrank und aus ein paar Stühlen. Alle diese Möbel waren mit hellgrüner Farbe angestrichen. Marcello bemerkte an der Wand ein bronzenes Kruzifix von der üblichen Art. Auf dem Schrank lag ein dickes, schwarzgebundenes Buch mit rotem Schnitt. Wahrscheinlich ein Gebetbuch, dachte Marcello. Sonst enthielt der Raum nichts und machte einen ungemein sauberen Eindruck. Ein starker Geruch nach einer Kölnischwasser-Seife hing in der Luft. Wo war ihm dieser Geruch schon begegnet? Möglicherweise daheim im Badezimmer, wenn seine Mutter ihre Toilette beendet hatte.

Lino sagte obenhin: «Setz dich aufs Bett. Willst du? Das ist bequemer.»

Marcello gehorchte schweigend. Lino ging jetzt im Zimmer hin und her. Er nahm die Mütze ab und legte sie aufs Fensterbrett. Dann knöpfte er den Kragen auf und wischte sich mit dem Taschentuch den Schweiß vom Hals. Schließlich öffnete er den Schrank und nahm eine große Flasche Kölnischwasser heraus. Er schüttete etwas davon ins Taschentuch und rieb sich dann Gesicht und Stirn ab – offenkundig erleichtert.

«Willst du auch etwas?» fragte er Marcello.

Marcello hätte am liebsten abgelehnt, denn die Flasche und das Taschentuch flößten ihm irgendwie Ekel ein. Trotzdem duldete er, daß Lino ihm mit kühler Handfläche über die Wangen strich. Darauf stellte der Mann das Kölnischwasser in den Schrank zurück und setzte sich aufs Bett neben Marcello.

Sie sahen einander an. Linos trockenes, strenges Gesicht hatte jetzt einen neuen Ausdruck: gequält, zärtlich, flehend. Er schwieg. Schließlich fragte Marcello ungeduldig, schon um dieser peinlichen Betrachtung ein Ende zu machen:

«Und die Pistole?»

Lino seufzte und zog widerwillig die Waffe aus der Tasche. Marcello streckte die Hand danach aus. Linos Gesicht verhärtete sich plötzlich, er zog die Pistole zurück und sagte hastig:

«Ich geb sie dir ... Aber erst mußt du sie dir verdienen ...»

Bei diesen Worten empfand Marcello beinahe etwas wie Erleichterung: Es war also doch so, wie er gedacht hatte, Lino wollte im Tausch gegen die Pistole etwas haben. In falsch-unschuldigem Ton, als ginge es darum, unter Schulkameraden Federn gegen Glaskugeln einzutauschen, meinte er: «Sag du, was du dafür willst. Und dann werden wir uns einigen.»

Lino schlug den Blick nieder und zögerte, ehe er langsam fragte: «Was würdest du tun, um diese Pistole zu bekommen?»

Marcello bemerkte, daß Lino seiner Frage ausgewichen war. Offenbar handelte es sich also nicht um einen Gegenstand, der gegen die Pistole einzutauschen war, sondern darum, irgend etwas zu tun. Er hatte keine Ahnung, was Lino vom ihm verlangen könne. Immer noch in demselben gemacht harmlosen Ton sagte er: «Ich weiß nicht ... Sag du mir's ...»

Ein Augenblick des Schweigens folgte. «Würdest du alles tun? Was auch immer?» fragte plötzlich Lino laut und packte ihn bei der Hand.

Der Ton und die Geste alarmierten Marcello. Er überlegte sekundenlang, ob Lino nicht etwa ein Einbrecher sei, der ihn zum Spießgesellen machen wollte. Nach kurzer Überlegung glaubte er allerdings, diese Möglichkeit ausschließen zu können. Immerhin antwortete er vorsichtig: «Aber was willst du denn, daß ich tue? Warum sagst du's nicht klipp und klar?»

Lino spielte jetzt mit Marcellos Hand, wandte sie hin und her, besah sie, drückte sie fest, ließ dann wieder locker. Auf einmal stieß er sie mit beinahe grober Geste weg und sagte langsam, indem er Marcello ansah: «Ich bin sicher, daß du gewisse Dinge nicht tätest.»

«So rede doch endlich schon!» beharrte Marcello betreten, aber nicht ganz ohne Bereitwilligkeit.

«Nein, nein!» rief Lino. Marcello bemerkte, daß auf den bleichen Backenknochen des Chauffeurs sonderbare, unregelmäßige rote Flecken erschienen waren. Offensichtlich wollte Lino zwar gern sprechen, jedoch nicht ohne vorher sicherzugehen, daß

Marcello dann auch mit seinem Vorschlag einverstanden sein würde.

Da vollführte Marcello eine Geste, bewußter, wenngleich unschuldiger Koketterie, er beugte sich vor und ergriff die Hand Linos. «Sag doch, was du willst», ließ er sich vernehmen. «Warum sagst du's denn nicht?»

Ein langes Schweigen folgte. Lino sah abwechselnd Marcellos Hand und dessen Gesicht an, schien zu zögern. Schließlich stieß er die Hand des Jungen ein zweites Mal zurück, jedoch sanft, erhob sich und machte ein paar Schritte durchs Zimmer. Dann setzte er sich von neuem, ergriff wieder Marcellos Hand – zärtlich, wie ein Vater oder eine Mutter die Hand des Sohnes ergreift. «Marcello», fragte er, «weißt du, wer ich bin?»

«Nein.»

«Ich bin ein aus der Kutte gesprungener Priester», sagte Lino, und in seiner Stimme lag ein Ton tiefen Schmerzes. «Vielmehr ein Priester, der mit Schimpf und Schande als unwürdig aus dem Kolleg verjagt worden ist, an dem er lehrte . . . Und du, in deiner Unschuld, hast keine Ahnung, was ich von dir verlange im Tausch für diese Pistole, die du so gern haben möchtest. Ich bin in Versuchung, deine Unwissenheit, deine kindliche Habgier zu mißbrauchen . . . Jetzt weißt du, wer ich bin, Marcello.» Er hatte im Ton völliger Aufrichtigkeit gesprochen. Nun wandte er sich unerwartet dem Kopfende des Bettes zu und sprach zu dem Kruzifix, ohne die Stimme zu erheben, klagend: «Ich habe so zu dir gebetet . . . Aber du hast mich verlassen! Und immer, immer falle ich von neuem! Warum hast du mich verlassen?» Linos weitere Worte verloren sich in einer Art Gemurmel, als spräche er zu sich selbst. Dann erhob er sich vom Bett und sagte zu Marcello: «Vorwärts . . .! Komm! Ich bringe dich heim!»

Marcello schwieg. Er war wie betäubt und einstweilen außerstande, über all dies nachzudenken. Er folgte Lino auf den Korridor und dann in das große Wohnzimmer. Draußen, auf dem Vorplatz, wehte noch immer der Wind unter dem bewölkten, sonnenlosen Himmel.

Lino bestieg das Auto, Marcello setzte sich neben ihn. Der Wagen fuhr an, glitt über die Zufahrt und durch das Tor auf die Straße hinaus. Eine ganze Weile wechselten die beiden kein Wort miteinander. Lino saß wie früher am Lenkrad: den Oberkörper steif aufgerichtet, das Mützenschild tief über den Augen, die behandschuhten Hände am Volant. Nach einer ganzen Weile fragte Lino schließlich, ohne sich umzuwenden:

«Tut es dir leid um die Pistole?»

Bei diesen Worten wachte in Marcello wieder die Hoffnung auf, diese so sehr begehrte Pistole doch zu erhalten. Schließlich und endlich, dachte er, ist vielleicht noch nicht alles verloren... Also antwortete er ehrlich: «Freilich tut es mir leid!»

«Demnach», fragte Lino, «würdest du kommen, wenn ich mich für morgen mit dir verabredete – um die gleiche Stunde wie heute?»

«Morgen ist Sonntag», erwiderte Marcello. «Aber übermorgen. Wir könnten uns wieder in der Allee treffen, an derselben Stelle...»

Der andere schwieg einen Augenblick. Dann rief er plötzlich laut und mit klagender Stimme: «Sprich nicht mehr mit mir! Schau mich nicht mehr an! Und wenn du mich Montag mittag in der Allee siehst – hör nicht auf mich! Grüß mich nicht einmal! Verstanden?»

Was hat er denn? fragte sich Marcello etwas ärgerlich. Und er antwortete: «Ich lege keinen Wert darauf, dich zu sehen. Du selbst hast mich heute zu dir gebracht!»

«Ja, aber das darf nicht wieder geschehen! Nie mehr!» erklärte Lino mit Entschiedenheit. «Ich kenne mich und weiß, daß ich nun die ganze kommende Nacht an dich denken werde und daß ich Montag in der Allee auf dich warten werde. Auch wenn ich heute beschließe, es nicht zu tun. Ich kenne mich. Aber du darfst dich nicht um mich kümmern.»

Marcello sagte nichts. Lino aber redete mit der gleichen Heftigkeit. «Ich werde die ganze Nacht an dich denken, Marcello. Montag werde ich in der Allee sein – mit der Pistole, aber du darfst mich nicht beachten.» Immer von neuem wiederholte er diesen Satz. Marcello begriff mit seiner kalten, unschuldigen Hellsichtigkeit, daß Lino zwar mit ihm eine Verabredung traf, ihn zugleich aber vor dieser Verabredung warnte.

Nach einem Augenblick des Schweigens fragte Lino von neuem: «Hast du gehört?»

«Ja.»

«Was hab ich gesagt?»

«Daß du mich Montag in der Allee erwarten wirst.»

«Ich hab dir nicht nur das gesagt . . .» meinte Lino.

«Und daß ich mich nicht um dich kümmern soll», schloß Marcello.

«Ja», bestätigte Lino, «auf gar keinen Fall! Ich werde dich rufen, dich anflehen, dir mit dem Wagen nachfahren . . . Ich werde dir alles versprechen, was du nur willst. Aber du mußt geradeaus weitergehen und darfst nicht auf mich hören.»

Marcello verlor die Geduld und sagte: «Schon gut! Ich hab's verstanden.»

«Aber du bist ein Kind», sagte Lino und wechselte von der bisherigen Heftigkeit zu plötzlicher Weichheit hinüber. «Und du wirst nicht imstande sein, mir zu widerstehen. Du wirst zweifellos mit mir kommen . . . Du bist ein Kind, Marcello.»

Marcello war beleidigt. «Ich bin kein Kind mehr! Ich bin ein Junge! Du kennst mich noch nicht.»

Lino hielt den Wagen plötzlich an. Sie befanden sich noch auf der Hügelstraße zu Füßen einer hohen Mauer, nicht weit entfernt von der mit Lampions geschmückten Einfahrt zu einem Restaurant. Lino wandte sich Marcello zu. «Wirklich?» fragte er mit einer Art schmerzlicher Sorge. «Würdest du dich wirklich weigern, mit mir zu kommen?»

«Du bist es doch», erwiderte Marcello, der sich jetzt seines Spiels bewußt war, «der das von mir verlangt.»

«Ja.» Verzweifelt fuhr Lino fort: «Das ist wahr.» Er setzte den Wagen wieder in Bewegung. «Du hast recht, ich bin der Verrückte, der das von dir verlangt. Gerade ich!»

Nach diesem Ausruf verstummte er und verfiel in ein längeres Schweigen. Der Wagen fuhr noch ein Stück auf der Straße weiter und durchquerte dann wieder die schmutzige Vorstadt. Dann kamen sie zu der breiten Allee mit den kahlen Platanen, den Haufen abgefallener Blätter längs der verlassenen Gehsteige, den Villen mit ihren vielen Fenstern. Nun hatten sie das Viertel erreicht, in dem sich das Haus von Marcellos Eltern befand.

Ohne sich umzuwenden, fragte Lino: «Wo ist euer Haus?»

«Halt lieber hier an», sagte Marcello und war sich bewußt, wie wohltuend dieser Verschwörerton auf Lino wirkte. «Man könnte sonst sehen, daß ich aus deinem Wagen steige.»

Das Auto hielt. Marcello stieg aus. Lino reichte ihm durch das Wagenfenster das Bücherpaket und sagte mit Entschiedenheit:

«Also auf Montag! In der Allee. An derselben Stelle wie heute.»

«Aber ich», sagte Marcello und ergriff die Bücher, «muß so tun, als sähe ich dich nicht, wie?»

Lino zögerte mit der Antwort. Marcello empfand eine beinahe grausame Genugtuung. Linos tiefeingesunkene Augen hatten einen flehenden, gequälten Blick. Dann sagte er: «Tu, was du für gut hältst. Mach mit mir, was du willst.» Seine Stimme versagte in einer Art halbgesungener Klage.

«Ich werde dich überhaupt nicht ansehen!» verkündete Marcello zum letztenmal.

Lino vollführte eine unverständliche Handbewegung, die vielleicht verzweifelte Zustimmung ausdrücken sollte.

Dann fuhr das Auto an und entfernte sich langsam in der Richtung auf die Allee zu.

Drittes Kapitel

Jeden Morgen wurde Marcello zu einer bestimmten Zeit von der Köchin geweckt. Sie hatte ihn besonders ins Herz geschlossen. Sie betrat im Finstern das Zimmer, stellte das Tablett mit dem Frühstück auf die Marmorplatte der Kommode und hängte sich an die Gurte des Rolladens, um ihn mit zwei oder drei kräftigen Rucken hochzuziehen. Dann stellte sie das Tablett auf Marcellos Knie und wartete stehend, bis er sein Frühstück beendet hatte. Darauf zog sie ihm sofort die Decken weg und jagte ihn ins Badezimmer. Auch beim Anziehen half sie, indem sie ihm die einzelnen Stücke reichte, oft auch niederkniete, um ihm die Schuhe zuzuschnüren. Diese Köchin war eine lebhafte, fröhliche und durchaus vernünftige Person. Sie hatte den Tonfall und die Gewohnheiten der Provinz, in der sie geboren war.

Montag morgen erwachte Marcello mit der unbestimmten Erinnerung, am Abend vor dem Einschlafen zornige Stimmen gehört zu haben. Doch er hatte keine Ahnung, ob sie aus dem Erdgeschoß oder aus dem Schlafzimmer der Eltern gekommen waren. Er wartete, bis er mit dem Frühstück fertig war, und fragte dann ganz obenhin die Köchin, die wie gewöhnlich neben seinem Bett stand:

«Was ist denn gestern abend los gewesen?»

Sie sah ihn mit übertriebener, unechter Verwunderung an: «Nichts, wovon ich wüßte!»

Marcello begriff, daß sie sich zwar verstellte, ihm aber doch sehr gern etwas anvertrauen wollte: Die falsche Verwunderung, das maliziöse Funkeln ihrer Augen, ihre ganze Haltung verrieten es ihm.

Er sagte: «Ich habe schreien gehört...»

«Ach das!» sagte die Frau. «Das ist doch das übliche. Weißt du nicht, daß dein Papa und deine Mama oft schreien?»

«Ja», gab Marcello zurück, «aber sie schrien lauter als sonst...»

Die Köchin lächelte, stützte sich mit beiden Händen auf das Fußende des Bettes und sagte: «So werden sie einander wenigstens besser verstanden haben, meinst du nicht?»

Dies war eine ihrer Besonderheiten: Fragen zu stellen, auf die sie keine Antwort erwartete.

Marcello erkundigte sich: «Aber warum haben sie geschrien?»

Die Köchin lächelte von neuem: «Warum schreien die Leute? Weil sie sich nicht vertragen.»

«Und warum vertragen sie sich nicht?»

«Die?» rief sie, glücklich über diese Frage des Knaben. «Ach... aus tausend Gründen. Einen Tag vielleicht, weil deine Mama bei offenem Fenster schlafen möchte und dein Papa nicht. Dann wieder, weil er früh zu Bett gehen möchte, sie aber nicht. An Gründen fehlt es da nie, wie?»

Marcello sagte plötzlich ernst und überzeugt, als handelte es sich um ein langgehegtes Gefühl: «Ich möchte nicht mehr länger hierbleiben.»

«Und was möchtest du statt dessen tun?» rief die Köchin, immer vergnügter. «Du bist klein und kannst nicht einfach von daheim fortgehen. Du mußt schon warten, bis du erwachsen bist.»

«Mir wär's lieber», sagte Marcello, «wenn sie mich in eine Anstalt schickten.»

Die Frau sah ihn gerührt an und rief: «Du hast recht! In einer Anstalt hättest du wenigstens jemanden, der sich um dich kümmerte. Willst du wissen, warum dein Papa und deine Mama heute nacht so gestritten haben?»

«Ja. Warum?»

«Warte, ich will dir was zeigen!» rief die Köchin. Sie eilte zur Tür und verschwand. Marcello hörte, wie sie Hals über Kopf die Treppe hinuntereilte, und fragte sich von neuem, was wohl am vergangenen Abend vorgefallen sein mochte. Gleich darauf hörte er die Köchin zurückkommen. Fröhlich und geheimnisvoll trat sie ein und hielt in der Hand einen Gegenstand, den Marcello wiedererkannte: eine große Fotografie im Silberrahmen, die für gewöhnlich im Salon auf dem Klavier stand. Die Aufnahme stammte aus einer Zeit, in der Marcello kaum mehr als zwei Jahre alt gewesen war. Man sah darauf Marcellos Mutter in einem weißen Kleid mit dem Kind im Arm, das ebenfalls ein weißes Kleidchen trug und eine weiße Schleife im Haar hatte.

«Siehst du, was mit diesem Bild geschehen ist?» fragte die Köchin. Dann fuhr sie fort: «Als deine Mama gestern abend aus dem Theater heimkam und den Salon betrat, war diese Fotografie das erste, was sie erblickte. Die Arme wäre beinahe in Ohnmacht gefallen. Siehst du, was dein Papa mit dieser Fotografie angestellt hat?»

Marcello betrachtete verblüfft das Bild: Irgendwer hatte mit der Spitze eines Federmessers oder mit einem Pfriem die Augen der Mutter und des Sohnes durchlöchert und beiden unter die Lider mit Rotstift hervorströmendes Blut gemalt. Die ganze Angelegenheit war so seltsam, unerwartet und zugleich dunkel-unheilvoll, daß Marcello zunächst gar nicht wußte, was er davon halten sollte.

«Ja, dein Papa hat das gemacht!» rief die Köchin. «Und deshalb hatte deine Mama allen Grund, zu schreien.»

«Aber warum hat er das gemacht?»

«Eine Hexerei! Eine *fattura*! Weißt du, was das ist?»

«Nein.»

«Wenn man jemandem etwas Böses wünscht ... Man kann auch statt der Augen die Brust durchlöchern in der Gegend des Herzens ... Und dann geschieht etwas.»

«Was?»

«Die betreffende Person stirbt... Oder es stößt ihr ein Unglück zu, je nachdem...»

Marcello stammelte: «Aber ich habe Papa doch nichts Böses getan...!»

«Und deine Mama? Was hat die ihm getan?» rief die Köchin entrüstet. «Aber weißt du, was dein Papa ist? Verrückt ist er! Und weißt du, wo er enden wird? In Sant' Onofrio, im Irrenhaus! Und jetzt los, zieh dich an! Es ist höchste Zeit, daß du in die Schule gehst. Ich stelle die Fotografie wieder an ihren Platz.» Quietschvergnügt eilte sie davon, und Marcello blieb allein.

In Gedanken versunken und unfähig, sich den Vorfall mit dem Bild irgendwie zu erklären, zog er sich an. Er hatte für seinen Vater nie besondere Gefühle gehegt. Dessen Feindseligkeit, ob echt oder vorgetäuscht, war ihm nie nahegegangen. Aber die Worte der Köchin über die böse Kraft einer Hexerei gaben ihm doch zu denken. Er war nicht abergläubisch und hielt es eigentlich nicht für möglich, daß man durch Beschädigung einer Fotografie der darauf abgebildeten Person wirklich ein Unglück zufügen könne. Trotzdem weckte die Wahnsinnstat bei ihm Ängste, von denen er geglaubt hatte, sie seien weitgehend gebannt: Er hatte wieder das beklemmende, ohnmächtige Gefühl, in ein tragisches Schicksal verstrickt zu sein. Fast den ganzen Sommer lang hatte ihn dieses Gefühl gequält, war dann aber allmählich verschwunden. Und jetzt, vor dieser mit blutigen Tränen besudelten Fotografie, hatte es sich wieder gemeldet.

War das Unglück wie ein schwarzer, immer größer werdender Punkt im heiteren Blau des Himmels, dachte er, der sich schließlich als ein räuberischer Geier entpuppt, bereit, das unglückliche Opfer anzufallen? Oder war das Unglück ein Fluch der Ungeschicklichkeit, der Unvorsichtigkeit, der Blindheit, mit der das Blut und alle Sinne geschlagen sind? Diese letzte Definition schien ihm die richtigste, denn sie führte das Unglück auf einen Mangel an Gnade, auf eine dunkle, undurchschaubare Fatalität zurück. Es gab also doch so etwas wie eine verhängnisvolle Straße. Das hatte ihm nun die Tat seines Vaters von neuem bewiesen. Er wußte: Diese Fatalität wollte, daß er einen Mord beging. Aber nicht das war es, was ihn im Grunde erschreckte. Wovor er schauderte, war die Erkenntnis, bereits zu allem, was er in Zukunft tun würde, verdammt zu sein. Und es war ihm klar, daß allein schon das Wissen um diese Dinge einen Antrieb darstellte, ihnen zu erliegen.

Später, in der Schule, vergaß er dann mit seinem knabenhaften Gemüt ganz plötzlich die soeben durchgemachten Ängste. Er hatte zum Banknachbarn einen seiner Quäler, einen gewissen Turchi. Der war zwar der Älteste, aber zugleich auch der Unwissendste der ganzen Klasse. Turchi hatte als einziger ein paar Stunden Boxunterricht genommen, das Boxen also nach allen Regeln der Kunst zu lernen begonnen. Sein hartes, eckiges Gesicht mit dem Haar im Bürstenschnitt, der breiten Nase und den schmalen Lippen wirkte schon wie das eines Berufsboxers. Von Latein hatte Turchi keine Ahnung. Doch auf der Straße, außerhalb der Schule, genügte es, daß er mit knotiger Hand einen Zigarettenstummel aus dem Mund nahm und sagte: «Meiner Meinung nach wird Colucci die Meisterschaft machen», um alle anderen Jungen voll Respekt verstummen zu lassen. Turchi konnte auch die Nase mit zwei Fingern zur Seite zerren und so beweisen, daß seine Membran kaputt war: ein Kennzeichen des wahren Boxers! Er beschäftigte sich nicht nur mit Boxen, sondern auch mit Fußball und allen anderen populären und kampfbetonten Sportarten. Marcello gegenüber hatte Turchi eine sarkastische, in ihrer Brutalität beinahe nüchterne Haltung. Er war es gewesen, der zwei Tage zuvor Marcellos Arme festgehalten hatte, während die anderen vier das Röckchen überzogen. Marcello glaubte nun an diesem Morgen, endlich einen Weg gefunden zu haben, um sich die Achtung Turchis zu verschaffen.

In dem Augenblick, als sich der Geographielehrer umwandte und dann mit einem langen Stab auf die Karte von Europa zeigte, schrieb Marcello in aller Eile auf ein Heft: «Heute werde ich eine wirkliche Pistole bekommen!» Darauf schob er das Heft dem Turchi zu. Dieser war zwar völlig unwissend, aber was das Betragen anging, ein Musterschüler: aufmerksam, regungslos, beinahe düster in seinem Ernst. Marcello wunderte sich deshalb immer wieder, daß Turchi nicht einmal imstande war, auch nur die einfachsten Fragen zu beantworten. Und es war ihm rätselhaft, woran Turchi während des Unterrichts dachte und warum er, obwohl er nie lernte, einen solchen Eifer vortäuschte. Angesichts des Heftes machte Turchi jetzt eine ungeduldige Bewegung, die soviel heißen sollte wie: Laß mich in Ruhe! Siehst du denn nicht, daß ich dem Unterricht folge? Marcello versetzte ihm einen Rippenstoß. Das veranlaßte Turchi zwar nicht, seine Haltung zu ändern, aber er senkte doch den Blick und begann zu lesen. Dann griff Turchi nach einem Bleistift und schrieb auf: «Glaub ich nicht!» An einer empfindlichen Stelle getroffen, beeilte sich Marcello, seine Behauptung zu bekräftigen. Er schrieb: «Ehrenwort!» Der ungläubige Turchi fragte: «Was für eine Marke?» Aus dem Konzept gebracht, antwortete Marcello nach einem kleinen Zögern: «Eine Wilson.» Er meinte eigentlich «Weston», denn diesen Namen hatte er vor kurzem von Turchi selbst gehört. Turchi schrieb sogleich: «Nie gehört!» Darauf erwiderte Marcello: «Ich bringe sie morgen in die Schule mit.» Hier nahm das schriftliche Zwiegespräch ein plötzliches Ende, denn der Lehrer wandte sich um und fragte Turchi nach dem größten Fluß Deutschlands. Turchi erhob sich, dachte eine Weile nach und gestand endlich mit beinahe sportlicher Offenheit, diesen Fluß nicht zu kennen. In diesem Augenblick ging die Tür auf, der Schuldiener erschien auf der Schwelle und verkündete das Ende des Unterrichts.

Als Marcello bald darauf der Platanenallee zustrebte, war ihm klar, daß er Lino zur Einhaltung des Versprechens zwingen und unbedingt die Pistole erhalten müsse. Natürlich würde ihm Lino die Waffe nur freiwillig oder gar nicht geben. Es galt also, eine Haltung anzunehmen, mit der dieses Ziel am sichersten zu erreichen war. Zwar verstand er den wahren Beweggrund Linos noch immer nicht, doch mit instinktiver, beinahe weiblicher Koketterie wußte er, wie er sich würde benehmen müssen: Um in den Besitz der Pistole zu gelangen, mußte er das tun, was Lino selbst von ihm am Samstag verlangt hatte, durfte ihn nicht beachten, mußte seine Angebote überhören, seine Bitten abweisen, mußte sich – mit einem Wort – kostbar machen. Ich darf das Auto erst dann besteigen, dachte er, wenn ich sicher sein kann, daß mir die Pistole bereits gehört. Wie gesagt, warum Lino eigentlich so großen Wert auf ihn legte und ihm damit diese Art von Erpressung ermöglichte, wußte Marcello nicht. Doch mit demselben Instinkt, der ihm empfahl, Lino zu erpressen, fühlte er, daß sich hinter seinem Verhältnis zu dem Chauffeur der Schatten einer ungewöhnlichen Zuneigung verbarg. Und er ahnte auch, daß er über Lino eine ebenso peinliche wie geheimnisvolle Macht besaß. Allerdings hätte er mit Sicherheit behaupten können, diese Zuneigung und diese beinahe weibliche Rolle, die ihm in der ganzen Angelegenheit zufiel, sei ihm wirklich unangenehm. Er wollte nur vermeiden, daß ihm Lino noch einmal den Arm um die Hüften legte, wie dies im Korridor der Villa während ihres ersten Beisammenseins geschehen war.

Er bog in die Allee ein. Genau wie am vergangenen Samstag war auch heute das Wetter stürmisch und bewölkt. Der warme Wind führte überall auf seinen Wegen etwas mit sich: welkes Laub, Papierfetzen, Federn, Flocken, Zweige, Staub. Inmitten der Allee wirbelte eine Bö gerade jetzt einen Laubhaufen empor. Die Blätter stiegen bis zu den kahlen Ästen der Platanen auf. Sie kreisten unter dem düsteren Himmel und sahen aus wie zahllose gelbe Hände mit auseinandergespreizten Fingern. Marcello belustigte sich damit, dies Spiel der Blätter anzuschauen. Als er dann den Blick senkte, sah er durch das Gewirbel der Goldhände hindurch das lange schwarze, funkelnde Auto am Gehsteig halten. Langsam ging er an dem Wagen vorüber. Sogleich öffnete sich, wie ein Signal, der Schlag. Lino, ohne Mütze, beugte den Kopf heraus und fragte: «Marcello, willst du einsteigen?»

Marcello konnte nicht umhin, sich über den Ernst dieser Einladung zu wundern – nach allem, was bei ihrer ersten Begegnung besprochen worden war. Es erschien ihm geradezu komisch, wie Lino genau das tat, was er nicht zu tun sich geschworen hatte. Marcello ging weiter, als hätte er nichts gehört, und bemerkte mit dunkler Genuguung, daß sich der Wagen wieder in Bewegung setzte und ihm nachfuhr. Links und rechts in der menschenleeren Allee erhoben sich die gleichförmigen Villen mit ihren vielen Fenstern und die dicken, schrägen Stämme der Platanen. Das Auto folgte ihm im Schritt – mit einem leisen Summen, das sich wohlig anhörte. Nach etwa zwanzig Metern fuhr der Wagen vor, hielt an, der Schlag öffnete sich von neuem. Ohne auch nur den Kopf zu wenden, ging Marcello unbeirrt weiter und vernahm die flehende Stimme: «Marcello – steig ein! Ich bitte dich, vergiß, was ich vorgestern zu dir gesagt habe … Marcello, hörst du mich?»

Marcello konnte nicht umhin, zu denken, daß diese Stimme einigermaßen widerwärtig war. Was hatte Lino denn so zu wimmern? Beinahe hätte sich Marcello für ihn geschämt.

Immerhin wollte er Lino nicht völlig entmutigen. Also wandte er sich nach ein paar Schritten halb um, ermunterte Lino auf diese Weise, die Verfolgung fortzusetzen. Der Blick, den er hinter sich warf, hatte einen lockenden Ausdruck – das fühlte Marcello sofort. Und plötzlich empfand er unverkennbar das gleiche, das er empfunden hatte, als ihm die Kameraden das Röckchen umbanden: eine Erniedrigung, die nicht ganz unangenehm war, eine Unwahrhaftigkeit in der eigenen Haltung. Hatte er vielleicht doch nichts dagegen, lag es vielleicht doch in seiner Natur, die Rolle eines hochmütigen, koketten weiblichen Wesens zu spielen?

Inzwischen war ihm der Wagen wieder gefolgt. Marcello fragte sich, ob der Augenblick des Nachgebens schon gekommen sei. Dann entschied er, daß es mit dem Nachgeben noch etwas Zeit habe. Ohne anzuhalten, glitt das Auto langsam an ihm vorbei. Er hörte die Stimme des Mannes, die ihn rief: «Marcello . . .!» Darauf fuhr der Wagen plötzlich davon. Marcello befürchtete, Lino habe die Geduld verloren. Er erschrak vor der Vorstellung, sich morgen ohne Pistole in der Schule einfinden zu müssen. Also begann er zu laufen und rief: «Lino . . .! Lino . . . Halt!» Doch der Wind entführte seine Worte wie die welken Blätter, die wirbelnd durch die Luft flogen. Das Auto wurde sichtlich kleiner. Lino hatte wohl Marcellos Rufen nicht gehört und fuhr nun heim. Marcello würde die Pistole nicht bekommen, und Turchi würde ihn noch mehr verhöhnen. Gleich darauf aber schöpfte er tief Atem und setzte seinen Weg mit fast normalen Schritten fort: er wußte auf einmal, daß der Wagen nicht vorausgefahren war, um ihm zu entfliehen, sondern um ihn an der nächsten Querstraße zu erwarten.

Wirklich, dort stand das Auto und versperrte mit seiner ganzen Länge den Weg! Marcello ärgerte sich, daß es Lino gelungen war, ihm einen so demütigenden Schrecken einzujagen. Und mit plötzlicher Grausamkeit beschloß er, Lino dies mit wohlberechneter Härte zu vergelten. Er war jetzt ohne Eile bei der Querstraße angelangt. Der Wagen wartete: lang, schwarz, funkelnd mit all seinem Messing und seiner ganzen altmodischen Karosserie. Marcello tat, als wolle er um das Auto herumgehen. Sogleich öffnete sich der Schlag, und Lino wurde sichtbar.

«Marcello», begann er mit verzweifelter Entschlossenheit, «vergiß, was ich zu dir am Samstag gesagt habe! Du hast deine Pflicht nur zu gut getan. Komm, Marcello!»

Marcello war neben der Motorhaube stehengeblieben. Jetzt tat er einen Schritt zurück und sagte kühl, ohne Lino anzusehen:

«Nein, ich komme nicht mit dir. Aber nicht darum, weil du das am Samstag so wolltest, sondern weil ich keine Lust habe.»

«Und warum hast du keine Lust?»

«Deshalb! Warum sollte ich einsteigen?»

«Um mir eine Freude zu machen.»

«Aber ich habe gar keine Lust, dir eine Freude zu machen.»

«Warum? Bin ich dir unsympathisch?»

«Ja», sagte Marcello, schlug die Augen nieder und spielte mit dem Griff des Wagenschlags. Er wußte, daß sein Gesicht vergrämt, unruhig und feindselig aussah, wußte aber selbst nicht, ob er eine Komödie spielte oder nicht. Ja, es ist eine Komödie, die ich mit Lino spiele, dachte er dann. Aber wenn es eine Komödie ist, warum empfinde ich ein so starkes und so kompliziertes Gefühl, gemischt aus Eitelkeit, Abwehr, Erniedrigung, Grausamkeit und Trotz?

Lino lachte leise und zärtlich und fragte dann: «Warum bin ich dir denn unsympathisch?»

Jetzt blickte Marcello auf. Ja, Lino war ihm wirklich unsympathisch. Und angesichts dieser strengen, mageren Züge begriff er auch, warum: Lino hatte ein Doppelgesicht, in dem der Betrug einen geradezu physischen Ausdruck fand. Da war zum Beispiel der Mund – fein, trocken, hochmütig und keusch auf den ersten Blick. Dann aber, wenn ein Lächeln die Lippen aufschloß und umstülpte, wurde eine lüsterne, feuerrote Schleimhaut mit gierigem Speichel sichtbar. Marcello zögerte mit der Antwort und sah Lino noch immer an, der lächelnd wartete. Schließlich bekannte er ehrlich: «Du bist mir unsympathisch, weil dein Mund naß ist.»

Linos Lächeln verschwand, sein Gesicht verdüsterte sich. «Was denkst du dir denn für einen Unsinn aus!» sagte er unbeherrscht. Doch sogleich verfiel er in einen scherzenden Ton und fragte leichthin: «Nun, Herr Marcellino, wollen Sie einsteigen?»

«Ich steige ein», erklärte Marcello, endlich entschlossen, «aber nur unter einer Bedingung.»

«Und die wäre?»

«Daß du mir wirklich die Pistole gibst.»

«Einverstanden. Komm . . .!»

«Nein, du mußt sie mir sofort geben», beharrte Marcello dickköpfig.

«Aber ich habe sie doch nicht hier», sagte Lino in aufrichtigem Ton. «Sie ist Samstag in meinem Zimmer geblieben, Marcello. Jetzt fahren wir nach Haus und holen sie.»

«Unter diesen Umständen komme ich nicht mit», entschloß sich Marcello und war darüber selbst überrascht. «Auf Wiedersehen!»

Er tat einen Schritt, als wolle er sich endgültig auf den Weg nach Haus machen. Da verlor Lino die Geduld. «Komm, spiel nicht den kleinen Jungen», rief er, beugte sich hinaus, ergriff Marcello beim Arm und zog ihn auf den Sitz neben sich. «Jetzt fahren wir sofort zu mir, und ich verspreche dir, daß du die Pistole bekommst.» Marcello war im Grunde zufrieden, daß er dazu gezwungen wurde, den Wagen zu besteigen. Er protestierte also nicht mehr und beschränkte sich darauf, ein knabenhaft-mißlauniges Gesicht zu ziehen. Lino schloß schnell den Schlag, ließ den Motor an, und das Auto fuhr ab.

Eine ganze Weile sprachen sie nicht miteinander. Marcello dachte: Vielleicht schweigt Lino, weil er zu vergnügt ist, um zu sprechen. Er selbst hatte nichts zu sagen. Er würde die Pistole bekommen, würde mit ihr nach Haus zurückkehren und sie am folgenden Tag dem Turchi in der Schule zeigen. Über diese angenehmen Aussichten gingen seine Gedanken nicht hinaus. Allerdings befürchtete er immer noch ein wenig, von Lino betrogen zu werden. In diesem Fall, überlegte er, muß ich irgendeine neue Teufelei ersinnen, um Lino zur Verzweiflung zu bringen und ihn zur Einhaltung seines Versprechens zu zwingen.

Er hatte sein Bücherpaket auf den Knien liegen und sah hinaus auf die vorübergleitenden Platanen und Häuser. Als der Wagen die Steigung zu erklimmen begann, fragte Lino, gleichsam am Ende einer langen Gedankenkette angelangt: «Wer hat dir denn soviel Koketterie beigebracht, Marcello?»

«Warum?» fragte Marcello zurück.

«Na...»

«Du bist der Schlaue», sagte Marcello. «Du versprichst mir dauernd die Pistole und gibst sie mir nicht.»

Lino lachte und schlug mit einer Hand auf Marcellos bloßes Knie. «Ja», sagte er, «heute bin ich der Schlaue!» Marcello schob das Knie beiseite. Lino aber ließ weiter seine Hand darauf ruhen und sagte mit triumphierender Stimme: «Weißt du, Marcello, ich bin so froh, daß du gekommen bist... Wenn ich jetzt daran denke, daß ich dich am Samstag gebeten habe, nicht auf mich zu hören, nicht zu mir in den Wagen zu steigen... Wie dumm man bisweilen sein kann! Wirklich – wie dumm! Aber zum Glück bist du gescheiter gewesen als ich, Marcello.»

Marcello gab keine Antwort. Er verstand nicht, was Lino eigentlich meinte. Und diese Hand auf seinem Knie war ihm lästig. Er hatte inzwischen schon mehrmals versucht, mit dem Knie wegzurücken, doch die Hand hatte sich nicht abschütteln lassen. Als ihnen jetzt in einer Kurve ein anderer Wagen entgegenkam, tat Marcello sehr ängstlich und rief: «Achtung, der fährt in uns hinein!» Wirklich erreichte er damit, daß Lino die Hand von seinem Knie nahm und ins Lenkrad griff. Marcello atmete erleichtert auf.

Da war die Landstraße zwischen den Umfassungsmauern und den Hecken. Da war die Einfahrt mit dem grüngestrichenen Gitter. Da war der Zufahrtsweg, flankiert von zerzausten Zypressen, und ganz hinten das Glitzern der Verandafenster. Genau wie das letzte Mal wühlte der Wind in den Baumkronen, und der Himmel war gewittrig dunkel.

Der Wagen hielt an. Lino sprang hinaus und half Marcello beim Aussteigen. Dann ging er mit ihm auf das Tor der Villa zu. Heute schritt Lino nicht voraus, sondern hielt Marcello fest beim Arm, als fürchtete er, der Junge könnte ihm davonlaufen. Marcello wollte Lino sagen, er solle ihn weniger festhalten, aber er kam gar nicht dazu: Lino eilte mit ihm durch den Salon und stieß ihn in den Korridor. Dort packte er ihn ganz unvermutet beim Hals und sagte: «Dummkopf! Warum wolltest du nicht kommen?»

Seine Stimme war nicht mehr scherzhaft, sondern rauh und gebrochen, wenngleich noch immer irgendwie zärtlich. Überrascht wollte Marcello zu ihm aufsehen, erhielt aber einen heftigen Stoß.

Lino hatte ihn wie eine Katze oder einen Hund beim Nacken gepackt und ins Zimmer geschleudert.

Dann sah Marcello, wie Lino den Schlüssel im Schloß umdrehte und einsteckte. Nun wandte sich Lino ihm zu. Auf seinem Gesicht stand ein aus Freude und Wut gemischter Ausdruck. Laut rief er: «Jetzt ist's Schluß! Du wirst das tun, was ich will! Schluß, Marcello! Tyrann! Kleines Luder! Schluß! Du gehorchst! Und nicht ein Wort mehr!» Dies alles rief er in einer wollüstigen, wilden Freude aus – befehlend und gleichzeitig voll Verachtung. Marcello war bestürzt. Trotz dieser Bestürzung fiel ihm auf, daß Linos Worte gar nicht aus einer Absicht, einer Überlegung herzurühren schienen. Sie wirkten eher wie die sinnlosen Strophen eines Triumphgesanges. Tief erschrocken sah er, wie Lino mit großen Schritten im Zimmer hin und her ging: Er nahm die Mütze vom Kopf und warf sie aufs Fensterbrett; er ballte ein Hemd, das über einem Stuhl hing, zu einem Knäuel zusammen und warf es in ein Schubfach; er strich die Bettdecke glatt. Dann sah Marcello, wie Lino – noch immer unter wirren Reden – das Kruzifix über dem Bett abnahm und mit übertriebener Brutalität in eine Lade warf. Marcello begriff, daß Lino mit dieser Geste zu verstehen gab, er habe nun die letzten Skrupel beiseite geschoben. Als wolle er Marcello in dieser Befürchtung noch bestärken, entnahm er dem Nachttischchen die so begehrte Pistole, zeigte sie dem Knaben und rief: «Siehst du sie? Nie wirst du sie bekommen! Du mußt tun, was ich will – aber ohne Geschenke, ohne Pistole –, aus Liebe oder mit Gewalt!»

Es ist also wahr, dachte Marcello, Lino will mich betrügen, das habe ich doch befürchtet! Er fühlte, wie er vor Wut kreideweiß wurde. «Gib mir die Pistole!» sagte er. «Oder ich gehe!»

«Nichts da! Mit Liebe oder mit Gewalt!» In der einen Hand hielt Lino die Pistole, mit der anderen packte er jetzt Marcello beim Arm und riß ihn aufs Bett nieder. Marcello fiel so heftig hintenüber, daß er mit dem Kopf an die Mauer schlug. Sogleich wechselte Lino von der Gewalttätigkeit zur Zärtlichkeit, vom Befehl zum Flehen hinüber: Er kniete vor Marcello nieder. Mit einem Arm umschlang er dessen Beine. Sein anderer Arm lag auf der Bettdecke. Die Pistole hielt er noch immer zwischen den Fingern. Lino stöhnte und rief Marcello beim Namen. Dann ließ er die Pistole los – schwarz hob sie sich gegen das Weiß der Bettdecke ab. Immer noch stöhnend umschlang Lino die Knie des Knaben mit beiden Armen. Marcello blickte dem vor ihm knienden Lino in das aufgehobene flehende, von Tränen gebadete Gesicht, auf dem die Begierde flammte. Nun senkte Lino das Gesicht und rieb es an Marcellos Beinen – wie dies treue Hunde mit ihrer Schnauze zu tun pflegen.

Marcello ergriff die Pistole. Er stand mit einem Ruck auf. Lino – offensichtlich im Glauben, Marcello wolle seine Umarmung erwidern – ließ von ihm ab. Marcello trat einen Schritt in die Mitte des Zimmers und wandte sich um.

Wenn Marcello später an das Geschehene zurückdachte, erinnerte er sich, daß die bloße Berührung des kalten Pistolenschaftes eine erbarmungslose Versuchung in ihm geweckt hatte: Lust auf Blut. In diesem Augenblick allerdings spürte er nichts als einen heftigen Schmerz, weil er mit dem Kopf gegen die Wand geschlagen war. Zugleich war er gereizt und empfand eine heftige Abneigung gegen Lino. Dieser kniete noch immer vor dem Bett. Als er sah, daß Marcello mit der Pistole auf ihn zielte, wandte er sich vollends um. Er breitete die Arme mit einer theatralischen Geste aus und rief, ohne sich zu erheben, im Ton eines Schmierenkomödianten: «Schieß, Marcello! Schieß mich tot! Schieß mich tot wie einen Hund!»

Marcello fühlte, daß er Lino noch nie so gehaßt hatte wie gerade jetzt: Was für eine abstoßende Mischung aus Sinnlichkeit und Strenge, Reue und Gier! Ihm war, als müsse er die Bitte Linos erfüllen. Also drückte er, entsetzt und bewußt zugleich, auf den Abzug.

Der Knall hallte heftig in dem kleinen Raum. Marcello sah, wie Lino zur Seite fiel, sich wieder erhob, ihm den Rücken zuwandte, mit beiden Händen den Rand des Bettes umklammerte. Dann zog er sich langsam in die Höhe, fiel seitwärts auf das Bett, rührte sich nicht mehr.

Marcello trat an ihn heran, legte die Pistole beiseite und rief halblaut: «Lino!» Darauf ging er sofort, ohne eine Antwort abzuwarten, zur Tür. Da fiel ihm ein, daß die Tür versperrt war, daß Lino den Schlüssel abgezogen und eingesteckt hatte. Marcello zögerte. Es widerstrebte ihm, in die Taschen des Toten zu greifen.

Plötzlich fiel sein Blick auf das Fenster. Er erinnerte sich, daß er sich im Erdgeschoß befand, schwang das Bein über das Fensterbrett und sah sich hastig um. Er wußte: Wenn jemand in diesem Augenblick vorbeikommt, bin ich hier auf dem Fensterbrett zu sehen. Aber es gab keinen anderen Ausweg für ihn. Doch niemand war zu erblicken. Jenseits der spärlichen Bäume, die den Vorplatz umstanden, schien das kühle, hügelige Land weithin verlassen.

Marcello sprang hinunter, nahm das Bücherpaket aus dem Wagen, schritt ohne Hast dem Gartentor zu. Vor sich sah er in Gedanken – wie in einem Spiegel – das eigene Bild: Ein Junge in kurzen Hosen, seine Bücher unter dem Arm, geht einen mit Zypressen bestandenen Weg entlang. Eine unverständliche Figur voller Angst und böser Ahnungen.

Erster Teil

Erstes Kapitel

Marcello betrat den Vorraum der Bibliothek. In der einen Hand hielt er den Hut, in der anderen die Sonnenbrille, die er jetzt in die Tasche schob. Bei dem Türsteher erkundigte er sich nach der Zeitungssammlung. Dann erstieg er ohne Hast die breite Treppe. Oben ließ ein großes Fenster das starke Licht des Mittags ein. Marcello fühlte sich leicht, unbelastet, voll körperlichen Wohlbefindens und unverletzter Jugendkraft. Sein neuer, grauer, schlichtgeschnittener Anzug gab ihm überdies das erfreuliche Bewußtsein, elegant, ernsthaft und ordentlich gekleidet zu sein, wie es seinem Geschmack entsprach.

Im zweiten Stock füllte er einen Schein aus und betrat dann den Lesesaal. Hinter einer Bank saßen eine Angestellte und ein alter Diener. Marcello wartete, bis er an der Reihe war. Schließlich gab er den Zettel ab, auf dem er den Jahrgang 1920 der wichtigsten Tageszeitung der Stadt verlangt hatte. An die Bank gelehnt, wartete er geduldig, sah vor sich hin und in den Saal: Etliche Reihen von Lesetischen, jeder mit einer grünbeschirmten Lampe, reichten bis in den Hintergrund des Raumes. Aufmerksam betrachtete Marcello diese Tische, an denen nur wenige Besucher saßen. Es waren vorwiegend Studenten. In Gedanken suchte er sich den Tisch aus, an dem er gleich sitzen würde: den hintersten, rechts. Das Mädchen kam zurück und trug auf beiden Armen den dicken Band der gewünschten Zeitungen. Marcello ergriff ihn und ging zu seinem Tisch hinüber.

Er legte den Band auf die schräge Fläche und zog sorgfältig seine Hosen hoch, während er sich setzte. Aus einem Paket billiger Zigaretten nahm er eine, zündete sie an, tat einen tiefen Zug. Dann schlug er, die Zigarette zwischen den Fingern, in aller Ruhe den Zeitungsband auf und begann, darin zu blättern. Die Titel waren nicht mehr so leuchtend und schwarz wie einst, sondern eher grünlich. Das Papier war vergilbt, die Fotografien sahen verblichen und unklar aus, und es fehlte ihnen die Tiefe. Es fiel Marcello auf, daß die Überschriften besonders sinnlos und absurd wirkten, wenn sie in größeren Lettern gedruckt waren. Sie bezogen sich auf Ereignisse, die noch am Abend desselben Tages jegliche Wichtigkeit verloren hatten und heute in ihrer unverständlichen Aufdringlichkeit der Erinnerung und der Phantasie widerstanden. Gerade die absurdesten Titel enthielten unter der Meldung, wie Marcello feststellte, einen mehr oder minder tendenziösen Kommentar. Ihr Gehabe ließ an das Geschrei eines Verrückten denken, das unverständlich in die Ohren tönte. Marcello gab sich Rechenschaft über seine eigenen Empfindungen angesichts dieser Überschriften und fragte sich: Wie werde ich dem Titel gegenüber reagieren, der mich betrifft? Wird er mir auch absurd und inhaltslos vorkommen?

Das hier ist also die Vergangenheit, dachte er weiter, während er Seite um Seite umwandte: all dieser verstummte Lärm, diese erloschene Erregung, dies vergilbte Papier, das einmal zerbrökkeln und zu Staub zerfallen wird! Die Vergangenheit bestand aus Gewalttaten, Irrtümern, Betrug, Frivolität und Lüge. Das waren anscheinend die einzigen Dinge, die von den Menschen für würdig erachtet wurden, veröffentlicht zu werden. Während er nacheinander die Nachrichten auf den Seiten vor sich durchlas, sagte er sich: Das normale alltägliche Leben fehlt völlig ... Aber was suche ich denn selbst, obwohl ich diese Betrachtung anstelle? Suche ich nicht auch einen Bericht über ein Verbrechen?

Er hatte keine Eile, die Nachricht zu finden, die er suchte. Dabei wußte er das Datum ganz genau und hätte es nur aufzuschlagen brauchen. Da war der zweiundzwanzigste, der dreiundzwanzigste, der vierundzwanzigste Oktober des Jahres neunzehnhundertzwanzig. Mit jeder umgeblätterten Seite näherte er sich jenem Ereignis, das er als das wichtigste seines Lebens ansah. Aber die Zeitung bereitete in keiner Weise auf dieses Ereignis vor, nahm von den Präliminarien keinerlei Notiz. Die einzige Nachricht, die ihn betraf, würde plötzlich zwischen lauter ganz gleichgültigen Meldungen auftauchen – wie ein Fisch am Angelhaken aus den Tiefen des Meeres zum Vorschein kommt.

Mit einem Versuch, zu scherzen, sagte er sich: Statt dieser großen Überschriften, die sich meistens um politische Ereignisse drehen, hätte man drucken sollen: Marcello begegnet Lino zum erstenmal, Marcello, verlangt die Pistole, Marcello steigt zu Lino ins Auto! Plötzlich aber erstarb ihm jede Lust zu einem scherzhaften Gedanken, eine unvermittelte Nervosität raubte ihm fast den Atem. Er war jetzt zu dem gesuchten Datum gelangt. Hastig schlug er noch eine Seite um. In der Lokalchronik fand er die erwartete Nachricht unter dem einspaltigen Titel: *Tödlicher Unglücksfall.*

Ehe er zu lesen begann, zündete er eine weitere Zigarette an. Nach einem tiefen Zug senkte er den Blick auf die Zeitung. Die Meldung lautete:

Der Chauffeur Pasquale Seminara, wohnhaft Via della Camilluccia 33, putzte gestern seine Pistole, wobei versehentlich ein Schuß losging. Seminara wurde in das Krankenhaus Santo Spirito gebracht, wo die Ärzte eine Schußwunde in der Brust nahe des Herzens feststellten. Sie hielten den Fall für hoffnungslos, und in der Tat verstarb Seminara in den Abendstunden trotz aller ärztlichen Bemühungen.

Während Marcello die Meldung sofort ein zweites Mal durchlas, dachte er: Sie hätte nicht knapper und konventioneller sein können. Aber trotz ihrer abgedroschenen journalistischen Formulierungen gingen doch zwei Dinge mit aller Klarheit daraus hervor: Erstens, Lino war wirklich gestorben. Davon war Marcello zwar stets überzeugt gewesen, es hatte ihm aber immer der Mut gefehlt, dies mit Bestimmtheit festzustellen. Zweitens, Linos Tod war – auf Grund einer Angabe von ihm selbst – auf einen Unglücksfall zurückgeführt worden. Marcello war demnach vor allen Weiterungen geschützt. Lino lebte nicht mehr. Sein Tod würde ihm niemals zur Last gelegt werden.

Aber Marcello war heute nicht nur in die Bibliothek gegangen, um sich darüber endgültige Gewißheit zu verschaffen. Im Grunde betraf seine Unruhe, die während der vielen vergangenen Jahre niemals ganz geschwunden war, gar nicht die gesetzlichen Folgen seiner Tat. Durch seinen Besuch in dieser Bibliothek hatte er herausbekommen wollen, welche Gefühle die Bestätigung von Linos Tod bei ihm auslösen würde. Denn davon hing es ab, ob er noch der Junge von einst war, den seine schicksalhafte Abnormität quälte, oder wirklich der neue, völlig normale Mann. Denn seit jener Tat hatte er sich bemüht, ein neuer, völlig normaler Mann zu werden. Und er war auch ziemlich überzeugt von dem Erfolg seiner Bemühungen.

Jetzt empfand er eine große Erleichterung. Sogar mehr noch als dies: ein großes Staunen. Die Meldung, die da auf dem vergilbten Papier gedruckt stand, hatte in seinem Gemüt kein Echo geweckt. Es war ihm ergangen wie einem Menschen, der lange Zeit einen Verband über einer tiefen Wunde getragen hat, der diesen Verband schließlich abnimmt und staunend feststellt: Dort, wo er seine Wunde erwartet hat, sieht die Haut ganz heil aus und weist nicht mehr die geringste Spur einer Verletzung auf! Diese Zeitungsmeldung zu suchen, so dachte Marcello, war für ihn das gleiche gewesen wie das Abnehmen eines Verbandes. Da er jetzt nichts empfand, war er also geheilt. Wie diese Heilung eigentlich vor sich gegangen war, hätte er selbst nicht sagen können. Ohne Zweifel hatte nicht nur die Zeit dieses Ergebnis herbeigeführt. Viel war ihm auch selber zu verdanken: seinem bewußten Willen in all diesen Jahren, aus der Anomalie herauszufinden und so zu werden wie die anderen.

Eine Art Gewissensregung veranlaßte ihn, von der Zeitung auf vor sich ins Leere zu blicken und nochmals an Linos Tod zu denken. Das hatte er bisher instinktiv stets vermieden. Konnte denn seine gleichgültige Teilnahmslosigkeit nicht auch daher rühren, daß jene Zeitungsnachricht in dem konventionellen Stil der Lokalchronik abgefaßt war? Wenn ich jetzt versuche, sagte er sich, mich intensiv in die damalige Situation zu versetzen, so müßte doch eigentlich die Erinnerung lebhaft und gefühlsbetont wiederkehren und den alten Schrecken aufs neue hervorrufen – falls davon noch eine Spur in meiner Seele vorhanden ist.

Gefügig ließ er sich nun von seiner Erinnerung auf den Weg führen, den er als Knabe damals zurückgelegt hatte: die erste Begegnung mit Lino in der Allee. Der Wunsch, eine Pistole zu besitzen. Das Versprechen Linos. Der Besuch bei Lino in der Villa. Das zweite Zusammentreffen mit Lino. Der päderastische Angriff. Er, Marcello, der die Pistole auf Lino richtet. Der Chauffeur, der komödiantisch mit ausgebreiteten Armen neben dem Bett kniet und ruft: «Schieß mich tot! Schieß mich tot wie einen Hund!»

Und er hatte geschossen, beinahe gehorsam. Er sah jetzt in Gedanken vor sich, wie Lino auf das Bett fiel, sich wieder hochzog, dann regungslos auf der Seite liegenblieb. Alle diese Einzelheiten, jede für sich, rief Marcello in sich wach. Und er stellte fest, daß die Gleichgültigkeit, die er beim Lesen der Zeitungsmeldung empfunden hatte, jetzt noch größer und sozusagen breiter geworden war. Er verspürte keinerlei Reue. Die regungslose Oberfläche seines Bewußtseins wurde nicht einmal von Empfindungen des Mitleids, des Zorn, des Abscheus gegenüber Lino angerührt, obwohl diese Gefühle lange Zeit untrennbar mit der Erinnerung verknüpft gewesen waren. Er spürte im Grunde überhaupt nichts. Ein impotenter Mann neben einer nackten, begehrenswerten Frau hätte nicht ungerührter sein können.

Er war froh über diese Gleichgültigkeit. Sie schien ihm ein unbezweifelbarer Beweis dafür zu sein, daß zwischen dem Knaben von einst und dem Mann von jetzt keinerlei Zusammenhang mehr bestand, nicht einmal ein verborgener, indirekter, unterbewußter. Während er den Band zuklappte, dachte er: Ich bin wirklich ein anderer. Er erhob sich von dem Lesetisch. Obwohl er sich mechanisch an alle Dinge erinnern konnte, die in jenem weit zurückliegenden Oktober geschehen waren, waren sie nun bis in die geheimsten Fibern ein für allemal abgetan.

Ohne Hast schritt er zu der Bank zurück und übergab der Bibliothekarin den Band. Dann verließ er in gemessener Haltung, wie er das liebte, den Lesesaal und stieg die Treppe zur Eingangshalle hinab. Als er über die Schwelle des Gebäudes in das starke Licht der Straße hinaustrat, dachte er: Es ist wahr, die Zeitungsmeldung und dann die bewußte Erinnerung an Linos Tod hat in mir keinerlei Widerhall gefunden. Trotzdem fühle ich mich nicht so erleichtert, wie ich zuerst geglaubt habe. Marcello rekonstruierte noch einmal seine Empfindungen beim Blättern in den alten Zeitungen: Ja, es war gewesen wie das Entfernen eines Verbandes über einer alten Wunde. Mit Staunen hatte er die Haut ganz unverletzt gefunden. Doch jetzt fragte er sich, ob nicht unter dieser unverletzten Haut die Infektion als eingekapselter, unsichtbarer Abszeß weiter wirksam sein könne. Was ihn in diesem Verdacht bekräftigte, war sowohl die flüchtige Erleichterung, die er einen Augenblick lang über seine Gleichgültigkeit verspürt hatte, als auch die leichte, dunkle Schwermut, die gleich einem Trauerschleier zwischen seinem Blick und der Wirklichkeit hing. Die Erinnerung an Lino war zwar im Laufe der Zeit verblaßt, aber ein unbegreiflicher Schatten lag über ihm und über seinen Gefühlen.

Während er langsam durch die von Menschen erfüllten, von Sonne leuchtenden Straßen schritt, versuchte er, den Knaben Marcello von vor siebzehn Jahren mit dem Mann Marcello von heute zu vergleichen. Er erinnerte sich, daß er als Dreizehnjähriger ein schüchternes, etwas weibisches, leicht zu beeindruckendes, unordentliches, phantastisches, leidenschaftliches Kind gewesen war. Jetzt hingegen, als Dreißigjähriger, war er ein keineswegs schüchterner, sondern völlig selbstsicherer Mann mit absolut männlichen Neigungen und Gewohnheiten, ruhig und ordentlich bis zum Exzeß, beinahe bar aller Phantasie, beherrscht und kalt. Ja, damals waren in ihm eine Fülle stürmischer, dunkler Empfindungen gewesen. Jetzt aber war alles in ihm klar, fast gedämpft. Die Armut und Starre von ein paar Ideen und Überzeugungen hatte die großzügige, wirre Überfülle von einst verdrängt. Damals war er auch zu einer übersteigerten Mitteilsamkeit geneigt gewesen. Jetzt war er verschlossen, von stets gleichmäßiger Laune, ohne Überschwang, beinahe traurig und schweigsam. Ein klares Zeichen seiner Wandlung in den vergangenen siebzehn Jahren war auch das Fehlen der einstigen übermäßigen Erregbarkeit, das sich in ungewöhnlichen, vielleicht sogar anomalen Trieben kundgegeben hatte. An die Stelle dieser Reizbarkeit war eine gedemütigte, graue Monotonie getreten. Nur einem Zufall war es zu verdanken gewesen, so überlegte er, daß er damals nicht zum Opfer von Linos Gelüsten geworden war. Zweifellos hatte seinem Verhalten dem Chauffeur gegenüber eine unbewußte, trübe Neigung zugrunde gelegen.

Jetzt aber war er wirklich ein Mann wie alle anderen. Vor einem Schaufenster blieb er stehen und musterte sich lange in der Scheibe mit Objektivität und ohne sonderliche Selbstliebe: Ja, er war wirklich ein Mann wie alle anderen mit seinem grauen Anzug, seiner nüchternen Krawatte, seiner hochgewachsenen, gutproportionierten Gestalt, dem gebräunten runden Gesicht, den wohlgekämmten Haaren, der dunklen Sonnenbrille. Auf der Universität zum Beispiel hatte er, wie er sich jetzt erinnerte, eines Tages freudig entdeckt, daß es dort mindestens tausend junge Männer gab, die sich genauso kleideten, die genauso sprachen, dachten und sich benahmen wie er. Jetzt, nach etlichen Jahren, konnte diese Zahl wahrscheinlich mit tausend multipliziert werden. Er sagte sich mit scharf verachtungsvoller Genugtuung: Kein Zweifel, ich bin ein normaler Mann. Allerdings hätte er selbst nicht erklären können, wie diese Wandlung eigentlich vor sich gegangen war.

Plötzlich fiel ihm ein, daß er keine Zigaretten mehr hatte. Er betrat einen Tabakladen in der Galleria auf der Piazza Colonna. Er trat an die Verkaufstheke und verlangte seine Lieblingsmarke. Im selben Augenblick forderten drei andere Leute ebenfalls diese Marke. Der Verkäufer legte rasch vier gleiche Packungen auf die Marmorplatte, vier Hände reichten das Geld, griffen mit gleichen Bewegungen nach den Packungen. Dann bemerkte Marcello, daß er auf die gleiche Art und Weise wie die anderen seine Packung betastete, ob sie auch weich genug sei, und die Umhüllung aufriß. Er stellte ferner fest, daß zwei von den drei Männern die Packung genauso wie er selbst in eine kleine Innentasche des Sakkos steckten. Schließlich entzündete einer von den dreien beim Verlassen des Ladens seine Zigarette mit einem silbernen Feuerzeug. Marcello hatte genau das gleiche. Diese Beobachtungen weckten in ihm ein fast wollüstiges Vergnügen. Ja, er war wie die anderen, war wie alle: Er kaufte mit den gleichen Gesten die gleichen Zigaretten, blickte sich in der gleichen Haltung nach einer vorübergehenden Dame in Rot um und suchte die Bewegungen ihres Gesäßes unter dem dünnen Stoff des Kleides zu erspähen. Manchmal allerdings, wie zum Beispiel in letzterem Fall, rührte die Übereinstimmung mehr von Marcellos Nachahmungswillen her als von einer Gleichheit der Neigungen.

Ein kleiner, verwachsener Zeitungsverkäufer kam ihm entgegen. Er trug ein Bündel Zeitungen unter dem Arm, schwenkte eine in der Hand und brüllte mit vor Anstrengung verzerrtem Gesicht einen unverständlichen Satz, aus dem nur die Worte «Sieg» und «Spanien» herauszuhören waren. Marcello kaufte eine Zeitung und las aufmerksam den Titel, der über sämtliche Spalten des Blattes ging. Wieder einmal hatten im spanischen Bürgerkrieg die Truppen Francos einen Sieg errungen.

Marcello stellte fest, daß ihm diese Meldung eine unbezweifelbare Freude verursachte. Auch das war seiner Meinung nach ein Beweis mehr für seine volle Normalität. Von der ersten, verlogenen Zeitungsüberschrift an, die gelautet hatte: «Was geschieht in Spanien?» war Marcello an diesem Bürgerkrieg in Gedanken beteiligt gewesen. Der Krieg war immer größer und größer geworden, hatte nicht nur einen Zusammenstoß der Waffen, sondern auch der Ideen zur Folge gehabt. Und allmählich war Marcello dahintergekommen, daß er mit einem sonderbaren Gefühl an diesen Kriegsereignissen Anteil nahm, mit einem Gefühl, das im Grunde unabhängig war von politischen oder moralischen Überlegungen, obwohl sich ihm diese natürlich auch ab und zu aufdrängten: Seine eigentümliche innere Haltung entsprach der Begeisterung eines Sportenthusiasten für eine bestimmte Fußballmannschaft. Von Anfang an hatte er ausdauernd und tief, wenn auch ohne Heftigkeit, den Sieg Francos gewünscht, denn dieser Sieg mußte die Richtigkeit seines Geschmacks und seines Denkens erweisen – nicht nur auf dem Gebiet der Politik, sondern auch auf allen anderen Gebieten.

Aber vielleicht wünschte er den Sieg Francos auch aus einer Liebe zur Symmetrie heraus? Die Ereignisse der letzten Jahre schienen für Marcello immer klarer und deutlicher eine Tendenz zur Symmetrie zu entwickeln. Zuerst war der Faschismus in Italien an die Macht gelangt. Dann in Deutschland. Dann war der Krieg in Abessinien ausgebrochen. Und jetzt wurde in Spanien Krieg geführt. Diese Entwicklung gefiel ihm, warum, hätte er nicht genau zu sagen vermocht. Denn neben seiner Liebe zur Symmetrie glaubte er in alldem eine mehr als menschliche Logik zu erkennen, die erfaßt zu haben ein Gefühl der Sicherheit und Unfehlbarkeit verlieh.

Während er die Zeitung zusammenfaltete und in die Tasche steckte, überlegte er, daß er nicht nur aus politischen Erwägungen oder beeinflußt von der Propaganda für Franco Stellung nahm. Der Glaube an die Sache Francos war ihm ganz einfach aus der Luft, aus dem Nichts gekommen. Man sagt ja, eine Idee liege «in der Luft». Auf diese Weise war er zu einem Parteigänger Francos geworden. Auch darin glich er zahllosen anderen Menschen, sogar ganz gewöhnlichen Menschen, die von Spanien so gut wie nichts wußten, die kaum die Schlagzeilen in den Zeitungen lasen, die ganz ungebildet waren. Er empfand für Franco Sympathie – wenn man diesem Wort einen alogischen, irrationalen Sinn beilegte. Und man konnte natürlich behaupten, auch diese Sympathie liege «in der Luft». Marcello dachte: Aber in der Luft liegen doch keine Ideen? In der Luft liegen Rauchschwaden, Staub und Licht. Also rührt meine Sympathie aus tieferen Schichten her und beweist wieder, daß meine Durchschnittlichkeit nicht oberflächlich und nicht bewußt gewollt ist, sondern vielmehr einen Instinkt, eine physiologische Gegebenheit darstellt. Ich bin also eins mit der Gesellschaft und mit dem Volk, in dem ich lebe. Ich bin kein Anomaler, kein Verrückter, kein Einsiedler. Ich gehöre zu den anderen, bin ein Bruder, ein Mitbürger, ein Kamerad. Diese Erkenntnis war für Marcello in hohem Maße tröstlich, nachdem er so lange befürchtet hatte, die Tötung Linos würde ihn von der Menschheit trennen.

Franco oder ein anderer – darauf kommt es nicht an, sagte er sich weiter. Die Hauptsache ist die Zusammengehörigkeit, die Kommunion, das Band, die Brücke. Die Tatsache aber, daß es sich gerade um Franco handelt, beweist, wie sehr meine Anteilnahme an den spanischen Ereignissen einer wahren und gerechten Sache gilt. Denn was alle begreifen, was alle für unbestreitbar halten, was alle glauben, muß doch richtig sein.

So war die Gedankenkette unzerrissen, ihre Glieder waren fest ineinandergefügt: Die Sympathie für Franco, die nicht auf irgendeiner Überlegung beruhte. Die Erkenntnis, daß diese Sympathie von Millionen anderer Menschen in gleicher Weise geteilt wurde. Die daraus resultierende Überzeugung, auf der Seite der Wahrheit zu stehen. Die Tat, die dieser Überzeugung folgen mußte. Denn, so dachte er jetzt, der Besitz der Wahrheit gestattet nicht nur die Tat, sondern macht sie zur Pflicht. Die Tat ist eine neuerliche Bestätigung in den eigenen Augen und in den Augen der anderen, daß man normal ist. Und es ist unbedingt notwendig, das normale Empfinden stets zu vertiefen, hervorzuheben, zu demonstrieren.

Das Tor des Ministeriums befand sich auf der gegenüberliegenden Straßenseite, jenseits einer Doppelreihe von fahrenden Autos und Autobussen. Marcello war nun angelangt. Er wartete einen Augenblick und überquerte dann die Straße im Kielwasser eines großen, schwarzen Wagens, der auf das Tor zufuhr. Hinter dem Wagen trat auch er ein, nannte dem Türsteher den Namen des Beamten, den er zu sprechen wünschte, setzte sich dann in das Wartezimmer. Er war beinahe froh, ebenso wie die anderen und zwischen ihnen warten zu müssen. Er hatte es weder eilig, noch war er ungeduldig. Ordnung und Etikette in diesem Ministerium gingen ihm nicht auf die Nerven. Im Gegenteil, ihm gefielen diese Vorschriften, und er paßte sich ihnen willig an. Er fühlte sich völlig ruhig und kühl, wenn auch – das war ihm nicht neu – ein wenig traurig. Diese geheimnisvolle Traurigkeit hielt er nun schon für untrennbar mit seinem Charakter verknüpft. Er war immer in dieser Art traurig gewesen, oder besser gesagt unfroh – wie gewisse Seen, die ein hohes Gebirge von der Sonne abschließt und die schwarz und schwermütig daliegen. Gäbe es die Gebirge nicht, die Sonne würde ein Lächeln auf die Gewässer zaubern. Aber die Gebirge sind nun einmal da, und die Seen sind traurig. Ja, er war traurig wie einer dieser Seen. Doch worin seine Traurigkeit eigentlich bestand, hätte er nicht zu sagen vermocht.

Der Warteraum, ein Zimmer neben der Portiersloge, war angefüllt mit verschiedenartigen Menschen. Sie waren eigentlich das Gegenteil von dem, was man im Wartezimmer dieses für die Eleganz und Mondänität seiner Beamten berühmten Ministeriums anzutreffen erwartet hätte. Drei gemein und düster aussehende Männer, vielleicht Spitzel und Polizisten in Zivil, rauchten und plauderten leise. Neben ihnen saß eine junge Frau mit schwarzem Haar und weiß-rot gemaltem Gesicht in aufdringlicher Kleidung – offensichtlich eine ganz billige Hure. Dann gab es einen sauber, wenn auch ärmlich in Schwarz gekleideten alten Herrn mit weißem Bart, der ein Professor sein konnte. Außerdem wartete hier noch eine hagere Frau mit grauem Haar und nervös geängstigtem Gesichtsausdruck. Sie mochte eine kleine Rentnerin sein.

Marcello beobachtete alle diese Leute verstohlen und mit einem deutlichen Gefühl des Widerwillens. Immer erging es ihm so: Er glaubte normal zu sein und seinen Mitmenschen zu gleichen, solange er sie sich als abstrakte Menge vorstellte, als ein großes Heer mit denselben Gefühlen, Ideen und Zielen. Und der Gedanke, zu ihnen zu gehören, war sehr tröstlich. Sobald aber die Individuen zum Vorschein kamen, erkannte sich Marcello in ihnen ganz und gar nicht wieder, empfand Abwehr und Widerwillen zugleich. Sie waren anders als er, der Glaube an seine Durchschnittlichkeit schien eine Illusion zu sein. Zum Beispiel hier in diesem Wartezimmer: Was hatte er gemein mit diesen drei schäbigen, vulgären Kerlen, mit diesem Straßenmädchen, mit diesem Graukopf, mit dieser jämmerlichen Rentnerin? Sein einziges Gefühl bestand aus einem bißchen Mitleid.

«Clerici!» rief der Diener. Marcello fuhr zusammen und erhob sich. «Erste Treppe rechts!» Ohne sich umzuwenden, schlug er die angegebene Richtung ein. Er erstieg eine ungemein breite Treppe, auf der ein roter Teppich lag. Nach dem zweiten Absatz erreichte er einen großen Vorplatz, auf den drei mächtige Flügeltüren mündeten. Er ging auf die mittlere zu, öffnete sie und stand in einem großen halbdunklen Zimmer. In der Mitte befand sich ein langer massiver Tisch mit einer Weltkugel darauf. Marcello ging ein wenig in diesem offenbar unbenutzten Raum umher. Die Fensterladen waren geschlossen. Die Möbel mit Überzügen versehen. Nach einer Weile öffnete er eine andere Tür und fand sich in einem engen finsteren Korridor zwischen zwei Reihen verglaster Bücherschränke. Am Ende dieses Korridors erblickte er wieder eine Tür, die aber nur angelehnt war und durch die ein wenig Licht hereinfiel.

Marcello trat näher, zögerte, drückte dann langsam die Tür etwas auf. Er war nicht neugierig, er wollte nur einen Diener finden, um sich das gesuchte Zimmer zeigen zu lassen. Als er durch den breiten Spalt hineinschaute, erkannte er, daß er sich verirrt hatte. Vor ihm lag ein langes, schmales Zimmer, das durch ein Fenster mit gelben Vorhängen mattes Licht empfing. Davor an einem Tisch, dem Fenster den Rücken kehrend, saß ein junger Mann mit breitem, massigem Gesicht und korpulenter Figur. An den Tisch gelehnt, stand eine Frau in leichtem Kleid, das ein großes schwarzes Blumenmuster auf weißem Grund hatte. Sie trug einen breiten schwarzen Spitzenhut mit Schleier. Hochgewachsen und schmal in der Taille, hatte sie jedoch breite Schultern und Hüften. Ihre Beine waren lang, ihre Fesseln zart. Über den Tisch gebeugt, sprach sie leise mit dem Mann, der sitzend zuhörte, aber dabei nicht sie ansah, sondern seine eigene Hand, die auf der Tischplatte mit einem Bleistift spielte. Dann trat die Frau neben den Stuhl, der dem Mann gegenüberstand, lehnte den Rücken an den Tisch, wandte das Gesicht dem Fenster zu. Sie hatte jetzt eine zutraulichere Haltung. Ihr schwarzer, schief über dem Auge sitzender Hut verhinderte Marcello daran, ihre Züge zu sehen. Sie zögerte, beugte sich dann mit ungeschickter Bewegung schräg vornüber, hob ein Bein, wie man sich unter den Wasserstrahl eines Brunnens beugt, und suchte mit ihren Lippen die des Mannes. Der ließ sich küssen, ohne eine Bewegung zu machen und ohne auf irgendeine Weise zum Ausdruck zu bringen, daß ihm dieser Kuß angenehm sei. Die Frau warf sich plötzlich zurück. Der breite Rand des Hutes verbarg ihr Gesicht und das des Mannes. Dann schwankte sie und wäre gefallen, wenn der Mann nicht den Arm um ihre Hüften gelegt hätte. Jetzt stand sie so, daß ihr Körper den des Mannes völlig verdeckte. Vielleicht streichelte sie seinen Kopf. Noch immer lag sein Arm auf ihren Hüften. Schließlich ließ er sie los. Seine plumpe Hand glitt gleichsam durch ihr eigenes Gewicht zum Gesäß der Frau hinab und lag nun dort wie ein Krebs oder eine Spinne auf einer glatten, kugelförmigen Oberfläche. Marcello lehnte die Tür geräuschlos wieder an.

Durch den Korridor kehrte er in den Raum mit der Weltkugel zurück. Was er gesehen hatte, bestätigte die Gerüchte von dem freien Lebenswandel des Ministers. Denn es war der Minister gewesen, den Marcello in dem schmalen Zimmer gesehen und sogleich erkannt hatte. Er empfand keinerlei Sympathie für diesen mondänen Schürzenjäger – nein, er war ihm sogar unsympathisch. Und da Marcello zum Moralismus neigte, erschien ihm das Eindringen erotischen Lebens in den Bürobetrieb als in höchstem Maße ungehörig. Aber das alles berührte nicht im mindesten seine politische Überzeugung und seinen politischen Glauben. Auch Mitteilungen vertrauenswürdiger Personen, daß wichtige Leute stahlen oder unfähig waren oder ihre politischen Einflüsse für persönliche Zwecke mißbrauchten, nahm er mit fast düsterer Gleichgültigkeit auf. Das waren Dinge, die ihn nichts angingen. Er hatte ein für allemal seine Wahl getroffen und beabsichtigte, daran nichts zu ändern. Auch überraschte ihn dergleichen nicht. Er war auf Grund seiner Frühreife mit den weniger erfreulichen menschlichen Charakterzügen schon seit undenklichen Zeiten vertraut.

Vor allem war ihm klar, daß zwischen seiner Treue zum Regime und seinem eigenen Moralismus keinerlei Beziehung bestand. Diese Treue hatte ihren Ursprung in viel tieferen Schichten als seine moralische Haltung. Deshalb konnte seine Treue nicht durch eine Hand auf einem Frauengesäß, nicht durch einen Diebstahl, nicht durch irgendein anderes übles Vorkommnis erschüttert werden. Worin die Gründe für seine Treue allerdings bestanden, hätte er nicht sagen können. Zwischen ihm selber und seiner Haltung allen Dingen gegenüber lag als trübe Schicht seine dauernde Schwermut.

Mit unerschütterlicher Ruhe und Geduld ging er zu einer anderen Tür des Zimmers, erblickte dahinter einen anderen Korridor, zog sich wieder zurück, probierte es mit einer dritten Tür und gelangte endlich in das Vorzimmer, das er suchte. Auf den Kanapees entlang der Wände saßen eine Anzahl Leute. Betreßte Amtsdiener standen an der Türschwelle. Einem flüsterte Marcello den Namen des Beamten zu, den er aufsuchen wollte. Dann setzte auch er sich. Damit ihm die Zeit nicht lang wurde, öffnete er von neuem die Zeitung.

Die Nachricht von dem Sieg in Spanien zog sich über alle Spalten. Dies empfand er als peinlich, weil er darin eine Übertreibung von zweifelhaftem Geschmack erblickte. Er las zum zweitenmal die im Fettdruck gesetzte Meldung und ging dann zu einem langen Korrespondentenbericht über, dessen gestelzter und forsch soldatischer Stil ihm sogleich auf die Nerven fiel. Er überlegte, wie er selbst diesen Artikel geschrieben hätte. Und er überraschte sich bei dem Gedanken, daß nicht nur dieser Artikel aus Spanien, sondern auch alle anderen Berichte über das Regime – von den unwichtigsten bis zu den wichtigsten – unter seiner Hand ganz anders ausgefallen wären. Eigentlich, so dachte er, gibt es unter diesem Regime fast nichts, was mir nicht tief widerwärtig ist! Und trotzdem werde ich der von mir nun einmal eingeschlagenen Richtung treu bleiben! Darauf las Marcello in der Zeitung weiter, übersprang aber die patriotischen und propagandistischen Artikel. Schließlich sah er auf und blickte sich um.

Außer einem alten Herrn hatten alle anderen Leute das Wartezimmer mittlerweile verlassen. Dieser alte Herr hatte einen runden Kahlkopf, ein rotes Gesicht, auf seinen Zügen standen Frechheit, Gier und Schlauheit. Er war bekleidet mit einem hellen Sportsakko; man merkte, daß es ihn jung machen sollte. Eine Krawatte in lebhaften Farben saß ihm auf der Brust. An den Füßen trug er schwere Schuhe mit Gummisohlen. Er gebärdete sich, als sei er in diesem Ministerium zu Hause, ging im Wartezimmer auf und ab und knüpfte scherzhafte, ungeduldige Gespräche mit den an der Tür stehenden Dienern an. Dann öffnete sich eine Tür und heraus trat ein Mann mittleren Alters, kahl und mager bis auf den hervortretenden Bauch. Er war gelb im Gesicht, hatte breite schwarze Ringe unter den Augen und einen skeptischen und geistvollen Ausdruck auf den scharfen Zügen. Mit einem Ruf freudigen Protestes ging ihm der Alte sogleich entgegen. Der andere grüßte zeremoniell und untertänig. Darauf faßte ihn der Alte mit zutraulicher Bewegung wie eine Frau um die Hüften, neben ihm durchschritt er den ganzen Raum und flüsterte ihm etwas offenbar sehr Wichtiges ins Ohr. Marcello war dieser Szene gleichgültig gefolgt.

Doch jetzt fiel ihm plötzlich auf, daß er diesen Alten haßte, ohne selbst zu wissen warum. Es war ihm nicht unbekannt, daß ein solcher Anfall von Haß in jedem beliebigen Augenblick und aus den verschiedensten Anlässen auf der toten Oberfläche seiner üblichen Gleichgültigkeit auftauchen konnte – wie ein Ungeheuer, das unerwartet einer spiegelglatten See entsteigt. Doch jedesmal wieder war er betroffen über diesen Zug seines Charakters, der allen anderen Zügen zuwiderlief. Zum Beispiel spürte er, daß er diesen Alten ohne weiteres hätte umbringen oder umbringen lassen können. Mehr noch: Er sehnte sich danach, ihn umzubringen. Warum? Vielleicht deshalb, weil der Skeptizismus, eine Eigenschaft, die er ganz besonders haßte, auf diesem roten Gesicht so deutlich zu erkennen war? Oder vielleicht, weil das Sakko des Alten hinten einen Schlitz hatte? Wenn der Alte die Hand in der Tasche hielt, kam unter dem Schlitz das flappende, zu weite Hinterteil der Hose zum Vorschein und erinnerte in widerwärtiger Weise an die Schaufensterpuppe eines Schneiders. Auf jeden Fall haßte ihn Marcello. Und zwar mit so unerträglicher Heftigkeit, daß er wieder seine Zeitung zur Hand nahm. Als er nach längerer Zeit von neuem aufblickte, war der Alte mit seinem Begleiter verschwunden. Der Raum lag leer da.

Bald darauf trat einer der Diener auf Marcello zu und forderte ihn auf, mitzukommen. Marcello erhob sich und folgte ihm. Der Diener öffnete eine der Türen und ließ Marcello vorangehen. Marcello fand sich in einem großen Salon mit Fresken an der Decke und an den Wänden. Hinten, in der Ecke, stand ein mit Papieren übersäter Schreibtisch. Dort saß der Mann mit dem gelben Gesicht, den Marcello schon im Vorzimmer gesehen hatte. An dessen Seite saß ein anderer Mann, den Marcello gut kannte. Es war ein unmittelbarer Vorgesetzter von ihm im Geheimdienst. Beim Eintreten Marcellos erhob sich der Mann mit dem gelben Gesicht, einer der Sekretäre des Ministers. Der andere hingegen blieb sitzen und nickte Marcello zu. Es war ein hagerer alter Mann von militärischem Aussehen, rot und hölzern im Gesicht, mit einem Schnurrbart, so schwarz und steif, daß er wie angeklebt wirkte. Dieser Mann stell e, wie Marcello dachte, den vollendeten Gegensatz zu dem Sekretär dar. Marcello wußte, daß sein Vorgesetzter streng, anständig, diensteifrig und überaus pflichtbewußt war. Die Pflichten waren ihm sogar wichtiger als sein Gewissen. Der Sekretär hingegen, soweit sich Marcello erinnerte, war ein Mann neueren, ganz anders gearteten Stils; ehrgeizig, skeptisch, mondän, mit Lust an der Intrige über jede berufliche Verpflichtung hinaus, durch keinerlei Gewissensskrupel behindert. Natürlich flog Marcellos ganze Sympathie seinem Vorgesetzten zu, weil er in dessen rotem, abgearbeitetem Gesicht die gleiche dunkle Schwermut zu erkennen glaubte, die ihn selbst so oft bedrückte. Möglich, dachte Marcello, daß auch der Oberst Baudino, genau wie er, den Widerspruch zwischen einer starren Treue, die gar nichts Rationales mehr hatte, und den nur zu oft beklagenswerten Aspekten der alltäglichen Wirklichkeit kannte. Aber vielleicht ist das nur eine Einbildung, überlegte Marcello, vielleicht schreibe ich ihm aus Sympathie meine eigenen Gefühle zu – in der Hoffnung, nicht der einzige zu sein, der so empfindet

Trocken, ohne Marcello oder den ekretär anzublicken, sagte der Oberst: «Das ist Doktor Clerici, von dem ich Ihnen vor einiger Zeit gesprochen habe.»

Mit zeremoniöser und fast ironischer Geschwindigkeit beugte sich der Sekretär über den Tisch, reichte Marcello die Hand und forderte ihn auf, Platz zu nehmen.

Marcello setzte sich. Der Sekretär tat dasselbe, griff nach einer Schachtel Zigaretten und bot sie erst dem Oberst an, der ablehnte, und dann Marcello, der zugriff. Nachdem er sich selbst eine Zigarette angezündet hatte, sagte der Sekretär:

«Clerici, ich bin sehr erfreut, Sie kennenzulernen. Der Herr Oberst singt Ihr Lob in allen Tönen. Wie es scheint, sind Sie sozusagen ein Schlager!» Er unterstrich das Wort «sozusagen» mit einem Lächeln und redete dann weiter: «Wir haben Ihren Plan mit dem Minister geprüft und ohne weiteres für ausgezeichnet befunden. Sie kennen Quadri gut?»

«Ja», sagte Marcello. «Er war mein Professor auf der Universität.»

«Und Sie sind sicher, daß Quadri nichts von Ihrer Eigenschaft als Staatsbeamter weiß?»

«Ich vermute...»

«Ihr Gedanke, eine politische Bekehrung vorzutäuschen, auf diese Weise das Vertrauen der Leute zu gewinnen, in ihre Organisation einzutreten und womöglich einen Auftrag in Italien zu übernehmen, ist gut.» Der Sekretär sah auf den Tisch herab, auf die vor ihm liegenden Notizen. «Auch der Minister ist der Meinung, daß etwas in dieser Richtung unverzüglich versucht werden müßte. Wann wären Sie bereit abzureisen, Clerici?»

«Sobald es notwendig ist...»

«Sehr gut», sagte der Sekretär, schien jedoch ein wenig überrascht, als habe er eine andere Antwort erwartet. «Ausgezeichnet! Aber ein Punkt muß noch geklärt werden: Sie schicken sich an, eine Mission durchzuführen, die – sagen wir mal – recht heikel und gefährlich ist. Ich habe mit dem Herrn Oberst besprochen, daß Sie irgendeinen plausiblen Vorwand für Ihre Reise nach Paris finden müssen – um nicht aufzufallen. Ich behaupte nicht, daß diese Leute wissen oder herausfinden können, wer Sie wirklich sind, aber schließlich und endlich kann man nie vorsichtig genug sein. Um so mehr, als dieser Quadri, wie Sie selbst in Ihrem Bericht hervorgehoben haben, seinerzeit gewußt hat, daß Sie ein treuer Anhänger des Regimes sind...»

«Wenn das nicht der Fall gewesen wäre», sagte Marcello trokken, «könnte ja auch keine Bekehrung stattgefunden haben.»

«Richtig! Sehr richtig! Aber kein Mensch fährt eigens nach Paris, um bei Quadri aufzutauchen und ihm zu sagen: hier bin ich! Vielmehr müssen Sie den Eindruck erwecken, aus privaten Gründen in Paris zu sein. Aus nicht politischen, meine ich. Und da benutzen Sie nun die Gelegenheit, um Quadri Ihre geistige Krise darzulegen.» Der Sekretär hob die Augen zu Marcello auf und sagte abschließend: «Sie müssen die Mission mit etwas Persönlichem, nicht Offiziellem, verbinden. – Glauben Sie nicht, Herr Oberst?»

«Das ist auch meine Meinung», sagte der Obert, ohne aufzublicken. Nach einem Augenblick fügte er hinzu: «Aber nur Clerici selbst kann einen Vorwand finden.»

Marcello senkte bejahend den Kopf, ohne zu antworten. Über diesen Vorwand, dachte er, wird man gründlich nachgrübeln müssen. Als er schließlich sagen wollte: «Lassen Sie mir zwei oder drei Tage Zeit», begann seine Zunge plötzlich wie von selbst zu sprechen: «Ich heirate in einer Woche. Man könnte diese Mission mit meiner Hochzeitsreise verbinden.»

Diesmal war die Überraschung des Sekretärs offenkundig und tief, wenn er sich auch sogleich Mühe gab, dies durch einen Ausbruch von Enthusiasmus zu verdecken. Der Oberst hingegen blieb ganz ungerührt, als hätte Marcello überhaupt nichts gesagt. «Sehr gut! Ausgezeichnet!» rief der Sekretär immer noch ziemlich fassungslos. «Sie heiraten! Ein besserer Vorwand wäre gar nicht zu finden! Die klassische Hochzeitsreise nach Paris!»

«Ja», gab Marcello ohne zu lächeln zurück, «die klassische Hochzeitsreise nach Paris.»

Der Sekretär fürchtete offenbar, Marcello gekränkt zu haben. «Ich wollte damit sagen, daß Paris wirklich der richtige Ort für eine Hochzeitsreise ist. Ich selber bin leider noch nicht verheiratet ... Aber wenn ich einmal heiraten sollte, würde ich wohl auch nach Paris fahren.»

Marcello antwortete darauf nichts. Es widerfuhr ihm oft, daß er Menschen, die ihm unsympathisch waren, mit völligem Stillschweigen bedachte.

Der Sekretär wandte sich dem Oberst zu und sagte, um seinem Herzen Luft zu machen: «Sie hatten wirklich recht, Herr Oberst.

Nur Doktor Clerici konnte diese Lösung finden. Selbst wenn uns etwas Derartiges eingefallen wäre, hätten wir es ihm gewiß nicht nahelegen können.»

Dieser halb ernst gesprochene Satz war, wie Marcello sofort spürte, doppeldeutig. Er konnte wirklich ein Lob, wenn auch ein etwas ironisches, enthalten – als habe der Sekretär sagen wollen: «Donnerwetter! Was für ein Fanatismus!» Er konnte aber auch ebenso eine verblüffte Verachtung enthalten: «Was für ein Diensteifer! Der respektiert ja nicht einmal seine eigene Hochzeit!» Wahrscheinlich waren beide Deutungen richtig, denn für den Sekretär waren zweifellos die Grenzen zwischen Fanatismus und Diensteifer nicht deutlich abgesteckt. In beiden Fällen handelte es sich bei ihm um Mittel, die gleichen Zwecke zu erreichen.

Befriedigt stellte Marcello fest, daß auch der Oberst dem Sekretär das Lächeln vorenthielt, das dieser mit seinem doppeldeutigen Satz hatte hervorrufen wollen. Ein Augenblick des Schweigens folgte.

Marcello blickte dem Sekretär fest in die Augen, regungslos und mit einem Mangel an Unterwürfigkeit, der darauf berechnet war, den anderen aus dem Konzept zu bringen. Tatsächlich hielt der Sekretär diesem Blick nicht stand, erhob sich plötzlich, wobei er die Hände auf die Tischplatte stützte.

«Schön. Sie, Herr Oberst, setzen sich also mit Doktor Clerici über alle Einzelheiten der Mission ins Einvernehmen.» Er wandte sich Marcello zu: «Sie müssen wissen, daß Sie die ganze Unterstützung des Ministers sowie meine eigene genießen. Mehr als das», fügte er mit gespielter Gleichgültigkeit hinzu. «Der Minister hat den Wunsch geäußert, Sie persönlich kennenzulernen.»

Auch diesmal machte Marcello den Mund nicht auf. Er beschränkte sich darauf, sich zu erheben und eine Verbeugung anzudeuten.

Der Sekretär, der zweifellos Worte des Dankes erwartet hatte, machte wieder eine überraschte Bewegung, suchte sofort, sie zu unterdrücken und sagte:

«Bleiben Sie hier, Clerici. Der Minister hat mir befohlen, Sie direkt zu ihm zu bringen.»

Der Oberst erhob sich: «Clerici, Sie wissen, wo Sie mich finden können.» Darauf streckte er dem Sekretär die Hand entgegen.

Dieser aber wollte ihn mit eifriger Förmlichkeit unbedingt bis zur Tür begleiten. An der Tür schüttelten die beiden Männer einander die Hand. Der Oberst verschwand, der Sekretär kehrte zu Marcello zurück. «Kommen Sie, Clerici», sagte er. «Der Minister ist äußerst beschäftigt, legt aber trotzdem großen Wert darauf, Sie zu sprechen und Ihnen seine Zufriedenheit auszudrücken. Das ist das erste Mal, nicht wahr, daß Sie von dem Minister empfangen werden?»

Die beiden hatten mittlerweile ein kleines Vorzimmer neben dem Büro des Sekretärs durchquert. Der Sekretär öffnete nun eine Tür, hieß Marcello mit einer Geste warten, verschwand einen Augenblick, erschien wieder und forderte Marcello auf, ihm zu folgen.

Marcello erblickte dasselbe lange und schmale Zimmer, das er kurz zuvor durch den gewissen Türspalt gesehen hatte. Nur bot es sich ihm jetzt der Breite nach dar, der Tisch befand sich direkt vor ihm. Hinter dem Tisch saß der Mann mit dem breiten, massigen Gesicht, dem korpulenten Körperbau, derselbe, den Marcello im Tête-à-tête mit der Dame im schwarzen Hut beobachtet hatte. Marcello bemerkte jetzt, daß der Tisch leer und glänzend war. Nur ein großes, bronzenes Tintenfaß stand darauf, und daneben lag eine geschlossene Mappe aus dunklem Leder – doch nirgends war auch nur ein Stück Papier zu entdecken.

«Exzellenz», sagte der Sekretär, «das ist Doktor Clerici.»

Der Minister stand auf und reichte Marcello die Hand mit einer Herzlichkeit, der zwar jede Heiterkeit fehlte, die aber noch nachdrücklicher war als die des Sekretärs.

«Wie geht es, Clerici?» Er sprach seine Worte sorgfältig und langsam aus, als enthielten sie irgendeine besondere Bedeutung. «Man hat mir anerkennend von Ihnen gesprochen. Das Regime braucht Männer wie Sie!»

Der Minister hatte sich gleich wieder gesetzt, zog jetzt ein Taschentuch hervor, putzte sich die Nase und begann, irgendwelche Papiere zu prüfen, die der Sekretär ihm vorlegte. Marcello zog sich diskret in die entfernteste Ecke des Raumes zurück. Der Sekretär flüsterte dem Minister etwas ins Ohr.

Da bemerkte Marcello, daß der Minister sein Taschentuch begutachtete, und dieses weißleinene Tuch wies rote Flecke auf. Hatte der Mund des Ministers bei Marcellos Eintritt nicht unnatürlich rot ausgesehen? Reste vom Lippenstift der Frau mit dem schwarzen Hut! Unbekümmert, obwohl er beobachtet wurde, rieb sich nun der Minister heftig den Mund ab, untersuchte das Taschentuch auf Spuren von Lippenstift. Zur selben Zeit sah er weiterhin die Papiere durch, die der Sekretär ihm vorlegte. Schließlich nahm die Prüfung der Papiere zugleich mit der Prüfung des Taschentuchs ein Ende.

Der Minister stand auf und reichte Marcello die Hand: «Auf Wiedersehen, Clerici! Wie Ihnen mein Sekretär schon gesagt haben wird, können Sie bei Ihrer Mission auf meine bedingungslose, vollständige Unterstützung rechnen.»

Marcello verneigte sich, drückte die fette und kurze Hand und folgte dem Sekretär hinaus. Sie kehrten in das Büro des Sekretärs zurück. Dieser legte die von dem Minister geprüften Papiere auf den Tisch, begleitete Marcello zur Tür.

«Also, Clerici, Hals- und Beinbruch!» sagte er mit einem Lächeln. «Und meinen herzlichsten Glückwunsch zur Hochzeit!»

Marcello dankte mit einer Kopfbewegung, einer Verneigung und mit ein paar unverständlichen Worten. Mit einem letzten Lächeln drückte ihm der Sekretär die Hand.

Dann schloß sich die Tür.

Zweites Kapitel

Es war spät geworden. Marcello beschleunigte seinen Schritt, nachdem er das Ministerium verlassen hatte. Bei der Autobushaltestelle reihte er sich in die Schlange der hungrigen und nervösen Menschen ein, die um die Mittagszeit nach Hause wollten. Er wartete geduldig, bis er an der Reihe war, in den bereits überfüllten Wagen einzusteigen. Einen Teil der Fahrt legte er stehend auf dem Trittbrett zurück. Endlich gelang es ihm mit großer Mühe, sich auf die Plattform zu drängen. Dort stand er nun eingezwängt, während der Autobus rumpelnd und dröhnend über die ansteigende Straße von der Stadtmitte aus nach der Peripherie fuhr.

Diese Unannehmlichkeiten verstimmten ihn jedoch nicht, erschienen ihm vielmehr irgendwie richtig, weil sie in gewissem Maße mit dazu beitrugen, zwischen ihm und den anderen eine Gemeinschaft herzustellen. Die unmittelbare Berührung mit der Menschenmenge war zwar unbehaglich, befriedigte ihn aber. Und schließlich war sie ihm ja weitaus lieber als die Berührung mit einzelnen Individuen. Während er sich auf die Zehenspitzen stellte, um besser atmen zu können, dachte er: Von dieser Menge geht ein angenehmes Gefühl der Zusammengehörigkeit aus – ein Gefühl, das beim Gedränge in einem Autobus beginnt und bei einer Demonstration endet. Von einzelnen Menschen hingegen empfängt man nur Zweifel an sich selbst. Und zweifelt dann auch an den anderen – wie es ihm während des Besuches bei dem Minister ergangen war.

Marcello überlegte: Warum habe ich eigentlich sofort ein unangenehmes Gefühl gehabt, als ich diesem skeptischen, korrupten Intriganten von Sekretär die Verbindung von Hochzeitsreise und Mission vorgeschlagen hatte? Vielleicht deshalb, weil ich damit den Eindruck erweckt habe, besonders diensteifrig oder fanatisch zu sein. Allein durch seine Gegenwart hat der Sekretär in mir ein Gefühl der Scham ausgelöst, obwohl mein Angebot spontan und ganz ohne Berechnung erfolgt ist.

Der Autobus rollte von einer Haltestelle zur anderen. Marcello sagte sich zu seiner eigenen Erleichterung, daß er keine Scham empfunden hätte, wenn der Sekretär ein Mann von Treue, Hingabe und Opferbereitschaft gewesen wäre, anstatt von kluger Berechnung und Eigennutz. Ja, dachte er, mein Angebot ist wirklich nicht aus irgendwelchen Überlegungen hervorgegangen, sondern aus den dunklen Tiefen meines Gemütes. Das beweist wieder, wie gut ich mich in das soziale und politische Gefüge einordne. Ein anderer, der Sekretär zum Beispiel, hätte ein solches Angebot erst nach langen, listigen Überlegungen vorgebracht. Er hingegen hatte sich vom Fleck weg entschlossen. Über die Frage, ob es schicklich sei, eine Hochzeitsreise mit einer politischen Mission zu verbinden, brauchte Marcello gar nicht erst nachzudenken: Er war der, der er war. Alles, was er tat, hatte einfach dazuzupassen.

Er stieg von dem Autobus ab und machte sich auf den Weg nach dem Beamtenviertel. Er durchschritt eine Straße mit weißen und rosafarbenen Oleanderbäumen. Die massigen Häuser der Staatsbeamten hatten ihre Einfahrten zu den großen traurigen Höfen geöffnet. Da und dort gab es bescheidene Kaufläden, die Marcello nun schon gut kannte: den Tabakladen, den Bäcker, den Gemüseladen, den Fleischer, die Drogerie. Es war Mittag. Selbst hier, zwischen diesen anonymen Gebäuden, spürte man, daß die Leute von der Arbeit zurückgekommen, die Familien beisammen waren. Eine Spur von Vergnügtheit hing in der Luft: Küchengerüche kamen aus den halbgeöffneten Fenstern der Erdgeschoßwohnungen, da und dort spielte ein Radio, ein Grammophon. An einem abgeschlossenen Gärtchen vor einem der Häuser duftete ein Spalier von Kletterrosen. Schlechtgekleidete Männer beeilten sich, nach Hause zu kommen, und verschwanden in den Toren.

Marcello beschleunigte den Schritt. Als er beim Haustor Nummer neunzehn angelangt war, traf er dort mit drei Beamten auf einmal zusammen. Auch sie schienen es eilig zu haben. Mit einem gewissen Wohlbehagen suchte Marcello ihre Haltung nachzuahmen.

Langsam stieg er die breite Treppe empor, auf der es einmal strahlend hell, einmal trüb und fast dunkel war, je nachdem, ob die Treppe an einem Fenster vorüberführte oder nicht. Im zweiten Stock fiel ihm plötzlich ein, daß er etwas vergessen hatte: die Blumen, die er seiner Braut mitzubringen pflegte, wenn er in ihrem Haus zum Essen eingeladen war. Er freute sich, noch rechtzeitig daran gedacht zu haben, lief die Treppe wieder hinunter und zu der Blumenfrau an der Ecke, die auf einem Schemel saß und ihre Ware in Blechgefäßen feilbot. Hastig wählte er ein halbes Dutzend der schönsten langstieligen und tiefroten Rosen aus. Während er wieder den Hauseingang durchschritt, die Treppe emporstieg, diesmal bis zum letzten Stockwerk, sog er den Duft der Blumen ein.

Hier, ganz oben, gab es nur eine Wohnungstür. Daneben führte eine kleine Treppe zu der sonnenbestrahlten Dachterrasse. Er läutete und dachte: Hoffentlich macht mir nicht die Mutter auf! Seine zukünftige Schwiegermutter behandelte ihn nämlich mit einer krankhaften Zärtlichkeit, die ihm stark auf die Nerven ging. Die Tür öffnete sich, und Marcello erblickte mit Erleichterung im Schatten des Vorraumes das halbwüchsige Dienstmädchen. Es

Ah! Paris! Mein Traum …

... oder: Wien, mein Traum – oder: Venedig oder Honolulu, London, Berlin, Lissabon, Buxtehude ...

Hauptsache: Hochzeitsreise. Wichtigste Nebensache: Geld. Glück dem Manne, der seinem Weibe auf die Frage nach den Kosten stets wie Marcello antworten kann: «Mach dir keine Sorgen wegen des Geldes.»

hatte zwei schwarze Zopfkränze um den Kopf gelegt und trug eine viel zu weite weiße Schürze. Es schloß hinter Marcello die Tür, nachdem es sich vorgebeugt und einen Augenblick neugierig ins Treppenhaus geschaut hatte. Marcello sog mit vollen Nüstern den Küchenduft ein, der die Luft erfüllte, und ging in den Salon.

Das Fenster des Salons war angelehnt, um das Eindringen der Hitze und der Sonne zu verhindern, die Vorhänge waren zugezogen. Trotz des Halbdunkels erkannte man die düsteren Möbel im falschen Renaissancestil, die den Raum ganz anfüllten: schwere, strenge, reichgeschnitzte Möbel. Sie bildeten einen seltsamen Kontrast zu den überall auf Tischen und Kredenzen herumstehenden Nippes von kokettem Geschmack: ein nacktes kniendes Mädchen am Rand eines Aschenbechers, ein Ziehharmonika spielender Matrose aus blauer Majolika, eine Gruppe schwarz-weißer Hunde, drei Kerzenhalter in Blütenform, viele Aschenbecher aus Metall und Porzellan, die – wie Marcello wußte – Hochzeitskonfekt von Freundinnen und Verwandten seiner Verlobten enthalten hatten. Die Wände waren mit rotem Pseudodamast bezogen, darauf hingen schwarzgerahmte, grellbunte Landschaften und Stilleben. Marcello setzte sich auf den bereits sommerlich überzogenen Diwan und blickte sich zufrieden um.

Dies ist wirklich eine bürgerliche Wohnung, dachte er. Wieder einmal bürgerlich im konventionellsten und bescheidensten Sinn. Sie ähnelte allen anderen Wohnungen in diesem Haus, in diesem ganzen Viertel. Doch gerade das Gefühl, sich einer Dutzendware, etwas durchaus Alltäglichem gegenüber zu befinden, wirkte angenehm und beruhigend auf ihn. Er empfand eine geradezu heftige Freude über die Häßlichkeit der Wohnung. Er selbst war in einem schönen, geschmackvollen Haus aufgewachsen und war sich daher völlig im klaren über die hoffnungslose Scheußlichkeit all dessen, was ihn hier umgab. Aber gerade diese anonyme Geschmacklosigkeit war genau das, was er brauchte: ein weiteres Verbindungsglied zu seinen Mitmenschen. Er und Giulia würden mindestens in den ersten Jahren ihrer Ehe aus Geldmangel genötigt sein, hier zu leben. Fast beglückte ihn diese Armut, denn er selbst wäre nie imstande gewesen, eine so häßliche Wohnung einzurichten. Der Salon, in dem er jetzt saß, würde also bald sein

Salon sein. Auch das Schlafzimmer im Libertystil, in dem dreißig Jahre hindurch seine zukünftige Schwiegermutter mit ihrem verewigten Mann geschlafen hatte, würde bald sein Schlafzimmer sein. Und ebenso das Mahagonispeisezimmer, in dem Giulia mit den Eltern ihr ganzes Leben lang zwei Mahlzeiten am Tag eingenommen hatte. Giulias Vater war ein höherer Beamter in einem Ministerium gewesen, und in dessen jugendlichem Geschmack war diese Wohnung einmal eingerichtet worden. Sie stellte eine Art Tempel zu Ehren der Geschwister-Gottheiten Respektabilität und Normalität dar. In ganz kurzer Zeit, so dachte Marcello mit geradezu lüsterner Vorfreude, die gleichzeitig etwas Trauriges hatte, werde auch ich mich recht wohlig in diese geachtete Durchschnittlichkeit einfügen.

Die Tür flog auf. Giulia stürmte herein. Sie schloß die Tür hastig und kam auf ihren Verlobten zu. Mit ihren zwanzig Jahren war Giulia jetzt schon üppig wie eine Frau von dreißig. Ihre Üppigkeit war wenig fein, ja geradezu volkstümlich, wirkte aber frisch und solide und erweckte irgendwelche Vorstellungen von Fleischeslust. Sie hatte einen ganz blassen Teint, große dunkle, klare Augen, dichte und schöngelockte kastanienfarbene Haare, blühende rote Lippen. Marcello sah sie auf sich zukommen in einem lichten Kleid von etwas männlichem Schnitt, das über ihren Formen zu bersten schien. Wieder einmal konnte er nicht umhin, mit Befriedigung festzustellen, daß er im Begriff war, ein völlig normales und ganz durchschnittliches Mädchen zu heiraten – ein Mädchen, das in vielem diesem so erfreulichen Salon glich.

Dieselbe Befriedigung empfand er, als sie mit schleppender, gutmütiger Stimme und in einem etwas dialekt-gefärbten Ton sagte:

«Was für schöne Rosen! Warum denn nur? Ich habe dir doch schon gesagt, du sollst keine Umstände machen. Es ist doch nicht das erste Mal, daß du zum Essen kommst.» Giulia stellte die Rosen in ein blaues Gefäß, das auf einer gelben Marmorsäule thronte.

«Es macht mir Freude, dir Blumen zu bringen», sagte Marcello.

Giulia stieß einen Seufzer der Befriedigung aus und ließ sich neben ihn auf den Diwan sinken. Als Marcello sie anblickte, bemerkte er, daß sich ihre gelöste Freude von vorhin auf einmal in Betretenheit verwandelt hatte. Da wandte sie sich unerwartet ihm zu, warf die Arme um seinen Hals und flüsterte: «Küß mich . . .»

Marcello legte den Arm um ihre Hüfte und küßte sie auf den Mund. Fast stets war sie es, die von ihm geküßt werden wollte. Er jedoch hatte irgendwelche Hemmungen, denn ihre aggressive Sinnlichkeit gelangte immer schnell bis zu jenem Ende, das ihren Beziehungen als Brautleuten eigentlich gesetzt war. Auch diesmal wieder befiel sie gerade in dem Augenblick, als ihrer beider Lippen sich trennen wollten, eine Woge lustvoller Laszivität. Sie schlang die Arme noch heftiger um Marcellos Hals und preßte von neuem ihren Mund auf den seinen. Ihre Zunge öffnete seine Lippen und bewegte sich dann rasch in seinem Mund hin und her. Zugleich ergriff Giulia seine Hand, führte sie an ihren Busen und drückte seine Finger gegen ihre linke Brustwarze. Dabei schnaufte sie heftig, tierhaft, unschuldig und ungesättigt.

Marcello war in seine Verlobte nicht verliebt, aber Giulia gefiel ihm, und ihre sinnlichen Umarmungen ließen ihn niemals kalt. Doch war er nicht gesonnen, ihren Überschwang zu teilen. Er wollte, daß seine Beziehungen zu Giulia innerhalb der traditionellen Grenzen der Keuschheit blieben. Ihm war, als würde eine größere Intimität wiederum in sein Leben jene Unordnung und Abnormität bringen, die er dauernd zu vertreiben bemüht war. So nahm er nach einer Weile die Hand von Giulias Busen, drängte das Mädchen vorsichtig von sich ab.

«Oh, wie kalt du bist!» rief Giulia und sah ihn lächelnd an. «Manchmal glaube ich wirklich, du liebst mich nicht.»

Marcello sagte: «Du weißt, daß ich dich liebe.»

Ihre Stimmung war trotz Marcellos Verhalten mittlerweile wieder umgeschlagen. «Ich bin ja so froh!» erklärte Giulia. «Noch nie bin ich so glücklich gewesen! Übrigens – weißt du, daß die Mutter auch heute wieder gesagt hat, wir müssen ihr Schlafzimmer nehmen? Sie will sich in das kleine Zimmer am Ende des Korridors zurückziehen. Was meinst du, sollen wir nicht doch auf ihr Angebot eingehen?»

«Ich glaube», sagte Marcello, «sie wäre traurig, wenn wir uns weigerten.»

«Das ist auch meine Ansicht. Denk dir, als ich ein Kind war, träumte ich davon, einmal in solch einem Zimmer zu schlafen. Aber jetzt weiß ich nicht mehr so recht, ob es mir noch gefällt. Gefällt es dir?»

Sie brachte ihre Frage zugleich zweifelnd und selbstbewußt hervor – im Ton eines Menschen, der zwar das Urteil des anderen hören will, jedoch im voraus überzeugt ist, Beistimmung zu finden.

Marcello beeilte sich zu sagen: «Es gefällt mir gut. Es ist sehr schön.» Und er sah, daß seine Worte in Giulia große Befriedigung auslösten.

Voll Freude klatschte sie ihm einen Kuß auf die Wange und sprach weiter: «Heute morgen habe ich Signora Persico gesehen und sie zu unserem Empfang eingeladen. Sie wußte noch gar nicht, daß ich heirate. Sie stellte mir eine Unmenge Fragen. Als sie hörte, wer du bist, sagte sie, daß sie deine Mutter kenne. Sie hat sie vor ein paar Jahren am Meer getroffen.»

Marcello antwortete nicht. Es war ihm immer unangenehm, auf seine Mutter angesprochen zu werden, mit der er seit Jahren nicht mehr zusammen lebte und die er nur selten sah. Zum Glück merkte Giulia nichts von seiner Betretenheit.

Sie wechselte neuerlich das Thema: «Was den Empfang angeht... Wir haben eine Liste der Leute aufgestellt, die wir einladen müssen. Willst du sie sehen?»

«Ja, zeig sie mir.»

Sie zog ein Blatt Papier aus der Tasche und reichte es ihm. Marcello überflog die Namen. Es war eine lange Liste, nach Familien geordnet: Väter, Mütter, Töchter, Söhne. Bei den Männern war neben dem Namen und dem Vornamen der Beruf angegeben: Arzt, Anwalt, Ingenieur, Professor. Und auch der Titel stand im gegebenen Fall dabei: Grande Ufficiale, Commendatore, Cavaliere. Bei jeder Familie hatte Giulia, um ganz sicherzugehen, die Anzahl der Personen vermerkt: drei, fünf, zwei, vier. Es waren durchwegs Leute, die Marcello nicht kannte. Dennoch hatte er den Eindruck, als kenne er sie seit langem: mittlere und kleine Bourgeoisie. Staatsbeamte und Angehörige freier Berufe. Alle wohnten zweifellos in Häusern, die so aussahen wie sein zukünftiges Haus, in gleichen Salons, in gleichen Möbeln. Und sie hatten Töchter wie Giulia, die mit jungen Doktoren und

Angestellten verheiratet werden sollten – mit Männern, die ihm glichen. Lange betrachtete Marcello die Liste, verweilte bei besonders charakteristischen, allgemein üblichen Namen. Obwohl sie bei ihm eine tiefe Befriedigung auslösten, spürte er wieder seine übliche, kalte, regungslose Melancholie.

«Wer ist denn das, zum Beispiel, dieser Arcangeli?» erkundigte er sich. «Commendatore Giuseppe Arcangeli und Frau Jole, den Töchtern Silvana und Beatrice und dem Sohn Doktor Gino?»

«Ach, die kennst du nicht. Arcangeli war ein Freund meines armen Papas im Ministerium.»

«Wo wohnt er?»

«Zwei Schritt von hier, in der Via Porpora.»

«Und wie sieht sein Salon aus?»

«Weißt du, daß du komische Fragen stellst?» rief sie lachend. «Wie soll er denn schon aussehen? Wie dieser hier, wie so viele andere ... Warum interessiert es dich so, wie der Salon der Arcangelis aussieht?»

«Und die Töchter sind verlobt?»

«Ja. Beatrice. Warum?»

«Wer ist der Verlobte?»

«Was du alles wissen willst! Nun, der Verlobte hat einen sonderbaren Namen – Schirinzi. Er arbeitet in einer Notariatskanzlei.»

Marcello merkte, daß man sich aus den Antworten Giulias keinerlei bestimmte Vorstellung von den Arcangelis machen konnte. Wahrscheinlich hatten sie in Wirklichkeit auch nicht mehr Kennzeichen als auf dem Papier: Namen respektabler, alltäglicher und normaler Menschen.

Wieder sah er die Liste durch und hielt zufällig bei einem anderen Namen an. «Und wer ist Doktor Cesare Spadoni mit Frau Livia und dem Bruder Rechtsanwalt Tullio?»

«Das ist ein Kinderarzt. Seine Frau ist eine frühere Schulkollegin von mir. Hast du sie nicht einmal kennengelernt? Eine sehr hübsche, dunkle, kleine, blasse Person. Er ist ein gutaussehender junger Mann, fein und distinguiert. Auch sein Bruder sieht gut aus. Sie sind Zwillinge.»

«Und der Cavaliere Luigi Pace mit Frau Teresa und den vier Söhnen Maurizio, Giovanni, Vittorio und Ricardo?»

«Auch ein Freund des armen Papas. Die Söhne sind alle Studenten. Das heißt, Ricardo geht noch ins Gymnasium.»

Marcello begriff endgültig, daß es sinnlos war, Aufklärungen über die auf dieser Liste stehenden Leute zu verlangen. Giulia konnte ihm nicht viel mehr sagen, als aus der Liste selbst hervorging. Auch wenn sie ihn genauestens über Charakter und Lebensweise dieser Leute informiert hätte, wäre doch alles in dem engen Rahmen ihrer eigenen Meinung und ihrer Intelligenz verblieben.

Allerdings merkte er, daß er es zufrieden war und es beinahe wollüstig genoß, durch seine Heirat bald zu dieser so gar nicht ungewöhnlichen Gesellschaft zu gehören. Eine Frage aber lag ihm noch auf der Zunge. Nach einem kurzen Augenblick des Zögerns entschied er sich, sie zu stellen: «Sag einmal, ähnle ich deinen Gästen?»

«Wie meinst du das? Körperlich?»

«Nein ... Ich möchte wissen, ob ich deiner Meinung nach so bin wie sie, so auftrete, so wirke ...»

«Für mich bist du der Beste von allen», antwortete sie schwungvoll. «Aber im übrigen bist du ein Mensch wie sie – distinguiert, ernst, fein. Mit einem Wort – man sieht, daß du auch zur guten Gesellschaft gehörst. Aber warum fragst du mich das eigentlich?»

«Nur so.»

«Du bist wirklich sonderbar», sagte sie und sah ihn neugierig an. «Jeder möchte anders sein als die anderen. Nur bei dir hat man den Eindruck, daß du Wert darauf legst, so zu sein wie die anderen.»

Marcello überlas noch einmal schweigend die Liste, gab sie dann seiner Verlobten zurück und sagte halblaut: «Von diesen ganzen Leuten kenne ich eigentlich niemanden.»

«Ja, glaubst du denn, daß ich sie alle kenne?» fragte Giulia heiter. «Von vielen weiß nur die Mama, wer sie sind. Aber so ein Empfang geht ja schnell vorüber. Ein kurzes Stündchen. Dann siehst du keinen je wieder.»

«Es ist mir nicht unangenehm, sie zu sehen», gab Marcello zurück.

«Ich meinte nur ... Aber jetzt hör dir die Speisenfolge des Hotels an und sag mir, ob sie dir recht ist.» Giulia zog ein anderes Blatt aus der Tasche und las laut vor:

«Kalte Consommé
Seezungenfilet à la Meunière
Kapaun mit Reis und Holländischer Sauce
Gemischter Salat
Käseplatte
Eis
Obst
Kaffee und Likör.»

Dann fragte sie: «Was hältst du davon?» Ihr Ton war wieder halb zweifelnd, halb selbstzufrieden. So hatte sie kurz zuvor vom Schlafzimmer der Mutter gesprochen. «Scheint dir die Speisenfolge gut? Glaubst du, daß die Gäste genug zu essen haben werden?»

«Ich finde sie ausgezeichnet und reichlich», antwortete Marcello.

Giulia fuhr fort: «Als Sekt haben wir italienischen bestellt. Der ist zwar nicht so gut wie der französische, aber zum Prosten tut er's auch.» Sie schwieg einen Augenblick und wechselte dann in ihrer gewohnten Art unvermittelt das Thema: «Weißt du, was Don Lattanzio gesagt hat? Wenn du heiraten willst, hat er gesagt, muß du vorher kommunizieren. Und wenn du kommunizieren willst, mußt du vorher beichten. Sonst traut er uns nicht.»

Überrascht wußte Marcello nicht sofort, was er antworten sollte. Er war nicht gläubig. Es war vielleicht zehn Jahre her, daß er das letzte Mal eine Kirche betreten hatte. Im übrigen hatte er sich stets eingebildet, eine tiefe Antipathie gegen alles Kirchliche zu haben. In diesem Augenblick jedoch stellte er zu seinem eigenen Erstaunen fest, daß die Vorstellung, zur Beichte und zur Kommunion zu gehen, ihm gar nicht unangenehm war. Ja, sie zog ihn sogar irgendwie an – wie ihn der Hochzeitsempfang anzog, die Menge der ihm unbekannten Gäste. Und auf dieselbe Art und Weise zog ihn auch Giulia an in ihrer Gewöhnlichkeit und in ihrer Ähnlichkeit mit zahllosen anderen Mädchen.

Beichte und Kommunion würden ein Glied mehr sein in der Kette der Konventionen, in jener Kette, die ihn im Flugsand des Lebens verankern sollte. Und überdies: War die Religion nicht widerstandsfähiger als alles andere? Es überraschte Marcello geradezu, daß er nicht früher schon darauf gekommen war. Vielleicht lag es daran, daß er die Religion, in die er hineingeboren worden war und der er anzugehören glaubte, stets als etwas Selbstverständliches angesehen hatte – auch ohne ein praktizierender Christ zu sein.

Jetzt sagte er, neugierig auf die Antwort Giulias: «Aber ich bin nicht gläubig ...»

«Wer ist denn das schon?» fragte sie ruhig zurück. «Glaubst du, daß neunzig Prozent der Leute, die in die Kirche gehen, wirklich glauben? Und die Geistlichen selbst ...?»

«Aber du bist gläubig?»

Giulia machte eine Handbewegung in der Luft. «Nun ja, bis zu einem gewissen Punkt. Oft sagte ich zu Don Lattanzio – ihr fangt mich nicht mit all euren Geschichten, ihr geistlichen Herren! Ich glaube und ich glaube nicht. Oder besser gesagt – ich habe meine eigene Religion, die anders ist als die der Pfarrer.»

Was heißt das: eine eigene Religion haben? dachte Marcello. Da er aber aus Erfahrung wußte, daß Giulia oft Dinge sagte, über deren Sinn sie sich gar nicht im klaren war, unterließ er es, sie zu fragen. Statt dessen meinte er: «Mein Fall ist schlimmer. Ich glaube überhaupt nicht, ich habe gar keine Religion.»

Giulia machte eine heitere und gleichgültige Geste. «Was kostet es dich denn, zu dem Pfarrer zu gehen? Ihm macht es Freude, und dir kann's egal sein.»

«Ja ... Aber ich werde lügen müssen.»

«Worte! Es werden Lügen zu einem guten Zweck sein. Weißt du, was Don Lattanzio behauptet? Er behauptet, man müsse gewisse Dinge tun, als ob man sie glaube, auch wenn man sie nicht glaubt. Der Glaube käme dann nachher.»

Marcello schwieg einen Augenblick und sagte dann: «Schön, ich gehe also zur Beichte und zur Kommunion.» Während er dies aussprach, empfand er von neuem jenes dunkle Gefühl der Befriedigung, das ihn bereits beim Anblick der Gästeliste überkommen hatte. «Ich will also zu Don Lattanzio zur Beichte gehen», wiederholte er.

«Das ist gar nicht nötig», sagte Giulia. «Du kannst zu jedem beliebigen Beichtvater in irgendeiner Kirche gehen.»

«Und die Kommunion?»

«Die empfängst du von Don Lattanzio am Tage unserer Hochzeit mit mir zusammen. Seit wann hast du nicht mehr gebeichtet?»

«Ich glaube, seit meiner ersten Kommunion, seit meinem achten Lebensjahr», erwiderte Marcello etwas betreten. «Seither nie wieder.»

«Denk doch», rief sie freudig, «wie viele Sünden du zu beichten haben wirst!»

«Und wenn man mir die Absolution verweigert?»

«Das wird nicht der Fall sein», beruhigte sie ihn zärtlich und liebkoste sein Gesicht. «Was kannst du denn schon für Sünden begangen haben? Du bist doch gütig, freundlich, hast nie jemandem etwas zuleid getan ... Du wirst sofort absolviert.»

«Heiraten ist recht kompliziert», meinte Marcello obenhin.

«Mir gefallen alle diese Komplikationen und Vorbereitungen. Schließlich sollen wir doch das ganze Leben vereinigt bleiben, nicht? Übrigens – wie wollen wir's mit der Hochzeitsreise halten?»

Zum erstenmal empfand Marcelle außer der gewohnten klaren Zuneigung etwas wie Mitleid mit ihr. Er wußte: Noch war es Zeit, nicht nach Paris, wo seine Mission auf ihn wartete, sondern anderswohin in die Flitterwochen zu fahren, noch konnte er seinen Entschluß umstoßen. Im Ministerium konnte er immer noch erklären, den Auftrag ablehnen zu müssen. Zugleich aber wußte er, daß ihm dies unmöglich sein würde. Denn seine Mission stellte wahrscheinlich den entschiedensten, kompromittierendsten und ausschlaggebendsten Schritt auf seinem Weg zur endgültigen Aufgabe seiner Individualität dar. Weniger wichtige Schritte in derselben Richtung waren die Heirat mit Giulia, die religiösen Zeremonien Beichte und Kommunion, der Empfang.

Marcello überlegte nicht lange. Der düstere, unheilvolle Hintergrund seiner Überlegungen entging ihm nicht. Er antwortete rasch: «Ich dachte mir, wir könnten nach Paris fahren.»

Begeistert klatschte Giulia in die Hände: «Ah! Schön! Paris! Mein Traum ...!» Sie warf ihm die Arme um den Hals und küßte ihn heftig. «Wenn du wüßtest, wie glücklich ich bin! Ich wollte dir's nicht sagen, aber ich habe mir so gewünscht, nach Paris zu fahren! Ich fürchtete nur, es würde zu teuer sein.»

«Es wird ungefähr dasselbe kosten wie in jedem anderen Ort

auch», gab Marcello zurück. «Mach dir keine Sorgen wegen des Geldes – für die Hochzeitsreise werden wir schon genug haben.»

Giulia war hingerissen. «Wie glücklich ich bin!» rief sie von neuem, drückte sich an Marcello und flüsterte: «Hast du mich lieb? Warum küßt du mich nicht?»

So hatte Marcello von neuem die Arme seiner Verlobten um den Hals und ihren Mund auf dem seinen. Diesmal schien sich die Glut ihrer Küsse durch die Dankbarkeit zu verdoppeln. Giulia stöhnte, ihr ganzer Körper wand sich, sie drückte die Hand Marcellos gegen ihren Busen und fuhr mit ihrer Zunge in seinem Mund hin und her. Marcello erregte sich auch und dachte: Wenn ich wollte, könnte ich sie jetzt nehmen, hier, auf diesem Diwan. Er spürte deutlich die Gebrechlichkeit alles dessen, was er Normalität nannte. Endlich ließ sie von ihm ab. Lächelnd sagte Marcello: «Zum Glück heiraten wir bald. Sonst wäre zu befürchten, daß wir demnächst ein Liebespaar sind.»

Giulia zuckte die Schultern. Mit vor Erregung rotem Gesicht und auf naiv-schamlose Weise gab sie zurück: «Ich liebe dich so sehr . . . Ich kann mir nichts anderes wünschen.»

«Wirklich?» fragte Marcello.

«Auch sofort . . .» sagte sie kühn. «Auch hier . . . jetzt . . .» Sie hielt noch immer die Hand Marcellos, küßte sie nun langsam und betrachtete ihn dabei mit vor Rührung feuchten Augen.

Da öffnete sich die Tür, Giulia zog sich zurück. Giulias Mutter trat ein.

Marcello sah sie näher kommen und dachte: Auch sie gehört zu den vielen Menschen, die deshalb in mein Leben getreten sind, weil ich die Erlösung suche. Es gab nichts Gemeinsames zwischen ihm und dieser sentimentalen, immer vor Zärtlichkeit überfließenden Frau. Sie war nur die Brücke, die ihn fest und dauerhaft mit der durchschnittlichen menschlichen Gesellschaft verbinden sollte.

Giulias Mutter, Signora Delia Ginami, war eine recht korpulente Frau, bei der sich das reife Alter in einem allgemeinen Auseinanderfließen kundtat. Ihr Körper schien eine Masse knochenlosen, bebenden Fettes. Ihre Seele war stets geneigt, in Güte zu zerrinnen. Bei jedem ihrer Schritte schienen sich unter den unförmigen Kleidern ganze Teile des aufgedunsenen Körpers selbständig zu machen. Bei jeder Kleinigkeit verlor sie vollkommen die Selbstbeherrschung, füllten sich ihre wasserblauen Augen mit Tränen, bewegte sie die Hände in ekstatischen Gesten. Die bevorstehende Heirat ihrer einzigen Tochter hatte Signora Delia endgültig in einen Zustand unausgesetzter Ergriffenheit versetzt: Sie weinte pausenlos. Wie sie sagte, vor Freude. Jeden Augenblick empfand sie das Bedürfnis, Giulia oder ihren zukünftigen Schwiegersohn zu umarmen, denn ihn, Marcello, liebte sie nach ihren Versicherungen wie ihren leiblichen Sohn. Marcello wurde zwar von diesen Ergüssen immer wieder peinlich berührt, verstand aber, daß sie nichts weiter waren als ein Aspekt eben jener Wirklichkeit, in die er sich einfügen wollte. Deshalb ertrug und schätzte er Giulias Mutter mit einem doch im Grunde wohligen Gefühl – mit demselben wohligen Gefühl, das die häßlichen Möbel der Wohnung, die Redereien Giulias, die Festvorbereitungen und die rituellen Vorschriften Don Lattanzios in ihm wachriefen.

Signora Delia war heute jedoch nicht gerührt, sondern entrüstet. Sie schwenkte ein Blatt Papier in der Hand. Nachdem sie Marcello begrüßt hatte, sagte sie: «Ein anonymer Brief! Aber zuerst wollen wir zu Tisch gehen. Das Essen ist bereit.»

«Ein anonymer Brief?» rief Giulia. Sie lief hinter der Mutter her.

«Ja, ein anonymer Brief! Was sind die Menschen doch scheußlich!»

Marcello betrat das Speisezimmer und verbarg sein Gesicht hinter dem Taschentuch. Die Nachricht von einem anonymen Brief hatte ihn vollkommen aus der Fassung gebracht, und er wollte nicht, daß die beiden Frauen dies bemerkten. Als Giulias Mutter von einem anonymen Brief gesprochen hatte, war in seinem Gehirn der Gedanke aufgeblitzt: Irgendwer hat ihr vielleicht von der Sache mit Lino geschrieben. Alles Blut war aus seinem Gesicht gewichen. Sein Atem hatte gestockt. Angst und Scham, unerwartet und unerklärlich, waren über ihm zusammengeschlagen. Dergleichen hatte er nie mehr seit seinen Knabenjahren verspürt, seit jener Zeit, da die Erinnerung an Lino noch frisch gewesen war.

Dies alles war stärker als er: Seine Selbstbeherrschung war in einem einzigen Augenblick zusammengebrochen – wie ein dünner Polizeikordon, der von einer in Panik begriffenen Menschenmenge überrannt wird.

Er trat an den Tisch und biß sich dabei fest auf die Lippen. Also hatte er sich geirrt, als er auf der Bibliothek bei der Suche nach der Meldung über Lino der Meinung gewesen war, die alte Wunde sei völlig verheilt. Sie war nicht verheilt. Im Gegenteil: Sie war so tief, wie er nicht einmal im entferntesten befürchtet hätte.

Schweigend und steif nahm er Platz – Giulia zu seiner Rechten, Signora Ginami zu seiner Linken. Zum Glück hatte er hier am Tisch das Licht im Rücken. Der anonyme Brief lag jetzt auf dem Tischtuch neben dem Teller von Giulias Mutter. Das halbwüchsige Dienstmädchen war mit einer randvollen Schüssel Spaghetti in den Händen eingetreten. Marcello tauchte die große Gabel in die rote, fettige Masse, hob nur ein wenig von den Spaghetti in die Höhe und legte sie auf seinen Teller. Sogleich protestierten die beiden Frauen: «Das ist zu wenig! Willst du denn fasten? Nimm doch noch!» Giulia griff selbst nach der Gabel und häufte weitere Spaghetti auf den Teller ihres Verlobten. «Ich habe gar keinen Hunger», sagte Marcello, und seine Stimme kam ihm tonlos und beklommen vor. «Der Appetit kommt beim Essen», entgegnete Giulia und bediente sich selbst eifrig. Das Mädchen ging mit der fast geleerten Schüssel wieder hinaus. Sofort sagte die Mutter: «Ich wollte euch den Brief eigentlich gar nicht zeigen. Er ist es überhaupt nicht wert. In was für einer Welt wir doch leben!»

Marcello antwortete nicht, beugte das Gesicht über seinen Teller und füllte sich den Mund mit Spaghetti. Irgendwo fürchtete er noch immer, der Brief könnte sich auf die Sache mit Lino beziehen, obgleich jede klare Überlegung das ausschloß. Aber seine Furcht war nicht zu unterdrücken und stärker als die Vernunft.

Giulia fragte: «Dürfen wir nun endlich wissen, was da drinsteht?»

Die Mutter erwiderte: «Vor allem möchte ich Marcello sagen, daß mein Gefühl für ihn auch dann unverändert bleiben würde, wenn in diesem Brief noch tausendmal schlimmere Dinge stünden. Marcello, für mich sind Sie ein Sohn! Und Sie wissen ja, daß die Liebe einer Mutter für ihren Sohn stärker ist als jede Verdächtigung.» Ihre Augen füllten sich mit Tränen. Sie wiederholte: «Für mich sind Sie wirklich ein Sohn!» Darauf ergriff sie Marcellos Hand, führte sie an ihr Herz und sagte: «Lieber Marcello!» Da Marcello nicht wußte, was er antworten oder tun sollte, wartete er in regungslosem Schweigen auf das Ende dieses Gefühlsüberschwanges. Signora Ginami betrachtete ihn mit zärtlichen Blicken und setzte hinzu: «Sie müssen einer alten Frau wie mir verzeihen, Marcello!»

«Unsinn, Mama, du bist doch keine alte Frau», mischte sich Giulia ein, die an die Rührungswellen ihrer Mutter zu sehr gewöhnt war, um ihnen sonderliches Gewicht beizumessen oder sich darüber zu wundern.

«Doch, ich bin alt! Mir bleiben nur mehr wenige Jahre zu leben!» erwiderte Signora Delia. Ihr bevorstehender Tod war eines ihrer Lieblingsthemen. Vielleicht glaubte sie, damit ihre Umgebung rühren zu können. «Ja, ich werde bald sterben, und deshalb bin ich so ungemein froh, daß ich meine Tochter einem so guten Menschen wie Ihnen, Marcello, anvertrauen kann.»

Noch immer hielt Signora Delia Marcellos Hand gegen ihr Herz gepreßt. Dies zwang Marcello über seinem Spaghetti-Teller eine höchst unbequeme Haltung auf, so daß er schließlich eine leichte Bewegung der Ungeduld nicht zu unterdrücken vermochte. Die alte Dame jedoch glaubte, er wolle gegen ihre übertriebenen Lobeshymnen protestieren. «Sie sind wirklich ein guter Mensch, Marcello», bekräftigte sie. «Oft sage ich zu Giulia – ‹Du hast Glück, einen so guten, jungen Menschen gefunden zu haben!› Ich weiß, Marcello, heutzutage ist Güte nicht mehr in Mode. Aber lassen Sie sich von einer um viele Jahre älteren Frau sagen – es gibt nur die Güte auf der Welt. Und Sie sind sooo gütig!»

Marcello runzelte die Brauen und antwortete nicht. «Laß den Armen doch essen!» rief Giulia. «Und siehst du denn nicht, daß du ihm den Ärmel in den Tomatensaft tauchst?»

Signora Ginami gab Marcellos Hand frei, griff nach dem Brief und sagte: «Er ist mit der Maschine geschrieben. Poststempel Rom. Ich würde mich nicht wundern, Marcello, wenn er von einem Ihrer Bürokollegen stammte.»

«Mama, können wir nun endlich einmal erfahren, was drinsteht?»

«Da», sagte die Mutter und reichte ihrer Tochter den Brief. «Lies. Aber nicht laut. Ich will diese häßlichen Dinge nicht auch noch hören. Wenn du ihn gelesen hast, gib ihn Marcello.»

Nicht ohne Besorgnis beobachtete Marcello, wie seine Verlobte den Brief las. Schließlich verzog Giulia den Mund und rief voller Abscheu: «Ekelhaft!» Dann reichte sie Marcello den Brief.

Er war auf dünnes Schreibmaschinenpapier geschrieben und enthielt nur wenige Zeilen blasser Lettern:

Gnädige Frau! Wenn Sie gestatten, daß Ihre Tochter den Doktor Clerici heiratet, begehen Sie nicht nur einen Fehler, sondern geradezu ein Verbrechen. Doktor Clericis Vater befindet sich seit Jahren im Irrenhaus, da er von einer Geisteskrankheit auf luetischer Grundlage befallen ist. Wie Sie wissen, ist das erblich. Noch haben Sie Zeit, verhindern Sie diese Heirat! Ein Freund.

Beinahe enttäuscht dachte Marcello: Das ist also alles ... Er merkte, daß seine Enttäuschung stärker war als seine Erleichterung. Hatte er vielleicht im Grunde gehofft, irgendwer, der um die Tragödie seiner Kindheit wußte, trüge mit ihm einen Teil der Last?

Ein Satz des Briefes beeindruckte ihn allerdings: «Wie Sie wissen, ist das erblich.» Der Ursprung des väterlichen Wahnsinns war zwar nicht die Lues, demzufolge bestand keinerlei Gefahr für ihn, eines Tages auch so zu enden. Aber diese Worte schienen in ihrer drohenden Bosheit eine Anspielung auf eine andere Art Wahnsinn zu enthalten, die tatsächlich ererbt sein mochte. Diese Überlegung tauchte nur einen Augenblick in seinem Hirn auf. Er verjagte sie sofort wieder, gab den Brief ruhig an Giulias Mutter zurück und sagte: «Was da drinsteht über den Ursprung von meines Vaters Krankheit, ist nicht wahr.»

«Natürlich ist es nicht wahr», erwiderte die Frau beinahe gekränkt. Dann fügte sie hinzu: «Ich weiß, daß meine Tochter einen gütigen, intelligenten, anständigen, ernsten und gut aussehenden jungen Mann heiratet.»

«Vor allem einen gut aussehenden jungen Mann, das kannst du ruhig laut sagen!» bekräftigte Giulia. «Gerade deshalb hat dieser Kerl, der uns den Brief geschrieben hat, angedeutet, Marcello sei erblich belastet. Seiner Meinung nach muß man wohl erblich belastet sein, wenn man so gut aussieht! Dieser Trottel!»

Marcello dachte: Was würden die beiden wohl sagen, wenn sie wüßten, daß ich als dreizehnjähriger Junge nahe daran war, mit einem Mann ins Bett zu gehen! Daß ich diesen Mann getötet habe! Jetzt, nachdem der Schreck vorbei war, den der Brief in ihm ausgelöst hatte, überfiel ihn wieder die übliche apathische Schwermut. Er dachte weiter: Vielleicht würde ihnen das alles gar keinen besonderen Eindruck machen. Diese normalen Leute haben ein dickes Fell. Und er beneidete wieder einmal die beiden Frauen.

«Gerade heute soll ich meinen Vater besuchen», sagte Marcello.

«Gehst du mit deiner Mutter?»

«Ja.»

Die Spaghetti waren aufgegessen, das halbwüchsige Dienstmädchen erschien von neuem, wechselte die Teller und stellte eine Schüssel mit Fleisch und Gemüse auf den Tisch. Kaum war das Mädchen wieder draußen, besah die Mutter noch einmal den Brief und meinte: «Ich möchte wirklich wissen, wer das geschrieben hat.»

«Mama», bat plötzlich Giulia, «gib mir den Brief noch einen Augenblick!» Sie ergriff den Umschlag, prüfte ihn sorgfältig, nahm dann das Blatt Papier heraus, prüfte auch dieses mit gerunzelten Brauen und rief schließlich laut und indigniert: «Ich weiß, wer das geschrieben hat! Da gibt es gar keinen Zweifel! So eine Gemeinheit!»

«Wer denn?»

«Ein jämmerlicher Kerl.»

Marcello sagte nichts. Giulia arbeitete als Sekretärin in einer Anwaltskanzlei. Wahrscheinlich hatte einer von den vielen Gehilfen dort diesen Brief geschrieben.

Die Mutter meinte: «Irgendein Neider jedenfalls. Marcello hat mit seinen dreißig Jahren bereits eine Stellung inne, die viele Männer gern haben möchten.»

Obwohl Marcello gar nicht neugierg war, fragte er doch der Form halber seine Verlobte: «Wenn du weißt, wer der Mann ist, der das geschrieben hat, warum sagst du's dann nicht?»

«Das kann ich nicht», antwortete sie, jetzt eher nachdenklich als indigniert. «Aber ich habe dir ja schon soviel gesagt: ein jämmerlicher Kerl!» Sie gab der Mutter den Brief zurück, bediente sich aus der Schüssel.

Einen Augenblick lang sprach keiner von den dreien. Dann fing die Mutter im Ton ehrlicher Verwunderung wieder an:

«Ich kann mir gar nicht denken, daß jemand so schlecht ist, einen solchen Brief zu schreiben, um Marcello was anzutun.»

«Nicht alle Welt hat Marcello so lieb wie wir beide, Mama!»

«Aber wer», fragte die Mutter plötzlich mit Emphase, «kann unseren Marcello nicht liebhaben?»

«Weißt du, was die Mama von dir behauptet?» fragte Giulia, die jetzt zu ihrer gewohnten Heiterkeit zurückgekehrt schien. «Daß du kein Mensch bist, sondern ein Engel! Eines Tages wirst du nicht durch die Tür zu uns hereinkommen, sondern durchs Fenster fliegen.» Sie unterdrückte ein Lachen und fügte hinzu: «Dem Geistlichen, bei dem du beichtest, wird es Freude machen, mit einem Engel zu tun zu haben. Es passiert ihm nicht alle Tage, daß er einem Engel die Beichte abnimmt.»

«Nun spottet sie über mich. Wie gewöhnlich», sagte die Mutter. «Aber ich übertreibe wirklich nicht. Für mich ist Marcello ein Engel.» Sie sah Marcello mit intensiver zuckriger Zärtlichkeit an, ihre Augen füllten sich mit Tränen. Nach einer Weile fügte sie hinzu: «Ich habe in meinem ganzen Leben nur einen Mann gekannt, der so war wie Marcello – deinen Vater, Giulia!»

Giulia wurde sofort ernst, wie sich das bei diesem Thema schickte, und schlug die Augen nieder. Das Gesicht der Mutter verwandelte sich nun von Sekunde zu Sekunde: Tränen flossen reichlich aus ihren Augen. Eine pathetische Grimasse legte sich über ihre weichen, gedunsenen Züge unter dem wirren Haar. Schließlich flossen alle Farben ineinander, als stünde ihr Antlitz hinter einer nassen Glasscheibe. Hastig suchte sie nach ihrem Taschentuch, führte es an die Augen und stammelte: «Ein wahrhaft guter Mensch . . .! Ein wirklicher Engel . . .! Wir waren so glücklich mitsammen, wir drei . . . Und jetzt ist er nicht mehr! Marcello erinnert mich an deinen Vater, Giulia. Marcello ist auch so gütig. Deshalb habe ich ihn lieb. Wenn ich denke, daß dein Vater, dieser wahrhaft gütige Mann, tot ist, zerbricht mir's das Herz . . .» Die letzten Worte verloren sich fast im Taschentuch.

Giulia sagte ruhig: «Iß, Mama!»

«Nein, nein, ich hab keinen Appetit», entgegnete die Mutter schluchzend. «Entschuldigt mich . . . ihr beiden . . . Ihr seid glücklich. Euer Glück soll nicht durch die Trauer einer alten Frau gestört werden.» Sie erhob sich unvermittelt, ging zur Tür und verschwand.

«Es sind schon sechs Jahre vergangen», sagte Giulia und blickte nach der Tür. «Aber es ist, als wäre es erst gestern geschehen.»

Marcello antwortete nicht. Er hatte sich eine Zigarette angezündet und rauchte mit gesenktem Kopf.

Giulia streckte die Hand aus und ergriff die seine. «Woran denkst du?» fragte sie beinahe flehend.

Giulia fragte oft, woran er denke, denn sein verschlossener Gesichtsausdruck erweckte in ihr teils Neugier, teils Angst.

Marcello erwiderte: «Ich denke an deine Mutter. Ihre Lobesreden machen mich immer verlegen. Sie kennt mich doch nicht genug, um behaupten zu können, ich sei gut . . .»

Giulia drückte seine Hand: «Sie will dir keineswegs nur ein Kompliment machen. Auch wenn du nicht da bist, sagt sie oft zu mir – wie gut doch Marcello ist!»

«Aber warum glaubt sie das?»

«So was sieht man.» Giulia stand auf, trat neben ihn, drückte ihre wohlgerundete Hüfte gegen seine Schulter und strich ihm mit der Hand übers Haar. «Möchtest du denn nicht, daß man dich für gut hält?»

«Das habe ich nicht behauptet. Ich meinte nur – vielleicht ist es gar nicht wahr . . .»

Sie schüttelte den Kopf. «Du bist zu bescheiden, das ist dein Fehler. Sieh mal – ich bin nicht wie Mama, die will, daß alle Menschen gut sind. Meinetwegen kann es auch böse geben. Aber du bist wirklich einer der besten Menschen, die mir in meinem Leben begegnet sind. Das sage ich, weil es wahr ist, nicht deshalb, weil wir verlobt sind.»

«Aber worin besteht denn mein Gut-Sein?»

Giulia erwiderte unklar: «Wie ich dir schon gesagt habe – man sieht es. Warum behauptet man, daß eine Frau schön ist? Weil man's sieht. So sieht man, daß du gut bist.»

«Mag sein . . .» Marcello senkte den Kopf. Obwohl ihm die Ansicht der beiden Frauen nicht neu war, beunruhigte sie ihn immer wieder tief. Worin bestand denn nun wirklich das Gut-Sein? Und war er gut? Vielleicht hielten ihn die beiden Frauen gerade deshalb für gut, weil er anomal war, das heißt, sich einmal von der Gemeinschaft gelöst hatte und nun nicht mehr zu ihr gehörte! Die normalen Menschen sind ja nicht gut, überlegte er. Denn die Normalität muß immer – bewußt oder unbewußt – mit einem hohen Preis bezahlt werden, mit Gefühllosigkeit, Dummheit, Feigheit, wenn nicht gar kriminellem Verschulden.

Die Stimme Giulias riß ihn aus seinen Grübeleien: «Übrigens – weißt du, daß das Kleid gekommen ist? Ich will dir's zeigen. Warte hier.»

Sie lief hinaus. Marcello erhob sich vom Tisch und öffnete das Fenster. Da sich die Wohnung im obersten Stockwerk befand, erblickte er nicht die Straße, sondern nur das Gesims, das die Aussicht nach unten versperrte. Marcello schaute zum Dachgeschoß des gegenüberliegenden Hauses hin, zu einer Reihe von Fenstern mit geöffneten Laden. Das Innere der Zimmer war zu sehen. Er gewahrte eine Wohnung, die seiner zukünftigen sehr ähnelte: die übliche «gute Stube» mit den falschen, dunklen Möbeln. Das übliche Schlafzimmer, dessen Betten noch nicht gemacht waren. Das übliche Speisezimmer. Sogar Speisezimmertisch und Lampenschirm sahen fast so aus wie in der Wohnung von Giulias Mutter.

An diesem Speisezimmertisch gegenüber saßen ruhig bei ihrer Mahlzeit zwei Männer und eine Frau. Da die Straße nicht breit war, sich also die andere Wohnung kaum einen Steinwurf weit weg befand, konnte Marcello die drei genau ausnehmen: einen älteren, untersetzten Mann mit weißer Mähne, einen jüngeren, mageren, dunkelhaarigen Mann, eine reife, eher beleibte Blondine. Obwohl sie ihm so nahe waren, daß er beinahe glaubte, ihre Unterhaltung verstehen zu können, schienen sie ihm außerordentlich fern – vielleicht deshalb, weil das Gesims unterhalb des Fensters in ihm das Gefühl erweckte, sich über einem Abgrund zu befinden.

Marcello konnte nicht umhin, zu denken, daß jene Zimmer dort die Norm repräsentierten. Und deshalb schienen sie ihm auch im moralischen Sinn sehr weit entfernt zu sein. Für Giulia hingegen gab es nur eine physische Ferne und Fremde. Im Grunde ihrer Seele befand sie sich auch in der Wohnung gegenüber, hatte sich immer darin befunden, hätte ihm alle möglichen Informationen liefern können – so, wie er zuvor über die Hochzeitsgäste unterrichtet worden war. Und ihre Gleichgültigkeit, die sie bei derartigen Gesprächen an den Tag legte, war der Ausdruck einer vollkommenen Vertrautheit mit der Normalität: Sie brauchte ja das Wort Normalität gar nicht in den Mund zu nehmen, weil sie selbst bis über beide Ohren drinsteckte. Sie war den Tieren ähnlich, die so ganz und gar der Natur angehören, daß sie, wenn sie reden könnten, das Wort Natur niemals gebrauchen würden. Er aber, Marcello, war anders. Er war anomal. Er mußte das Wort Normalität in den Mund nehmen, um eine Eigenschaft zu bezeichnen, die er nicht besaß. Vielleicht konnte man nur sein wie Giulia, wenn man, von Anfang an, so war. Oder ...?

Die Tür hinter ihm tat sich auf, er wandte sich um. Giulia stand im weißseidenen Brautkleid da und hielt mit beiden Händen den reichen Schleier, der von ihrem Kopf niederfiel. Jubelnd fragte sie: «Ist das nicht schön? Sieh nur ...!» Während sie noch immer den Schleier mit beiden Händen festhielt, drehte sie sich zwischen Tisch und Fenster hin und her, um sich von allen Seiten bewundern zu lassen. Marcello dachte, daß dieses Brautkleid eigentlich gar nichts Besonderes war – ein Kleid, wie es die meisten Bräute trugen. Aber Giulias Beglückung über dieses gewöhnliche Kleid gefiel ihm. Denn in ihrer Beglückung glich sie Millionen und Millionen von anderen Frauen. Die üppigen Rundungen ihres Körpers traten unter der leuchtendweißen Seide besonders deutlich hervor. Mit einemmal trat sie ganz nahe an Marcello heran, ließ den Schleier fallen, wandte ihm das Gesicht zu und sagte: «Jetzt küß mich! Aber ohne mich anzurühren, sonst verdrückt sich das Kleid!»

Sie stand mit dem Rücken zum Fenster. Als sich Marcello jetzt vorbeugte, um mit seinem Mund die Lippen Giulias zu berühren, sah er, wie gegenüber im Speisezimmer des Dachgeschosses der Mann mit den weißen Haaren aufstand und hinausging und wie Sekunden später der junge, magere Schwarzhaarige die üppige Blondine küßte. Dieser Anblick freute ihn: Er benahm sich also ebenso wie jene zwei dort, von denen er sich noch kurz zuvor durch einen unüberwindlichen Abstand getrennt gefühlt hatte!

In diesem Augenblick rief Giulia ungeduldig: «Zum Teufel mit dem Kleid!» Ohne sich von Marcello zu lösen, schob sie mit einer Hand die beiden Fensterladen zu und warf dann mit einem starken Schwung ihres ganzen Körpers beide Arme um Marcellos Hals. Sie küßten sich im Dunkeln, wobei ihnen der Schleier recht hinderlich war. Giulia stöhnte. Und wieder einmal dachte er: Sie ist voller Unschuld, sie empfindet gar nicht den Widerspruch zwischen ihrer Umarmung und dem Brautkleid, das sie trägt. Darin erblickte er wieder einen Beweis mehr dafür, daß ganz normale Menschen sich große Freiheiten erlauben durften.

Schließlich trennten sie sich. Giulia flüsterte atemlos: «Wir dürfen nicht ungeduldig sein. Noch ein paar Tage, dann wirst du mich sogar auf offener Straße küssen dürfen.»

«Ich muß gehen», sagte Marcello und wischte sich den Mund mit dem Taschentuch ab.

«Ich begleite dich zur Tür.»

Sie tasteten sich aus dem Speisezimmer in den Korridor hinaus. «Wir sehen uns heute abend nach dem Essen», sagte Giulia. Zärtlich und verliebt schaute sie ihn noch auf der Schwelle an und lehnte sich gegen den Türrahmen. Ihr Schleier war verrutscht und hing unordentlich auf einer Seite herab. Marcello rückte ihr den Schleier zurecht. «So ist's gut ...»

In diesem Augenblick ertönte ein Stimmengewirr aus dem tieferliegenden Stockwerk. Giulia zog sich schamhaft zurück, warf ihm noch eine Kußhand zu und schloß hastig die Tür.

Drittes Kapitel

Der Gedanke an seine bevorstehende Beichte beunruhigte Marcello. Erstens war er nicht in dem Sinn religiös, daß er die Riten formell befolgte, zweitens glaubte er, nicht einmal eine natürliche Neigung zur Religiosität zu haben. Andererseits wollte er die von Don Lattanzio geforderte Beichte ablegen – würde sie doch wieder eine der vielen konventionellen Handlungen darstellen, die er auf sich nahm, um immer fester in die Normalität hineinzuwachsen.

Aber die Beichte würde die Enthüllung von jenen zwei Ereignissen mit sich bringen, die aus mehrfachen Gründen verschwiegen werden mußten: die Tragödie seiner Jugend und die bevorstehende Mission in Paris. Dunkel spürte er, daß zwischen beiden ein feiner, schwer zu definierender Zusammenhang bestand. Eines jedoch wußte er: Er hatte zur Richtschnur seines Lebens nicht das Christentum gewählt, das den Mord verabscheut, sondern sich ganz anderen politischen, weit jüngeren Gesetzen unterstellt, die das Blutvergießen nicht verbot. Dem Christentum – mit seiner Kirche und den unzähligen Päpsten, den unzähligen Gotteshäusern, Heiligen und Märtyrern – traute er nicht die Kraft zu, ihn wieder in jene Gemeinschaft der Menschen einzugliedern, von der ihn der Vorfall mit Lino getrennt hatte. Wohl aber traute er diese Kraft jener politischen Bewegung zu, die durch den Minister mit dem Lippenrot auf dem Mund und durch den zynischen Sekretär, Marcellos Vorgesetzten im Geheimdienst, vertreten war.

Alle diese Erwägungen stellte Marcello mehr im Unterbewußtsein als in Gedanken an. Und seine Melancholie steigerte sich durch die Erkenntnis, daß der einzige Ausweg aus dieser unerfreulichen Situation auch höchst unerfreulich war.

Als er die Straßenbahn nach Santa Maria Maggiore bestieg, sagte er sich: Ich kann entweder eine vorbehaltlose Beichte ablegen, wie die Kirche dies verlangt, oder mich auf ein unvollständiges Sündenbekenntnis beschränken – auf die äußere Form, die genügen würde, um Giulia eine Freude zu machen. Obzwar nicht gläubig, neigte Marcello mehr zu der ersten Alternative. Er gab sich der Hoffnung hin, durch eine vollständige Beichte vielleicht sein Schicksal wenn schon nicht verändern, so doch günstig beeinflussen zu können.

Während die Straßenbahn immer weiterfuhr, überdachte Marcello das Problem in seiner gewohnten ernsten und pedantischen Art: Die Sache mit Lino beunruhigte ihn kaum, er konnte ruhig alles so erzählen, wie es sich wirklich abgespielt hatte, der Priester würde nach den üblichen Verhören und Ermahnungen nicht umhin können, ihn zu absolvieren. Die bevorstehende Mission aber verlangte von ihm, wie er sehr wohl wußte, einen Betrug, sogar einen Verrat, und bedeutete zum Schluß vielleicht den Tod eines Menschen. Hier lag der Fall also ganz anders.

Die Hauptschwierigkeit bestand nicht so sehr darin, die Absolution des Beichtvaters zu erlangen, als überhaupt von der Mission zu sprechen. Marcello war keineswegs sicher, ob er dazu imstande sein würde. Er dachte: Wenn ich zu dem Geistlichen offen rede, lege ich damit meine Mission der Kirche zur Beurteilung vor, obwohl mir bisher Politik und Religion als zwei völlig voneinander unabhängige Gebiete erschienen sind. Ich setze mich also der Gefahr aus, die von mir akzeptierten politischen Richtlinien zugunsten der kirchlichen aufgeben zu müssen. Und dadurch würden meine mühsamen Versuche, mich in die Gemeinschaft der Durchschnittsmenschen einzufügen, wieder zunichte. Überdies würde ich meine Schweige- und Geheimhaltungspflicht verletzen. Auf jeden Fall aber ist es der Mühe wert, es auf diese Probe ankommen zu lassen. Denn so kann ich immerhin prüfen, ob meine Einfügung in die gewählte Normalität wirklich solide ist.

Er bemerkte, daß ihn diese Überlegungen nicht aufregten, sondern kalt und unbeteiligt ließen. Ihm war zumute wie einem gänzlich unbeteiligten Zuschauer. Und er hatte das Gefühl, als seien die Würfel bereits gefallen, als sei alles, was sich in der Zukunft abspielen könne, auf geheimnisvolle Weise bereits vorweggenommen.

Als er die große, schattige, stille Kirche betrat, vergaß er alle Zweifel, vergaß sogar, daß er ja hier beichten wollte. Wie ein müßiger Tourist schlenderte er von einem Kirchenschiff ins andere. Er hatte Kirchen immer gern gehabt – sichere Punkte in einer fluktuierenden Welt. Mehr noch – Gebäude, in denen irgendwann einmal das, was er selbst suchte, einen glanzvoll-gewaltigen Ausdruck gefunden hatte: Ordnung, Regel, Norm. Marcello betrat öfter eine der vielen Kirchen Roms. Er setzte sich dann auf eine Bank, betete zwar nicht, aber betrachtete die vielen Zeichen einer Lebensform, die für ihn – wie er meinte – unter anderen Bedingungen genau die richtige gewesen wäre. Obwohl er nicht imstande war, gläubig zu sein, bewunderte er das Christentum als vollendetes Werk. Ihm gefielen alle Kirchen, ganz besonders aber die großen, prächtigen und irgendwie profanen Gotteshäuser. Hier offenbarte sich ihm die Religion als majestätische und geordnete Weltlichkeit – als sei ihr abstrakter Inhalt verdunstet. Hier glaubte er die Stelle zu erblicken, wo sich die Umwandlung des naiv-religiösen Glaubens zu einer erwachsenen Gesellschaft manifestierte, zu einer Gesellschaft, die allerdings ohne den Glauben der Vorzeit nicht zu bestehen vermochte.

Die Kirche war zu dieser Stunde menschenleer. Marcello ging erst bis zum Altar vor. Dann näherte er sich der Säulenreihe des rechten Seitenschiffs. Er betrachtete alles, schließlich glitt sein Blick über den sich scheinbar endlos ausbreitenden Fußboden. Er dachte: Auf eine Ameise muß dieser Fußboden wie eine nicht aufhörende, schwindelerregende Ebene wirken. Er hob den Kopf zu den in einem schwachen Licht schimmernden marmornen Säulenschäften und folgte ihnen mit den Augen bis zum Eingangsportal.

In diesem Augenblick trat dort jemand ein, hob die Portiere, so daß grelles, rohes Licht durch den Spalt hereinfiel. Wie winzig erschien doch die Figur jenes Gläubigen, der auf der Schwelle stand! Jetzt trat Marcello hinter den Altar und betrachtete die Mosaiken der Apsis. Die Figur Christi zwischen den vier Heiligen zog seine Aufmerksamkeit an. Wer ein solches Abbild des Heilands geschaffen hatte, war sich bestimmt nicht im unklaren darüber gewesen, was normal und was anomal war! Marcello senkte den Kopf und ging langsam auf den Beichtstuhl im rechten Seitenschiff zu. Er dachte plötzlich, daß es keinen Sinn habe, darüber zu klagen, nicht in vergangenen Zeiten gelebt zu haben und unter anderen Umständen geboren worden zu sein: Er war nun einmal der, der er war – eben weil diese Zeit eine andere und die heutigen Verhältnisse andere waren und die Errichtung einer solchen Kirche nicht mehr rechtfertigten: Im Wissen um diese Wirklichkeit lag seine Verpflichtung.

Er näherte sich dem Beichtstuhl, der, gemessen an der ganzen Basilika, riesengroß erschien und aus schwarzem, geschnitztem Holz war. Marcello erblickte gerade noch einen Priester, der in diesem Augenblick Platz nahm und dann den Vorhang zuzog. Sein Gesicht war jedoch nicht zu erkennen. Ehe Marcello niederkniete, zog er mechanisch seine Bügelfalten zurecht.

Er sagte leise: «Ich möchte beichten.»

Hinter dem Gitter antwortete die Stimme des Priesters – in einem flüsternden, aber freien und knappen Ton –, er möge beginnen. Der Priester hatte die starke Baßstimme eines reifen Mannes, den Tonfall eines Südländers. Im Geiste sah Marcello das Gesicht dieses Klosterbruders vor sich: ein schwarzer Bart, dichte Brauen, die Ohren und die massige Nase voller Haare. Wahrscheinlich war er ebenso massiv und schwer gebaut wie der Beichtstuhl. Und wahrscheinlich war er ohne Mißtrauen und ohne Spitzfindigkeiten. Wie vorhergesehen, fragte der Priester, seit wann Marcello nicht mehr gebeichtet habe. Marcello antwortete: seit seiner Kindheit. Und jetzt wolle er beichten, da er zu heiraten beabsichtige.

Nach einem Augenblick des Schweigens antwortete der Geistliche hinter dem Gitter in eher gleichgültigem Ton: «Sehr schlecht, mein Sohn! Und wie alt bist du?»

«Dreißig», erwiderte Marcello.

«Du hast dreißig Jahre im Stande der Sünde gelebt», sagte der Priester, beinahe wie ein Buchhalter, der die Passivseite einer Bilanz verliest. Dann fuhr er fort: «Du hast dreißig Jahre gelebt wie ein Tier und nicht wie ein menschliches Wesen.»

Marcello biß sich auf die Lippen. Er empfand die Art dieses Beichtigers, seinen Fall zu beurteilen, ohne ihn in den Einzelheiten zu kennen, als unannehmbar und aufreizend. Nicht, daß Marcello ein Vorurteil gegen den Priester gehabt hätte: Der war sicher ein braver Mann und erfüllte gewissenhaft seine Pflicht. Auch der Ort und der Ritus mißfielen ihm nicht. Aber er empfand den instinktiven Wunsch, sich aufzulehnen. Einen Augenblick mußte er an seinen Besuch bei dem Minister denken: Damals hatte ihm zwar alles mißfallen, jedoch war die Autorität des Ministers offenkundig und unbestreitbar gewesen.

Mit einiger Überwindung sagte er: «Ich habe alle Sünden begangen – auch die schwersten.»

«Alle?»

Marcello nahm sich vor: Jetzt werde ich ihm sagen, daß ich einen Mord begangen habe. Ich bin neugierig, wie das auf ihn wirken wird. Er zögerte noch etwas, brachte dann mit klarer und fester Stimme hervor: «Ja, alle. Auch einen Mord.»

Sogleich rief der Priester lebhaft, doch weder erzürnt noch überrascht: «Du hast einen Mord begangen und nicht das Bedürfnis gespürt, zu beichten?»

Marcello sagte sich: Das ist genau die Antwort, die der Priester hat geben müssen. Eine Antwort ohne Staunen, ohne Entrüstung. Eine Antwort, die nur den Vorwurf enthielt, daß er ein so schreckliches Verbrechen nicht gebeichtet hatte. Marcello war dem Priester genauso dankbar, wie er einem Polizisten gewesen wäre, wenn ihn dieser nach demselben Geständnis sofort ohne weitere Kommentare verhaftet hätte. Jeder, dachte er, muß die ihm gegebene Rolle spielen, nur so kann die Welt von Dauer sein.

Zugleich stellte er wiederum fest, daß er beim Enthüllen seiner Tragödie überhaupt nichts empfunden hatte. Er wunderte sich jetzt über diese Gleichgültigkeit, war er doch, als Giulias Mutter von dem anonymen Brief gesprochen hatte, zutiefst bestürzt gewesen.

Ruhig sagte er: «Ich habe mit dreizehn Jahren getötet. Ohne es zu wollen. Zu meiner Verteidigung.»

«Erzähle, wie das vor sich gegangen ist!»

Marcello veränderte ein wenig seine Stellung, denn seine Knie begannen zu schmerzen, und begann: «Eines Vormittags, beim Verlassen des Gymnasiums, näherte sich mir unter einem Vorwand ein Mann ... Ich hatte damals den lebhaften Wunsch, eine Pistole zu besitzen, nicht ein Spielzeug, sondern eine wirkliche Pistole ... Er versprach, mir eine zu schenken, und mit diesem Versprechen brachte er mich dahin, daß ich in sein Auto stieg. Er war der Chauffeur einer Ausländerin, hatte den Wagen den ganzen Tag zur Verfügung, weil seine Herrin verreist war ... Ich war damals völlig ahnungslos, und als er mir einen gewissen Antrag machte, begriff ich gar nicht, um was es sich handelte ...»

«Was für einen Antrag?»

«Einen Liebesantrag», gab Marcello nüchtern zurück. «Ich wußte überhaupt nichts von der Liebe. Weder von der normalen noch von der anomalen ... Ich stieg also ein, und er brachte mich in die Villa seiner Herrin.»

«Und was geschah dort?»

«Nichts. Oder beinahe nichts ... Zuerst versuchte er, sich mir zu nähern. Dann bereute er es und ließ mich versprechen, in Zukunft nicht mehr auf ihn zu hören, wenn er mich von neuem einladen würde, in seinen Wagen zu steigen.»

«Was heißt das: beinahe nichts? Hat er dich geküßt?»

«Nein», sagte Marcello, etwas überrascht. «Er legte nur einen Augenblick den Arm um mich – auf dem Korridor.

Da er richtig vorausgesehen hatte, daß ich mein Versprechen nicht einhalten würde, wartete er zwei Tage später wieder auf mich in der Nähe meiner Schule. Auch diesmal stellte er mir die

Pistole in Aussicht. Ich ließ mich erst ein wenig bitten, stieg dann zu ihm in den Wagen.»

«Und wohin fuhr er mit dir?»

«Wieder zu der Villa. Und wir gingen wieder in sein Zimmer.»

«Und wie verhielt er sich jetzt?»

«Er war ganz verändert. Er schien außer sich ... Er erklärte mir, daß er mir die Pistole nicht geben würde. Ich müsse im Guten oder im Bösen das tun, was er von mir wollte ... Während er das sagte, hatte er die Pistole in der Hand. Dann packte er mich beim Arm und warf mich aufs Bett. Ich schlug mit dem Kopf gegen die Wand ... Die Pistole war aufs Bett gefallen. Er kniete vor mir und umfaßte meine Knie ... Ich nahm die Pistole, sprang auf, machte ein paar Schritte ins Zimmer hinein ... Da rief er: ‹Bring mich um! Bring mich um wie einen Hund!› Ich schoß. Er fiel aufs Bett zurück ... Ich lief davon und hörte nichts mehr von der Sache ... Erst vor ein paar Tagen habe ich in den alten Zeitungen nachgesehen und gelesen, daß der Mann noch am selben Tag im Krankenhaus gestorben ist.»

Marcello hatte das alles keineswegs hastig erzählt. Vielmehr war er sehr sorgfältig bei der Wahl seiner Worte vorgegangen und hatte sich Mühe bei der Aussprache gegeben. Dabei war ihm aufs neue seine gänzliche Empfindungslosigkeit aufgefallen. Nur ein wenig Trauer hatte er verspürt – wie immer, wenn er etwas sagte oder tat.

Sogleich und ohne jeden Kommentar zu der Eröffnung Marcellos fragte der Priester: «Bist du sicher, daß du die ganze Wahrheit gesagt hast?»

«Ja. Ganz sicher», antwortete Marcello überrascht.

«Du weißt», fuhr der Priester plötzlich erregt fort, «daß die Beichte wertlos ist, wenn du etwas von der Wahrheit verschweigst oder entstellst. Damit begehst du eine schwere Sünde. – Was ist wirklich zwischen dir und dem Mann vorgefallen – beim zweitenmal? Gab es zwischen euch keinen fleischlichen Verkehr? Hat er dich nicht vergewaltigt?»

Marcello dachte: Ist ein Mord also weniger schlimm als eine geschlechtliche Sünde? Er wiederholte: «Außer dem, was ich erzählt habe, ist nichts vorgefallen.»

«Man hat den Eindruck», fuhr der Priester unbeugsam fort,

«daß du den Mann getötet hast aus Rache für das, was er dir angetan hat.»

«Er hat mir absolut nichts getan.»

Ein kurzes Schweigen des Priesters – von einer schlecht verhehlten Ungläubigkeit – folgte. «Und später», fragte der Priester unerwartet, «hast du nie etwas mit Männern zu tun gehabt?»

«Nein. Mein Sexualleben ist immer völlig normal gewesen. Und ist es jetzt auch noch.»

«Was nennst du ein normales Sexualleben?»

«Ich bin ein Mann und in dieser Hinsicht genauso veranlagt wie alle anderen. Meine erste Berührung mit einer Frau fand in einem Bordell statt. Da war ich siebzehn Jahre alt. Und auch nachher habe ich immer nur mit Frauen zu tun gehabt.»

«Und das nennst du ein normales Sexualleben?»

«Ja. Warum denn nicht?»

«Es ist ein anomales Sexualleben», sagte der Priester, «und deshalb ist es sündig. Hat man dir das denn niemals gesagt, mein armer Sohn? Normal ist: Heiraten und dann mit seiner Frau geschlechtlich verkehren, um Kinder in die Welt zu setzen.»

«Das will ich ja jetzt tun», sagte Marcello.

«Aber es genügt nicht. Du kannst nicht mit blutbefleckten Händen zum Altar gehen.»

Endlich! dachte Marcello. Eine Weile hatte er schon angenommen, der Priester habe die Hauptsache seiner Beichte ganz und gar vergessen. So demütig er konnte, bat er: «Sagen Sie mir, was ich tun soll ...»

«Du mußt bereuen», antwortete der Priester. «Nur mit aufrichtiger und tiefer Reue kannst du das Böse sühnen, das du begangen hast.»

«Ich habe bereut», erwiderte Marcello nachdenklich. «Wenn bereuen heißt, den lebhaften Wunsch empfinden, gewisse Dinge nicht getan zu haben, dann habe ich sicherlich bereut.» Er hätte gern hinzugefügt: Diese Reue hat mir aber nicht genügt und kann auch nicht genügen. Jedoch behielt er das bei sich.

Der Priester sagte hastig: «Ich habe die Pflicht, dich darauf aufmerksam zu machen, daß meine Absolution wertlos ist, wenn du jetzt nicht die Wahrheit gesprochen hast. Und weißt du, was dich dann erwartet?»

«Was?»

«Die ewige Verdammnis.»

Der Priester schien diese Worte mit einer Art Befriedigung auszusprechen. Marcello suchte sich etwas vorzustellen, das der ewigen Verdammnis entsprach. Aber er konnte sich nicht einmal an das alte Bild mit den Höllenflammen erinnern. Zugleich war ihm klar, daß diese Worte mehr bedeuteten, als selbst der Priester in sie hineingelegt hatte. Und er erschauerte bei dem Gedanken, daß es nicht in dessen Macht lag, ihn – reuig oder nicht – von der Verdammnis freizusprechen.

«Ich habe wirklich bereut», sagte er nochmals bitter.

«Und sonst hast du mir nichts zu sagen?»

Ehe er antwortete, schwieg Marcello einen Augenblick. Er wußte, daß jetzt der Moment gekommen war, von seiner Mission zu sprechen: von dieser im christlichen Sinn verdammungswürdigen Mission, die verdammungswürdige Handlungen von ihm verlangte. Er spürte, daß er vollkommen mit Recht diesem Teil der Beichte die größere Bedeutung zugemessen hatte. Würde er die Kraft aufbringen, zu sprechen?

Nein. Ruhig und traurig stellte er fest, daß sein Widerstand unüberwindlich war. Nicht moralischer Ekel, nicht Scham, nicht Schuldbewußtsein hinderten ihn daran, dem Priester alles zu enthüllen, sondern etwas völlig anderes, das mit Schuld gar nichts zu tun hatte: Seine tiefe Treue und Solidarität zum Regime bildeten eine absolute Hemmung.

Er durfte nicht von der Mission sprechen! Es war ein Gebot seines Gewissens, desselben Gewissens, das teilnahmslos-stumm geblieben war, als er dem Geistlichen den Mord gestanden hatte. Doch irgendwie war er von alldem nicht vollkommen überzeugt. Er versuchte noch einmal, den Mund zu öffnen. Wiederum versagte seine Zunge, er brachte kein Wort hervor. Die Macht jener Autorität im Ministerium, verkörpert durch den verächtlichen Minister und seinen nicht minder verächtlichen Sekretär, hatte gesiegt. Wie jede Autorität war auch diese geheimnisvoll. Ihre Wurzeln schienen tief in Marcellos Seele verankert zu sein, während die anscheinend soviel mächtigere Kirche bei ihm nur die Oberfläche berührte.

Also fragte Marcello, und zum erstenmal verheimlichte er dem

Priester etwas: «Muß ich meiner Verlobten vor der Hochzeit gestehen, was ich Ihnen soeben gebeichtet habe?»

«Hast du mit ihr nie davon gesprochen?»

«Nein.»

«Ich sehe nicht ein, warum es nötig sein sollte», erwiderte der Priester. «Du würdest sie nur unnötig beunruhigen und den Frieden deiner Familie gefährden.»

«Sie haben recht», gab Marcello zurück.

Ein neuerliches Schweigen folgte. Dann, in abschließendem Ton, als stellte er jetzt die letzte Frage, wandte sich der Priester an Marcello: «Und sag mir, mein Sohn, hast du je einer staatsfeindlichen Gruppe oder Sekte angehört?»

Marcello war auf diese Frage nicht gefaßt und schwieg verwirrt. Wahrscheinlich erkundigte sich der Priester auf höheren Befehl, damit man die politischen Tendenzen der Gläubigen einschätzen konnte. Dennoch schien es ihm eine Bestätigung, daß der Priester diese Frage gestellt hatte. Er dachte: Fordert auch er von mir, obwohl ich die Riten und die äußeren Zeremonien der Kirche nur formell befolge, mich nicht gegen jene Gesellschaft zu stellen, der ich doch angehören will? Am liebsten hätte er geantwortet: Im Gegenteil, ich bin Mitglied einer Gruppe, die auf Staatsfeinde Jagd macht. Aber er unterdrückte diesen Wunsch und antwortete schlicht: «Ich bin Staatsbeamter.»

Diese Auskunft schien dem Geistlichen zu genügen, denn nach kurzer Pause sagte er ruhig: «Du mußt jetzt versprechen, zu beten. Nicht nur ein paar Tage, ein paar Monate, ein paar Jahre lang, sondern während deines ganzen weiteren Lebens. Du mußt für dein Seelenheil beten. Und für das Seelenheil jenes Mannes. Und du mußt auch deine Frau zum Beten anhalten. Und deine Kinder, wenn du welche haben solltest. Nur das Gebet kann die Aufmerksamkeit Gottes auf dich lenken und bewirken, daß Er sich deiner erbarmt. Hast du verstanden? Und jetzt sammle dich und bete mit mir!»

Marcello senkte mechanisch das Gesicht und vernahm von der anderen Seite des Gitters her die hastige Stimme des Priesters, der leise ein Gebet auf lateinisch hersagte. Dann sprach der Priester – lauter und immer noch auf lateinisch – die Absolutionsformel.

Marcello erhob sich aus dem Beichtstuhl. Als er sich zum Gehen anschickte, öffnete sich der Vorhang. Der Priester machte ihm ein Zeichen, er möge warten. Marcello wunderte sich, daß der Priester genauso aussah, wie er es sich vorgestellt hatte: etwas dicklich, kahlköpfig, mit einer großen Stirn, dichten Augenbrauen, runden braunen Augen, die ernst, aber nicht intelligent wirkten. Er hatte einen feuchten Mund. Marcello dachte: ein Landpfarrer, ein Bettelmönch ... Der Geistliche reichte ihm jetzt schweigend ein dünnes Buch, mit einem farbigen Titelbild, ein Buch über das Leben des heiligen Ignatius von Loyola – zum Gebrauch der katholischen Jugend. «Danke», sagte Marcello und betrachtete das Büchlein. Der Geistliche machte eine Handbewegung, die besagen sollte: Ist nicht der Rede wert! Darauf zog er den Vorhang wieder zu. Marcello ging auf den Ausgang der Kirche zu.

Ehe er sie jedoch verließ, schweifte sein Blick noch einmal durch die ganze Kirche: über die zwei Säulenreihen, die Kassettendecke, den leeren Marmorfußboden und den Altar. Ihm war, als sagte er für immer dem uralten Bild einer Welt Lebewohl, die ihm heutzutage nicht mehr möglich schien, in der er aber gern gelebt hätte.

Er schob die Portiere vor dem Kircheneingang zur Seite und trat hinaus in das starke Licht des heiteren Himmels. Der Platz war angefüllt mit dem lärmenden Geklirr der Straßenbahnen. Dahinter erhoben sich als vulgäre Kulisse die anonymen Mietshäuser mit ihren Geschäften.

Viertes Kapitel

Marcello stieg aus dem Autobus. Er befand sich in der Gegend, wo seine Mutter wohnte. Nach ein paar Schritten bemerkte er sofort, daß ihm in einiger Entfernung ein Mann nachging. Ohne Hast setzte Marcello seinen Weg längs der Gartenmauern fort und musterte flüchtig seinen Verfolger. Die Straße war menschenleer. Der Mann war von mittlerem Wuchs, etwas korpulent, hatte ein quadratisches, ehrliches, gutmütiges Gesicht mit einem etwas listigen Ausdruck – ein Bauerngesicht. Er trug einen leichten Anzug von blasser blaulila Farbe und einen hellgrauen Hut, dessen Krempe nach Bauernart über der Stirn aufgeschlagen war. Hätte ihn Marcello an einem Markttag auf einem Dorfplatz gesehen, wäre er der Meinung gewesen, einen Gutsverwalter vor sich zu haben. Der Mann war mit ihm im Autobus gefahren, an derselben Haltestelle ausgestiegen, und folgte ihm jetzt auf dem gegenüberliegenden Gehsteig. Dabei gab er sich nicht sonderliche Mühe, unbemerkt zu bleiben. Er richtete seine Geschwindigkeit nach der Marcellos. Dieser spürte im Weitergehen, daß der andere ihn keinen Moment aus den Augen ließ. Offensichtlich war der Mann aber nicht ganz sicher, ob Marcello der von ihm Gesuchte war, und bemühte sich, Marcellos Züge genau zu studieren, bevor er ihn ansprach.

So gingen sie gemeinsam die abschüssige Straße hinauf, in der Stille und Hitze der ersten Nachmittagsstunden. Jenseits der geschlossenen Gartengitter war niemand zu erblicken, auch unterhalb der grünen Galerie aus dem Laub der Pfefferbäume befand sich keine Menschenseele. Schließlich bekam Marcello in dieser Einsamkeit und Stille Angst vor einem Überfall. Könnte sein Verfolger nicht diese günstige Gelegenheit ergreifen, ihn anzufallen?

Also wandte sich Marcello in einem plötzlichen Entschluß um und ging auf den Mann zu. Während er die Straße überquerte, fragte er: «Wollen Sie was von mir?»

Der Mann blieb stehen und entgegnete auf Marcellos Frage beinahe ängstlich: «Entschuldigen Sie, ich bin Ihnen nur nachgegangen, weil wir beide, wie ich annehme, dasselbe Ziel haben – sonst hätte ich mir nicht erlaubt ... Verzeihen Sie, sind Sie nicht Herr Doktor Clerici?»

«Ja, das bin ich. Und wer sind Sie?»

«Agent im Sonderdienst Orlando», gab der Mann mit der Andeutung eines fast militärischen Grußes zurück. «Mich schickt der Oberst Baudino. Er hat mir zwei Adressen von Ihnen gegeben, die der Pension, wo Sie wohnen, und diese hier. Da ich Sie in der Pension nicht antraf, bin ich hierhergekommen. Zufällig waren Sie im selben Autobus. Es handelt sich um eine dringende Sache.»

«Kommen Sie nur», sagte Marcello und ging auf das Gartentor vor der Villa seiner Mutter zu. Er zog einen Schlüssel aus der Tasche, öffnete das Tor und forderte den Mann auf, einzutreten.

Der Agent trat ein, nahm respektvoll den Hut ab und enthüllte dabei einen völlig runden Kopf mit spärlichem schwarzem Haar. Seine weiße, kreisförmige Glatze ließ an eine Tonsur denken. Marcello schritt ihm auf dem Gartenweg voraus. Sie gelangten zu einer Laube, in der ein Eisentisch und zwei Stühle standen. Er konnte nicht umhin, zu denken, wie vernachlässigt und verwildert der Garten war. Der helle, saubere Kies seiner Kindheit war schon seit Jahren verschwunden, eingetreten oder verstreut. Unkraut überwucherte den Weg, der nur noch an den zwei Reihen von Myrtenbüschen zu erkennen war. Daneben wuchsen üppig Feldblumen. Stachlige Sträucher und unentwirrbares Gestrüpp hatten die Rosenhecken und Gartenblumen verdrängt. Im Schatten der Bäume lagen überall Unrathaufen: zerbrochene Kisten, Flaschen, altes Gerümpel, das früher auf dem Dachboden verstaut worden war. Angewidert wandte Marcello die Augen ab und fragte sich wie schon so oft mit traurigem Staunen: Warum wird das alles nicht in Ordnung gebracht? Es wäre doch so einfach... Warum geschieht gar nichts? Vor der Laube verlief der Weg zwischen dem Haus und der Gartenmauer – eben jenes Gartenzauns, durch dessen Efeu er sich als Kind mit seinem Nachbarn Roberto immer unterhalten hatte.

Die beiden Männer betraten die Laube. Marcello nahm auf einem der Eisenstühle Platz und forderte den Agenten mit einer Handbewegung auf, sich auch niederzulassen. Dieser aber blieb respektvoll stehen.

«Herr Doktor», sagte er hastig, «es handelt sich um eine – wenn auch wichtige – Kleinigkeit. Ich habe den Auftrag, Ihnen im Namen des Herrn Obersten zu sagen, daß Sie auf der Reise nach Paris die Fahrt in S. unterbrechen sollen.» Der Agent hatte eine Stadt unweit der Grenze genannt. «Dort sollen Sie den Herrn Gabrio in der Via dei Glicini Nummer drei aufsuchen.»

Eine Programmänderung! dachte Marcello. Wie er wußte, änderte der Geheimdienst sehr oft im letzten Augenblick die Dispositionen, um Spuren zu verwischen und dadurch Verantwortliche zu schützen. «Via dei Glicini?» fragte Marcello zögernd. «Ist das eine Privatwohnung?»

«Eigentlich nicht», antwortete der Agent mit einem breiten, halb anzüglichen, halb verlegenen Lächeln. «Dort ist ein Bordell,

Herr Doktor. Die Inhaberin heißt Enrichetta Parodi. Aber Sie brauchen nur nach Herrn Gabrio zu fragen. Das Haus ist wie alle diese Häuser bis Mitternacht geöffnet. Es wäre aber besser, Herr Doktor, Sie gingen zeitig am Morgen hin, wenn keine Kundschaft da ist. Ich werde auch dort sein.» Der Agent schwieg einen Augenblick, dann setzte er verlegen hinzu: «Es ist wegen der größeren Sicherheit, Herr Doktor.» Offenbar war er aus Marcellos verschlossenem Gesicht nicht klug geworden.

Marcello antwortete nicht, musterte den Agenten einen Augenblick lang. Er hätte ihn jetzt verabschieden sollen, aber aus irgendwelchen ihm selbst unbekannten Gründen verspürte er den Wunsch, dem Mann mit ein paar nicht offiziellen Worten seine Sympathie zu bekunden. Das quadratische, anständige, sozusagen familiäre Gesicht des anderen forderte ihn vielleicht dazu auf. So fragte er schließlich auf gut Glück: «Seit wann sind Sie im Dienst, Orlando?»

«Seit neunzehnhundertfünfundzwanzig, Herr Doktor.»

«Immer in Italien?»

«Im Gegenteil – fast nie», gab der Agent mit einem Seufzer zurück, anscheinend begierig, sein Herz auszuschütten. «Ach, Herr Doktor, wenn ich Ihnen erzählen würde, was für ein Leben ich geführt und was ich mitgemacht habe – immer anderswo: in der Türkei, in Frankreich, Deutschland, Kenia, Tunis. Niemals Ruhe!» Er schwieg eine kleine Weile und blickte Marcello fest an. Dann sagte er ehrlich, wenn auch mit rhetorischem Nachdruck: «Alles für die Familie und fürs Vaterland –!»

Marcello musterte wiederum den Mann, der da vor ihm stand, den Hut in der Hand, beinahe in Habt-acht-Stellung. Schließlich sagte er mit einer verabschiedenden Geste: «Also gut, Orlando. Melden Sie dem Herrn Oberst, daß ich in S. die Reise unterbrechen werde, wie er es wünscht.»

«Ja, Herr Doktor.» Der Agent grüßte und machte sich längs der Hausmauer auf den Weg.

Alleingeblieben, starrte Marcello vor sich hin. Es war heiß in der Laube. Die Sonne, die durch das Blätterwerk und die Zweige der Weinstöcke schien, malte leuchtende Flecken auf sein Gesicht. Er bemerkte, daß der lackierte Eisentisch, der einmal weiß gewesen war, jetzt eine schmutziggraue Farbe und abgestoßene und verrostete Stellen hatte. Von seinem Platz aus konnte Marcello die Umfassungsmauer mit dem Efeu sehen. Mit etwas Mühe hätte er in den Nachbargarten spähen können. Aber die Familie Robertos wohnte längst nicht mehr in der Villa nebenan. Dort hatte jetzt ein Zahnarzt seine Praxis aufgemacht. Plötzlich lief an einem Weinstock eine Eidechse herab und setzte sich ohne Angst vor Marcello auf den Tisch. Es war eine große Eidechse von der gewöhnlichsten Sorte, mit grünem Rücken und weißem Bauch, der über dem vergilbten Email des Tisches zitterte. Das Tierchen machte kleine rasche Schritte und näherte sich Marcello, blickte mit seinen schwarzen Augen zu ihm auf. Marcello sah es zärtlich an und rührte sich nicht, um es nicht zu verscheuchen. Natürlich mußte er sofort wieder daran denken, wie er als kleiner Junge die Eidechsen erschlagen hatte, wie er dann vergebens versucht hatte, den schüchternen Roberto zum Komplicen zu gewinnen, um sich von der Reue zu befreien. Aber damals war es ihm nicht gelungen, irgendwen zu finden, der ihm die Last der Schuld abgenommen hätte. Er war allein geblieben – mit dem Bild der ermordeten Eidechsen vor Augen. Und dieses Alleinsein hatte er als die Folge eines verbrecherischen Charakters angesehen.

Jetzt war er nicht mehr allein und würde es nie mehr sein. Auch wenn er ein Verbrechen begehen würde – selbstverständlich nur ein Verbrechen aus politischen Gründen –, würde sich der Staat auf seine Seite stellen. Alle vom Staat abhängigen Organisationen politischer, sozialer und militärischer Art würden ihm den Rücken decken – eine Masse Menschen, die ebenso dachte wie er, in und außerhalb Italiens. Dabei war das, was er sich nun zu tun anschickte, weitaus schlimmer als die Tötung von ein paar Eidechsen. Dennoch, dachte er, werden Millionen Menschen auf meiner Seite stehen – angefangen mit dem Agenten Orlando, einem braven Mann, der Frau und fünf Kinder hat. «Für die Familie und für das Vaterland!» Ein schöner, naiver, wenngleich etwas emphatischer Satz – wie eine Fahne in helleuchtenden Farben, die im frischen Wind unter Trompetengeschmetter flattert, während Soldaten vorbeimarschieren. Der Ausspruch Orlandos fand in Marcello einen langen, halb traurigen, halb hoffnungsvollen Widerhall. Für die Familie – fürs Vaterland. Das genügte Orlando. Warum sollte es nicht auch ihm genügen?

Er hörte vom Gartentor her den Lärm eines Motors und sprang mit einer raschen Bewegung auf, von der die Eidechse verscheucht wurde. Ohne Hast verließ er die Laube und ging auf die Einfahrt zu. Ein altes schwarzes Auto stand wenige Schritte hinter dem noch offenen Gartentor. Ein Chauffeur in weißer Livree mit himmelblauen Aufschlägen war gerade dabei, das Tor zu schließen.

Als er Marcello erblickte, hielt er inne und zog die Mütze.

«Alberi», sagte Marcello ganz ruhig, «wir fahren heute in die Klinik. Es hat keinen Sinn, daß Sie den Wagen in die Garage schaffen.»

«Sehr wohl, Herr Marcello», erwiderte der Chauffeur.

Marcello warf ihm von der Seite einen Blick zu. Alberi war ein junger Mann mit olivfarbenem Teint, kohlschwarzen Augen, porzellanweißen Augäpfeln, sehr regelmäßigen Zügen, weißen, eng beisammenstehenden Zähnen und ausgiebig pomadisiertem schwarzem Haar. Er war nicht groß, wirkte aber wohlproportioniert, wahrscheinlich wegen seiner auffallend kleinen Hände und Füße. Obwohl er in Marcellos Alter war, hätte man ihm bedeutend mehr Jahre gegeben. Das lag wohl an der orientalischen Weichheit seines Gesichts, das darauf angelegt schien, im Laufe der Zeit immer fetter zu werden. Während der Chauffeur das Tor schloß, betrachtete ihn Marcello mit großer Abneigung.

Dann ging Marcello auf die Villa zu, öffnete die Glastür und betrat den fast finsteren Salon. Sofort frappierte ihn der Gestank, der die Luft fast verpestete. Der stammte von den zehn Pekinesenhunden seiner Mutter, die frei herumliefen. Obwohl die anderen Zimmer noch viel mehr stanken und die Hunde fast nie hierher in den Salon gerieten, schlug einem in diesem Zimmer der abscheuliche Geruch am meisten entgegen. Marcello öffnete das Fenster und ließ gerade so viel Licht herein, daß die Sitzmöbel in ihren grauen Überzügen, die zusammengerollten und in die Ecke gelehnten Teppiche und das mit einer Decke verhängte Klavier zu erkennen waren.

Durch den Salon und das Speisezimmer gelangte er in die Diele und erstieg die Treppe. Auf halber Höhe, mitten auf einer Marmorstufe – der abgenutzte Läufer war schon längst entfernt worden –, lag ein Haufen Hundedreck. Marcello machte vorsichtig einen Bogen herum. Von der oberen Diele aus ging er direkt auf die Schlafzimmertür seine Mutter zu und öffnete sie.

Sogleich stürmten alle zehn Pekinesen zwischen seinen Beinen hindurch und verstreuten sich kläffend über den Vorplatz und die Treppe. Als sie mit ihren Pferdebuschschwänzen und ihren unzufriedenen, katzenähnlichen Schnauzen davonsausten, sah ihnen Marcello hilflos und verdrossen nach.

Dann kam aus dem finsteren Zimmer die Stimme seiner Mutter: «Bist du's, Marcello?»

«Ja, Mama ... Aber die Hunde ...»

«Laß sie laufen, die armen Engelchen. Den ganzen Tag waren sie eingesperrt. Laß sie nur laufen.»

Marcello runzelte die Brauen und trat mißmutig ein. Die Luft in diesem Zimmer war kaum zu atmen. Die geschlossenen Fenster hatten von der Nacht her ein saures Gemisch verschiedener Gerüche bewahrt: Körperausdünstung, Hundegestank, Parfumduft. Dies alles schien durch die auf den Fensterladen brütende Sonne zur Gärung gebracht worden zu sein. Mit steifen, vorsichtigen Schritten – als fürchte er, sich zu beschmutzen oder diese Gerüche anzunehmen – ging Marcello zu seiner Mutter und setzte sich auf den Rand des Bettes, die Hände zwischen den Knien.

Jetzt, da sich seine Augen langsam an die Dunkelheit gewöhnten, konnte er alles im Zimmer erkennen. Die langen gelblichen, schmutzigen Vorhänge am Fenster ließen ein diffuses Licht durch. Sie schienen aus denselben weichen Stoffen gemacht wie die überall herumliegenden intimen Kleidungsstücke. Unter dem Fenster standen zahlreiche Aluminiumteller mit dem Futter für die Hunde. Daneben waren Schuhe und Strümpfe verstreut. Bei der Badezimmertür, in einer fast finsteren Ecke, lag ein rosa Schlafrock über einem Stuhl – so, wie er am Abend zuvor hingeschleudert worden war. Ein Ärmel hing halb auf den Boden.

Marcellos kalter, angeekelter Blick fiel nun auf das Bett, in dem seine Mutter lag. Wie gewöhnlich war es ihr nicht eingefallen, sich bei seinem Eintritt zu bedecken, und so war sie halbnackt. Die Arme erhoben, die Hände unter dem Kopf verschränkt, sah sie ihn schweigend und starr an. Ihre reichen, in der Mitte geteilten dunklen Haare wirkten wie Schwingen. Ihr Gesicht war fein und hager, fast dreieckig. Die von dunklen Ringen umschatteten und dadurch vergrößerten Augen schienen das Gesicht gleichsam aufgezehrt zu haben, es sah fast aus wie das einer Toten. Sie trug ein durchscheinendes grünliches Unterkleid, das kaum bis zu den Schenkeln reichte. Wieder einmal mußte Marcello bei ihrem Anblick denken, daß sie eher einem gealterten, vertrockneten Kind als einer reifen Frau glich. Die flache Brust wies einen Rand scharfer Knöchelchen auf. Die Brustwarzen schimmerten durch das Unterkleid hindurch – dunkle Flecken ohne jede Erhöhung. Ihre Schenkel erweckten in Marcello Abscheu und Mitleid zugleich: Sie waren mager und formlos wie die einer noch nicht herangereiften Zwölfjährigen. Aber das wahre Alter der Frau konnte man an der Beschaffenheit ihrer Haut feststellen: Sie sah weiß und geradezu eisig aus. Darüber hinaus war sie voller geheimnisvoller, teils bläulicher, teils blasser Flecken. Prügel! dachte Marcello. Oder die Spuren von Alberis Zähnen! Von den Knien abwärts jedoch waren die Beine der Frau, ihre winzigen Füße und wohlgeformten Zehen, vollendet.

Marcello wollte eigentlich nicht, daß die Mutter seine Mißstimmung bemerkte, aber diesmal konnte er sich nicht beherrschen. Ohne sie anzusehen, stieß er hervor: «Ich habe dir schon so oft gesagt, daß du mich nicht halbnackt empfangen sollst!»

Ruhig antwortete sie und zog die Decke ein wenig über ihren Körper: «Ach Gott, was ist mein Sohn streng!»

Ihre Stimme klang rauh, und auch das mißfiel Marcello. Er erinnerte sich, daß diese Stimme in seiner Jugend weich und wohlklingend wie ein angenehmer Gesang gewesen war. Die jetzige Rauheit rührte von Ausschweifungen und Alkohol her.

Nach einem Augenblick fragte er: «Gehen wir also heute in die Klinik?»

«Meinetwegen. Gehen wir.» Die Mutter richtete sich auf und begann, irgend etwas hinter der Rückwand des Bettes zu suchen. «Ich fühle mich allerdings gar nicht wohl und ihn, den armen Teufel, läßt unser Besuch vollkommen kalt.»

«Aber es ist schließlich dein Mann und mein Vater!» Marcello verbarg das Gesicht in den Händen und starrte zu Boden.

«Ja ... natürlich ...» sagte sie. Jetzt hatte sie den Lichtschalter gefunden. Auf dem Nachttisch ging eine schwache Lampe an. Es kam Marcello so vor, als sei sie von einem Damenhemd umwickelt.

Die Mutter erhob sich. «Allerdings – um die Wahrheit zu sagen –, manchmal wünsche ich, er möge sterben. Er würde ja nichts davon merken. Und ich könnte das viele Geld für die Klinik sparen. Ich bin ja so knapp ...» Ihr Tonfall wurde plötzlich klagend. «Stell dir vor, vielleicht muß ich das Auto aufgeben!»

«Na, und was wäre schon dabei?»

«Sehr viel!» gab sie mit kindischem Ärger und schamlos zurück. «Das Auto ist ein Vorwand, Albert hier zu haben ... und ihn zu sehen ... wann ich will ... Wenn ich das Auto aufgebe, habe ich diesen Vorwand nicht mehr.»

«Sprich mir nicht von deinen Liebhabern, Mama!» Marcellos Stimme war ruhig, aber er grub die Fingernägel der einen Hand in die Fläche der anderen.

«Meine Liebhaber! Ich habe doch nur den einen! Und wenn du dauernd von dieser Gans, deiner Verlobten, redest, kann ich schließlich auch von Alberi, von diesem armen, lieben Menschen reden. Der immerhin viel sympathischer und intelligenter ist als deine Verlobte.»

Sonderbarerweise fühlte sich Marcello durch diese Beschimpfungen seiner Braut in keiner Weise beleidigt. Seine Mutter konnte Giulia nicht ausstehen. Und er dachte: Giulia wirkt tatsächlich wie eine Gans. Aber mir ist sie gerade so recht.

In sanfterem Ton entgegnete er: «Willst du dich also anziehen? Wenn wir in die Klinik wollen, ist es Zeit, aufzubrechen.»

«Aber ja, sofort.» Leichtfüßig, beinahe wie ein Schatten, lief sie auf den Zehenspitzen durch das Zimmer, nahm im Vorbeigehen den rosa Schlafrock auf, warf ihn über die Schulter und verschwand im Badezimmer.

Allein geblieben, ging Marcello zum Fenster und stieß es auf. Draußen war die Luft heiß und regungslos, dennoch fühlte er sich sofort ungemein erleichtert, als habe er nicht einen vor Wärme glühenden Garten, sondern einen Eisberg vor sich. Die von Parfum und Hundegestank verpestete Luft des Zimmers zog langsam ab. Marcello hatte die Vorstellung von einem kranken Haus, das sich erbricht. Längere Zeit stand er da und schaute auf das dichte Laub der Glyzinien hinab. Dann trat er wieder ins Zimmer zurück. Doch jetzt empfand er beim Anblick der Unordnung mehr

Trauer als Ekel. Er erinnerte sich, wie seine Mutter in seinen Knabenjahren gewesen war, und verzweifelte Empörung bemächtigte sich seiner, als er an den Verfall dachte, der aus der Frau von damals die Frau von jetzt gemacht hatte.

Die Ursache dieser Wandlung war etwas Unverständliches und nicht Wiedergutzumachendes. Er sagte sich: Nein, die Schuld trägt nicht das Alter, nicht die Leidenschaft, nicht der finanzielle Ruin, nicht die mangelnde Intelligenz. Die Ursache dieser Wandlung beruht vielleicht auf einem ganz bestimmten Glück, das meiner Mutter einmal geschenkt worden ist und das sich dann in ein Unglück verwandelt hat. Aber sicher gehört diese Art von Schicksal auch mit zum Leben.

Er näherte sich der Kommode, auf der zwischen allerlei Krimskrams ein Jugendbild seiner Mutter stand. Ein feines Gesicht, unschuldige Augen, ein heiterer Mund! Voller Schrecken fragte er sich: Warum ist sie jetzt nicht mehr so? In dieser Frage lag sein ganzer Widerwille gegen jede Art von Verfall und ein beklemmendes Gefühl der Reue und der Sohnesliebe. Ob er nicht am Ende doch an der Wandlung seiner Mutter mit Schuld trug? Wäre sie auch dann in eine so tiefe, rettungslose Verlorenheit gefallen, wenn er sie anders oder mehr geliebt hätte? Seine Augen füllten sich mit Tränen. Das Bild seiner Mutter verschwand wie hinter einem Nebel. Heftig schüttelte er den Kopf.

Die Tür ging auf, die Mutter erschien im Schlafrock auf der Schwelle. Sofort hob sie den Arm schützend vor die Augen und rief: «Mach das Fenster zu! Wie kannst du nur soviel Licht ertragen?»

Marcello beeilte sich, den Vorhang zuzuziehen. Dann näherte er sich seiner Mutter, nahm ihren Arm. Er drückte sie neben sich auf den Bettrand nieder und fragte sanft: «Und du, Mama, wie kannst du nur diese Unordnung ertragen?»

Sie sah ihn unsicher und verlegen an. «Ich weiß auch nicht, wie das kommt ... Ich müßte natürlich jeden Gegenstand, den ich benutzt habe, wieder auf seinen Platz zurücklegen. Aber es gelingt mir nie ...»

«Mama», sagte Marcello plötzlich, «jedes Alter hat doch seine eigene Würde. Warum läßt du dich so sehr gehen?»

Er drückte ihre Hand. Sie hielt in der anderen Hand einen Kleiderbügel, von dem ein Kleid herabhing. Einen Augenblick glaubte er, in ihren riesigen, kindischen, bestürzten Augen etwas wie Schmerz zu sehen. Ihre Lippen zitterten leicht.

Dann, auf einmal verscheuchte eine Aufwallung von Ärger jede Rührung. Sie rief: «Wie ich auch bin und was ich auch tue, es mißfällt dir. Das weiß ich. Du kannst meine Hunde nicht leiden, meine Art, mich anzuziehen, meine Gewohnheiten. Aber ich bin noch jung, mein Lieber! Ich will das Leben so genießen, wie es mir paßt! Jetzt laß mich!» Sie hörte brüsk zu sprechen auf und zog ihre Hand zurück. «Sonst werden wir nie fertig ...»

Marcello schwieg. Die Mutter ging in eine Ecke, streifte den Schlafrock ab, ließ ihn zu Boden fallen, öffnete den Schrank. Vor dem Spiegel der Schranktür zog sie das Kleid über. Angezogen trat ihre Magerkeit noch deutlicher hervor. Ihre Hüften standen spitz heraus, ihre Schultern waren gekrümmt, ihr Busen flach. Sie besah sich kurz im Spiegel, richtete sich mit einer Hand das Haar und stieg dann hüpfend in ein Paar der vielen Schuhe, die auf dem Fußboden herumlagen. «Gehen wir ...» sagte sie schließlich, nahm eine Handtasche von der Kommode und wandte sich der Tür zu.

«Setzt du keinen Hut auf?»

«Warum? Das ist doch nicht nötig.»

Sie stiegen die Treppe hinab. Die Mutter sagte: «Du hast mir noch nichts von deiner bevorstehenden Heirat erzählt.»

«Ich heirate übermorgen.»

«Und wohin fährst du auf die Hochzeitsreise?»

«Nach Paris.»

«Die traditionelle Hochzeitsreise ...» sagte die Mutter. Im Vorzimmer angelangt, ging sie auf die Küchentür zu und ermahnte die Köchin: «Matilde, bitte schreiben Sie sich auf – die Hunde müssen vor Sonnenuntergang wieder im Haus sein.»

Sie traten in den Garten hinaus. Das schwarze Auto stand hinter den Bäumen der Auffahrt. Die Mutter sagte: «Es ist also entschieden, du willst nicht hier bei mir wohnen? Obwohl mir deine Frau nicht sympathisch ist, hätte ich auch dieses Opfer gebracht. Platz habe ich ja genug.»

«Nein», antwortete Marcello.

«Du ziehst lieber zu deiner Schwiegermutter», sagte sie obenhin, «in diese schreckliche Wohnung – vier Zimmer und Küche!» Sie bückte sich, hob einen Grashalm auf. Dabei schwankte sie und wäre beinahe hingefallen, wenn Marcello sie nicht sofort gestützt hätte. Unter seinen Fingern spürte er das spärliche weiße Fleisch des Arms. Es lag auf den Knochen wie ein Wischtuch über einem Besenstiel. Von neuem fühlte er Mitleid mit ihr.

Sie stiegen in das Auto, während Alberi mit der Mütze in der Hand den Wagenschlag offenhielt. Dann setzte sich der Chauffeur und steuerte den Wagen auf die Straße hinaus.

Als Alberi dann noch einmal ausstieg, um das Gartentor zu schließen, sagte Marcello zu seiner Mutter: «Ich würde sehr gern bei dir wohnen, wenn du Alberi entließest und etwas Ordnung in dein Leben brächtest und wenn du mit diesen Spritzen aufhörtest.»

Sie sah ihn von der Seite mit verständnislosen Augen an. Ihre Nase bebte ein wenig, dann begann ihr Mund zu zittern, schließlich lächelte sie verwirrt, mit bleichem Gesicht: «Weißt du, was der Doktor sagt? Daß ich eines Tages daran sterben könnte...»

«Warum hörst du dann nicht auf?»

«Sag mir doch, warum ich aufhören sollte...»

Alberi stieg wieder ein und rückte die Sonnenbrille auf seiner Nase zurecht. Die Mutter beugte sich vor und legte ihm die Hand auf die Schulter. Ihre Hand war mager und durchscheinend, die gespannte Haut von rötlichen und bläulichen Flecken übersät, die Fingernägel leuchteten schwärzlich in einem tiefen Scharlachrot. Marcello sah, wie sich diese Hand auf der Schulter des Mannes weitertastete, bis sie das Ohr erreichte und leicht streichelte. Er hätte am liebsten weggeschaut, war aber außerstande dazu.

Die Mutter sagte: «Also fahren wir zur Klinik.»

«Sehr wohl, gnädige Frau», entgegnete Alberi, ohne sich umzuwenden.

Die Mutter schloß das Fenster hinter dem Fahrersitz und ließ sich zurücksinken, während der Wagen sanft anfuhr. Sie blickte ihren Sohn von der Seite an und sagte: «Du bist böse, weil ich Alberi gestreichelt habe, nicht wahr?» Marcello war überrascht. Soviel Intuition hatte er bei ihr gar nicht erwartet. Sie lächelte auf ihre kindische, verzweifelte, irgendwie verkrampfte Art. Es gelang Marcello nicht, seinen ärgerlichen Gesichtsausdruck abzulegen. «Ich bin nicht böse ... Ich hätte es nur lieber nicht bemerkt.»

Ohne ihn anzusehen, erwiderte sie: «Du verstehst nicht, was es für eine Frau bedeutet, nicht mehr jung zu sein. Das ist schlimmer als der Tod ...»

Marcello schwieg. Der Wagen glitt jetzt geräuschlos unter den Pfefferbäumen dahin. Die Blätter streiften das Fenster.

Nach einer kleinen Weile sprach die Mutter weiter: «Manchmal möchte ich schon richtig alt sein – eine magere, saubere Greisin. Wie eine getrocknete Blume zwischen den Blättern eines Buches.» Sie lächelte etwas zufriedener, abgelenkt von dieser Vorstellung. Dann legte sie die Hand auf Marcellos Arm und fragte: «Hättest du nicht lieber so eine alte Dame zur Mutter – gut erhalten wie in Naphthalin?»

Marcello sah sie an und erwiderte verlegen: «Eines Tages wirst du so sein ...»

Sie wurde wieder ernst und lächelte traurig: «Glaubst du das wirklich? Ich bin überzeugt, daß du mich demnächst tot in einem dieser Zimmer finden wirst, die dir so widerwärtig sind.»

Marcello war sich darüber im klaren, daß seine Mutter im Ernst sprach und sehr wohl recht haben könnte. «Warum, Mama? Du bist noch jung und mußt leben!»

«Das ändert nichts daran, daß ich bald sterben werde. Ich weiß es. Es steht in meinem Horoskop.» Unvermittelt hielt sie ihm eine Hand unter die Augen und fragte ohne jeden Übergang: «Gefällt dir dieser Ring?»

Es war ein großer Ring mit kunstvoll gearbeiteter Fassung und einem milchig schimmernden Stein. «Ja», sagte Marcello, der kaum hinsah, «er ist schön.»

«Weißt du», fuhr die Mutter fort, wieder das Thema wechselnd, «es kommt mir so vor, als seist du völlig deinem Vater nachgeraten. Auch er hatte, solange er noch vernünftig denken konnte, nichts wirklich gern. Schöne Dinge sagten ihm nichts. Er dachte nur an Politik. Ganz wie du.»

Auch jetzt konnte Marcello seine heftige Gereiztheit nicht unterdrücken. «Ich glaube, zwischen meinem Vater und mir gibt es nichts Gemeinsames. Ich bin ein völlig vernünftiger, normaler Mensch. Er aber war immer exaltiert – auch schon bevor er in die Klinik kam. Daran kann ich mich erinnern. Und du hast das nur bestätigt.»

«Ja. Aber etwas habt ihr doch gemeinsam – euch freut das Leben nicht. Und ihr wollt nicht, daß es andere Leute freut.» Sie blickte aus dem Fenster und erklärte dann unvermittelt: «Ich werde nicht zu deiner Hochzeit kommen, du darfst mir das nicht übelnehmen. Ich gehe nirgends mehr hin. Aber du bist mein Sohn, ein Geschenk möchte ich dir machen. Was wünschst du dir?»

«Nichts», erwiderte Marcello gleichgültig.

«Schade ... Nun habe ich das Geld ausgegeben ... Wenn ich gewußt hätte, daß du dir nichts wünschst ... Aber jetzt habe ich es gekauft ... Nimm!» Sie zog eine weiße, mit einem Gummiband verschlossene kleine Schachtel hervor. «Es ist ein Zigarettenetui. Ich habe bemerkt, daß du die Packungen lose in der Tasche trägst.» Sie öffnete die Schachtel, nahm ein silbernes, flaches, mit feinen Streifen gearbeitetes Etui heraus, ließ es aufklappen und zeigte es ihrem Sohn. Es war mit orientalischen Zigaretten gefüllt, und die Mutter benutzte die Gelegenheit, um sich eine Zigarette von Marcello anzünden zu lassen.

Etwas verlegen sagte Marcello: «Es ist sehr schön, und ich weiß gar nicht, wie ich dir danken soll, Mama. Vielleicht ist es sogar zu schön für mich.» Er sah das Etui an, das noch immer auf den Knien der Mutter lag, berührte es aber nicht.

«Uff!» rief die Mutter. «Wie langweilig du doch bist!» Sie schloß das Etui und schob es mit einer graziös unduldsamen Bewegung in Marcellos Rocktasche. Das Auto fuhr etwas hart um eine Straßenecke. Die Mutter fiel auf Marcello. Gleich darauf legte sie die Hände um seine Schultern, beugte den Kopf ein wenig zurück und sah ihn an: «Gib mir einen Kuß zum Dank. Willst du?»

Marcello neigte sich vor und streifte mit den Lippen ihre Wange. Sie warf sich auf ihren Sitz zurück, führte eine Hand an die Brust: «Gott, wie stürmisch! Als du klein warst, hätte ich keinen Kuß von dir zu verlangen brauchen – du warst ein so zärtliches Kind.»

«Mama», sagte Marcello plötzlich, «erinnerst du dich an den Winter, als Papa krank war?»

«Das will ich meinen! Ein schrecklicher Winter war das! Dein

Vater wollte sich von mir trennen und dich mir fortnehmen. Er war schon verrückt... Zum Glück – ich meine zum Glück für dich – schnappte er dann völlig über. Alle Welt konnte erkennen, daß ich dich mit Recht hatte bei mir behalten wollen. – Warum die Frage?»

«Tja... Mama...» sagte Marcello und vermied es, seine Mutter anzusehen. «Schon in jenem Winter träumte ich davon, nicht mehr mit euch zusammen leben zu müssen – mit dir und Papa. Ich wäre gern in eine Anstalt gekommen. Du hast also nicht recht, wenn du sagst, ich hätte mich verändert. Ich war damals schon so wie heute. Ich konnte Krach und Unordnung nicht ertragen, das war alles.» Er hatte trocken und beinahe hart gesprochen. Kaum aber erblickte er die Betroffenheit auf dem Gesicht der Mutter, reuten ihn seine Worte. Dennoch wollte er nichts hinzufügen, das wie ein Widerruf hätte klingen können. Er hatte die Wahrheit gesagt, und er war jetzt nicht imstande, die Unwahrheit zu sagen. Doch nun hatte er das unangenehme Gefühl, keine Sohnesliebe aufgebracht zu haben, und das rief in ihm mit besonderer Heftigkeit die übliche Schwermut hervor.

Die Mutter sagte in resigniertem Ton: «Vielleicht hast du recht.»

In diesem Augenblick hielt der Wagen. Sie stiegen aus und durchschritten das Gittertor der Klinik. Die Straße befand sich in einem ruhigen Viertel am Rande eines alten königlichen Parks. Es war nur eine kurze Straße. Auf der einen Seite standen nebeneinander fünf oder sechs ältere Wohnhäuser, halb verborgen zwischen Bäumen. Auf der gegenüberliegenden Seite befand sich die Umfriedung der Klinik. Im Hintergrund versperrten eine alte graue Mauer und die dichte Vegetation des königlichen Parks die Aussicht. Seit vielen Jahren besuchte Marcello wenigstens einmal im Monat den Vater. Aber er hatte sich noch immer nicht an diese Besuche gewöhnt und empfand stets aufs neue ein Gefühl des Ekels und des Unbehagens. Dasselbe Gefühl empfand er auch, wenn er seine Mutter in jener Villa besuchte, wo er seine Kinderzeit und seine Jugendjahre verbracht hatte. Allerdings waren angesichts der Klinik Unbehagen und Ekel noch stärker. Die Unordnung und der Verfall im mütterlichen Haus konnten vielleicht behoben werden. Der Wahnsinn seines Vaters indessen war unheilbar und – wie sich Marcello sagte – eine allgemeinere und völlig hoffnungslose Unordnung. Während er neben seiner Mutter auf den Eingang der Klinik zuschritt, spürte er das bekannte, quälende Unwohlsein. Es beklemmte sein Herz und ließ seine Knie weich werden. Er wußte, daß er kreideweiß war, und einen Augenblick lang überkam ihn der hysterische Wunsch, unter irgendeinem Vorwand davonzulaufen.

Die Mutter hatte von alldem nichts bemerkt. Sie blieb vor dem kleinen schwarzen Gitter stehen, das den Zugang zur Klinik versperrte, drückte auf den Porzellanknopf der Klingel und sagte dabei: «Weißt du, was seine neueste fixe Idee ist?»

«Nein.»

«Er bildet sich ein, einer von Mussolinis Ministern zu sein. Das hat vor kaum einem Monat begonnen – vielleicht, weil man ihm erlaubt, die Zeitungen zu lesen.»

Marcello runzelte die Brauen, antwortete aber nicht. Das Gitter öffnete sich. Ein junger Krankenpfleger in weißem Kittel erschien. Es war ein korpulenter, hochgewachsener Mann, blond, mit rasiertem Schädel und blassem, etwas geschwollenem Gesicht.

«Guten Tag, Franz», sagte die Mutter freundlich. «Wie geht's?»

«Heute besser als gestern», erwiderte der Wärter mit einem harten deutschen Akzent. «Gestern waren wir sehr schlecht beisammen.»

«Sehr schlecht?»

«Wir mußten die Zwangsjacke anziehen», erklärte der Wärter und gebrauchte weiter den Plural – wie Kindermädchen, wenn sie von ihren Zöglingen sprechen.

«Die Zwangsjacke! Schrecklich!»

Sie gingen jetzt den schmalen Weg zwischen der Gartenmauer und der Klinik entlang. Die Mutter sagte: «Du solltest das sehen ... Die Zwangsjacke ist gar keine richtige Jacke, sondern sie besteht bloß aus zwei Ärmeln, die die Arme festhalten. Früher habe ich immer geglaubt, es handle sich um eine Art Hemd. Es ist traurig, ihn anzusehen, wenn er so gefesselt ist.» Das alles brachte sie in einem leichten, fast heiteren Ton vor. Als sie um die Klinik herumgegangen waren, gelangten sie auf den Platz vor dem Haupteingang. Die Anstalt war ein weißes, dreistöckiges Gebäude, sah aus wie ein normales Wohnhaus, hatte aber dichtvergitterte Fenster. Der Wärter lief voraus und sagte: «Der Herr Professor erwartet Sie, Signora Clerici.» Er führte die beiden Besucher in ein kahles, halbdunkles Vorzimmer und klopfte an eine Tür. Auf einem Emailschild stand zu lesen: Direktion.

Die Tür öffnete sich sogleich. Der Direktor der Klinik, Professor Ermini, stürzte heraus und lief mit der ganzen Vehemenz seiner massigen, überragenden Körperlichkeit den beiden entgegen: «Meine Verehrung, gnädige Frau! Guten Tag, Doktor Clerici!» Seine Stentorstimme dröhnte wie ein Bronzegong durch die Stille der Anstalt. Die Mutter reichte ihm die Hand, die der Professor mit einer gewaltsamen Verbeugung des dicken Körpers im Ärztekittel galant küßte. Marcello hingegen beschränkte sich auf einen nüchternen Gruß. Das Gesicht des Professors ähnelte stark einer Eule: große, runde Augen, eine mächtige, gekrümmte Nase, ein roter Schnurrbart über dem breiten, lärmenden Mund. Allerdings wirkte er nicht wie ein melancholischer Nachtvogel, sondern ausgesprochen jovial – wenn auch bewußt und kalt berechnend.

Er geleitete die beiden Besucher die Treppe hinauf. Als sie auf dem ersten Absatz angekommen waren, rollte ein von irgendwo hergeschleuderter metallischer Gegenstand die Stufen hinab. Gleichzeitig ertönte ein greller Schrei, dem ein hämisches Gelächter folgte. Der Professor bückte sich und hob den Gegenstand auf, der sich als ein Aluminiumteller erwies. «Die Donegalli . . .» sagte er. «Keine Angst, es handelt sich um eine alte Dame, die für gewöhnlich ganz ruhig ist und nur hier und da mit Gegenständen wirft. Haha, die wäre Meisterin im Bocciaspiel, wenn wir sie ließen.» Er reichte den Teller dem Wärter und ging nun durch einen langen Korridor, wo sich rechts und links zwei Reihen geschlossener Türen befanden. Dabei plauderte er weiter: «Wie kommt es, gnädige Frau, daß Sie noch in Rom sind? Ich glaubte, Sie seien schon im Gebirge oder am Meer?»

«Ich fahre in einem Monat», entgegnete die Mutter. «Ich weiß nur noch nicht, wohin. Wenigstens einmal möchte ich Venedig vermeiden . . .»

«Darf ich Ihnen einen Rat geben, gnädige Frau?» fragte der Professor, während er um eine Ecke bog. «Fahren Sie nach Ischia! Ich war erst unlängst dort. Ganz großartig! Im Gasthaus eines gewissen Carminiello haben wir eine Fischsuppe gegessen, die schlechthin unübertrefflich war!» Der Professor wandte sich halb um, berührte mit zwei Fingern seine Mundwinkel und machte eine unfeine, aber ausdrucksvolle Geste. «Ein Gedicht, sag ich Ihnen! Alles drin, was gut und teuer ist – Tintenfische, Krebse, Miesmuscheln – und dazu dann nach Seemannsart noch Koblauch, Öl, Tomaten und Paprikaschoten! Gnädige Frau – ich sage nichts weiter als das!» Er hatte bei der Beschreibung der Fischsuppe in einem falschen Neapolitanisch gesprochen, fiel jetzt in sein gewohntes Römisch zurück und fügte hinzu: «Wissen Sie, was ich zu meiner Frau gesagt habe? Willst du mit mir wetten, daß wir nächstes Jahr ein Häuschen auf Ischia haben?»

Die Mutter sagte: «Mir ist Capri lieber.»

«Capri ist ein Ort für Literaten und Homosexuelle», erwiderte der Professor ebenso zerstreut wie brutal. In diesem Augenblick ertönte aus einem der Zimmer ein gellender Schrei. Der Professor trat an die Tür, öffnete das Guckloch, schaute einen Moment hinein, wandte sich wieder um und bemerkte abschließend: «Ischia, liebe gnädige Frau, Ischia ist der richtige Ort! Fischsuppe, Meer, Sonne, Leben im Freien ... Nichts über Ischia!»

Der Wärter Franz, der ein paar Schritte vorausgegangen war, wartete jetzt regungslos vor einer anderen Tür. Seine massige Figur zeichnete sich deutlich gegen das Licht ab, das durch ein Fenster am Ende des Korridors hereinfiel. «Hat er das Mittel genommen?» erkundigte sich der Professor leise. Der Wärter nickte. Der Professor öffnete und trat ein, gefolgt von der Mutter und Marcello.

Es war ein kleines, kahles Zimmer mit einem an der Wand befestigten Bett und einem Tischchen aus weißem Holz vor dem vergitterten Fenster. An diesem Tisch saß Marcellos Vater, den Rükken der Tür zugewandt und eifrig schreibend. Ein wirres Büschel weißer Haare erhob sich auf seinem Kopf. Sein Nacken war schmal und wuchs aus dem weiten Kragen der steifen Krankenbluse heraus. Er saß etwas schräg da, die Füße steckten in riesengroßen Pantoffeln. Ellbogen und Knie waren nach außen gespreizt. Den Kopf hielt er zur Seite geneigt. Im ganzen sieht er aus wie eine Gliederpuppe, deren Drähte gerissen sind, dachte Marcello, schaudernd vor Widerwillen.

Der Eintritt der Besucher veranlaßte den Vater nicht, sich umzudrehen. Im Gegenteil, er schien jetzt mit vermehrtem Eifer und größerer Aufmerksamkeit zu schreiben.

Der Professor trat zwischen das Fenster und den Tisch und fragte mit falscher Gemütlichkeit: «Na, Herr Major, wie geht's denn heute, wie?»

Der Kranke gab keine Antwort. Er hob nur abwehrend eine Hand, als wolle er sagen: Einen Augenblick ... Sie sehen doch, daß ich beschäftigt bin ...

Der Professor warf der Mutter einen Blick des Einverständnisses zu und erkundigte sich: «Immer noch dieses Memorandum, Herr Major? Wird das nicht zu lang werden? Der Duce hat doch keine Zeit, so lange Schriftsätze zu lesen. Sie wissen ja, er ist selbst immer knapp und konzis ... Also, Herr Major, mehr Kürze!»

Der Verrückte wiederholte seine Geste mit der knochigen Hand. Dann warf er mit eigentümlicher Wut über den gesenkten Kopf ein Blatt Papier nach hinten, das mitten im Zimmer zu Boden fiel. Marcello bückte sich und hob es auf. Es enthielt nur wenige, unverständliche Worte in einer verschnörkelten, mit vielen Unterstreichungen versehenen Handschrift. Aber es waren nicht einmal Worte ... Während Marcello das Blatt weiter betrachtete, begann der Kranke mit derselben wütend-eifrigen Bewegung andere Blätter nach hinten zu werfen, über seinen weißen Kopf hinweg. Sie flatterten durch das ganze Zimmer. Die Gesten des Irren wurden immer heftiger. Der Boden war schon fast mit den Blättern des karierten Papiers bedeckt.

Die Mutter sagte: «Der Arme! Er hat schon immer diese Leidenschaft für das Schreiben gehabt!»

Der Professor neigte sich ein wenig vor: «Herr Major, Ihre Frau Gemahlin und Ihr Herr Sohn sind hier! Wollen Sie denn die beiden nicht sehen?»

Diesmal endlich brachte der Professor den Kranken zum Reden. Mit einer tiefen, hastigen, stammelnden, übellaunigen Stimme, als sei er bei einer wichtigen Beschäftigung gestört worden, sagte der Vater: «Sie sollen morgen wiederkommen. Außer – sie haben mir konkrete Vorschläge zu machen. Sehen Sie denn nicht, daß ich das ganze Vorzimmer voller Leute habe, die ich nicht empfangen kann?»

«Er glaubt, ein Minister zu sein», flüsterte die Mutter Marcello zu.

«Minister des Äußeren!» bestätigte der Professor.

Der Verrückte begann wieder, eifrig zu schreiben, und sagte dann plötzlich rasch und halblaut: «Die Sache mit Ungarn ... Und der Regierungschef in Prag ... Was geschieht eigentlich in London? Und warum verstehen die Franzosen nicht? Warum? Warum? Warum?» Jedes «Warum» rief er immer lauter als das vorhergehende. Das letzte brüllte er heraus, sprang dabei auf und wandte sich um. Marcello hob den Blick und sah ihn an. Unter den abstehenden weißen Haaren schien das hagere, dunkle, von senkrechten, tiefen Falten durchzogene Gesicht einen feierlichen Ernst und die Anstrengung auszudrücken, sich einem eingebildeten zeremoniösen Anlaß anzupassen. Der Kranke hielt jetzt eines der Papiere vor die Augen und begann, in überstürzter Hast vorzulesen: «Duce, Held aller Helden, König des Landes, des Wassers und der Luft, Fürst, Papst, Kaiser, Kommandant und Soldat ...» An dieser Stelle machte er eine ungeduldige Handbewegung, die wohl soviel bedeuten sollte wie: und so weiter ... und so weiter ... «Duce, an diesem Ort, wo ...» Wieder eine Handbewegung, die wohl heißen mochte: Das Folgende kann ich als unnötig überspringen. Dann fing er von neuem an: «An diesem Ort habe ich ein Memorandum abgefaßt, das ich dich bitte, von der ersten ...» der Kranke hielt inne und schaute seine Besucher an, «bis zur letzten Zeile zu lesen. Hier ist es!» Er warf das Blatt in die Luft, wandte sich zum Schreibtisch, ergriff ein anderes Blatt und fing an, das «Memorandum» vorzulesen. Marcello verstand nichts. Der Kranke las mit klarer, sehr lauter Stimme, aber eine seltsame Hast verleitete ihn dazu, die Worte ineinander zu verschachteln, als ob die ganze Rede ein einziges Wort von unerhörter Länge sei. Offenbar schmolzen ihm die Worte auf der Zunge, noch ehe er sie auszusprechen vermochte. Das verzehrende Feuer des Wahnsinns löste alle sprachlichen Formen wie Wachs auf und schuf eine weiche, ungreifbare Redemasse. Und je mehr er las, desto mehr schoben sich die Worte ineinander, überschnitten sich, wurden ständig kürzer, und man hatte den Eindruck, daß der Wahnsinnige von dieser Art Wortlawine verschüttet zu werden drohte. Er fing an, seine Blätter fortzuwerfen, noch bevor er die ersten Zeilen überhaupt zu Ende gelesen hatte. Schließlich brach er ab, sprang mit überraschender Behendigkeit aufs Bett und zog sich bis an die Wand zurück.

Und jetzt hielt er eine Art Volksrede. Das war zwar nicht aus den Worten zu entnehmen, die zusammenhanglos und sinnlos blieben, aber an seinen Gesten deutlich zu erkennen. Wie ein Redner auf einem eingebildeten Balkon streckte der Kranke bald beide Arme zum Himmel, bald beugte er sich vor, um mit einer Handbewegung einen Satz zu unterstreichen. Bald drohte er mit geballter Faust, bald hob er die gespreizten Hände vor die Augen. Plötzlich schienen aus der Menge seines nicht vorhandenen Publikums Beifallskundgebungen zu ertönen, denn der Irre deutete mit einer charakteristischen Bewegung der Hand nach unten und gebot auf diese Weise Ruhe. Offenbar jedoch hörte der Applaus nicht auf, sondern nahm noch an Heftigkeit zu. Da sprang der Kranke nach einer beschwörenden Geste vom Bett herab, lief auf den Professor zu, faßte ihn am Ärmel und verlangte mit weinerlicher Stimme: «Bringen Sie die Leute doch zur Ruhe! Was mache ich mir denn aus dem Applaus? Wie soll ich eine Kriegserklärung abgeben – eine Kriegserklärung, wenn mich der Applaus am Sprechen hindert?»

«Lassen wir die Kriegserklärung für morgen, Herr Major», sagte der Professor und sah von seiner Höhe aus auf den Irren hinunter.

«Morgen! Morgen! Morgen!» brüllte der Wahnsinnige in plötzlicher Wut und Verzweiflung. «Immer morgen! Die Kriegserklärung muß sofort erfolgen!»

«Warum denn, Herr Major? Was würde denn eine Verzögerung ausmachen? Bei dieser Hitze! Wollen Sie denn, daß die armen Soldaten bei dieser Hitze Krieg führen?» Der Professor schüttelte den Kopf und hatte dabei einen schlauen Ausdruck im Gesicht.

Der Kranke sah ihn verdutzt an, offenbar hatte ihn dieser Einwand aus dem Konzept gebracht. Dann schrie er: «Die Soldaten sollen Eis essen! Im Sommer ißt man doch Eis, nicht?»

«Ja», sagte der Professor, «im Sommer ißt man Eis.»

«Folglich», rief der Kranke triumphierend, «folglich Eis! Viel Eis! Eis für alle!» Murmelnd ging er zu seinem Tisch, schrieb stehend in größter Hast etwas auf sein letztes Stück Papier und reichte es dem Arzt. «Das ist die Kriegserklärung. Ich schaff's nicht mehr ... Bringen Sie dieselbe der zuständigen Stelle. Diese Glocken! Oh, diese Glocken!» Wie ein verwundetes Tier kauerte er sich neben dem Bett in eine Ecke, hielt den Kopf mit beiden Händen und klagte von neuem: «Diese Glocken! Können denn diese Glocken nicht einen Augenblick zu läuten aufhören?»

Der Arzt warf einen flüchtigen Blick auf das Blatt Papier und reichte es Marcello. Darauf stand als Überschrift: «Gemetzel und Schwermut.» Darunter hatte der Vater mit seiner üblichen großen, verschnörkelten Handschrift geschrieben: «Der Krieg ist erklärt.»

Der Arzt sagte: «Gemetzel und Schwermut – das ist seine Marotte. Sie werden diese zwei Worte auf allen Blättern wiederfinden. Eine fixe Idee, wie gesagt.»

«Die Glocken!» stammelte der Kranke.

«Hört er sie wirklich?» fragte die Mutter betroffen.

«Wahrscheinlich. Es handelt sich da um Gehörshalluzinationen – so wie vorher bei dem Applaus. Die Kranken können verschiedene Arten von Geräuschen hören – auch Menschen, die reden – oder Tierstimmen – oder Motorenlärm, zum Beispiel den Krach eines Motorrades.»

«Die Glocken!» brüllte der Wahnsinnige mit schauerlicher Stimme.

Die Mutter wich gegen die Tür zurück und murmelte: «Das muß ja fürchterlich sein ... Der Arme! Gott weiß, was er leidet ... Ich glaube ja selbst, verrückt zu werden, wenn ich zufällig einmal unten an einem Kirchturm stehe, in dem die Glocken läuten ...»

«Leidet er?» fragte Marcello.

«Würden Sie nicht leiden, wenn Sie stundenlang große Bronzeglocken in der Nähe Ihrer Ohren läuten hörten?» Der Professor wandte sich an den Kranken: «Jetzt werden wir die Glocken zum Schweigen bringen. Wir werden die Glocken schlafen schikken. Ich gebe Ihnen etwas zu trinken, dann werden Sie bald nichts mehr hören.»

Er machte dem Wärter ein Zeichen, der sogleich hinausging. Der Professor sagte zu Marcello: «Das sind schwere Angstzustände. Das Befinden des Kranken wechselt zwischen frenetischer

Euphorie und tiefer Depression. Vorhin, als er las, war er in der Phase der Hochstimmung. Jetzt ist er in der depressiven. Wollen Sie ihm etwas sagen?»

Marcello blickte seinen Vater an, der weiterhin vor sich hin plapperte und den Kopf in den Händen hielt. Mit kalter Stimme antwortete er: «Nein, ich habe ihm nichts zu sagen. Und wozu könnte das auch gut sein? Er würde mich ja doch nicht verstehen.»

«Manchmal verstehen die Kranken auch mehr, als man meinen sollte, sie erkennen andere Leute, und sie führen sogar uns Ärzte hinters Licht. Nein, nein, so einfach ist die Sache nicht!»

Die Mutter näherte sich ihrem Mann und sagte freundlich: «Antonio, erkennst du mich? Und dort ist Marcello, dein Sohn. Er heiratet übermorgen – hast du verstanden? Er heiratet!»

Der Irre blickte mit einer Spur von Hoffnung in den Augen zu Marcellos Mutter auf – wie ein verletzter Hund zu seiner Herrin, die sich über ihn beugt und ihn fragt, was er denn habe.

Der Arzt wandte sich zu Marcello und rief: «Heirat! Heirat! Lieber Herr Doktor, ich hatte ja keine Ahnung! Meinen herzlichsten Glückwunsch, meinen allerherzlichsten Glückwunsch!»

«Danke», sagte Marcello trocken.

Die Mutter ging zur Tür und meinte unschuldig: «Der Arme versteht jetzt kein Wort. Wenn er verstünde, würde er sich genauso wenig freuen wie ich!»

«Ich bitte dich, Mama ...» erwiderte Marcello knapp.

«Macht nichts. Deine Frau muß dir gefallen und nicht uns», gab die Mutter versöhnlich zurück.

Danach wandte sie sich an den Irren: «Lebe wohl, Antonio!»

«Die Glocken ...!» stöhnte der Kranke.

Sie traten auf den Korridor hinaus und begegneten Franz, der in einem Glas das Beruhigungsmittel brachte. Der Professor schloß die Tür: «Es ist sonderbar, Herr Doktor, wie sich die Irren auf dem laufenden halten, wie empfindlich sie für alles sind, was die öffentliche Meinung beschäftigt. Jetzt gibt es den Faschismus und den Duce, und prompt haben viele Kranke – wie Ihr Herr Vater – den Faschismus und den Duce zur fixen Idee. Während des letzten Krieges gab es unzählige Irre, welche sich für Generale hielten und Cadorna oder Diaz ersetzen wollten. Und als vor einer Weile Nobile den Nordpol überflog, hatten wir nicht weniger als drei Patienten, die ganz genau wußten, wo sich das berühmte rote Zelt befand, und die besondere Apparate zur Hilfeleistung konstruierten. Die Irren sind immer aktuell. Trotz ihres Irreseins nehmen sie im Grunde weiter am öffentlichen Leben teil. Das Irresein ist für sie geradezu das Mittel, um daran teilzunehmen – in ihrer Eigenschaft als die zwar verrückten, aber guten Bürger, die sie sind.» Der Arzt lachte kalt und war offensichtlich zufrieden mit seinen Bemerkungen, die er für geistreich hielt. Jetzt wandte er sich an die Mutter und sagte, unmißverständlich auf Marcello gemünzt, um sich bei diesem einzuschmeicheln: «Was den Duce betrifft, da sind wir alle genauso verrückt wie Ihr Gatte, nicht wahr, gnädige Frau? Alle sind wir verrückt vor Begeisterung und reif für Zwangsjacke und Wechseldusche. Ganz Italien ist in dieser Beziehung ein einziges Irrenhaus. Ha, ha!»

«Mein Sohn ist in der Hinsicht bestimmt ein wenig plemplem», meinte die Mutter. «Übrigens sagte ich ihm gerade vorhin auf der Fahrt hierher, daß es gewisse Berührungspunkte zwischen ihm und seinem Vater gibt.»

Marcello blieb etwas zurück, um die beiden nicht hören zu müssen. Dann sah er sie vor sich den Korridor entlanggehen und plaudernd um die Ecke biegen. Da blieb er stehen. Er hatte noch immer das Blatt in der Hand, auf dem sein Vater die «Kriegserklärung» niedergeschrieben hatte. Er zögerte etwas, zog schließlich die Brieftasche und legte das Blatt hinein. Darauf beschleunigte er wieder den Schritt und holte den Arzt und die Mutter im Erdgeschoß ein.

«Dann auf Wiedersehen, Herr Professor!» sagte die Mutter. «Und der arme Patient... Gibt es denn gar keine Möglichkeit, ihn zu heilen?»

«Einstweilen versagt hier die ärztliche Kunst», antwortete der Professor ohne alle Feierlichkeit, als wiederhole er mechanisch eine abgegriffene Formel.

«Auf Wiedersehen, Herr Professor!» sagte Marcello.

«Auf Wiedersehen, Herr Doktor! Und nochmals meine herzlichsten Glückwünsche!»

Sie schritten über den Kiesweg, traten auf die Straße hinaus, gingen auf das Auto zu. Alberi stand neben dem geöffneten Wagenschlag, die Mütze in der Hand. Ohne ein Wort zu sprechen, stiegen Mutter und Sohn ein.

Nach einer kleinen Pause begann Marcello: «Ich möchte dich etwas fragen, Mama. Ich glaube, ich kann doch offen mit dir sprechen, nicht?»

«Was willst du wissen?» erkundigte sich die Mutter zerstreut, während sie sich vor dem Spiegel der Puderdose das Gesicht herrichtete.

«Ist der Mann, den ich meinen Vater nenne und den wir soeben besucht haben, wirklich mein Vater?»

Die Mutter begann zu lachen. «Manchmal bist du, weiß Gott, komisch! Warum sollte er denn nicht dein Vater sein?»

«Mama, du hattest doch schon damals ...» Marcello zögerte und setzte dann den begonnenen Satz fort, «Liebhaber ... Es wäre doch möglich ...»

«Gar nichts wäre möglich», sagte die Mutter mit ruhigem Zynismus. «Als ich mich das erste Mal entschloß, deinen Vater zu betrügen, warst du schon zwei Jahre alt ... Das Sonderbare ist aber, daß die Verrücktheit deines Vaters gerade mit der Idee anfing, du könntest das Kind eines anderen sein, Ja, er hatte sich in den Kopf gesetzt, du seist nicht sein Sohn. Und weißt du, was er eines Tages tat? Er nahm eine Fotografie von mir und dir ...»

«Und durchlöcherte uns beiden die Augen», beendete Marcello ihren Satz.

«Ah, das wußtest du?» rief die Mutter überrascht. «Na, kurz und gut, damit fing sein Wahnsinn an. Er war besessen von der Idee, du seist der Sohn eines Mannes, mit dem ich damals bisweilen zusammentraf. Das war eine der ersten Wahnvorstellungen von ihm. Du bist sein Sohn, man braucht dich ja nur anzusehen!»

«Ich sehe dir ähnlicher als ihm», warf Marcello ein.

«Uns beiden siehst du ähnlich», erklärte die Mutter. Sie schob die Puderdose in die Handtasche und redete weiter: «Wir haben ja schon darüber gesprochen – wenn nichts anderes, habt ihr jedenfalls die fixe Idee mit der Politik gemeinsam. Er, als Verrückter. Du, Gott sei Dank, als Gesunder.»

Marcello erwiderte nichts und wandte das Gesicht dem Fenster zu. Der Gedanke, seinem Vater in irgend etwas zu ähneln, war ihm höchst unangenehm. Familienbeziehungen auf Grund von Blutsbanden waren ihm immer widerwärtig gewesen. Sie kamen ihm wie eine unreine und ungerechte Vorausbestimmung vor. Aber die Ähnlichkeit, die seine Mutter meinte, war ihm nicht nur widerwärtig, sondern erschreckte ihn auf eine dunkle Weise. Was für ein Zusammenhang bestand zwischen dem Irrsinn des Vaters und seinem eigenen geheimsten Wesen? Er dachte an die Worte auf dem Papier: «Gemetzel und Schwermut.» Und er erschauerte. Die Schwermut hatte er auf sich wie eine zweite Haut, noch empfindlicher als die erste. Was aber das Gemetzel anging ...

Das Auto fuhr jetzt in dem falschen blauen Licht der Dämmerung durch die Straßen des Zentrums. Marcello sagte zu seiner Mutter: «Ich steige hier aus.» Er klopfte an das Fenster, um Alberi zu verständigen. Die Mutter sagte: «Dann sehe ich dich also bei deiner Rückkehr.» Damit deutete sie an, daß sie nicht zur Hochzeit kommen werde. Er war ihr für diese Zurückhaltung dankbar. Das wenigstens war eine der positiven Seiten von Oberflächlichkeit und Zynismus.

Er stieg aus, schlug die Wagentür kräftig zu und tauchte in der Menschenmenge unter.

Zweiter Teil

Erstes Kapitel

Kaum hatte sich der Zug in Bewegung gesetzt, trat Marcello vom Wagenfenster zurück, durch das er sich die Ermahnungen seiner Schwiegermutter angehört hatte. Giulia hingegen blieb am Fenster des Ganges stehen. Marcello konnte vom Abteil aus sehen, wie sie mit dem Taschentuch winkte. Diese an sich so banale Geste gewann durch die Leidenschaftlichkeit, mit der sie ausgeführt wurde, einen schmerzhaft-pathetischen Charakter. Er dachte: Wahrscheinlich wird sie dort stehenbleiben und winken, solange auf dem Bahnhof noch irgend etwas von ihrer Mutter zu erkennen ist, und das endgültige Verschwinden der Mutter wird für sie die definitive Trennung von ihrem Jungmädchenleben bedeuten. Diese Trennung, gefürchtet und zugleich herbeigewünscht, wird dann durch das Weiterfahren des Zuges einen schmerzlich-konkreten Charakter bekommen.

Marcello blickte noch einen Moment seine Frau an, wie sie sich in ihrem hellen, knappanliegenden Kleid aus dem Fenster beugte und winkte. Dann ließ er sich in seinen Sitz zurücksinken und schloß die Augen. Als er sie ein paar Minuten später wieder öffnete, stand seine Frau nicht mehr auf dem Korridor. Der Zug fuhr bereits durch offenes Land: eine dürre, baumlose Ebene, die unter einem grünen Himmel bereits von dem Halbdunkel der Dämmerung verhüllt wurde. Da und dort kahle Hügel. Dazwischen Täler, die unbegreiflicherweise völlig unbewohnt schienen. Ab und zu auf einem der Hügel eine Ziegelruine, die die Einsamkeit verstärkte. Eine beruhigende, zu Überlegung und Träumerei einladende Landschaft, dachte Marcello. Über der Ebene war inzwischen ein runder blutroter Mond aufgegangen, daneben leuchtete ein weißer Stern.

Giulia war verschwunden. Marcello wünschte, sie möge ein paar Minuten lang fortbleiben. Er wollte seinen Gedanken nachhängen, sich noch ein einziges Mal allein fühlen.

Er rief sich wieder in Erinnerung, was er während der letzten Tage getan hatte. Und dabei überkam ihn eine tiefe Befriedigung. Handeln und sich in Zeit und Raum bewegen, schien ihm die richtigste Art, das eigene Leben und sich selbst zu ändern. Alles das, was seine Bindung an eine normale, gewöhnliche, voraussehbare Welt verstärkte, hatte ihm am meisten behagt.

Der Hochzeitsmorgen. Er bestieg den Aufzug mit einem Strauß Maiglöckchen in der behandschuhten Rechten. Die Schwiegermutter warf sich ihm bei seinem Eintritt schluchzend an den Hals. Giulia zog ihn hinter eine Schranktür, um ihn nach Herzenslust küssen zu können. Und sie rauschte fröhlich von einem Zimmer ins andere und raschelte seidig dabei. Die Trauzeugen kamen: zwei Freunde Giulias, ein Arzt und ein Advokat, sowie zwei Freunde Marcellos aus dem Ministerium. Sie fuhren mit drei Autos zur Kirche ab. Die Leute blickten aus den Fenstern und standen auf dem Gehsteig. Im ersten Auto saßen er und Giulia, im zweiten die Trauzeugen. Im dritten die Schwiegermutter mit zwei Freundinnen.

Dann ereignete sich ein seltsamer Zwischenfall. Bei einer Verkehrsampel mußte das Auto halten. Plötzlich erschien am Wagenfenster ein rotes, robustes, bärtiges Gesicht mit kahler Stirn und vortretender Nase. Ein Bettler. Doch statt die beiden um ein Almosen anzugehen, sagte er mit rauher Stimme: «Gebt ihr mir etwas von euren Bonbons, Brautleute?» Dabei streckte er die Hand ins Wageninnere. Das unerwartete Auftauchen dieses Gesichts am Fenster und die zudringlich hereingestreckte Hand reizten Marcello. Deshalb rief er vielleicht allzu schroff: «Weg da! Bonbons gibt's keine!» Worauf der wahrscheinlich betrunkene Mann aus Leibeskräften brüllte: «Verflucht sollst du sein!» und verschwand. Erschrocken drängte sich Giulia an Marcello und murmelte: «Das bringt Unglück ...» Er aber zuckte die Schultern und antwortete: «Unsinn! Ein Betrunkener!» Der Wagen setzte sich wieder in Bewegung. Kurz darauf vergaß Marcello diese Episode wieder.

In der Kirche ging alles normal vor sich, ruhig, rituell, zeremoniös. Eine kleine Schar von Verwandten und Freunden saß auf den vordersten Bänken vor dem Hauptaltar. Die Herren waren dunkel angezogen, die Damen trugen helle Frühlingskleider. Die sehr reich geschmückte Kirche war einem Heiligen der Gegenreformation gewidmet. Hinter dem Hauptaltar stand unter dem Bronzebaldachin eine Statue des Heiligen aus grauem Marmor, überlebensgroß, die Augen gen Himmel gewandt, die Hände ausgebreitet. Die Apsis war barock mit luftigen, lebhaften Fresken ausgemalt.

Giulia und Marcello knieten vor der Marmorbalustrade auf einem roten Samtkissen. Hinter ihnen standen paarweise die Zeugen. Die gottesdienstliche Handlung dauerte schon sehr lange, denn Giulias Familie hatte darauf Wert gelegt, daß sie so feierlich ausfalle wie nur möglich. Seit dem Beginn der Zeremonie spielte auf der Estrade über dem Hauptportal die Orgel, bald leise, bald triumphal donnernd, daß es in den Deckengewölben widerhallte. Der Priester hatte seinen Dienst sehr langsam ausgeübt. Zuerst war Marcello mit Wohlgefallen den Einzelheiten der von ihm gewünschten, seit Jahrhunderten von Millionen Brautpaaren vollzogenen Zeremonien gefolgt. Dann schließlich konnte er sich nicht mehr konzentrieren und begann, die Kirche zu betrachten.

Es war eine nicht sehr schöne, aber große und auf theatralische und feierliche Wirkung hin angelegte Jesuitenkirche. Die riesige Statue des Heiligen, der unter dem Baldachin in ekstatischer Haltung kniete, überragte den Altar aus falschem Marmor. Der war mit silbernen Kandelabern, Blumenvasen, Statuetten und Bronzeleuchtern übersät. Die duftigen Wolken der gewölbten, mit Fresken bemalten Apsis, die für einen Opernvorhang gepaßt hätten, bauschten sich vor dem blauen, von den Lichtschwertern einer verborgenen Sonne durchbohrten Himmel. Auf diesen Wolken saßen etliche Heilige, gemalt mit weit mehr Sinn für das Dekorative als für das Religiöse. Sie alle wurden überragt von der Gestalt Gottvaters. Und plötzlich erkannte Marcello in diesem bärtigen, mit dem symbolischen Dreieck gekrönten Gesicht den Bettler wieder, der am Fenster des Autos aufgetaucht war und ihn verflucht hatte ... In diesem Augenblick spielte die Orgel laut, streng und beinahe drohend.

Marcello wurde durch die Ähnlichkeit, die er sonst belächelt hätte, an die Bibelworte über Kain erinnert. Sie waren ihm ein paar Jahre nach der Sache mit Lino unter die Augen gekommen, als er zufällig die Heilige Schrift aufschlug. ‹Was hast du getan? Laut schreit aus der Erde zu mir das Blut deines Bruders. So sei denn verflucht, verbannt vom Heimatboden, der seinen Mund auftat, um das Blut deines Bruders aus deiner Hand zu trinken! Wenn du den Boden bestellst, so gebe er dir fürderhin keinen Ertrag! Unstet und flüchtig sollst du auf der Erde sein!› Da klagte Kain dem Herrn: ‹Allzu groß ist meine Strafe, als daß ich sie tragen könnte. Du treibst mich ja heute vom guten Land hinweg. Ich muß mich vor dir verbergen, muß unstet und flüchtig auf Erden sein. Der erste beste, der mich antrifft, wird mich erschlagen.› Der Herr antwortete ihm: ‹Im Gegenteil, wer immer Kain tötet, soll es siebenfach büßen!› Nun machte der Herr für Kain ein Zeichen, damit ihn niemand, der ihn träfe, erschlage.

Damals hatte Marcello das Gefühl gehabt, die Worte seien eigens für ihn geschrieben worden. Hatte er nicht mit seinem ungewollten Verbrechen Fluch auf sich geladen, war er dadurch nicht unberührbar geworden? Wieder und wieder hatte er die Bibelstelle gelesen, bis ihre Wirkung sich abstumpfte. Dann hatte er sie vergessen. Jetzt aber, in der Kirche, wurde sie ihm bei der Betrachtung der Fresken aufs neue bewußt; sie schien auf seinen Fall genau zu passen.

Während der Gottesdienst andauerte, dachte er kalten Gemütes nach: Wenn schon nicht mit dem Verstand, so habe ich doch mit dem Instinkt begriffen, daß ich verflucht bin. Wie könnte mich sonst diese Schwermut hartnäckig bedrücken? Wodurch aber habe ich diesen Fluch auf mich gezogen? Vielleicht gar nicht wegen des Mordes an Lino, sondern weil ich mich dauernd bemühe, die Last von Reue, Schuldgefühl und Abnormität abzuschütteln, anstatt bei der Religion Zuflucht zu suchen. Doch was kann ich daran ändern? Ich bin, wie ich bin, und vermag nicht ein anderer zu werden. Ich bin ja nicht bösen Willens, sondern nehme mich nur hin, wie ich geschaffen bin, und nehme die Welt hin, in der ich zu leben habe.

Durch seine Haltung hatte sich Marcello weit von der Religion entfernt, mehr noch, er hatte sie geradezu durch etwas anderes ersetzt. Nicht, daß es ihm nicht angenehmer gewesen wäre, sein Leben den alten liebevollen Gestalten des christlichen Glaubens anzuvertrauen – dem gerechten Herrgott, der mütterlichen Madonna, dem sich erbarmenden Christus. Doch jetzt, da er wieder diesen Wunsch verspürte, legte er sich darüber Rechenschaft ab, daß sein Leben nicht ihm gehörte und daß es ihm daher nicht anheimgestellt war, wem er es anvertraute. Er wußte: Er stand außerhalb der Religion und konnte nicht zu ihr zurückkehren, nicht einmal, um sich zu reinigen, um im religiösen Sinn erlöst zu werden. Das Normale, dachte er jetzt, liegt auf einer ganz anderen Ebene. Vielleicht bin ich ihm noch nicht einmal begegnet. Vielleicht muß ich es erst in Zukunft durch tausend bittere Zweifel erreichen.

Als wolle er sich seine Überlegungen bestätigen lassen, sah er einen Augenblick das Mädchen an, das in ganz kurzer Zeit seine Frau sein würde. Giulia kniete, die Hände gefaltet, Gesicht und Augen dem Altar zugewandt, neben ihm. Offensichtlich befand sie sich in einer heiteren, hoffnungsvollen Stimmung. Bei seinem Blick – wie bei der Berührung einer Hand – wandte sie sich ihm zu und lächelte ihn mit Augen und Lippen an. Es war ein zärtliches, demütiges, dankbares Lächeln von beinahe tierhafter Unschuld. Er erwiderte dieses Lächeln etwas verstohlen. Und vielleicht zum erstenmal, seit er sie kannte, empfand er eine Aufwallung von tiefer Zuneigung, Mitgefühl und Zärtlichkeit für sie – wenn auch keine Liebe. Gleich darauf spürte er sonderbarerweise, daß er sie mit den Blicken entkleidete, ihr im Geist das Brautgewand, die Unterkleidung, alles abstreifte. Er sah sie in blühender, üppiger Blöße neben sich auf dem roten Kissen knien, die Hände im Gebet gefaltet. Auch er fühlte sich nackt wie sie. Jenseits aller kirchlichen Weihen waren sie im Begriff, sich wirklich zu vereinigen – wie die Tiere im Wald: Ob er nun an den kirchlichen Ritus glaubte oder nicht, aus dieser Vereinigung würden die gewünschten Kinder entstehen.

Da war ihm zum erstenmal so, als habe er festen Boden unter den Füßen. Er sagte sich: Dieses Mädchen hier ist bald meine Frau. Ich werde sie besitzen. Sie wird Kinder empfangen. Und das wird für mich ein Weg zu einem normalen Leben sein. Er bemerkte, daß Giulia die Lippen bewegte und betete. In diesem Augenblick war sie für ihn plötzlich wieder mit dem Brautgewand bekleidet. Er war sicher, daß Giulia, zum Unterschied von ihm, fest an das Sakrament der Eheschließung glaubte. Das war ihm nicht unangenehm, es erfüllte ihn sogar mit einem Gefühl der Erleichterung: Für Giulia war die Normalität nicht etwas, das wiederhergestellt oder überhaupt erst gefunden werden mußte. Giulia steckte gleichsam in der Normalität drin, war in ihr wie untergetaucht und würde – was immer auch geschehen mochte – nie aus ihr herauskommen.

Die Zeremonie endete bei ihm mit hinreichender Rührung und Zärtlichkeit. Er hätte es nie für möglich gehalten, dieser Gefühle fähig zu sein. Allerdings hatten sie sich seiner nicht auf Grund des Ortes und der Zeremonien bemächtigt, waren vielmehr aus inneren, tiefen Beweggründen entstanden. Die traditionellen Regeln, nach denen sich alles abgespielt hatte, vermochten also nicht nur die Gläubigen zu befriedigen, sondern auch ihn – obwohl er nicht gläubig war und sich nur so verhalten hatte, als glaubte er. Während er, seine Gattin am Arm, die Kirche verließ und dann am oberen Ende der Treppe stehenblieb, hörte er hinter sich seine Schwiegermutter zu einer Freundin sagen: «Er ist ja so gut! Hast du gesehen, wie er gerührt war? Er liebt sie ja so sehr. Giulia hätte wirklich keinen besseren Mann finden können.» Es war Marcello angenehm, daß er imstande war, eine solche Illusion zu erwecken.

Jetzt, am Schlußpunkt all dieser vielen Überlegungen angelangt, empfand er einen beinahe ungeduldigen Eifer, seine Rolle als Gatte aufzunehmen – und zwar so, wie er sie nach der Trauungszeremonie gespielt hatte. Er wandte den Blick vom Wagenfenster ab, das mittlerweile ganz schwarz geworden war, und sah auf den Korridor hinaus. Giulia war nirgends zu entdecken. Er war beinahe gereizt über ihre Abwesenheit. Das freute ihn, schien es ihm doch ein Zeichen dafür zu sein, wie gut und natürlich er seine Rolle bereits zu spielen vermochte. Er fragte sich, ob er Giulia in dem unbequemen Schlafwagenbett nehmen oder bis S. warten sollte, wo die erste Etappe seiner Reise zu Ende war. Auf einmal jedoch verspürte er eine heftige Begierde, und der Gedanke, in ganz kurzer Zeit seine Rolle als neugebackener Ehemann getreulich zu spielen, machte ihm Freude. Er beschloß, die Ehe im Zuge zu vollziehen. In einem solchen Fall wie dem ihren gingen ja die Dinge im allgemeinen auf der Reise vor sich. Da Giulia natürlich noch Jungfrau war, würde es nicht leicht sein, sie zu deflorieren.

Vielleicht konnte er, nach einem ersten Versuch im Schlafwagen, dann das bequeme Bett im Hotel zu S. abwarten. Das ging vielen Neuvermählten so. Er wollte unter allen Umständen so normal wie möglich wirken, selbst auf die Gefahr hin, für impotent gehalten zu werden.

Er hatte gerade die Absicht, auf den Korridor hinauszugehen, da erschien Giulia in der Tür des Abteils. Sie trug jetzt nur Rock und Bluse und hielt die Jacke auf dem Arm. Ihr üppiger Busen drängte gegen das weiße Leinen der Bluse und verlieh dieser einen rosafarbenen Schimmer – als sei sie nackt. Sie sah froh und befriedigt aus. Nur die ungewöhnlich großen, wollüstigen Augen verrieten eine fast ängstliche Unruhe. Marcello bemerkte dies alles mit Genugtuung: Giulia war wirklich die Gattin, die sich anschickte, sich zum erstenmal hinzugeben. Sie schloß die Tür, zog die Gardinen zu und versuchte, vor ihm stehend, ihre Jacke an den Haken des Gepäckträgers zu hängen. Marcello dachte: Ihre Bewegungen sind zwar immer unbeholfen, aber es ist eine liebenswerte, gesund-animalische, unschuldige Unbeholfenheit.

Der Zug fuhr sehr rasch. Bei einer Weiche geriet der Wagen in heftiges Schwanken, und Giulia fiel auf Marcello. Diese Gelegenheit benutzte sie, um sich auf seine Knie zu setzen und die Arme um seinen Hals zu schlingen. Das ganze Gewicht ihres Körpers ruhte auf Marcellos mageren Beinen. Mechanisch umfaßte er ihre Hüfte. Sie fragte leise: «Liebst du mich?» Fast gleichzeitig beugte sie sich vor und suchte mit ihrem Mund den seinen. Lange verharrten sie Lippe auf Lippe. Bei jedem Stoß des Zuges schlugen ihre Zähne aufeinander, und Giulia stieß mit der Nase gegen Marcellos Gesicht. Endlich ließen sie voneinander ab. Gewissenhaft entnahm Giulia, noch immer auf Marcellos Knien, ihrem Täschchen ein Taschentuch, säuberte damit sein Gesicht von den Spuren ihres Lippenrots und sagte:

«Du hast mindestens ein Kilo Rot auf den Lippen!»

Marcello, dem sie langsam zu schwer wurde, benutzte einen neuerlichen Stoß des Zuges, um sie auf den Sitz abzuladen.

Sie fragte: «Du Schlimmer, du willst mich wohl nicht?»

«Der Schaffner wird gleich kommen und die Betten richten», antwortete Marcello etwas verlegen.

«Denk dir», bemerkte Giulia ohne Übergang, indem sie sich

umblickte, «es ist das erste Mal, daß ich in einem Schlafwagen reise.»

Marcello mußte über die Naivität dieser Erklärung lächeln. «Gefällt es dir?»

«Ja, sehr! Wann werden die Betten gemacht?»

«Bald.»

Sie schwiegen. Marcello sah seine Frau an und stellte fest, daß sie ihn jetzt mit einem veränderten Ausdruck betrachtete. Sie erschien zwar noch immer freudig, aber gleichzeitig schüchtern und ängstlich. Dann lächelte sie ihn an, wie um sich zu entschuldigen, und griff nach seiner Hand. Auf einmal rollten Tränen über ihre Wangen. Dabei bemühte sie sich, ihm durch ihre Tränen hindurch zuzulächeln. Plötzlich stürzte sich sich mit einer Art verzweifelter Wut auf seine Hand und bedeckte sie mit Küssen. Ihr Weinen verwirrte Marcello. Giulia war heiter, wenn auch ein wenig sentimental, es war somit das erste Mal, daß er sie in Tränen sah. Giulia ließ ihm keine Zeit zu irgendwelchen Vermutungen, sie richtete sich auf und sagte hastig:

«Verzeih, wenn ich weine. Ich dachte eben daran, um wieviel du besser bist als ich. Ich bin deiner nicht würdig!»

«Jetzt redest du wie deine Mutter», meinte Marcello lächelnd.

Sie putzte sich die Nase und sagte ruhig: «Nein, Mama sagt solche Sachen, ohne zu wissen warum. Ich aber habe meine Gründe.»

«Was für welche.»

«Ich muß dir etwas gestehen. Du wirst mich dann nicht mehr lieben. Trotzdem muß ich es dir gestehen.»

«Was denn?»

Ihre Antwort kam langsam, dabei musterte sie ihn aufmerksam, als wartete sie auf den gefürchteten Ausdruck von Verachtung: «Ich bin nicht so, wie du glaubst!»

«Das heißt...?»

«Ich bin nicht... – ich bin nicht mehr unberührt.»

Marcello starrte sie an. Es wurde ihm klar, daß jene Normalität, die er bei ihr gesucht hatte, gar nicht existierte, daß sie nicht die war, für die er sie gehalten hatte – was sich auch immer hinter diesem ersten Geständnis verbergen mochte. Ein Gefühl des Überdrusses befiel ihn bei der Vorstellung, jetzt eine lange Geschichte anhören zu müssen, und er war fast versucht, ihr Geständnis abzulehnen. Zuallererst aber mußte er ihr Mut zusprechen. Das würde ihm nicht schwerfallen, denn Giulias Seelenzustand kümmerte ihn in Wirklichkeit herzlich wenig, ganz gleich, ob sie nun berührt oder unberührt war.

Er sagte also in zärtlichem Ton: «Mach dir keine Sorgen! Ich habe dich geheiratet, weil ich dich liebhabe. Nicht deshalb, weil ich dich für eine Jungfrau gehalten habe.»

Giulia schüttelte den Kopf: «Ich wußte, daß du moderne Ansichten hast und auf so etwas keinen so großen Wert legst. Aber sagen mußte ich dir's doch!»

Moderne Ansichten ... dachte Marcello fast belustigt. Es war typisch für Giulia, diesen Ausdruck zu gebrauchen, er wog beinahe die fehlende Jungfräulichkeit auf. Giulia hatte dieses Wort in einer Art Unschuld gebraucht, wenn auch nicht in der, die er bei ihr vorausgesetzt hatte.

Er ergriff ihre Hand: «Kopf hoch! Denken wir nicht mehr dran!»

Giulia erwiderte sein Lächeln. Dabei traten ihr von neuem Tränen in die Augen.

Marcello protestierte: «Na, aber ... Was hast du denn jetzt? Ich sagte dir doch, daß mir das alles gar nicht so wichtig ist.»

Auf einmal benahm sich Giulia höchst sonderbar, sie schlang die Arme um seinen Hals, verbarg ihr Gesicht an seiner Brust und blickte nach unten, so daß Marcello den Ausdruck ihres Gesichtes nicht sehen konnte. «Ich muß dir alles sagen ...»

«Was alles?»

«Alles, was mir zugestoßen ist.»

«Aber das hat doch keine Wichtigkeit mehr.»

«Ich bitte dich ... Es mag eine Schwäche von mir sein – doch wenn ich dir nicht alles erzähle, werde ich immer das Gefühl haben, dir etwas zu verheimlichen.»

«Aber warum denn?» Marcello streichelte ihr Haar. «Du wirst eben einen Liebhaber gehabt haben – einen, den du geglaubt hast, zu lieben, oder den du wirklich geliebt hast ... Warum mußt du mir diese ganze Geschichte erzählen?»

«Nein, ich habe ihn nicht geliebt!» antwortete sie rasch und beinahe ärgerlich. «Und ich habe auch nie geglaubt, ihn zu lieben. Ich hatte ein Verhältnis mit ihm – fast bis zu dem Tag, an dem ich mich mit dir verlobte. Es war ein alter Mann von sechzig Jahren – unappetitlich, hart, böse, anspruchsvoll, ein Freund der Familie. Du kennst ihn auch.»

«Wer ist es?»

«Der Advokat Fenizio», erwiderte sie knapp.

Marcello fuhr auf. «Aber das war ja einer der Trauzeugen ...!»

«Ja, er wollte unbedingt ... Ich konnte nicht nein sagen. Es war schon viel, daß er mir überhaupt gestattet hat zu heiraten!»

Marcello erinnerte sich, daß ihm dieser Advokat Fenizio nicht sympathisch gewesen war. Er hatte ihn häufig in Giulias Haus getroffen. Der Advokat war ein kleiner, blonder, kahlköpfiger Mann mit goldenen Augengläsern, spitzer Nase und einem Mund ohne Lippen. Er wirkte sehr ruhig und kalt, aber trotz seiner eigentümlichen Ruhe und Kälte unangenehm aggressiv. Einmal hatte er wegen der Hitze seinen Rock ausgezogen und die Hemdsärmel aufgekrempelt. Dabei hatte man gesehen, daß er robust war und weiße, breite, von Muskeln geschwellte Arme hatte.

«Was fandest du denn an ihm?» konnte Marcello sich nicht enthalten zu fragen.

«Er fand etwas an mir. Und zwar sehr bald. Ich bin nicht nur einen Monat oder ein Jahr seine Geliebte gewesen, sondern volle sechs Jahre!»

Marcello stellte eine rasche Kopfrechnung an. Giulia war jetzt einundzwanzig, ein wenig darüber. Folglich ... Verblüfft rief er: «Sechs Jahre!»

«Ja, sechs Jahre! Ich war fünfzehn, als ... Du verstehst?» Giulia sprach von diesen Dingen, die sie doch offenbar tief beeindruckten, in ihrem gewohnten gutmütigen Plauderton, als handle es sich um Belanglosigkeiten. «Er bemächtigte sich meiner sozusagen am selben Tag, an dem mein armer Papa starb. Nein, nicht gerade am selben Tag, aber doch noch in derselben Woche. Ich kann dir sogar das genaue Datum nennen – kaum acht Tage nach dem Begräbnis meines Vaters, mit dem er obendrein eng befreundet gewesen war!» Sie schwieg ein Weilchen, wie um die Schlechtigkeit von Fenizios Handlungsweise zu unterstreichen. Dann erzählte sie weiter: «Mama weinte um den armen Papa Tag und Nacht und ging natürlich auch viel in die Kirche. Er kam eines

Abends, als ich allein daheim war. Ich saß in meinem Zimmer am Tisch und machte Schulaufgaben. Fenizio trat auf Zehenspitzen ein, näherte sich mir von hinten, beugte sich über mich und fragte, was ich da täte. Ich antwortete, ohne mich umzuwenden. Ich hatte keinerlei Verdacht, denn erstens war ich unerfahren wie ein dreijähriges Kind, zweitens war es ja beinahe ein Verwandter. Denk dir, ich nannte ihn sogar Onkel!

Ich antwortete also, ich sei mit meiner Lateinaufgabe beschäftigt. Weißt du, was er tat? Er faßte mich mit einer Hand beim Haar. Das hatte er schon oft im Scherz getan und gesagt, meine schönen, langen, gewellten Haare verlockten seine Finger. Ich glaubte also auch diesmal an einen Scherz und rief, er solle aufhören, er täte mir weh. Aber er ließ nicht los, sondern zwang mich, aufzustehen, und zerrte mich zum Bett, das so wie jetzt in der Ecke an der Tür stand. Da ich ahnungslos war, begriff ich noch immer nicht, was er wollte. Ich erinnere mich, daß ich sagte, er solle mich lassen, denn ich müsse meine Aufgaben machen. Da hörte er auf, an meinen Haaren zu ziehen, und ... Nein, das Folgende kann ich dir nicht erzählen ...»

Marcello wollte sie zum Weitersprechen auffordern. Er war der Meinung, sie schämte sich.

Giulia aber hatte nur innegehalten, um den Effekt zu steigern und fing von selbst wieder an: «Ich war zwar noch nicht fünfzehn Jahre alt, aber doch schon entwickelt wie eine richtige Frau. Eigentlich wollte ich dir das, was jetzt kommt, nicht erzählen, weil mich allein die Erinnerung daran krank macht ... Er hatte also meine Haare losgelassen. Jetzt packte er mich bei den Brüsten – so heftig, daß ich nicht einmal schreien konnte und fast ohnmächtig wurde. Was dann geschah, weiß ich nur sehr unklar: Ich lag auf dem Bett und er über mir. Ich war wie ein Gegenstand in seinen Händen – willenlos. So machte er mit mir, was er wollte.

Später weinte ich. Um mich zu trösten, sagte er, daß er mich liebe. Er sei verrückt nach mir ... Die üblichen Dinge, du weißt schon. Er sagte auch, ich dürfte auf keinen Fall mit Mama sprechen. Und für den Fall, daß ich mich nicht von ihm überreden ließe, drohte er, uns zugrunde zu richten. Papa hatte sich offenbar in letzter Zeit auf mißglückte Spekulationen eingelassen, und unser materielles Leben hing nun von dem Advokaten ab.

Er kam dann öfters wieder, immer unvorhergesehen, wenn ich am wenigsten auf ihn gefaßt war. Er betrat mein Zimmer auf den Zehenspitzen, beugte sich über mich und fragte mit strenger Stimme, ob ich meine Aufgaben gemacht hätte. Wenn ich das verneinte, antwortete er, ich solle kommen und sie mit ihm machen. Dann faßte er mich wie gewöhnlich an den Haaren und schleppte mich mit ausgestrecktem Arm zum Bett. Er hatte eine richtige Leidenschaft dafür, mich an den Haaren zu packen!» Bei der Erinnerung an diese Gewohnheit ihres früheren Liebhabers lachte sie fast herzlich – wie man über einen charakteristischen und liebenswerten Zug eines Menschen lacht. «So ging das fast ein ganzes Jahr. Er schwor mir immer wieder, daß er mich liebte. Und er sagte, wenn er nicht schon Frau und Kinder hätte, würde er mich heiraten. Ich will nicht behaupten, daß er damit die Unwahrheit gesagt hat. Aber ich dachte: Wenn er wirklich solche Gefühle für mich hegt, gibt es nur eine Art, mir das zu beweisen – nämlich mich in Ruhe zu lassen. Nach einem Jahr machte ich in meiner Verzweiflung einen Versuch, loszukommen.

Ich erklärte ihm, daß ich ihn nicht liebte und daß ich ihn nie lieben würde. Ich hielt ihm vor, daß es so nicht weitergehen könne, da ich nichts mehr leisten und meine Prüfungen nicht bestehen würde. Wenn er mich nicht in Ruhe ließe, müßte ich das Studium aufgeben. Stell dir vor, was er daraufhin tat: Er ging zu meiner Mutter, sagte, er kenne meinen Charakter und sei der Überzeugung, daß ich mich nicht für das Studium eigne. Und daß ich besser eine Arbeit suchen solle, da ich ja nun schon sechzehn Jahre alt geworden sei.

Für den Anfang bot er mir eine Stellung als Sekretärin in seinem Büro an. Verstehst du? Natürlich leistete ich so viel Widerstand, wie ich konnte. Aber die arme Mama erklärte, ich wäre undankbar. Er habe uns so viel Gutes erwiesen und tue das immer noch. Überdies dürfe ich mir eine Gelegenheit wie diese nicht entgehen lassen.

Schließlich war ich gezwungen, anzunehmen. Unter diesen Umständen war überhaupt keine Rede mehr davon, mit ihm zu brechen. Das kannst du dir denken, nicht wahr? Ich war ja nun in der Kanzlei den ganzen Tag mit ihm zusammen ... Schließlich gewöhnte ich mich an diesen Zustand und gab es auf, mich dagegen zu wehren. Du weißt, wie so etwas ist ... Ich hatte das Gefühl, es gäbe keine Hoffnung mehr für mich. Ich war apathisch geworden.

Da sagtest du mir vor einem Jahr, du hättest mich lieb. Ich ging geradewegs zu ihm und erklärte, nun wäre es wirklich aus. Er protestierte und drohte mir, dir alles zu erzählen. Weißt du, was ich daraufhin machte? Ich nahm ein scharfes Papiermesser, das auf seinem Schreibtisch lag, setzte es ihm an die Kehle und sagte, wenn er das täte, brächte ich ihn um. Und ich sagte ihm auch, daß ich dir von meinem Verhältnis mit ihm Mitteilung machen würde – so, wie es sich gehört. Aber ich selbst würde dir das mitteilen, nicht er! Von heute an existiere er nicht mehr für mich. Und wenn er versuche, sich zwischen dich und mich zu stellen, brächte ich ihn um. Auf die Gefahr hin, dafür ins Gefängnis zu kommen, brächte ich ihn um! Das alles sagte ich in einem Ton, der keinen Zweifel daran ließ, daß ich es ernst meinte. Seit dieser Unterredung gab er Ruhe. Aber er rächte sich dann doch viel später mit jenem anonymen Brief, der sich auf deinen Vater bezog.»

«Ah, von ihm war dieser Brief!» rief Marcello überrascht.

«Natürlich! Ich erkannte sofort das Papier und die Schreibmaschine.»

Giulia schwieg einen Augenblick, ergriff dann Marcellos Hand mit einer gewissen Ängstlichkeit und fügte hinzu: «Jetzt habe ich dir alles gebeichtet, und mir ist leichter. Vielleicht hätte ich es nicht tun sollen ... Vielleicht kannst du mich jetzt nicht mehr leiden und haßt mich ...»

Marcello gab keine Antwort und verharrte längere Zeit schweigend. Die Erzählung seiner Frau hatte in ihm keinerlei Haß gegen den Mann geweckt, der sie mißbraucht hatte. Und er empfand auch kein Mitleid mit ihr, die das Opfer dieses Mannes geworden war. Die apathische und durchaus ruhige Art, in der sie von ihrer Abneigung und Verachtung für jenen Advokaten gesprochen hatte, schloß so entschiedene Gefühle wie Haß und Mitleid aus. Auch er – von Giulia angesteckt – neigte dazu, die ganze Sache mit einer Mischung aus Nachsicht und Resignation zu betrachten. Er staunte nur. Doch sein Staunen war rein sachlicher Natur, ohne jedes moralische Urteil. Die Eröffnung Giulias hatte ihn unversehens ins Nichts gestürzt. Und seine Schwermut wurde wieder stärker angesichts dieses Verfalls alter Grundsätze, von denen er geglaubt hatte, sie existierten für Giulia noch.

Dennoch hielt er sie seltsamerweise für eine im Grunde durchaus normale Person. Ihr normales Verhalten bestand, wie er plötzlich begriff, nicht so sehr darin, sich von gewissen Erfahrungen fernhalten zu können, als in der Art, sie zu bewerten. Das Schicksal hatte es gewollt, daß es sowohl in Giulias als auch in seinem Leben etwas zu verbergen und folglich auch zu beichten gab. Aber während er sich durchaus unfähig fühlte, von Lino zu sprechen, hatte Giulia nicht gezögert, ihm ihre Beziehungen zu dem Advokaten zu enthüllen. Sie hatte für ihre Beichte den, wie sie glaubte, geeignetsten Augenblick, nämlich ihren Hochzeitstag gewählt. Denn nach ihrer Meinung mußte die Eheschließung einen Schlußstrich unter die Vergangenheit ziehen, damit ein neues Leben beginnen könne. Diese Überzeugung Giulias freute Marcello, bestätigte sie ihm doch ihre Fähigkeit, sich mit Hilfe der üblichen Mittel, wie Religion und Liebe, von allen Schlacken der Vergangenheit zu reinigen.

Von diesen Überlegungen abgelenkt, sah er zum Fenster hinaus und bemerkte gar nicht, wie sehr sein beharrliches Schweigen Giulia bestürzte. Auf einmal versuchte sie, ihn zu küssen. Er hörte, wie sie ihn fragte: «Du sagst ja gar nichts ... Ist es also wirklich so, daß du dich vor mir ekelst? Sag die Wahrheit – du kannst mich nicht mehr lieben! Es ekelt dir vor mir!»

Marcello wollte sie beruhigen. Er machte eine Bewegung, um sich ihr zuzuwenden und sie zu umarmen. Aber der Zug rüttelte, und ohne es zu wollen, traf er mit dem Ellbogen ihr Gesicht. Giulia deutete diesen unbeabsichtigten Schlag als eine Geste der Ablehnung und sprang hastig auf. In diesem Augenblick fuhr der Zug mit einem langgezogenen klagenden Pfiff in einen Tunnel ein, und hinter den Wagenfenstern wurde die Finsternis noch undurchdringlicher. In dem Getöse des Zuges, das die Tunnelwände zurückwarfen, glaubte Marcello einen Schmerzenslaut zu vernehmen, der von Giulia ausging. Mit ausgestrecktem Arm tastete sie sich der Abteiltür zu. Er blieb sitzen und rief sie überrascht beim Namen. Aber schwankend öffnete sie die Tür und verschwand wortlos auf dem Korridor.

Einen Augenblick blieb Marcello noch sitzen. Dann sprang er –

plötzlich beunruhigt – auf und trat ebenfalls hinaus. Das Abteil befand sich in der Mitte des Wagens. Marcello sah, wie seine Frau durch den leeren Korridor, über den dicken Teppich zwischen den Mahagoniwänden, davonlief. Da erinnerte er sich plötzlich an das, was sie zu ihrem früheren Liebhaber gesagt hatte: «Wenn du sprichst, bringe ich dich um!» Vielleicht, dachte er, habe ich bisher einen Aspekt ihres Charakters verkannt, habe ihre Gutmütigkeit für Feigheit gehalten.

Er sah, wie Giulia am Ende des Korridors sich niederbeugte und an den Handgriffen der Wagentür zu rütteln begann. Mit einem Satz war er bei ihr, ergriff ihre Arme und nötigte sie, sich aufzurichten.

«Was willst du tun, Giulia?» Der Zug donnerte, und seine Stimme klang leise. «Was hast du geglaubt? Ich wollte mich doch bloß nach dir umwenden, und dabei habe ich dir weh getan.»

Sie war in seinen Armen steif geworden, als wolle sie sich wehren. Aber seine gelassene, verwunderte Stimme schien sie jetzt schnell zu beruhigen. Nach einer kleinen Weile senkte sie den Kopf und sagte:

«Verzeih! Vielleicht habe ich mich geirrt, aber ich hatte den Eindruck, daß du mich haßt. Und da hatte ich nur den einen Wunsch, Schluß zu machen. Es war keine Pose. Wenn du nicht gekommen wärst, hätte ich das wirklich getan.»

«Aber warum denn? Was ist dir denn eingefallen?»

Sie zuckte die Schultern. «Ach ... Ich wollte nicht noch andere, neue Mühen vor mir haben. Unsere Ehe ist für mich viel wichtiger, als du glaubst. Da dachte ich – das mach ich nicht mit!» Sie zuckte nochmals mit den Schultern, hob das Gesicht empor, lächelte ihm zu: «Denk nur – du wärst Witwer geworden gleich nach deiner Hochzeit!»

Marcello blickte sie einen Moment wortlos an. Offenbar war Giulia aufrichtig. Sie hatte wirklich der Eheschließung viel mehr Gewicht beigemessen, als er für möglich gehalten hatte. Voll Staunen begriff er, daß sie an der Hochzeitszeremonie in einer Weise beteiligt gewesen war, die sich von der seinen wesentlich unterschieden hatte. Es war also nicht verwunderlich, daß sie nach einer solch leidenschaftlichen Anteilnahme gleich bei der ersten Enttäuschung bereit gewesen war, sich das Leben zu nehmen. Im

Grunde stellte ihre Selbstmordabsicht beinahe eine Erpressung dar: Entweder du verzeihst mir, oder ich bringe mich um! Und wieder empfand Marcello Genugtuung darüber, daß Giulia fast so war, wie er sie sich gewünscht hatte.

Sie hatte sich von ihm abgewandt und blickte zum Fenster hinaus. Er umschlang ihre Hüften und flüsterte ihr ins Ohr: «Du weißt, daß ich dich liebe.»

Sie küßte ihn mit so stürmischer Inbrunst, daß Marcello beinahe erschrak. Auf diese Weise, dachte er, küssen in den Kirchen gewisse fromme Weiblein die Füße der Heiligenstatuen und die Kreuze. Das Getöse des Zuges erstarb, er war aus dem Tunnel hinausgefahren. Das gewohnte Rattern der Räder setzte wieder ein.

Marcello und Giulia ließen voneinander ab. Dann standen sie Hand in Hand am Fenster und starrten in die finstere Nacht hinaus.

«Sieh!» sagte Giulia plötzlich mit ihrer üblichen Stimme. «Sieh dort! Was mag das sein? Ein Brand?»

Wirklich leuchtete in der Mitte der schwarzen Fensterscheibe ein Feuer wie ein rote Blume. Marcello ließ das Fenster herab. Der kalte Wind blies ihm ins Gesicht. Die rote Blüte war weiterhin zu sehen. Man konnte nicht recht erkennen, ob sie weit weg oder in der Nähe war, oben oder unten. Geheimnisvoll hing sie in der Dunkelheit. Lange Zeit betrachtete Marcello diese vier oder fünf feurigen Blumenblätter, die sich flackernd bewegten. Dann sah er zur Böschung hinab, auf der sich im Licht des dahinfliegenden Zuges sein Schatten neben dem Giulias abzeichnete. Auf einmal empfand er eine seltsame Verwirrung: Warum befand er sich in diesem Zug? Und wer war die Frau an seiner Seite? Wohin fuhren sie? Wer war er selbst? Woher kam er?

Diese Verwirrung war ihm nicht schmerzlich, im Gegenteil, sie war ihm sogar irgendwie angenehm, wie ein vertrautes Gefühl. Da haben wir's, dachte er ganz kalt: Ich bin wie dieses Feuer da draußen in der Nacht, ich werde verbrennen und erlöschen, ohne Ursache, ohne Folge – wie ein wenig Zerstörung, die im Dunkeln hängt. Vielleicht ist das mein eigentliches Wesen.

Er fuhr zusammen, als Giulia neben ihm verkündete: «Die Betten sind gemacht worden!»

Da begriff er, daß für sie die ganze Zeit über immer nur ihre

Liebe das Problem gewesen war, das heißt die Vereinigung ihrer Körper. Mit einem Wort: alles das, was ihnen jetzt bevorstand – nichts anderes! Mit mühsam beherrschter Ungeduld ging sie auf das Abteil zu, Marcello folgte ihr in einigem Abstand. Er blieb vor der Abteiltür stehen, um den Kontrolleur herauszulassen. Dann trat er ein. Ohne Rücksicht auf die noch offene Tür, hatte sich Giulia bereits vor den Spiegel gestellt und knöpfte ihre Bluse auf.

Sie sagte: «Du nimmst das obere Bett. Ich lege mich in das untere.» Dabei sah sie ihn nicht an.

Marcello schloß die Tür, kletterte auf das obere Bett und begann sogleich, sich zu entkleiden. Ordentlich legte er seine Kleidungsstücke in die Netze. Schließlich setzte er sich nackt auf die Decke, die Knie zwischen den Armen, und wartete. Er hörte, wie Giulia hin und her ging, wie ein Glas in einem Metallhalter klirrte, wie ein Schuh zu Boden fiel. Dann erloschen auf einmal die starken Lichter. An ihre Stelle trat der violette Schein der Nachtlampe. Die Stimme Giulias fragte: «Willst du kommen?»

Marcello schob die Beine über die Bettkante, setzte einen Fuß auf das untere Bett und beugte sich zur Seite, um sich hinabgleiten zu lassen. Dabei sah er Giulia: Sie lag nackt da. Mit einem Arm hielt sie die Augen verdeckt. Ihre ausgestreckten Beine waren weit geöffnet. In dem schwachen, falschen Dämmerlicht wirkte ihr Körper perlmuttfarben. Nicht nur wegen dieser leichenhaften Blässe, sondern auch wegen ihrer völligen, hingegebenen Regungslosigkeit hätte man sie für tot halten können. Sie hatte schwarze Flecken am Schoß und unter den Achselhöhlen und einen rosafarbenen Schimmer auf den Brüsten.

Doch als Marcello über ihr war, durchlief es sie plötzlich wie ein Schauer. Sie zog ihn an sich, schlang die Arme um ihn, warf die Beine weit auseinander und schloß dann die Füße über seinem Rücken.

Später stieß sie ihn heftig von sich, kuschelte sich gegen die Wand, die Stirn an die Knie gelegt. Marcello ruhte an ihrer Seite und wußte: Das, was sie mit solcher Leidenschaft von ihm begehrt und mit solch eifersüchtiger Gier aufgenommen hatte, gehörte schon nicht mehr ihm. Es war dazu bestimmt, in ihr heranzuwachsen.

Und das alles hatte er getan, um sich wenigstens einmal sagen zu können: Ich bin ein Mann wie alle anderen, denn ich habe geliebt, habe einer Frau beigeschlafen und einen neuen Menschen gezeugt!

Zweites Kapitel

Sobald Marcello den Eindruck hatte, daß Giulia eingeschlafen war, erhob er sich von seinem Bett und begann sich anzukleiden.

Das Hotelzimmer lag in einem frischen, durchscheinenden Halbdunkel. Es ließ das Meer und das schöne Sonnenlicht draußen am Himmel erraten. Hoch und weiß, mit blauen blumen- und blätterförmigen Stukkaturen verziert, war es ein richtiges Riviera-Hotelzimmer. Die Möbel waren aus hellem Holz im selben Blumenstil des Stucks. In einer Ecke stand eine große grüne Palme.

Als sich Marcello angekleidet hatte, ging er auf den Zehenspitzen zum Fenster und schob die Vorhänge beiseite. Vor seinen Blicken lag das Meer: grenzenlos durch die völlige Klarheit des Horizonts. Über dem fast violetten Blau funkelten in einer leichten Brise die zitternden Wogenkämme. Marcello schaute zur Strandpromenade hinunter. Niemand saß auf den Bänken, die – dem Meer zugekehrt – unter den Schatten der Palmen standen. Niemand ging über den grauen, sauberen Asphalt. Eine Weile betrachtete er diese Aussicht. Dann schob er die Gardinen wieder zu, wandte sich um und sah zu Giulia hinüber, die auf dem Bett lag.

Sie war nackt und schlief fest. Der zur Seite geneigte Körper ließ die blasse Rundung der einen Hüfte hervortreten. Er schien schlaff und leblos – wie der herunterhängende Stengel einer verwelkten Blume. Marcello wußte, daß Giulias Hüften und Rücken die einzigen festen, soliden Teile ihres Körpers waren. So, wie sie dalag, konnte er die weichen Falten des üppigen Bauchs und die von ihrem Gewicht herabgezogenen Brüste nicht sehen, aber sie waren seinem Gedächtnis eingeprägt. Giulias Kopf war durch die Schulter verdeckt.

Marcello hatte seine Frau erst wenige Minuten zuvor besessen. Plötzlich hatte er das Gefühl, nicht einen Menschen vor sich zu haben, sondern ein Stück Fleisch: schön und begehrenswert, aber brutal und ausschließlich für die Liebe geschaffen.

Als hätten seine mitleidslosen Blicke sie geweckt, regte sie sich plötzlich, seufzte tief und sagte mit heller Stimme: «Marcello ...!» Er trat rasch näher und antwortete zärtlich: «Hier bin ich ...» Sie wandte sich um, wälzte dabei die Last ihres Fleisches von einer Seite zur anderen, streckte blindlings ihre Arme aus und umschlang seine Hüften. Die Haare hingen ihr über das Gesicht herab. Sie rieb langsam Nase und Mund an seinem Leib. Dann verharrte sie noch einen Augenblick regungslos, die Arme um ihn geschlungen. Schließlich fiel sie aufs Bett zurück und versank von neuem in Schlaf. Jetzt hatte sie zwar die Seite gewechselt, lag aber in derselben Stellung wie vorher.

Marcello nahm seine Jacke vom Kleiderständer, ging auf den Zehenspitzen zur Tür und trat auf den Korridor hinaus. Er schritt die breite Treppe hinab und durchquerte die Vorhalle des Hotels. Das Sonnenlicht auf der Promenade, das vom Meer in hellen Funken zurückgeworfen wurde, blendete ihn sekundenlang. Er schloß die Augen, und sogleich drang der scharfe Geruch von Pferdeurin in sein Bewußtsein. Tatsächlich standen hinter dem Hotel an einer schattigen Stelle drei Wagen. Auf den Böcken schliefen die Kutscher. Die Rücksitze hatten weiße Überzüge. Marcello trat auf den ersten Wagen zu, stieg ein und gab mit lauter Stimme die Adresse an: Via dei Glicini. Der Kutscher warf ihm einen bedeutungsvollen Blick zu und schlug wortlos mit der Peitsche auf sein Pferd ein.

Der Wagen rollte ein gutes Stück die Strandpromenade entlang. Dann bog er in eine kurze Villen- und Gartenstraße ein. Am Ende der Straße stieg das ligurische Hügelland empor: leuchtende Weinberge, da und dort grausilberne Olivenhaine, ab und zu ein rotes Haus mit grünen Fensterladen. Plötzlich hörten Gehsteige und Asphalt auf, die Straße ging in einen Rasenstreifen über. Der Wagen blieb stehen.

Marcello gewahrte im Hintergrund eines Gartens ein dreistökkiges graues Haus mit schwärzlichem Schindeldach und Mansardenfenstern. Der Kutscher sagte trocken: «Hier sind wir ...» Er nahm sein Geld entgegen und wandte rasch das Pferd. Marcello dachte: Ist der Kutscher vielleicht unwillig darüber, daß er mich an diesen verrufenen Ort hat bringen müssen? Aber vielleicht schreibe ich ihm nur denselben Widerwillen zu, den ich selbst empfinde ...

Er stieß das Gartentor auf und schritt einen Pfad zwischen zwei Hecken entlang, der zu einer farbigen Glastür führte. Marcello hatte stets diese Art von Häusern gehaßt. Nur zwei- oder dreimal als junger Mensch hatte er so ein Haus besucht. Jedesmal war er voller Ekel und Reue wieder hinausgegangen, in dem Gefühl, er hätte etwas so Unwürdiges nicht tun dürfen.

Auch jetzt stieg er voll Ekel die paar Stufen hinauf, öffnete die Glastür und löste damit ein grelles Läutewerk aus. Er betrat einen pompejanisch gehaltenen Vorraum. Von hier führte eine Treppe mit Holzbalustrade nach oben. Sogleich erkannte er den süßlichen Geruch von Puder, Schweiß und männlicher Ausdünstung. Schweigend lag das Haus in der Trägheit des Sommernachmittags da.

Während er sich umblickte, tauchte von irgendwoher ein Dienstmädchen in schwarzem Kleid und weißer Schürze auf. Es war eine kleine, flinke Person mit einem scharfen Wieselgesicht und zwei dunklen, leuchtenden Augen.

Sie trat vor ihn hin und sagte mit klarer, heiterer Stimme: «Guten Tag!»

«Ich muß mit der Besitzerin sprechen», erklärte Marcello und nahm dabei mit wahrscheinlich übertriebener Höflichkeit den Hut ab.

«Ja, mein Hübscher, du sollst mit ihr sprechen», antwortete das Mädchen im Dialekt. «Einstweilen aber geh in den Salon hinüber.»

Marcello war peinlich davon berührt, daß er geduzt wurde und daß hier offenbar ein Mißverständnis vorlag. Trotzdem ließ er sich durch eine Tür drängen.

Er geriet in den langen, rechteckigen, menschenleeren Salon des Etablissements, der in einem trüben Halbdunkel dalag. Längs der Wände standen rotbezogene Kanapees mit schmutzigem, abgewetztem Stoff, der die Traurigkeit des Raumes verstärkte. Auch der Fußboden war staubig – wie der Wartesaal eines Bahnhofs. Der ganze Salon glich einem öffentlichen Lokal in der Abgeschiedenheit eines Privathauses. Unsicher setzte sich Marcello nieder.

Im selben Moment begann im ganzen Haus eine Art Bewegung. Er mußte angewidert an einen Bauch denken, dessen Eingeweide sich nach langer Ruhe anschickten, ihren Inhalt von sich zu geben. Überall regte sich etwas: Es gab ein Rascheln und Dröhnen, über die Holztreppe kam das Geräusch trappelnder Füße herab. Dann geschah das, was er befürchtet hatte. Die Tür öffnete sich, und die Stimme des Dienstmädchens verkündete: «Da sind die Damen! Alle für dich!»

Mißgestimmt und unlustig traten sie ein. Einige waren halbnackt, andere etwas bekleidet. Zwei waren schwarz, drei blond. Drei waren mittelgroß. Eine war ausgesprochen klein, eine andere geradezu enorm.

Die Enorme ließ mit einem Seufzer müder Befriedigung ihre Fleischmassen neben Marcello auf das Kanapee sinken. Zuerst wandte er den Kopf ab, dann aber starrte er sie fasziniert an: Sie war wirklich enorm, pyramidenförmig gebaut. Ihre Hüften waren breiter als die Taille, und ihre Taille wiederum war breiter als die Schultern. Um ihren kleinen Kopf hatte sie einen schwarzen Zopf gewunden. Ein Büstenhalter aus gelber Seide verbarg notdürftig ihre gewaltigen Brüste. Der rote Unterrock öffnete sich gleich einem Vorhang zu einem breiten Spalt, so daß sich die massigen weißen Oberschenkel wie ein Schauspiel darboten.

Als sie bemerkte, daß Marcello sie ansah, lächelte sie der gegenübersitzenden Freundin bedeutungsvoll zu. Dann seufzte sie noch einmal und fuhr mit der Hand zwischen die Beine, als wolle sie diese auseinanderschieben und sich dadurch Kühlung verschaffen. Diese träge Schamlosigkeit irritierte Marcello. Er hätte ihr am liebsten die Hand weggezogen, aber er brachte die Kraft nicht auf.

Was ihn an diesem ganzen weiblichen Viehzeug am stärksten erschütterte, war der unheilbare Grad von Verkommenheit. Diese Verkommenheit ließ ihn auch vor Entsetzen erbeben, wenn er seine Mutter halbnackt sah oder seinem wahnsinnigen Vater gegenübertreten mußte. Und dasselbe Entsetzen lag auf dem Grunde seiner fast hysterischen Sucht nach Ordnung, Ruhe und Sauberkeit.

Endlich sagte die Frau neben ihm mit freundlich-scherzender

Stimme: «Na, gefällt dir dein Harem nicht? Entscheidest du dich?»

Von Widerwillen getrieben, sprang er auf und lief aus dem Salon hinaus. Hinter ihm erklang Gelächter und irgendeine obszöne Phrase im Dialekt. Wütend ging er auf die Treppe zu, um ins Obergeschoß zu steigen und dort die Besitzerin zu suchen.

In diesem Augenblick aber läutete hinter ihm von neuem die Eingangstür, und als er sich umwandte, erblickte er auf der Schwelle die jetzt beinahe väterlich-beruhigend wirkende Gestalt des Agenten.

«Herr Doktor, guten Tag! Wohin wollen Sie denn, Herr Doktor?» rief der Agent. «Da brauchen Sie nicht hinaufzugehen.»

«Ehrlich gesagt», erwiderte Marcello und war mit einem Schlag wieder ganz ruhig, «ich glaube, man hat mich für einen Kunden gehalten.»

«Diese dummen Weiber!» Der Agent schüttelte den Kopf. «Kommen Sie mit, Herr Doktor. Ich führe Sie. Sie werden schon erwartet.»

Er öffnete die Glastür und schritt vor Marcello in den Garten hinaus. Im Gänsemarch gingen sie auf dem Gartenweg um das Haus herum. Die Sonne brannte. Es roch nach Staub und wildwuchernder Vegetation. Alle Fensterladen der Villa waren geschlossen, als sei sie unbewohnt. Der Garten war voller Unkraut und sah völlig ungepflegt aus. Der Agent schritt jetzt auf ein niedriges weißes Gebäude zu, das den ganzen hinteren Teil des Gartens einnahm. Marcello erinnerte sich, Häuschen dieser Art häufig hinter den Villen in Badeorten gesehen zu haben. Die Besitzer vermieten im Sommer ihre Villen und zogen sich in diese Häuser zurück, wo sie mit ein paar Zimmern vorliebnahmen.

Ohne zu klopfen, öffnete der Agent die Tür, trat ein und verkündete: «Hier ist Doktor Clerici!»

Marcello befand sich jetzt in einem kleinen Raum, der primitiv als Büro eingerichtet war. Die Luft hing voller Zigarettenrauch. An einem Tisch saß ein Mann, die Hände verschränkt, das Gesicht Marcello zugewandt. Er war ein Albino, hatte ein durchscheinendes alabaster-rosafarbenes Gesicht mit gelben Sommersprossen. Seine Augen waren hellbraun, fast rot, mit weißen Wimpern. Sie ließen an gewisse in polaren Schneewüsten lebende Tiere denken. Marcello war an den Kontrast zwischen dem trockenen, bürokratischen Aussehen seiner Kollegen im Geheimdienst und deren oft grausigen Aufgaben gewöhnt. Jetzt aber sagte er sich, daß wenigstens dieser Mann hier genau zu seinen Aufgaben paßte. Aus dem geisterhaften Gesicht des Albinos sprach Grausamkeit, fast eine Art erbarmungsloser Wut, die jedoch in der konventionellen Steifheit militärischer Haltung verblieb.

Nach einem kurzen Augenblick peinlichen Schweigens erhob sich der Mann plötzlich, dabei wurde sichtbar, wie klein er war. «Gabrio», sagte er. Dann setzte er sich sogleich wieder und fuhr in ironischem Ton fort: «Nun, da sind Sie ja endlich, Herr Doktor Clerici!»

Er hatte eine unangenehm metallische Stimme. Marcello wartete nicht darauf, daß man ihm einen Stuhl anbot, sondern setzte sich unaufgefordert. «Ich bin heute früh angekommen.»

«Wir haben Sie auch tatsächlich heute früh erwartet.»

Marcello zögerte mit der Antwort. Sollte er sagen, daß er sich auf der Hochzeitsreise befand? Er beschloß, dies für sich zu behalten und entgegnete ruhig. «Es war mir nicht möglich, früher zu kommen.»

«Das merke ich», erwiderte Gabrio. Er schob Marcello die Zigarettenschachtel zu und frage ohne jede Freundlichkeit: «Rauchen Sie?» Dann versenkte er sich in die Lektüre eines vor ihm liegenden Aktenstücks. «Da läßt man mich hier in diesem vielleicht gastlichen, aber in keiner Weise geheimen Haus sitzen», bemerkte er. «Ich bin fast ohne Informationen und Richtlinien. Und fast ohne Geld.» Er las noch ein Weilchen, hob dann den Kopf und erkundigte sich: «Man hat Ihnen in Rom den Auftrag gegeben, mich hier aufzusuchen, nicht wahr?»

«Ja. Der Agent, der mich hierhergeschickt hat, kam in Rom zu mir und teilte mir mit, ich müsse meine Reise unterbrechen und mich bei Ihnen melden.»

«Ganz richtig.» Gabrio nahm die Zigarette aus dem Mund und legte sie vorsichtig auf den Rand des Aschenbechers. «Man hat im letzten Augenblick die Pläne abgeändert. Vermutlich ist das ganze Programm umgestoßen worden.»

Marcello zuckte nicht mit der Wimper, obwohl er eine Welle der Erleichterung und der Hoffnung in sich aufsteigen fühlte.

Vielleicht würde es ihm gestattet sein, diese Expedition wirklich nur als Hochzeitsreise nach Paris durchzuführen. Mit klarer Stimme fragte er: «Was meinen Sie damit?»

«Wie ich schon sagte, die Pläne sind geändert worden. Und folglich auch Ihre Mission. Dieser gewisse Quadri sollte überwacht werden, Sie sollten mit ihm in Verbindung treten. Sie sollten sich in sein Vertrauen einschleichen und sich womöglich von ihm irgendeinen Auftrag geben lassen. Statt dessen heißt es in den letzten Informationen aus Rom nur, Quadri sei als unbequemer Gegner des Regimes zu liquidieren.» Gabrio griff wieder nach der Zigarette, tat einen Zug, legte sie erneut beiseite. «Kurz und gut», erklärte er in einem etwas gelockerten Gesprächston, «Ihre Mission reduziert sich auf fast nichts. Sie brauchen sich nur darauf zu beschränken, mit Quadri in Verbindung zu treten: Sie kennen ihn ja. Dann haben Sie diesen Quadri dem Agenten Orlando zu zeigen, der sich ebenfalls nach Paris begibt. Vielleicht können Sie Quadri in irgendein öffentliches Lokal einladen, in ein Café oder in ein Restaurant, wo auch Orlando sein wird. Es genügt, daß Orlando Quadri mit Ihnen zusammen sieht, um sich seiner Identität zu versichern. Das ist alles, was man von Ihnen verlangt. Dann haben Sie Zeit, sich Ihrer Hochzeitsreise zu widmen, soviel Sie wollen.»

Gabrio weiß also auch schon von meiner Hochzeitsreise, dachte Marcello überrascht. Aber er war sich sofort klar darüber, daß seine Überraschung eine Art Wandschirm darstellte, hinter dem er eine viel größere Verwirrung vor sich selbst zu verbergen suchte. Denn Gabrio hatte ihm in Wirklichkeit etwas weitaus Wichtigeres verraten: den Beschluß, Quadri zu liquidieren! Gewaltsam zwang er sich dazu, dieser unerwarteten und düsteren Neuigkeit ruhig gegenüberzustehen. Dabei drängte sich ihm ein Verdacht auf:

Um Quadri zu beseitigen, war Marcellos Mithilfe und Anwesenheit in Paris in keiner Weise notwendig. Der Agent Orlando konnte sein Opfer sehr gut allein auffinden und identifizieren. Es handelte sich also offenbar darum, ihn selbst in diese Sache zu verwickeln und ihn dadurch rettungslos zu kompromittieren! Was die angebliche Abänderung des Planes betraf, so war diese zweifellos vorgetäuscht. Sicher war der Plan, den Gabrio ihm soeben auseinandergesetzt hatte, schon zu dem Zeitpunkt seines Besuches im Ministerium beschlossen und in allen Einzelheiten festgelegt worden. Die angebliche Änderung bestand nur in der Sorgfalt, mit der man die Verantwortungen teilen und unübersichtlich machen wollte. Marcello hatte niemals schriftliche Instruktionen erhalten. Gabrio wahrscheinlich auch nicht. So würde es dem Ministerium im Falle irgendwelcher ungünstiger Verwicklungen immer möglich sein, sich aus allem herauszuhalten. Die Schuld an dem Mord mußte auf ihn und auf Gabrio, auf Orlando und die anderen tatsächlich ausführenden Organe zurückfallen.

Marcello zögerte ein wenig und brachte dann, um Zeit zu gewinnen, den Einwand vor: «Mir scheint, Orlando wird mich gar nicht nötig haben, um Quadri zu finden. Der steht, soviel ich weiß, sogar im Telefonbuch.»

«So lauten die Befehle ...» entgegnete Gabrio mit einer Hast, die erkennen ließ, daß er auf diesen Einwand gefaßt gewesen war.

Marcello senkte den Kopf. Jetzt war er sicher, daß er in eine Art Hinterhalt gelockt worden war. Er hatte einen Finger angeboten, und nun ergriff man unter einem Vorwand seine ganze Hand.

Jedoch nachdem seine erste Überraschung vorbei war, stellte er fest, daß ihm die Änderung des Plans nicht wirklich unangenehm war. Er hatte eigentlich nur das Gefühl einer schwermütigen Resignation – wie angesichts einer Pflicht, die zwar unangenehm, auf jeden Fall aber unabänderlich und nicht zu umgehen war. Der Agent Orlando war sich über den inneren Mechanismus seiner Pflichten sicher nicht im klaren. Darauf beschränkte sich aber auch der ganze Unterschied zwischen ihm und Marcello: Keiner von beiden konnte sich dem entziehen, was Gabrio «die Befehle», nannte, was aber in Wirklichkeit konsolidierte menschliche Situationen waren. Ohne diese gab es für sie beide nur Unordnung und Willkür. Nichts anderes.

So hob Marcello schließlich wieder den Kopf. «Na gut! Und wo werde ich Orlando in Paris finden?»

Gabrio warf einen Blick auf das vor ihm liegende Blatt Papier: «Nennen Sie uns Ihre Adresse. Orlando wird sich mit Ihnen in Verbindung setzen.»

Man traut mir also nicht ganz, dachte Marcello. Auf jeden Fall hält man es nicht für angezeigt, mir die Adresse des Agenten in Paris zu verraten. Marcello gab das Hotel an, in dem er abzusteigen gedachte, und Gabrio machte eine diesbezügliche Notiz auf seinem Aktenblatt.

In liebenswürdigem Ton, als wollte er andeuten, daß nun der offizielle Teil der Unterredung zu Ende sei, erkundigte sich Gabrio: «Waren Sie schon einmal in Paris?»

«Nein.»

«Ich war zwei Jahre dort, ehe ich in diesem Loch hier gelandet bin», sagte Gabrio mit bürokratischer Bitterkeit. «Wenn man einmal in Paris gelebt hat, kommt einem selbst Rom wie ein Nest vor – ganz zu schweigen von diesem Kaff hier!» Er zündete eine Zigarette am Stummel der vorhergehenden an und fügte mit einem Anflug von Eitelkeit hinzu: «In Paris ging's mir großartig! Wohnung, Auto, Freundschaften Beziehungen zu Frauen ... Na, Sie können sich ja denken, unter diesen Gesichtspunkten ist Paris ideal!»

Marcello glaubte, trotz seines inneren Widerstrebens auf den liebenswürdigen Ton Gabrios eingehen zu müssen. «Na ja, aber mit diesem Haus hier nebenan brauchen Sie sich ja wohl nicht zu langweilen ...»

Gabrio schüttelte den Kopf. «Was wollen Sie mit so einem Fleischhaufen anfangen, der nach dem Kilo verkauft wird? Nein, die einzige Zerstreuung hier ist das Kasino. Spielen Sie?»

«Niemals.»

«Aber es ist sehr interessant», erwiderte Gabrio und lehnte sich in seinem Stuhl zurück, wie um anzudeuten, daß das Gespräch nun seinem Ende entgegengehe. «Das Glück kann jedem lachen. Ihnen wie mir. Nicht umsonst ist Fortuna weiblichen Geschlechts. Man muß sie nur im richtigen Augenblick beim Schopf packen.»

Er erhob sich, ging zur Tür und öffnete sie. Er war wirklich sehr klein. Seine kurzen Beine und der steife Oberkörper steckten in einem grünen Anzug von militärischem Zuschnitt. Er sah Marcello an, wobei die Sonne die durchscheinende Beschaffenheit seiner leuchtend-rosigen Haut noch zu vertiefen schien.

Schließlich sagte er: «Ich denke, wir werden einander nicht mehr sehen. Sie fahren doch von Paris direkt nach Rom zurück?»

«Ja. Höchstwahrscheinlich.»

«Brauchen Sie noch irgend etwas?» fragte Gabrio plötzlich widerstrebend. «Hat man Ihnen Geld zur Verfügung gestellt? Viel habe ich ja nicht hier, aber wenn Sie etwas brauchen ...»

«Nein, danke. Ich brauche nichts.»

«Na also, dann viel Glück und Hals- und Beinbruch!»

Sie schüttelten einander die Hände. Gabrio schloß hastig hinter Marcello die Tür des Häuschens. Marcello ging auf das Gartentor zu. Als er sich bereits auf dem Pfad neben der Hecke befand, fiel ihm ein, daß er bei seiner hastigen Flucht aus dem Salon seinen Hut dort zurückgelassen hatte. Er zögerte umzukehren, denn es widerstrebte ihm, nochmals diesen Raum zu betreten, wo es so nach Stiefeln, Puder und Schweiß roch. Auch fürchtete er sich vor den spöttischen Bemerkungen und den Annäherungsversuchen der Frauen. Endlich entschloß er sich aber doch, die Glastür wieder aufzustoßen. Damit löste er erneut das Läutewerk aus. Diesmal erschien niemand, weder das Dienstmädchen mit dem Wieselgesicht noch eine der Insassinnen. Hingegen vernahm er hinter der offenen Tür des Salons die wohlbekannte, breite, gutmütige Stimme des Agenten Orlando. Das gab ihm Mut. Er trat über die Schwelle.

Der Salon war leer. Nur Orlando saß in einem Winkel und hatte neben sich eine Frau, die Marcello bisher noch nicht unter die Augen gekommen war. Orlandos Arm lag ungeschickt-vertraulich auf ihrer Hüfte. Er machte keinerlei Anstalten, bei Marcellos Eintritt Haltung anzunehmen. Betroffen und leicht gereizt wandte Marcello den Blick von Orlando ab und schaute sich das Mädchen an. Die saß steif da, als wolle sie Orlando abweisen. Sie war dunkelhaarig, hatte eine hohe weiße Stirn und helle Augen, ein mageres Gesicht, einen großen Mund mit dunkelrotgeschminkten Lippen und einen verächtlichen Zug um den Mund. Ihre Kleidung war beinahe normal. Sie trug ein dekolletiertes, ärmelloses weißes Abendkleid. Das einzige, was ihren Beruf verriet, war der Schlitz ihres Rockes, der sich knapp oberhalb der Taille öffnete und den Bauch sowie die übereinandergeschlagenen langen, eleganten Beine einer Tänzerin sehen ließ. Sie hielt eine brennende Zigarette zwischen den Fingern, rauchte aber nicht. Der Rauch stieg in die Luft empor. Ihre eine Hand lag auf der Armlehne des Sessels, ihre andere ruhte auf dem Knie des Agenten wie auf dem großen Kopf eines treuen Hundes. Was Marcello am stärksten beeindruckte, war die Stirn dieses Mädchens: Die weiße Haut schien auf geheimnisvolle Weise durch den intensiven Ausdruck der Augen zu leuchten. Es lag auf dieser Stirn eine Reinheit des Lichts, die an jene Brillantendiademe denken ließ, wie sie die Damen früherer Zeiten auf Galabällen trugen. Marcello war betroffen und konnte den Blick von dem Mädchen nicht abwenden; während er sie anstarrte, stieg ein schmerzhaft-bitteres Gefühl in ihm auf.

Orlando hatte sich jetzt erhoben. Marcellos Ausdruck schien ihn eingeschüchtert zu haben.

«Mein Hut!» sagte Marcello.

Die Frau war sitzen geblieben und sah Marcello ohne jede Neugier an. Diensteifrig durchquerte der Agent den Salon und nahm den Hut von einem ziemlich weit entfernt stehenden Kanapee auf. Da plötzlich begriff Marcello, warum er vorhin ein solch bitteres Gefühl gehabt hatte: Er wollte nicht, daß diese Frau dem Agenten zu Willen sei, der Anblick von Orlandos Arm auf ihrer Hüfte war ihm wie eine Entweihung vorgekommen. Bestimmt wußte die Frau nichts von dem Licht, das ihre Stirn erleuchtete. Natürlich gehörte dieses Licht so wenig zu ihr, wie die Schönheit denen gehört, die schön sind. Aber Marcello betrachtete es fast als seine Pflicht, zu verhindern, daß diese strahlende Stirn sich niederbeugte, damit die erotischen Launen Orlandos befriedigt wurden. Sekundenlang dachte er: Ich werde meine Autorität geltend machen und das Mädchen aus dem Salon hinausführen, wir werden ein Weilchen miteinander plaudern, inzwischen wird sich Orlando eine von den Dirnen aussuchen, dann werde ich gehen. Dann schoß ihm der närrische Gedanke durch den Kopf, diese Frau überhaupt aus dem Haus herauszuholen und ihr eine andere Art Leben zu ermöglichen. Sogleich jedoch wurde ihm klar, daß es sich bei all diesen Überlegungen um Phantasien handelte. Jene Frau konnte unmöglich anders beschaffen sein als ihre Kolleginnen. Gleich ihnen war sie unrettbar verloren und verdorben – wenn auch vielleicht ohne eigene Schuld.

Da spürte er, wie jemand seinen Arm berührte. Orlando reichte ihm den Hut, den Marcello mechanisch ergriff. Inzwischen hatte der Agent Zeit gehabt, sich über das sonderbare Betragen Marcellos seine Gedanken zu machen. Er trat einen Schritt vor, wies auf die Frau – wie man auf einen Ehrengast, eine Speise oder ein Getränk aufmerksam macht – und meinte: «Wenn Sie wollen, Herr Doktor ... Wenn sie Ihnen gefällt ... Ich kann auch warten ...»

Marcello begriff zuerst nicht. Dann sah er das respektvolle und zugleich maliziöse Lächeln Orlandos und fühlte, wie er bis über beide Ohren errötete. Orlando verzichtete also nicht! Er fügte sich nur mit der Höflichkeit und Disziplin des Untergebenen darein, ihm den Vortritt zu lassen – genauso, wie er es am Schanktisch oder Büfett getan hätte.

Marcello sagte hastig: «Sie sind wohl verrückt, Orlando! Tun Sie, was Sie wollen ... Ich muß gehen.»

«In diesem Fall, Herr Doktor ...» meinte der Agent und lächelte. Er winkte dem Mädchen zu. Schmerzlich berührt sah Marcello, wie sich das Mädchen auf dieses Zeichen hin sogleich gehorsam erhob. Hochgewachsen und gerade, den Glanz auf der Stirn, ohne Zögern oder Protest trat sie mit beruflicher Selbstverständlichkeit auf den Agenten zu.

Der sagte zu Marcello: «Wir sehen uns demnächst, Herr Doktor ...» Dann trat er beiseite. Marcello trat ebenfalls beiseite. Die Frau schritt zwischen den beiden hindurch – ohne Hast, die brennende Zigarette in der Hand.

Vor Marcello blieb sie einen Augenblick stehen und sagte: «Wenn du mich willst ... Ich heiße Luisa.» Wie er befürchtet hatte, klang ihre Stimme rauh und unliebenswürdig. Luisa glaubte noch ein übriges tun zu müssen: Sie leckte sich mit der Zunge die Oberlippe. Marcello fühlte, daß ihn diese Worte und diese Geste von der Reue befreiten, Luisa nicht daran gehindert zu haben, mit Orlando zu gehen.

Sie verließ den Salon, schritt auf die Treppe zu, warf dort die brennende Zigarette zu Boden, zertrat sie, hob mit beiden Händen den Rock auf und stieg die Treppe empor. Orlando folgte ihr. Schließlich verschwanden die beiden im Obergeschoß um eine Ecke.

Hastig verließ Marcello das Haus.

Marcello trug dem Hotelportier auf, die Nummer Quadris anzurufen, und setzte sich inzwischen in eine Ecke der Hotelhalle. Es war ein großes Hotel. Die Halle war sehr geräumig, über den Säulen spannten sich Bogengewölbe, überall standen Klubgarnituren und Schreibtische herum, in den Glasvitrinen waren Luxuswaren ausgestellt. Es herrschte ein dauerndes Kommen und Gehen: vom Eingang zum Lift, von der Portiersloge zur Direktion, vom Restaurant zu den Salons, die sich hinter den Säulen öffneten.

Marcello hätte sich gern während der Wartezeit an dem Anblick dieser Halle, die so fröhlich und bevölkert war, erfreut. Aber der seelische Druck, der auf ihm lastete, rief eine Reihe von lange zurückliegenden Erinnerungen hervor. Ohne es zu wollen, mußte er an den ersten und einzigen Besuch denken, den er vor vielen Jahren bei Quadri gemacht hatte. Marcello war damals Student und Quadri sein Professor gewesen.

Er hatte Quadri in dessen Wohnung aufgesucht, in einem alten, roten Haus unweit des Bahnhofs, um sich mit ihm über seine Doktordissertation zu beraten. Gleich nach seinem Eintritt war Marcello verblüfft gewesen über die enorme Menge von Büchern, die sich in jedem Winkel der Wohnung stapelten. Im Vorzimmer bemerkte er etliche alte Vorhänge, die aussahen, als seien hinter ihnen Türen verborgen. Als er sie aber beiseite schob, entdeckte er, daß es sich um Wandnischen handelte, mit unzähligen Reihen von Büchern. Das Dienstmädchen ging ihm durch einen endlos langen, gewundenen Korridor voraus, der offenbar das ganze Haus umfaßte. Auch hier erhoben sich links und rechts volle Bücherregale. Als er schließlich das Arbeitszimmer Quadris betrat, fand er sich in einem Raum, dessen Wände vom Fußboden bis zur Decke mit Büchern vollgestellt waren. Auf dem Schreibtisch lagen zwei Stapel von Büchern, zwischen denen – wie in einer Schießscharte – das bärtige Gesicht des Professors zu sehen war.

Marcello hatte sogleich bemerkt, daß Quadri ein sonderbar flaches, unsymmetrisches Gesicht hatte. Es ähnelte einer Larve aus Papiermaché: rotumränderte Augen, eine dreieckige Nase, ein darunter aufgehängter Schnurrbart. Und ein Spitzbart, der unecht wirkte. Auch die feuchten, zu schwarzen Haare auf der Stirn ließen an eine schlecht aufgesetzte Perücke denken. Zwischen dem bürstenförmigen Schnurrbart und dem Spitzbart, beide von verdächtiger Schwärze, fiel ein sehr roter Mund mit ungeformten Lippen auf. Marcello hatte den Eindruck, daß diese ganze, schlecht verteilte Masse Haar dazu diente, irgendeine Mißbildung zu verbergen – das völlige Fehlen eines Kinns oder eine schreckliche Narbe. Kurz und gut, Quadri hatte ein Gesicht, in dem nichts sicher und echt, vielmehr alles falsch wirkte, wie eine Maske.

Der Professor war aufgestanden, um Marcello zu begrüßen. Dabei wurde nicht nur die Kleinheit seines Wuchses sichtbar, sondern auch die Verformung der linken Schulter, sein Buckel. Dieser Buckel verlieh der ausnehmenden Sanftheit und Herzlichkeit Quadris eine schmerzliche Aura. Durch die Bücher hindurch reichte der Professor Marcello die Hand und sah ihn über die starken Brillengläser hinweg mit dem Blick des Kurzsichtigen an. So hatte Marcello einen Augenblick das Gefühl, nicht von zwei, sondern von vier Augen gemustert zu werden. Jetzt fiel ihm auch der altmodische Stil von Quadris Kleidung auf: ein schwarzer Gehrock mit Seidenaufschlägen, eine ebenfalls schwarze, gestreifte Hose, ein weißes Hemd mit gestärktem Kragen und steifen Manschetten, eine goldene Uhrkette über der Weste.

Marcello hatte keinerlei Sympathie für Quadri empfunden. Er wußte, daß der Professor Antifaschist war. Quadris Antifaschismus, sein unkriegerisches, ungesundes, häßliches Äußere, seine Bildung und seine Bücher, alles das zusammen stellte für Marcello das konventionelle Bild des negativen, unfähigen Intellektuellen dar. Es stellte genau jenes Bild dar, das vom Regime der Bevölkerung unablässig als verächtlich vorgehalten wurde. Auch die außerordentliche Sanftheit widerstrebte ihm. Er konnte sich einfach nicht vorstellen, daß ein Mensch ohne zu lügen und ohne Hinterabsichten so sanft war.

Quadri hatte Marcello mit einer fast manischen Zuneigung begrüßt. Jetzt schob er ab und zu in seine Sätze Wendungen ein wie: «Lieber Junge, teurer Junge, mein Junge . . .» Und er schüttelte über den Bücherhaufen seine kleinen weißen Hände. Er stellte Marcello eine Menge Fragen. Zuerst erkundigte er sich nach seiner Familie, dann nach ihm persönlich. Bei der Mitteilung, daß sich Marcellos Vater in einer Klinik für Geisteskranke aufhalte, rief Quadri aus: «Oh, armer Junge! Das wußte ich nicht. Welches Unglück! Welch schreckliches Unglück! Und die Wissenschaft kann nichts tun, um Ihren Vater zu heilen?» Er wartete aber die Antwort Marcellos nicht ab, sondern ging sofort zu etwas anderem über.

Seine Stimme war gaumig, moduliert, harmonisch, außerordentlich sanft und voller Eifer. Doch Marcello hatte hinter dem Eifer eine völlige Gleichgültigkeit verspürt – wie man in einem Blatt Papier ein Wasserzeichen entdeckt. Quadri interessierte sich gar nicht für ihn, mehr noch, er existierte für den Professor überhaupt nicht. Auch das Fehlen aller Nuancen in der Stimme Quadris fiel Marcello auf: Der Professor sprach immer mit demselben gleichmäßigen, liebevollen und gefühlvollen Tonfall, ganz gleich, ob es sich um ein Thema handelte, das diesen Tonfall erforderte oder nicht.

Schließlich, am Ende seiner zahlreichen Fragen, hatte sich Quadri erkundigt, ob Marcello Faschist sei. Als er eine bejahende Antwort erhielt, änderte er weder seinen Ton, noch ließ er irgendeine Reaktion merken. Er sagte nur ganz obenhin, daß es ihm – dessen antifaschistische Haltung ja bekannt sei – ziemlich schwerfalle, unter dem herrschenden Regime Gegenstände wie Philosophie und Geschichte zu unterrichten.

An diesem Punkt hatte Marcello in einer gewissen Verlegenheit versucht, die Rede auf den Anlaß seines Besuches zu bringen. Quadri jedoch fiel ihm ins Wort:

«Vielleicht fragen Sie mich, warum ich Ihnen das alles erzählt habe, mein lieber Junge. Aber ich habe nicht ohne einen bestimmten Zweck davon gesprochen. Ich wollte mir nicht persönlich Luft machen und hätte es mir auch nie gestattet, Ihnen die Zeit zu rauben, die Sie Ihren Studien widmen müssen. Ich wollte nur in gewisser Weise die Tatsache rechtfertigen, daß ich mich in Zukunft weder um Sie noch um Ihre Doktorarbeit kümmern kann. Ich werde nämlich meinen Lehrstuhl aufgeben.»

«Sie geben Ihren Lehrstuhl auf?» fragte Marcello erstaunt.

«Ja», bestätigte Quadri und rieb sich mit seiner gewohnten Geste den Mund und den Schnurrbart. «Ich werde es freilich mit Schmerz tun, denn bisher habe ich mein ganzes Leben euch Studenten gewidmet. Jetzt bin ich genötigt, die Hochschule zu verlassen.» Nach einem Augenblick fügte der Professor ohne Nachdruck mit einem kleinen Seufzer hinzu: «Ja, ja, ich habe mich entschlossen, vom Gedanken zur Handlung überzugehen. Sicher ist Ihnen diese Phrase nicht neu, aber sie spiegelt genau meine Lage wider.»

Marcello hätte beinahe gelächelt. Dieser Professor Quadri kam ihm wirklich komisch vor: Da wollte dieser kleine, bucklige, kurzsichtige und bärtige Mann im Gehrock, der hier inmitten der Bücherhaufen auf einem Stuhl saß, vom Gedanken zur Handlung übergehen! Der Sinn dieser Erklärung war natürlich klar. Quadri hatte jahrelang in passiver Opposition verharrt – in seine Gedanken und in seinen Beruf zurückgezogen – und war nun entschlossen, sich der aktiven Politik zuzuwenden, vielleicht sogar an einer Verschwörung teilzunehmen.

In einer plötzlichen Aufwallung von Antipathie konnte Marcello nicht umhin, mit drohender Kälte zu bemerken: «Es ist nicht klug von Ihnen, mir so etwas zu erzählen. Ich bin Faschist, ich könnte Sie anzeigen.»

Doch Quadri antwortete mit der üblichen Sanftmut, wobei er sogar vom «Sie» ins «Du» überging: «Ich weiß genau, daß du nie dergleichen tätest, denn du bist ein guter, lieber, ehrlicher und braver Junge!»

Der Teufel soll ihn holen! dachte Marcello verärgert. Und vollkommen aufrichtig antwortete er: «Ich könnte Sie sehr wohl anzeigen. Für uns Faschisten besteht die Ehrlichkeit nämlich gerade darin, Personen wie Sie zu denunzieren und daran zu hindern, Schaden anzurichten.»

Der Professor schüttelte den Kopf. «Mein lieber Junge, du weißt genau, daß alles, was du jetzt sagst, gar nicht wahr ist. Vielmehr weiß dein Herz, daß es nicht wahr ist. Ehrlich, wie du bist, hast du mich nur warnen wollen. Was meinst du, hätte ein anderer getan? Ein wirklicher Verräter? Der hätte mir so lange zugestimmt, bis ich mich mit einer unvorsichtigen Bemerkung kompromittiert hätte. Dann wäre er fortgegangen, um mich anzuzeigen. Du aber hast mich gewarnt!»

«Ich habe Sie gewarnt», sagte Marcello hart, «weil ich glaube, daß Sie zu dem, was Sie eine Aktion nennen, gar nicht imstande sind. Warum begnügen Sie sich nicht damit, Professor zu sein? Und von was für einer Aktion sprechen Sie denn überhaupt?»

«Von irgendeiner Aktion, ganz gleich was für eine», antwortete Quadri und starrte ihn dabei fest an.

Marcello konnte nicht umhin, zu den Wänden voller Bücher emporzusehen. Quadri deutete diesen Blick sofort richtig und fügte in der gleichen sanften Weise hinzu:

«Scheint dir sonderbar, wie? Ich und eine Aktion, inmitten all dieser Bücher ... Du denkst jetzt – ach, von was für einer Aktion redet denn bloß dieser kleine, bucklige, mißgestaltete und kurzsichtige Mann? Sag die Wahrheit – nicht wahr, das denkst du? Die Blättchen deiner Partei haben dir so oft den Mann beschrieben, der nicht zu handeln versteht – den Intellektuellen! Und nun lächelst du mitleidig, weil du mich in diesem Bild erkennst. Habe ich nicht recht?»

Überrascht von soviel Scharfblick rief Marcello aus: «Wieso haben Sie begriffen, daß ich ...?»

«Oh, mein lieber Junge ... mein lieber Junge ... ich habe dich sofort verstanden. Aber es ist ja schließlich nicht gesagt, daß man für eine Aktion einen goldenen Adler auf der Mütze und einen Streifen an den Ärmeln haben muß! Auf Wiedersehen jedenfalls! Auf Wiedersehen! Auf Wiedersehen!»

Mit diesen Worten hatte der Professor sanft, aber unwiderstehlich Marcello zur Tür gedrängt.

Als Marcello jetzt, hier im Hotel, an diese Begegnung zurückdachte, mußte er sich eingestehen, daß seine Verachtung für den buckligen, bärtigen, pedantischen Quadri weitgehend auf der Unerfahrenheit und Ungeduld seiner Jugend beruht hatte. Denn Quadri hatte dann durch Tatsachen bewiesen, wie sehr Marcello im Irrtum gewesen war.

Wenige Monate nach ihrem Gespräch nämlich floh der Professor nach Paris. Dort wurde er rasch eines der Häupter des Antifaschismus, sogar eines der fähigsten, der gebildetsten, der aggressivsten. Seine besondere Spezialität war die Gewinnung neuer Anhänger. Dabei benutzte er seine Erfahrung als Lehrer und seine Kenntnis der jugendlichen Mentalität. Oft gelang es ihm, bisher gleichgültige und sogar feindlich gesinnte junge Leute zu bekehren. Er stachelte sie zu kühnen und gefährlichen Unternehmungen auf, die nicht selten einen katastrophalen Ausgang nahmen: nicht für ihn, sondern für sie.

Wenn Quadri seine Jünger in einen Verschwörerkampf warf, schienen ihn menschliche Gesichtspunkte in keiner Weise zu bedrücken, obwohl man dies bei seinem Charakter vermutet hätte. Er opferte seine Leute bedenkenlos in verzweifelten Aktionen, die nur auf lange Sicht zu rechtfertigen waren. Mit dieser unberührten Gleichgültigkeit gegenüber dem menschlichen Leben zeigte Quadri, daß er die seltenen Qualitäten eines Politikers besaß. Zumindest gehörte er einer bestimmten Kategorie von wirklichen Politikern an. Er war klug und gleichzeitig enthusiastisch, intellektuell und aktiv, offenherzig und zynisch, bedächtig und gleichzeitig unvorsichtig.

Marcello hatte dienstlich oft Gelegenheit gehabt, sich mit Quadri zu beschäftigen, der in den Polizeiberichten als außerordentlich gefährliches Element geschildert wurde. Und er war immer wieder betroffen gewesen, daß ein Mensch so verschiedenartige Charakterzüge, so verschiedenartige Fähigkeiten in sich vereinigen konnte.

Ganz langsam hatte Marcello auf Grund der Mitteilungen, die ihm zukamen, sein Urteil über Quadri geändert. An die Stelle der ursprünglichen Verachtung trat eine verärgerte Hochschätzung. Nur die Antipathie blieb, denn Marcello war weiterhin davon überzeugt, daß Quadri eine Eigenschaft nicht besaß, nämlich Mut: Der Professor setzte zwar seine Jünger tödlichen Gefahren aus, hütete sich aber mit seinem zweideutigen Charakter davor, selbst dabei zugrunde zu gehen.

Aus diesen Betrachtungen schreckte ihn die Stimme eines Hotelangestellten auf, der rasch durch die Halle ging und seinen Namen rief. Einen Augenblick glaubte Marcello, es sei der Name eines anderen, denn der Angestellte sprach seinen Namen französisch aus. Doch dann sagte sich Marcello mit einer Art Übelkeit, daß dieser «Monsieur Clairicí» er selbst war – er, mit seiner ganzen Persönlichkeit, seinem Gesicht, seinen Kleidern.

Der Angestellte ging bereits auf die Schreibzimmer zu. Dabei rief er noch immer den Namen. Marcello stand auf und betrat geradewegs die Telefonzelle. Er hob den Hörer ab und führte ihn zum Ohr. Eine klare, ein wenig singende Frauenstimme fragte auf französisch, wer am Apparat sei. Marcello antwortete ebenfalls auf französisch:

«Ich bin ein Italiener. Clerici. Marcello Clerici. Ich möchte mit Herrn Professor Quadri sprechen.»

«Der Herr Professor ist sehr beschäftigt. Ich weiß nicht, ob er an den Apparat kommen kann. Clerici – haben Sie gesagt?»

«Ja, Clerici.»

«Bitte warten Sie einen Augenblick!»

Man hörte, wie der Hörer aufgelegt wurde. Schritte, die sich entfernten. Hierauf völliges Schweigen. Marcello wartete lange auf ein neuerliches Geräusch von Schritten, die das Zurückkommen der Frau oder die Ankunft des Professors anzeigen würden. Statt dessen erklang ganz plötzlich, ohne jenen Übergang, aus dem tiefen Schweigen heraus Quadris Stimme: «Hallo? Quadri. Wer spricht dort?»

Marcello erklärte hastig: «Ich heiße Marcello Clerici. Ich war Schüler von Ihnen, als Sie in Rom unterrichteten. Ich möchte Sie sprechen.»

«Clerici ...?» wiederholte Quadri zweifelnd. Und dann, nach einem Augenblick, mit Entschiedenheit: «Kenne ich nicht!»

«Aber ja, Herr Professor», beharrte Marcello. «Ich habe Sie wenige Tage, bevor Sie Ihr Lehramt niederlegten, aufgesucht. Ich wollte Ihnen den Entwurf meiner Doktorarbeit vorlegen.»

«Warten Sie ... Clerici ...? Ich erinnere mich wirklich nicht an Ihren Namen – aber vielleicht haben Sie recht ... Und Sie wollen mich sehen?»

«Ja.»

«Warum?»

«Aus keinem besonderen Grund», entgegnete Marcello. «Aber da ich Ihr Schüler war und in der letzten Zeit oft von Ihnen habe sprechen hören, möchte ich Sie gern besuchen ... Das ist alles.»

«Gut», sagte Quadri in nachgiebigem Ton. «Kommen Sie in meine Wohnung.»

«Wann?»

«Ach – heute. Heute nachmittag, nach dem Mittagessen. Kommen Sie zum Kaffee. So um drei.»

«Ich muß Ihnen gestehen», sagte Marcello, «daß ich mich auf der Hochzeitsreise befinde. Dürfte ich meine Frau mitbringen?»

«Aber natürlich! Selbstverständlich! Also auf später!»

Der Hörer wurde aufgelegt. Auch Marcello legte nach einem Augenblick des Nachdenkens den Hörer auf die Gabel.

Kaum hatte er die Kabine verlassen, als derselbe Angestellte, der schon einmal in der Halle seinen Namen ausgerufen hatte, vor ihm stand: «Sie werden am Telefon gewünscht.»

«Ich habe schon gesprochen», sagte Marcello und wollte weitergehen.

«Nein, jemand anders verlangt Sie.»

Er kehrte um und hob von neuem den Hörer ab. Sogleich drang eine gutmütige, kräftige und festliche Stimme an sein Ohr:

«Sind Sie am Apparat, Herr Doktor Clerici?»

Marcello erkannte die Stimme des Agenten Orlando und antwortete ruhig: «Ja. Ich bin's.»

«Haben Sie eine gute Reise hinter sich, Herr Doktor?»

«Ja. Ausgezeichnet.»

«Der gnädigen Frau geht's gut?»

«Ja. Sehr gut.»

«Und was sagen Sie zu Paris?»

«Ich bin noch nicht aus dem Hotel hinausgekommen», antwortete Marcello, ein wenig irritiert durch die familiäre Art Orlandos.

«Sie werden sehen – Paris ist Paris! Nun, Herr Doktor, wollen wir uns treffen?»

«Gewiß, Orlando. Sagen Sie mir wo.»

«Sie kennen sich in Paris nicht aus, Herr Doktor, deshalb möchte ich Ihnen ein Ort vorschlagen, der sehr leicht zu finden ist. Im Café an der Ecke der place de la Madeleine. Das können Sie nicht verfehlen. Wenn Sie von der rue de la Paix kommen – links! Es stehen eine Menge Tische davor. Aber ich warte drinnen auf Sie. Dort wird niemand sein.»

«Gut. Um wieviel Uhr?»

«Ich bin schon da. Aber ich warte auf Sie, solange Sie wollen.»

«In einer halben Stunde?»

«Wunderbar, Herr Doktor! In einer halben Stunde.»

Marcello verließ die Telefonzelle und ging auf den Lift zu. Er wollte ihn gerade betreten, als er zum drittenmal den Angestellten laut seinen Namen rufen hörte. Diesmal wunderte er sich, und irgendwie stieg eine Hoffnung in ihm auf, etwas Übernatürliches werde sich gleich ereignen: ein Orakel, das durchs Telefon einen entscheidenden Einfluß auf sein weiteres Leben ausüben würde.

Mit klopfendem Herzen ging er zurück, betrat zum drittenmal die Kabine.

«Bist du's, Marcello?» fragte die zärtliche Stimme seiner Frau.

«Ach – du!» rief er und wußte selbst nicht, ob er jetzt enttäuscht oder erleichtert war.

«Ja, natürlich! Was hast denn du geglaubt, wer am Apparat sein würde?»

«Ich erwartete einen Anruf.»

«Was machst du denn eigentlich?» fragte sie in einem ergreifend zärtlichen Tonfall.

«Ich hatte die Absicht, zur dir hinaufzukommen, dir zu sagen, daß ich ausgehen und in einer Stunde wieder zurück sein werde.»

«Nein. Komm nicht herauf. Ich will gerade baden. Also schön. Ich erwarte dich in einer Stunde in der Hotelhalle.»

«Es kann auch in anderthalb Stunden sein.»

«Schön. In anderthalb Stunden. Aber nicht später – ich bitte dich.»

«Ich habe das nur gesagt, damit du nicht wartest. Ich werde in einer Stunde zurück sein.»

Hastig – wie in Angst, Marcello könne auflegen – fragte sie: «Hast du mich lieb?»

«Aber natürlich. Warum fragst du?»

«Nur so ... Wenn du jetzt bei mir wärst, würdest du mich küssen?»

«Selbstverständlich. Willst du doch, daß ich hinaufkomme?»

«Nein, nein. Komm nicht. Sag mir ...»

«Was?»

«Sag mir – war es schön heute nacht?»

«Was sind das für Fragen, Giulia!» rief er etwas schamhaft.

Sogleich sagte sie: «Verzeih! Ich weiß selbst nicht, wieso ich das gefragt habe. Also – du hast mich lieb?»

«Ich habe dir schon gesagt – ja.»

«Verzeih! Also – abgemacht. Ich erwarte dich in anderthalb Stunden. Auf Wiedersehen, mein Schatz!»

Während Marcello den Hörer auflegte, dachte er: Jetzt kann ich auf keinen außergewöhnlichen Anruf mehr hoffen.

Er ging zur Drehtür aus Mahagoni und Glas, schob sie vor sich her und trat hinaus. Das Hotel lag am Seine-Quai. Er blieb einen Augenblick auf der Schwelle stehen, überrascht von dem fröhlichen Anblick der Stadt und dem heiteren Tag. So weit sein Auge reichte, gewahrte er auf den Gehsteigen am Flußufer große Bäume mit leuchtendem Frühlingslaub. Es waren Bäume, die er nicht kannte. Vielleicht sind es Roßkastanien, dachte Marcello. Die Sonne des schönen Tages leuchtete auf jedem Blatt und zauberte ein helles, lächelndes Grün hervor. Längs des Seine-Quai reihten sich die Stände der Antiquare aneinander, mit ihren Büchern und ihren Drucken. Menschen schlenderten ohne Hast unter den Bäumen dahin, unter dem Wechselspiel von Licht und Schatten, in der freundlichen Stimmung eines sonntäglichen Spaziergangs.

Marcello überquerte die Straße und trat zwischen zwei Bücherständen an die Brüstung. Er schaute über den Fluß hinweg zum anderen Ufer hinüber: graue Häuser, Mansarden, Dächer, in der Ferne die beiden Türme von Notre-Dame, dahinter die Profile der Häuserblocks, Kamine, Kirchenkuppeln. Es fiel Marcello auf, daß der Himmel hier bleicher und weiter schien als in Italien. Und es kam ihm so vor, als hallte dieser Himmel wider von der riesigen bevölkerten Stadt, die sich unübersehbar unter seinem Gewölbe ausbreitete. Marcello schaute zum Fluß hinunter. An dieser Stelle sah die Seine zwischen ihren steinernen, sauberen, eingefaßten Ufern wie ein Kanal aus. Das fette, dickflüssige Wasser von trübem Grau brach sich an den weißen Pfeilern der nächsten Brücke in flimmernden Strudeln. Ein schwarz und gelb angestrichenes Schiff glitt schnell und ohne Schaum zu machen auf diesem dickflüssigen Wasser dahin. Der Schornstein stieß Rauchwolken aus. Auf dem Hinterschiff befanden sich zwei Männer, die miteinander sprachen. Der eine trug eine Hemdbluse, der andere ein weißes Unterhemd. Jetzt setzte sich neben Marcello ein zutraulicher Sperling auf die Brüstung, zwitscherte lebhaft, als wolle er ihm etwas sagen, und flog dann in der Richtung nach der Brücke davon.

Ein junger, magerer Mann – vielleicht ein Student – in ärmlicher Kleidung lenkte Marcellos Interesse auf sich. Er trug eine Baskenmütze und hielt ein Buch unter dem Arm. Gemächlich ging er dahin, in der Richtung auf Notre-Dame zu. Dann und wann blieb er stehen, betrachtete die Bilder und Drucke. Angesichts dieses jungen Mannes wurde sich Marcello seiner eigenen Unabhängigkeit bewußt – trotz aller Verpflichtungen, die ihn bedrückten: So wie dieser Junge da könnte auch er sein. Und dann würde dieser Fluß, dieser Himmel, jeder Baum, würde ganz Paris einen anderen Sinn für ihn bekommen.

Plötzlich sah er auf dem Asphalt ein leeres Taxi heranrollen. Er hielt es mit einer Handbewegung an und war darüber selbst verblüfft, denn bis jetzt hatte er gar nicht daran gedacht, sich ein Taxi zu nehmen. Er stieg ein und nannte die Adresse des Cafés, wo Orlando ihn erwartete. Während das Auto dahinfuhr, sah er – im Sitz zurückgelehnt – auf die Straßen von Paris: Die Stadt war grau und ganz alt, trotzdem hatte sie etwas Leichtes an sich, etwas Lächelndes, eine kluge Sanftheit. All dies spürte Marcello, als trüge es der Fahrtwind durch das Fenster zu ihm in den Wagen hinein.

Obwohl er nicht genau hätte sagen können warum, gefielen ihm die Polizisten an den Straßenkreuzungen mit ihren runden, steifen Käppis, ihren kurzen Mäntelchen, ihren dünnen Beinen – vielleicht deshalb, weil sie ihm sehr elegant vorkamen. Einer von ihnen, ein energischer, bleicher, blonder junger Mann mit einer Pfeife im Mund, trat ans Wagenfenster und sagte etwas zu dem Chauffeur. Er war mit einem weißen Stab bewaffnet, den er jetzt hinter seinem Rücken ausstreckte, um den Verkehr aufzuhalten. Auch die Roßkastanien gefielen Marcello, deren Zweige bis zu den glitzernden Fenstern der alten grauen Fassaden reichten. Ihm gefielen die Reklameschilder über den Geschäften mit ihren altmodischen weißen, verschnörkelten Inschriften auf nußbraunem oder weinfarbenem Grund. Ihm gefiel sogar die schöne Form der Taxis und Autobusse, und er dachte, daß ihre Motorhauben am Boden schnüffelnden Hundeschnauzen glichen.

Nach einem kurzen Aufenthalt fuhr das Taxi an dem neuklassischen Tempel der Abgeordnetenkammer vorbei, passierte dann eine Brücke und stürzte sich dem Obelisken auf der place de la Concorde entgegen. Marcello dachte: Dieser riesige Exerzierplatz mit seinen Säulen, die wie Soldatenregimenter zur Parade dastehen, ist das Herz jenes Frankreich, das vernichtet werden soll! In diesem Augenblick war ihm, als liebte er Paris schon seit langem, als habe er Paris schon geliebt, bevor er zum erstenmal hierhergekommen war.

Aber gerade seine Bewunderung für die majestätische, liebenswürdige, heitere Schönheit der Stadt verstärkte das in ihm tief verankerte Gefühl der Pflicht, die zu erfüllen er sich anschickte: Wäre Paris weniger schön, so dachte er, würde ich vielleicht dieser Pflicht ausweichen, vor ihr fliehen, mich von meinem Schicksal befreien können. So aber stehe ich Paris ablehnend, wie ein Feind, gegenüber. Während dieser Überlegungen fiel ihm plötzlich auf, daß er bemüht war, die Absurdität seiner Haltung zu rechtfertigen. Und er begriff, warum er gerade diese Form der Rechtfertigung wählte: weil es gegenüber den widerwärtigen Aspekten der Sache, für die er kämpfte, keine andere gab. Es blieb ihm nichts übrig, als sie frei und bewußt zu akzeptieren.

Das Taxi hielt. Marcello stieg vor dem von Orlando bezeichneten Café aus. Wie der Agent vorausgesehen hatte, waren die Tische draußen auf den Gehsteigen voll besetzt. Als Marcello aber in das Café hineinging, sah er, daß hier drinnen alles leer war.

Orlando saß an einem Tischchen in einer Fensternische. Beim Anblick Marcellos sprang er auf und winkte. Marcello trat gemächlich auf Orlando zu und setzte sich ihm gegenüber. Durch das Fenster konnte man die Rücken der draußen im Schatten der Bäume sitzenden Leute sehen. Dahinter war ein Teil der Kolonnade und des dreieckigen Giebels der Madeleine-Kirche zu erkennen.

Marcello bestellte einen Kaffee. Orlando wartete, bis der Kellner sich entfernt hatte, dann sagte er:

«Vielleicht glauben Sie, Herr Doktor, daß man Ihnen hier so einen Espresso bringt wie in Italien. Aber das wäre eine Illusion. In Paris gibt's keinen so guten Kaffee wie bei uns. Sie werden sehen, Herr Doktor, was man Ihnen für eine Suppe serviert!»

Orlando sprach in dem üblichen respektvollen, gutmütigen, ruhigen Ton. Marcello betrachtete den Agenten, der sich mit einem Seufzer noch ein wenig von dem verachteten Kaffee eingoß, und dachte: das Gesicht eines Gutsverwalters oder eines kleinen Grundbesitzers – ein anständiges Gesicht.

Er wartete, bis Orlando seinen Kaffee getrunken hatte, und fragte dann: «Woher stammen Sie, Orlando?»

«Ich? Aus der Provinz Palermo, Herr Doktor.»

Marcello hatte immer geglaubt, Orlando stamme aus Mittelitalien, aus Umbrien oder den Marken. Jetzt aber, als er genau hinblickte, merkte er auf einmal, daß ihn das scheinbar ländliche und solide Aussehen des Agenten irregeführt hatte: In Wirklichkeit enthielt dieses Gesicht nicht die umbrische Sanftheit oder die Friedfertigkeit der Marken. Gewiß, es war ein anständiges Gesicht, aber die schwarzen und irgendwie müden Augen hatten eine weibliche, fast orientalische Schwere und hätten gar nicht nach Mittelitalien gepaßt. Auch war das Lächeln des breiten, lippenlosen Mundes unter der kleinen, schlechtgeformten Nase weder sanft noch gutmütig.

Halblaut sagte Marcello: «Das hätte ich nicht gedacht...»

«Was haben denn Sie geglaubt, wo ich her sei, Herr Doktor?» fragte Orlando fast lebhaft.

«Aus Mittelitalien.»

Orlando schien nachzudenken. Dann sagte er offenherzig, wenngleich respektvoll: «Auch Sie, Herr Doktor, haben bestimmt das übliche Vorurteil.»

«Was für ein Vorurteil?»

«Nun, jenes Vorurteil, das die Leute aus dem Norden gegen Süditalien, besonders gegen Sizilien haben. Sie werden das nicht zugeben, Herr Doktor. Aber ich irre mich bestimmt nicht.» Orlando schüttelte betrübt den Kopf.

Marcello protestierte: «Nein, daran habe ich gar nicht gedacht. Ich hielt Sie ganz einfach auf Grund Ihrer äußeren Erscheinung für einen Mittelitaliener.»

Doch Orlando hatte schon nicht mehr richtig zugehört, sondern fuhr lebhaft fort: «Ich sage Ihnen – eine scheußliche Sache ist das! Auf der Straße, zu Haus, überall, sogar im Dienst stößt man immer auf gewisse Kollegen aus dem Norden, die einem sogar die Spaghetti vorwerfen. Jedesmal antworte ich: Erstens eßt ihr selbst Spaghetti. Und zwar mehr als wir. Zweitens habt ihr wiederum den Tick mit der Polenta.»

Marcello schwieg. Im Grunde war es ihm nicht unangenehm, daß Orlando vorerst von belanglosen Dingen sprach. Einerseits schloß ihre Mission sowieso eine persönliche Vertrautheit aus, andererseits trat auf diese Weise ihre beiderseitige Vertrautheit mit einem schrecklichen Thema nicht sofort zutage.

Plötzlich sagte Orlando heftig: «Sizilien! Das große Opfer der Verleumdung! Denken Sie zum Beispiel an die Mafia. Wenn Sie wüßten, was man alles über die Mafia redet! In der Vorstellung der Norditaliener gehört jeder Sizilianer der Mafia an. Dabei haben die da oben von der Mafia überhaupt keine Ahnung.»

«Die Mafia existiert ja gar nicht mehr. Die hat der Faschismus ausgerottet.»

«Natürlich existiert sie nicht mehr», erwiderte Orlando, wenn auch keineswegs ganz überzeugt. «Aber, Herr Doktor, glauben Sie mir – wenn sie noch existierte, wäre das unvergleichlich weniger schlimm als die Banden im Norden, in Mailand und Turin. Die bestehen aus Zuhältern und Dieben, aus Feiglingen, die über die Schwachen herfallen. Wenn schon nichts anderes, ist die Mafia wenigstens eine Schule des Mutes.»

«Entschuldigen Sie, Orlando», sagte Marcello kalt, «wollen Sie mir nicht erklären, worin diese Schule des Mutes bei der Mafia besteht?»

Diese Aufforderung schien Orlando aus dem Konzept zu bringen, nicht nur wegen der bürokratischen Kälte Marcellos, sondern auch wegen der Kompliziertheit des Themas, das auf Anhieb keine erschöpfende Antwort zuließ.

«Tja – Herr Doktor . . .» sagte er mit einem Seufzer. «Sie stellen mir da eine Frage, auf die nicht leicht zu antworten ist. Sehen Sie, in Sizilien gilt der Mut als die wesentlichste Eigenschaft eines Mannes von Ehre. Und die Mafia nennt sich selbst ‹Die geehrte Gesellschaft›. Was soll ich Ihnen erzählen . . . Wer nicht dort unten gewesen ist – wer nicht manches mit eigenen Augen angesehen hat, kann mich schwer verstehen. Stellen Sie sich zum Beispiel irgendeine Bar, ein Restaurant, ein Gasthaus vor – ein Lokal, wo sich eine Gruppe bewaffneter Leute versammelt hat. Sie alle sind die Feinde eines Mafia-Angehörigen. Na, was tut der jetzt, Herr Doktor? Er wandert nicht aus, er verläßt sich auch nicht auf die Carabinieri. Vielmehr tritt er aus seinem Haus – frisch angezogen, frisch rasiert. Er geht in dieses Lokal – allein und waffenlos. Dort sagt er das wenige, was er zu sagen hat –

die paar Worte, die notwendig sind und genügen. Was, Herr Doktor, geht währenddessen vor sich? Der ganze Ort, alle Feinde und alle Freunde, haben ihre Augen auf diesen Mafia-Angehörigen gerichtet. Er weiß das. Er ist sich darüber im klaren, daß ein nur etwas unsicherer Blick, eine unruhige Stimme, ein nicht genügend heiteres Gesicht seine Angst verraten, ihn erledigen würden. Also konzentriert er sein ganzes Bemühen darauf, diese Prüfung zu bestehen. Das klingt so leicht. Aber man muß dergleichen erlebt haben, um zu wissen, wie schwer es ist, unter solchen Umständen eine ruhige Stimme, gemessene Gesten, eine normale Hautfarbe und einen sicheren Ausdruck zu behalten. – Das, was ich Ihnen eben erzählt habe, Doktor, war ein Beispiel für die Schule des Mutes bei der Mafia.»

Orlando war beim Sprechen in Eifer geraten. Jetzt warf er Marcello einen neugierigen Blick zu, als wollte er sagen: Wir hatten ja nicht die Absicht, von der Mafia zu sprechen, wir beide, wenn ich nicht irre ...

Marcello bemerkte diesen Blick und sah auffällig auf seine Armbanduhr. «Na, Orlando», bemerkte er dann mit Autorität, «nun werden wir uns ein wenig über unsere Angelegenheiten unterhalten. – Ich treffe mich also heute abend mit Professor Quadri. Gemäß den Instruktionen muß ich Ihnen den Professor so zeigen, daß Sie ihn deutlich sehen können. Das wäre mein Teil der Angelegenheit, nicht wahr?»

«Ja, Herr Doktor.»

«Ich werde Herrn Professor Quadri zum Abendessen oder ins Café einladen. Ich kann Ihnen noch nicht sagen, in welchem Lokal das Zusammentreffen vor sich gehen wird. Sie müssen mich infolgedessen heute abend im Hotel anrufen – etwa um sieben Uhr. Dann werde ich Bescheid wissen. Was Quadri betrifft, wollen wir schon jetzt die Art festlegen, in der ich Ihnen den Professor zeigen werde. Sagen wir – Herr Professor Quadri ist der erste, dem ich die Hand schüttle, nachdem ich das Lokal betreten habe. Recht so?»

«Hab verstanden, Herr Doktor.»

«Und jetzt muß ich fort ...» sagte Marcello und schaute von neuem auf seine Uhr. Er legte das Geld für den Kaffee auf den Tisch, erhob sich und ging. Der Agent folgte ihm.

Draußen betrachtete Orlando den regen Verkehr auf der Straße, die zwei Reihen von Autos, die sich fast im Schritt in entgegengesetzten Richtungen bewegten. In emphatischem Ton rief er: «Paris!»

«Es ist nicht das erste Mal, daß Sie hier sind, nicht wahr, Orlando?» erkundigte sich Marcello, während er zwischen den Autos mit den Augen ein freies Taxi suchte.

«Das erste Mal?» erwiderte der Agent mit einem eigentümlichen Stolz. «Ha, das erste Mal! Versuchen Sie zu raten, Herr Doktor, wie oft ich schon in Paris gewesen bin!»

«Was weiß denn ich...»

«Zwölfmal!» sagte der Agent. «Und jetzt bin ich zum dreizehntenmal hier!»

Der Chauffeur eines Taxis bemerkte Marcellos Wink und hielt. «Auf Wiedersehen, Orlando!» sagte Marcello und stieg ein. «Ich erwarte also Ihren Anruf heute abend.» Der Agent machte mit der Hand eine Geste des Einverständnisses.

Marcello schloß die Tür des Taxis und gab die Adresse seines Hotels an.

Während das Taxi dahinfuhr, vernahm Marcello immer wieder die letzten Worte des Agenten: «Zwölfmal! Und jetzt bin ich zum dreizehntenmal hier!» Diese Worte weckten in ihm Erinnerungen. Er kam sich plötzlich vor wie ein Mensch, der am Eingang einer Grotte steht, schreit und das Echo seiner Stimme aus unvermuteten Tiefen zurückkommen hört.

Er dachte: Ich werde Quadri die Hand drücken, und an diesem Händedruck wird Orlando den Professor erkennen. Aber warum habe ich dem Agenten nicht einfach mitgeteilt, daß der Professor einen Buckel hat? Warum habe ich mich entschlossen, zu einem Kunstgriff meine Zuflucht zu nehmen – zu diesem Händedruck? Marcello konnte sich auf seine Frage sofort selbst die Antwort geben: Er hatte den Körperdefekt des Professors, der als Kennzeichen viel geeigneter gewesen wäre als ein Händedruck, vergessen. Denn auf einmal war in ihm jene Geschichte lebendig geworden, die er vor sehr langer Zeit als Kind in der Bibel gelesen hatte – die Geschichte von den zwölf Aposteln. Der dreizehnte hatte Christus im Garten Genezareth umarmt und ihn auf diese Weise den Soldaten ausgeliefert.

Nach dem Mittagessen wollte Giulia ins Hotel zurückkehren, um sich für den Besuch bei Quadri umzukleiden. Als sie beide aber im Hotel den Aufzug verließen, legte Giulia den Arm um Marcello und sagte:

«Es ist gar nicht wahr – ich wollte mich nicht umkleiden. Ich wollte nur ein bißchen mit dir allein sein.»

Sie gingen zwischen den zwei Reihen geschlossener Türen den langen Korridor entlang, und Giulias Arm lag noch immer auf Marcellos Hüfte.

Marcello sagte sich: Für mich ist das Wichtigste auf dieser Reise die Mission hier in Paris. Für Giulia dagegen dreht es sich nur um die Hochzeitsreise. Daraus folgt, daß ich meine Rolle als neugebackener Ehemann, die ich mir beim Besteigen des Zuges in Rom zu spielen vorgenommen habe, nicht vernachlässigen darf. Ich darf mich nicht von diesem beklemmenden Gefühl, das ich jetzt empfinde, unterkriegen lassen. Dieses Gefühl war von allem weit entfernt, was mit Liebe zu tun hatte. Dabei war Giulias Arm, ihr Blick, ihre Zärtlichkeit Ausdruck jener normalen Gemütsverfassung, die er so sehr ersehnt hatte. Seine Arbeit mit Orlando hingegen – und was immer für Folgen diese haben würde – war der blutige Preis, den er zahlen mußte, um in den Kreis der Durchschnittsmenschen aufgenommen zu werden.

Mittlerweile waren sie vor ihrem Zimmer angelangt. Ohne den Arm von seiner Hüfte zu nehmen, öffnete Giulia mit der freien Hand die Tür und trat zusammen mit ihm ein. Dann versperrte sie die Tür und sagte:

«Schließ das Fenster, ja?»

Marcello ging zum Fenster und ließ die Jalousien herab. Als er sich umwandte, stand Giulia bereits neben dem Bett und zog sich das Kleid über den Kopf. Er verstand, was sie mit ihren Worten: «Ich wollte nur ein bißchen mit dir allein sein», gemeint hatte.

Schweigend setzte er sich auf den Rand des anderen Bettes. Giulia war jetzt im Unterkleid, die Strümpfe hatte sie noch an. Sorgfältig legte sie ihr Kleid auf einen Stuhl am Kopf des Bettes, schlüpfte aus den Schuhen – mit ungeschickten Bewegungen – und streckte sich dann aus, einen Arm unter dem Nacken. Nach kurzem Schweigen sagte sie:

«Warum legst du dich nicht neben mich?»

Gehorsam beugte sich Marcello nieder, zog seine Schuhe aus, und legte sich zu seiner Frau ins Bett. Sogleich schmiegte sich Giulia an ihn und fragte hastig:

«Was hast du?»

«Ich? Nichts. Warum?»

«Mir scheint, du bist so in Gedanken verloren ...»

«Diesen Eindruck hast du sicher oft», antwortete er. «Du weißt, meine allgemeine Stimmung ist nicht die eines sorglosen Menschen. Aber das bedeutet nicht, daß ich wirkliche Sorgen hätte.»

Sie schwieg und umarmte ihn. Dann begann sie wieder: «Ich habe dich gebeten, mit mir ins Hotel zu kommen, und sagte, ich wolle mich umkleiden. Doch das war nicht wahr. Aber es war auch nicht wahr, als ich sagte, ich wollte nur mit dir allein sein. Der Grund ist ein ganz anderer.»

Marcello war betroffen. Er empfand beinahe Reue darüber, daß er bei Giulia eine einfache erotische Gier vermutet hatte. Er beugte sich über sie. Sie starrte ihn mit Tränen in den Augen an.

Zärtlich, nicht ohne ein gewisses Unbehagen, sagte er: «Jetzt muß ich dich fragen, was du hast.»

«Ganz richtig.» Auf einmal begann sie zu weinen, und Marcello spürte an seinem Körper, wie das leise Schluchzen sie hin und her schüttelte. Er wartete ein wenig, in der Hoffnung, das unverständliche Schluchzen würde ein Ende nehmen. Aber es wurde immer heftiger. Also erkundigte er sich schließlich und blickte dabei zur Decke empor: «Darf man vielleicht wissen, warum du weinst?»

Giulia schluchzte noch etliche Male auf und erwiderte dann: «Aus gar keinem bestimmten Grund – nur so – weil ich dumm bin ...» Schon hörte sich ihre Stimme etwas weniger trostlos an.

Marcello, noch immer über sie gebeugt, gab sich damit nicht zufrieden: «Los! Warum weinst du?» fragte er noch einmal.

Sie blickte ihn weiter mit tränenerfüllten Augen an, in denen aber bereits ein Hoffnungsschimmer stand. Dann lächelte sie ein klein wenig, zog ein Taschentuch aus seiner Tasche, putzte sich die Nase, steckte das Tuch wieder zurück, umarmte ihn von neuem und flüsterte: «Wenn ich dir jetzt wirklich sage, warum ich geweint habe, hältst du mich für verrückt.»

«Na los!» forderte er sie auf, während er sie streichelte. «Sag schon, warum du geweint hast.»

«Denk dir ... Beim Mittagessen fiel mir auf, wie zerstreut und sorgenvoll du warst. Ich dachte – er hat genug von mir. Vielleicht wegen dieser Geschichte, die ich ihm im Zug erzählt habe. Du weißt, die Sache mit dem Advokaten. Es könnte doch sein, überlegte ich, daß er es bereut, so ein unglückseliges Mädchen wie mich geheiratet zu haben. Er, mit seiner Zukunft, seiner Intelligenz, seiner Güte! Da faßte ich den Entschluß, von mir aus den ersten Schritt zu tun, das heißt, einfach wegzugehen. Ich wollte dir kein Wort vorher sagen, um dir die Peinlichkeit des Abschiedes zu ersparen. Ich wollte packen, dich in Paris zurücklassen, nach Italien fahren.»

«Du redest doch nicht im Ernst?» rief Marcello überrascht.

«Doch, vollkommen im Ernst», entgegnete sie lächelnd, geschmeichelt durch seine Betroffenheit. «Denk dir, als du mich in der Hotelhalle zurückgelassen hattest, um dir Zigaretten zu kaufen, ging ich zum Portier und bat ihm, mir einen Platz im Schlafwagen nach Rom für heute abend zu reservieren. Allen Ernstes ...»

«Aber du bist ja verrückt!» Marcello hob, ohne es zu wollen, die Stimme.

«Ich hab dir ja prophezeit, daß du mich für verrückt halten wirst. In jenem Augenblick allerdings war ich sicher, völlig sicher, dir etwas Gutes zu tun, wenn ich dich verlassen würde. Ja, ich war dessen so sicher, wie ich jetzt sicher bin», sie berührte mit ihren Lippen seinen Mund, «dich zu küssen.»

«Warum warst du denn bloß so sicher?» fragte Marcello beunruhigt.

«Ich weiß nicht – so – wie man eben manchmal ohne einen wirklichen Grund sicher ist ...»

«Aber dann hast du dich trotzdem anders besonnen!» rief er fast mit Bedauern. «Warum?»

«Warum? Was weiß denn ich ... Vielleicht, weil du mich im

Aufzug auf eine ganz bestimmte Art angeschaut hast... Wenigstens hatte ich den Eindruck... Nachher, hier im Zimmer, hielt ich mir noch einmal vor Augen, daß ich entschlossen war, abzureisen. Daß ich den Schlafwagen bestellt hatte und nun nicht mehr zurück konnte. Da mußte ich plötzlich weinen.»

Marcello gab keine Antwort. Giulia deutete sein Schweigen auf ihre Weise:

«Nicht wahr, du ärgerst dich über den bestellten Schlafwagenplatz? Aber den nehmen sie zurück, weißt du. Man braucht nur zwanzig Prozent zu zahlen.»

«Unsinn...!» erwiderte Marcello langsam und wie in Gedanken verloren.

«Also dann...» sagte sie und erstickte ein ungläubiges Lachen, das aber doch nicht ganz ohne eine Spur von Angst war, «dann ärgerst du dich darüber, daß ich nicht wirklich abgereist bin?»

«Ach, Unsinn!» Er wußte, daß er Giulia soeben eine unaufrichtige Antwort gegeben hatte. Um darüber keine Reue empfinden zu müssen, fügte er ohne Zögern hinzu: «Hättest du mich verlassen, wäre mein ganzes Leben zusammengebrochen.»

Das entsprach der Wahrheit, wenn auch auf eine zweideutige Weise. Er dachte: Vielleicht wäre ein Zusammenbruch meines jetzigen Lebens ganz gut gewesen. Ich habe dieses Leben nach der Affäre mit Lino zwar wieder aufgebaut, aber mit immer neuen Lasten und Verpflichtungen beladen: So wie ein Verrückter an sein absurdes Haus immer neue Balkons und Türmchen anbaut, bis das Ganze schließlich baufällig wird.

Giulias Arme umschlangen ihn noch fester in einer liebevollen Umarmung. Sie flüsterte: «Meinst du das wirklich?»

«Ja, das meine ich wirklich.»

«Aber was hättest du denn getan», bohrte sie weiter mit ihrer fast eitlen Neugier, «wenn ich dich verlassen hätte? Wärst du mir gefolgt?»

Er zögerte. Dann antwortete er: «Nein, das glaube ich nicht.» Es kam ihm so vor, als klänge seine Stimme wieder leicht bedauernd. «Ich habe dir doch gesagt, daß mein ganzes jetziges Leben zusammengebrochen wäre.»

«Du wärst in Frankreich geblieben?»

«Ja – vielleicht...»

«Und deine Karriere? Du hättest auf deine Karriere verzichtet?»

«Ohne dich hätte sie keinen Sinn mehr gehabt», erklärte er ruhig. «Das, was ich tue, tue ich nur, weil es dich gibt.»

«Aber was hättest du denn sonst getan?» Sie schien ein fast grausames Vergnügen daran zu finden, sich Marcello allein vorzustellen.

«Ich hätte das getan, was alle Leute tun, wenn sie ihren Beruf und ihre Heimat aus ähnlichen Gründen aufgegeben haben – einen Erwerb suchen, Teller waschen, zur See fahren, einen Posten als Chauffeur annehmen ... Vielleicht hätte ich mich auch von der Fremdenlegion anwerben lassen. Aber warum willst du das unbedingt wissen?»

«Na – um darüber zu sprechen ... Von der Fremdenlegion? Unter einem anderen Namen?»

«Wahrscheinlich ...»

«Wo ist der Sitz der Fremdenlegion?»

«In Marokko, glaube ich – und auch in anderen Ländern.»

«In Marokko ...» murmelte sie und drängte sich mit einer genießerischen und eifersüchtigen Kraft an ihn. «Und statt dessen bin ich dageblieben ...»

Sie schwiegen beide. Giulia rührte sich nicht mehr. Als Marcello sie anblickte, sah er, daß sie die Augen geschlossen hatte. Vielleicht schlief sie. Da schloß auch er die Augen, in dem Wunsch, einzuschlafen. Doch obwohl er sterbensmüde war, gelang es ihm nicht. Tief in seinem Innern lehnte er sich auf gegen das Schicksal, in das ihn sein eigenes Wesen verstrickt hatte.

Immer neue Fragen überfielen ihn, ohne daß er sie beantworten konnte. Der Schmerz der Rebellion begann, ihn zu betäuben, vernebelte und verdunkelte allmählich sein Bewußtsein. Er schlief ein. Da spürte er, daß eine Hand seinen Arm berührte. Er fuhr auf. Giulia stand neben dem Bett, völlig bekleidet, den Hut auf dem Kopf. Leise fragte sie:

«Schläfst du? Sollten wir nicht zu den Quadri gehen?»

Marcello erhob sich mühsam und starrte einen Augenblick in das Halbdunkel des Zimmers, während er Giulias Worte im Geist durch andere ersetzte: «Sollten wir nicht Quadri umbringen?» Dann fragte er wie im Scherz: «Und wenn wir nicht zu

Quadri gingen...? Wenn wir statt dessen gut schliefen?» Er wußte, daß er soeben eine sehr wichtige Frage gestellt hatte. Vielleicht war es noch nicht zu spät...

Er blickte Giulia an. Und Giulia blickte ihn an – unsicher und wenig erfreut über seinen Vorschlag, im Hotel zu bleiben, wo sie doch bereits alle Vorbereitungen getroffen hatte, auszugehen.

Dann sagte sie: «Aber du hast doch eben geschlafen! Fast eine Stunde! Und hast du nicht selbst behauptet, der Besuch bei diesem Quadri sei für deine Karriere wichtig?»

Marcello schwieg einen Augenblick und erwiderte schließlich: «Ja, das ist richtig... Er ist sogar sehr wichtig.»

«Na», sagte sie fröhlich und küßte ihn auf die Stirn, «was denkst du da noch viel nach? Los, zieh dich an und spiel nicht den Faulpelz! Beeile dich!»

«Aber ich will ja gar nicht schlafen», sagte Marcello und tat, als gähnte er. «Es wäre nur schön, jetzt weiterzuschlafen», fügte er hinzu und war der Meinung, ganz aufrichtig zu sein. «Schlafen – schlafen – schlafen...»

«Du wirst heute nacht schlafen», bemerkte Giulia leichthin, ging zum Spiegel und betrachtete sich aufmerksam. «Du hast eine Einladung angenommen, und jetzt ist es zu spät, das Programm zu ändern.» Sie sprach, wie gewöhnlich, mit gutmütiger Klugheit.

Eigentlich ist es sowohl überraschend als auch eigentümlich bedeutsam, dachte Marcello, daß sie immer die richtigen Dinge sagt, ohne es selbst zu wissen.

Im gleichen Augenblick läutete das Telefon auf der Kommode. Marcello nahm den Hörer ab. Der Portier teilte ihm mit, der Schlafwagen nach Rom sei für heute abend bestellt. «Bestellen Sie ihn ab», sagte Marcello ohne Zögern. «Die gnädige Frau fährt nicht mehr.»

Giulia warf ihm vom Spiegel her, in dem sie sich noch immer betrachtete, einen Blick schüchterner Dankbarkeit zu.

Marcello legte den Hörer auf. «Das ist erledigt. Der Schlafwagen wird abbestellt. Du reist nicht.»

«Ärgerst du dich über mich?»

«Aber was fällt dir denn ein!» Er zog seine Schuhe an und ging ins Badezimmer. Während er sich wusch und kämmte, dachte er: Was würde Giulia wohl sagen, wenn sie die Wahrheit über meinen Beruf und über den eigentlichen Zweck der Hochzeitsreise erführe? Sie würde mich nicht verurteilen, sie würde mir zuletzt sogar recht geben, dessen bin ich sicher. Allerdings würde sie mich fragen, ob ich das, was ich tue, wirklich tun muß. Wahrscheinlich würde sie Angst haben. Giulia ist zwar ein guter Mensch, darüber besteht kein Zweifel, doch sie ist es nur innerhalb der engen Grenzen ihrer eigenen Familie. Dahinter beginnt für sie eine dunkle, konfuse Welt, in der es ohne weiteres geschehen darf, daß ein buckliger, bärtiger Professor aus politischen Gründen ermordet wird. Genauso denkt und fühlt wohl auch die Frau des Agenten Orlando ...

Marcello verließ das Badezimmer. Giulia saß auf dem Bett, hatte ihn erwartet, erhob sich jetzt und fragte:

«Ärgerst du dich, weil ich dich nicht habe schlafen lassen? Wärst du lieber nicht zu Quadri gegangen?»

«Im Gegenteil. Es ist richtig gewesen, daß du mich geweckt hast.» Er schritt ihr voraus auf den Korridor. Plötzlich fühlte er sich befreit, er empfand keine Rebellion mehr gegen sein Schicksal.

Sie hatten das Hotel verlassen. Auf dem Seine-Quai sah er zu dem grauen Profil der riesigen Stadt hin, die sich jenseits der gegenüberliegenden Brüstung unter dem weiten heiteren Himmel erhob. Passanten schlenderten an den Ständen der Antiquare mit den abgenutzten Büchern vorüber, blieben stehen, betrachteten sie.

Marcello glaubte von neuem den schlechtgekleideten jungen Mann zu sehen: Ging er nicht dort wieder gemächlich an den Bücherständen vorbei, ein Buch unter dem Arm, in der Richtung auf Notre-Dame zu? Vielleicht war es ein ganz anderer junger Mann, nur ähnlich gekleidet, ganz ähnlich in seiner Haltung, doch mit dem gleichen Schicksal ... Jetzt allerdings betrachtete ihn Marcello ohne Neid, wenn auch mit einem kalten, sicheren Gefühl der Ohnmacht gegenüber seiner eigenen Bestimmung: Er war er, der junge Mann war der junge Mann. Da konnte man gar nichts machen.

Ein Taxi fuhr vorüber. Marcello hielt es mit einem Zeichen der Hand an, stieg nach Giulia ein und teilte dem Chauffeur die Adresse Quadris mit.

Marcello betrat die Wohnung Quadris. Sogleich frappierte es ihn, daß hier alles ganz anders war als in der römischen Wohnung, wo er den Professor zuletzt gesehen hatte.

Das Haus lag diesmal in einem modernen Viertel, am Ende einer gekrümmten Straße. Es hatte so viele Balkons, daß es einem Möbelstück mit geöffneten Schubfächern glich. Es kam Marcello vor, als lebten die Leute hier zugleich öffentlich und anonym, als paßten sie sich sozial einander an. War es Quadris Absicht gewesen, in der Masse der wohlhabenden französischen Bürger unterzutauchen?

Die Wohnung des Professors in Rom war alt und dunkel gewesen, staubig und vernachlässigt, voll von Büchern, Papieren und allen möglichen Dingen. Diese Wohnung hier in Paris sah hingegen sehr hell, ganz neu und sauber aus. Es standen nur wenige Möbel herum, nirgends waren die Spuren wissenschaftlicher Arbeit zu entdecken.

Er wartete ein paar Minuten im Salon, einem geräumigen, kahlen Raum. In einer Ecke befand sich nur eine Sitzgarnitur und ein Tisch mit Glasplatte. Einzig ein großes Bild an der Wand, das Werk eines kubistischen Malers, war von etwas weniger gewöhnlichem Geschmack. Es zeigte eine kalte dekorative Mischung aus Kugeln, Würfeln, Zylindern und verschiedenfarbigen parallelen Linien. Die Bücher, die Marcello in Rom so beeindruckt hatten, waren verschwunden. Er betrachtete den Parkettfußboden, die langen hellen Vorhänge, die leeren Wände. Ihm war, als stünde er auf der Bühne eines modernen Theaters, während gerade ein Drama inszeniert wurde – ein Drama mit wenigen Personen und nur einem Ort der Handlung.

Was für ein Drama? Ohne Zweifel sein und Quadris Drama. Er war sich jetzt über die Situation im klaren. Aber aus irgendwelchen Gründen sagte er sich: Die Zahl der mitwirkenden Personen wird sich noch erhöhen. Irgendwer fehlt noch. Und überdies wird mein bevorstehendes Eingreifen in die Handlung die Entwicklung des Dramas vielleicht völlig verändern.

Als bestätigte sich im selben Augenblick sein Vorgefühl, ging die Tür im Hintergrund des Salons auf, und an Stelle Quadris trat eine junge Frau ein. Marcello dachte: Wahrscheinlich ist sie diejenige, die mir am Telefon französisch geantwortet hat. Sie kam über das spiegelnde Parkett auf ihn zu: hochgewachsen und mit einem ungewöhnlich elastischen und graziösen Gang. Sie trug ein weißes Sommerkleid mit einem Glockenrock.

Marcello konnte nicht umhin, verstohlen und voll Vergnügen die Umrisse ihres Körpers zu betrachten, die sich unter dem durchsichtigen Kleid scharf abzeichneten. Dieser elegante Körper hätte einer Turnerin oder einer Tänzerin gehören können. Als Marcello dann der jungen Frau ins Gesicht blickte, war er sicher, sie schon früher einmal gesehen zu haben, allerdings wußte er weder wo noch wann.

Sie trat auf Giulia zu, ergriff deren beide Hände mit fast zärtlicher Vertrautheit und erklärte in korrektem, aber stark französisch gefärbtem Italienisch, der Professor sei noch beschäftigt, werde jedoch in wenigen Minuten kommen. Ihn selbst begrüßte sie nur von weitem, viel weniger herzlich. Dann forderte sie Marcello und Giulia auf, Platz zu nehmen.

Während sich die junge Frau nun mit Giulia unterhielt, betrachtete Marcello sie aufmerksam. Er wollte unbedingt herausbekommen, wo er sie schon einmal gesehen hatte, worauf diese dunkle Erinnerung beruhte.

Sie war hochgewachsen, hatte große Hände und Füße, breite Schultern und eine unglaublich schmale Taille, die durch einen üppigen Busen und ausladende Hüften noch hervorgehoben wurde. Der Hals war fein und lang, das ungeschminkte Gesicht nicht sehr frisch, obwohl es jugendlich wirkte und einen munteren, unbeständigen und energiegeladenen Ausdruck hatte. Wo war er ihr schon einmal begegnet?

Als fühlte sie sich beobachtet, wandte sie sich ihm zu. Da war Marcello plötzlich klar, wo er sie getroffen hatte – das heißt, wo er eine Frau, die ihr ähnelte, gesehen hatte: in dem Freudenhaus von S. Er erinnerte sich, wie er dort in den Salon zurückgegangen war, um seinen Hut zu holen, und Orlando mit der Prostituierten Luisa vorgefunden hatte. Diese Frau hier hatte über ihren unruhigen, intensiven Augen auch solch eine hohe weiße Stirn, die gleichsam vor Heiterkeit leuchtete wie ein königliches Diadem. Allerdings bestand die Ähnlichkeit mit der Prostituierten ausschließlich in der besonderen Form, Weiße und Leuchtkraft der Stirn. Sonst unterschieden sich die beiden Frauen sehr wesentlich voneinander. Die Prostituierte hatte einen breiten, feinen Mund, eine weibliche, glatte, fleischige Hand und die schreckliche rauhe Stimme, die in diesem Beruf häufig ist. Die Frau ihm hier gegenüber aber hatte einen kleinen, vollen, zusammengepreßten Mund, der einer winzigen Rose mit dichten, geschlossenen Blättern glich. Ihre Hand war fast eine Männerhand – hart, rot, nervös. Ihre Stimme war trocken, klar und angenehm wie eine rationale, gute Musik. Eine Stimme, geschaffen für eine gewandte Konversation.

Während sich Marcello die Ähnlichkeit und die Verschiedenheiten vor Augen führte, fiel ihm auf, daß die Frau, die sich jetzt mit Giulia unterhielt, ihn selbst bisher mit einer ungewöhnlichen Kälte behandelt hatte. Marcello dachte: Vielleicht ist sie von Quadri über meine politische Haltung unterrichtet worden und hätte mich deshalb lieber nicht empfangen.

Es interessierte ihn, mit wem er es eigentlich zu tun hatte. Soweit er sich erinnerte, war Quadri damals nicht verheiratet gewesen. Ihrer ganzen Art nach konnte man sie für eine Sekretärin halten oder für eine Verehrerin, die bei ihm als Sekretärin arbeitete.

Marcello mußte an das Haus in S. zurückdenken und an jenen Moment, als Luisa mit Orlando die Treppe hinaufgegangen war. Bei diesem Anblick hatte er eine ohnmächtige Revolte und ein klägliches Mitleid empfunden. Jetzt verstand er mit einemmal, daß es sich um nichts anderes als um ein sinnliches Begehren gehandelt hatte – verborgen hinter einer Maske. Plötzlich stieg dieses sinnliche Begehren wieder in ihm auf, jedoch unmaskiert: Die Frau hier gefiel ihm in einer neuen, überwältigenden Art und Weise. Er wollte auch ihr gefallen. Die Feindseligkeit ihrer Haltung schmerzte ihn tief.

Ohne es recht zu beabsichtigen, sagte er: «Ich habe den Eindruck, daß unser Besuch dem Herrn Professor nicht gelegen kommt. Er ist sicher beschäftigt.» Diese Worte bezog er im Grunde gar nicht auf den Professor, sondern nur auf sie.

Die Frau antwortete sogleich, ohne ihn anzublicken: «Im Gegenteil! Mein Mann hat mir gesagt, daß es ihm großes Vergnügen machen wird, Sie wiederzusehen. Er erinnert sich noch sehr gut an Sie. Alle, die aus Italien kommen, sind hier liebe Gäste. Es stimmt, er ist sehr beschäftigt. Aber Ihr Besuch ist ihm besonders angenehm. Warten Sie, ich werde mich erkundigen, ob er nun kommen kann.»

Sie hatte plötzlich mit einem überraschenden Eifer gesprochen, der Marcello wohltat.

Sobald sie das Zimmer verlassen hatte, fragte Giulia ohne Neugier: «Warum, glaubst du, empfängt uns der Professor nicht gern?»

Marcello antwortete ruhig: «Die feindliche Haltung dieser Frau hat mich auf diesen Gedanken gebracht.»

«Sonderbar!» rief Giulia. «Ich hatte bei ihr gerade den entgegengesetzten Eindruck. Sie schien mir so erfreut darüber, daß wir gekommen sind, als wären wir seit langem miteinander bekannt. Hast du sie schon früher getroffen?»

«Nein.» Er hatte dabei das Gefühl, eine Lüge auszusprechen. «Ich habe sie heute zum erstenmal gesehen. Ich weiß gar nicht, wer sie ist.»

«Ist sie denn nicht die Frau des Professors?»

«Keine Ahnung. Ich habe nie gehört, daß sich Quadri verheiratet hat. Vielleicht ist sie seine Sekretärin?»

«Aber sie hat doch selbst gesagt – mein Mann», rief Giulia überrascht. «Wo hast du denn deine Ohren gehabt? Sie hat wörtlich gesagt – mein Mann. An was hast du nur vorhin gedacht?»

Marcello sagte sich: Also beunruhigt mich diese Frau so sehr, daß ich vor lauter Zerstreutheit nicht einmal richtig auf ihre Worte achtgegeben habe! Diese Entdeckung freute ihn. Einen Augenblick lang hatte er den seltsamen Wunsch, mit Giulia über die Frau des Professors zu sprechen – als sei Giulia gar nicht beteiligt, sondern eine fremde Person, der er sich anvertrauen konnte.

Er sagte: «Ja, ich war nicht bei der Sache. Die Gattin? Na, da hat er also inzwischen geheiratet. Als ich ihn kennenlernte, war er Junggeselle.»

«Aber du und Quadri – ihr habt einander nicht geschrieben?»

«Nein. Er war nur mein Professor. Dann ging er nach Paris. Heute werde ich ihn zum erstenmal seit damals wiedersehen.»

«Sonderbar – ich glaubte, ihr wäret befreundet.»

Ein langes Schweigen folgte. Endlich öffnete sich die Tür, auf die Marcello ungeduldig gestarrt hatte. Ein Mann erschien, in dem Marcello nicht sofort den Professor erkannte. Als er jedoch den Blick vom Gesicht abwandte und die Schulter des anderen ansah, entdeckte er dort den Buckel, der fast bis zum Ohr hinaufreichte. Da merkte er, daß sich Quadri einfach den Bart abrasiert hatte. Jetzt erkannte er auch die bizarre, fast sechseckige Form des Gesichts wieder – die sonderbare Zweidimensionalität, die einer flachen gemalten Maske unter einer schwarzen Perükke anzugehören schien. Und da waren auch die Augen, starr und leuchtend, umgeben von roten Ringen! Und die dreieckige Nase! Und der unförmige Mund – wie ein Kreis roten rohen Fleisches! Das einzige, was Marcello noch nie gesehen hatte, war Quadris Kinn. Das war früher vom Bart verdeckt gewesen. Es hatte eine kleine, verkrümmte Form und bog sich tief unter der Unterlippe zurück – von einer bedeutsamen Häßlichkeit, die vielleicht die ganze Art des Professors charakterisierte. Statt des dunklen Gehrocks, in dem ihn Marcello das letzte Mal vorgefunden hatte, trug er heute einen taubenblauen Sportanzug. Offensichtlich hatte auch Quadri die Vorliebe der Buckligen für helle Farben. Unter dem Sakko schaute ein rot und grün kariertes Hemd hervor und eine bunte Krawatte, die an einen amerikanischen Cowboy denken ließen.

Der Professor kam auf Marcello zu und sagte in ebenso herzlichem wie völlig gleichgültigem Ton: «Clerici, nicht wahr? Natürlich, jetzt erinnere ich mich sehr gut an Sie, sind Sie doch der letzte Student gewesen, der mich vor meiner Abreise von Italien besucht hat!»

Auch die Stimme, dachte Marcello, ist die gleiche geblieben: äußerst sanft, oberflächlich, liebevoll, zerstreut.

Er stellte seine Frau dem Professor vor. Der vollführte mit leicht übertriebener Galanterie eine Verbeugung und küßte Giulia die Hand.

Als sie sich gesetzt hatten, sagte Marcello leicht verlegen: «Ich bin auf der Hochzeitsreise hier. Ich beschloß, Sie aufzusuchen, weil Sie doch mein Professor gewesen sind. Aber vielleicht habe ich Sie gestört ...»

«Aber nein, lieber Junge», antwortete Quadri mit der üblichen, herzzerreißenden Sanftheit. «Nein! Im Gegenteil! Sie haben mir eine große Freude gemacht. Sie haben sehr gut daran getan, sich an mich zu erinnern, denn wer immer aus Italien kommt, ist bei mir hochwillkommen. Wenn schon aus keinem anderen Grund als aus dem, weil er in der schönen italienischen Sprache zu mir spricht.» Er nahm vom Tisch eine Zigarettenschachtel, blickte hinein, entdeckte, daß nur noch eine Zigarette darin war und bot diese mit einem Seufzer Giulia an: «Nehmen Sie, gnädige Frau. Ich rauche nämlich nicht, auch meine Frau nicht, deshalb vergessen wir immer, daß andere gern rauchen. – Also gefällt Ihnen Paris? Ich nehme an? Sie sind nicht zum erstenmal hier?»

Offenbar will Quadri eine konventionelle Konversation machen, dachte Marcello. Er antwortete an Giulias Stelle: «Doch, wir sind zum erstenmal hier.»

«Wenn es so ist», sagte Quadri eifrig, «beneide ich Sie. Jeder ist zu beneiden, der zum erstenmal in diese herrliche Stadt kommt – und obendrein auf der Hochzeitsreise! Und in dieser Jahreszeit, der besten für Paris!» Er seufzte von neuem und fragte höflich: «Welchen Eindruck hat Ihnen Paris gemacht, gnädige Frau?»

«Mir?» fragte Giulia zurück und sah dabei nicht Quadri, sondern ihren Mann an. «Ehrlich gesagt, ich habe noch gar keine Zeit gehabt, die Stadt richtig zu sehen. Wir sind erst gestern angekommen.»

«Sie werden entdecken, gnädige Frau, was für eine herrliche Stadt Paris ist. Eine wunderschöne Stadt!» sagte Quadri in gleichgültigem Ton, als dächte er an etwas ganz anderes. «Und je länger man hier lebt, um so mehr wird man von ihrer Schönheit gefangengenommen. Gnädige Frau, schauen Sie sich nicht nur die Sehenswürdigkeiten an, so bemerkenswert sie auch sind. Aber sie sind kaum schöner als in Italien. Schlendern Sie herum, lassen Sie sich von Ihrem Mann in alle möglichen Stadtteile von Paris führen. Das Leben hier ist von einer Vielfalt, die wirklich überraschend ist.»

«Wie gesagt, bisher haben wir fast nichts gesehen», entgegnete Giulia, die offenbar den konventionellen, fast ironischen Ton von Quadris Konversation nicht merkte. Sie wandte sich ihrem

Mann zu, streckte ihre Hand aus, berührte die seine zärtlich und fragte: «Wir werden uns viel ansehen, nicht wahr, Marcello?»

«Gewiß!» antwortete dieser.

«Sie müßten», fuhr Quadri in gleichem Ton fort, «vor allem das französische Volk kennenlernen. Es ist ein sympathisches, ein intelligentes, ein freies Volk! Und es ist auch ein gutes Volk, obgleich das etwas der Vorstellung widerspricht, die man sich für gewöhnlich von den Franzosen macht. In ihnen ist eine feine, gefühlvolle Intelligenz zu einer Form von Güte geworden. – Kennen Sie irgendwen in Paris?»

«Niemanden», entgegnete Marcello. «Ich fürchte auch, daß es nicht möglich sein wird, Bekanntschaften zu schließen, da wir kaum eine Woche hierbleiben werden.»

«Schade, sehr schade, man kann ein Land nicht wirklich beurteilen, ohne seine Menschen zu kennen.»

«Paris ist die Stadt der abendlichen Vergnügungen, nicht wahr?» fragte Giulia und schien sich bei dieser Reiseführerkonversation recht wohl zu fühlen. «Wir möchten auch einmal ausgehen. Es gibt doch so viele Tanz- und Nachtlokale, ja?»

«Aber ja! Die Tabarins, die *boîtes* – die Schachteln, wie man sie hier nennt», antwortete der Professor zerstreut. «Montmartre ... Montparnasse ... Ehrlich gesagt, wir machen davon wenig Gebrauch. Manchmal, wenn ein italienischer Freund durchkommt, benutzen wir seine Unwissenheit auf diesem Gebiet, um uns selbst eine gewisse Erfahrung zu verschaffen. Aber es ist immer dasselbe – wenn auch mit der Grazie und der Eleganz, die dieser Stadt eigen sind. Sehen Sie, gnädige Frau, das französische Volk ist ein ernstes, ein sehr ernstes Volk. Und der Zusammenhalt innerhalb der Familien ist sehr stark. Die Familie ist hier ungeheuer wichtig, noch wichtiger als in Italien. Und die Franzosen sind gute Katholiken mit einer weniger formalen, aber inhaltsreicheren Devotion als die Italiener. So ist es nicht verwunderlich, daß sie die *boîtes* uns Ausländern überlassen, die große Mehrheit der Pariser hat nie den Fuß in eine *boîte* gesetzt. Das alles überrascht Sie, nicht wahr? Im übrigen sind diese *boîtes* eine ausgezeichnete Geldquelle. Paris verdankt einen guten Teil seines Wohlstandes dem Nachtleben.»

«Sonderbar ...» meinte Giulia, «ich habe immer angenommen, daß die Franzosen sich viel bei Nacht amüsieren.» Sie wurde rot und fügte hinzu: «Ich habe gehört, die Tabarins hielten die ganze Nacht offen und seien immer so voll wie bei uns in der Karnevalszeit.»

«Das schon», erwiderte der Professor, immer noch zerstreut, «aber die Besucher sind eben vorwiegend Ausländer.»

«Macht nichts», erklärte Giulia, «ich möchte sehr gern wenigstens einmal so ein Lokal sehen. Wenn schon nur deshalb, um sagen zu können, daß ich drin gewesen bin.»

Die Tür öffnete sich, und Signora Quadri trat ein, die sich für eine kurze Zeit entschuldigt hatte. Sie trug in beiden Händen ein Tablett mit einem Kännchen und Kaffeetassen. «Verzeihen Sie», sagte sie heiter und schloß mit einem Fuß die Tür, «aber die französischen Dienstmädchen sind nicht wie die italienischen. Heute hat mein Dienstmädchen Ausgang und ist sofort nach dem Mittagessen weggegangen. Daher muß ich alles selbst machen.»

Wie heiter sie ist! dachte Marcello. Heiter in einer ungewöhnlichen Art... Und wieviel Grazie liegt in der Heiterkeit und in den Gesten dieser großgewachsenen, leichten, unbefangenen Frau!

«Lina», sagte der Professor etwas verlegen, «Signora Clerici möchte gern eine *boîte* sehen. Was können wir ihr da empfehlen?»

«Ah, da gibt es so viele! Da fehlt es wirklich nicht an Auswahl!» rief sie fröhlich, während sie den Kaffee in die Tassen füllte. Sie stand dabei auf einem Fuß und hielt den anderen vorgestreckt, als wollte sie ihren großen Fuß im absatzlosen Schuh zeigen. «Es gibt *boîtes* für jeden Geschmack und für jede Börse.» Sie reichte Giulia eine Tasse. «Wir könnten doch mit ihnen zusammen in eine *boîte* gehen, Edmondo. Es wäre auch für dich eine Gelegenheit, dir Abwechslung zu verschaffen.»

Ihr Mann strich sich mit der Hand übers Kinn, als wollte er seinen abrasierten Bart streicheln. «Gewiß! Freilich – warum nicht?»

«Wißt ihr, was wir tun werden?» fuhr sie fort, während sie Marcello und ihrem Mann den Kaffee reichte. «Da wir heute auf jeden Fall außer Haus essen müssen... Essen wir doch zusammen in einem kleinen Restaurant auf dem rechten Seine-Ufer, wo es nicht teuer, aber gut ist, im *Le Coq au vin.* Und dann, nach dem Essen, gehen wir in ein eigentümliches Lokal. Nur darf sich Signora Clerici nicht entsetzen...»

Giulia, angesteckt von der Heiterkeit ihrer Gastgeberin, lachte: «Ach, so leicht entsetze ich mich nicht!»

«Das Nachtlokal heißt *La Cravate noire* – Die schwarze Krawatte. Es ist ein Lokal, in das Leute mit etwas sonderbarem Geschmack gehen», erklärte Signora Quadri und setzte sich neben Giulia auf den Diwan. Sie sah Giulia an und lächelte.

«Was bedeutet das?»

«Tja... Frauen mit etwas sonderbarem Geschmack... Sie werden schon sehen... Die Besitzerin und die Kellnerinnen sind alle im Smoking und tragen schwarze Krawatten. Es ist sehr komisch.»

«Ah, jetzt verstehe ich», sagte Giulia etwas verwirrt. «Aber dürfen da auch Männer hin?»

Diese Frage brachte die Hausfrau zum Lachen. «Natürlich! Es ist doch ein öffentliches Lokal! Ein kleiner Ballsaal. Die Inhaberin ist eben eine Frau von – sonderbarem Geschmack. Aber sehr intelligent im übrigen. Jeder, der will, kann dort hingehen. Es ist keineswegs ein Kloster!» Sie lachte ein paarmal ganz kurz hintereinander auf, sah Giulia noch immer an und fügte lebhaft hinzu: «Natürlich, wenn Sie nicht wollen, können wir auch woanders hingehen – in ein weniger originelles Lokal.»

«Nein», sagte Giulia. «Gehen wir nur dorthin. Ich bin sehr neugierig.»

«Unglückselige Frauen...» meinte der Professor ganz allgemein.

Dann erhob er sich und sagte: «Lieber Clerici, ich möchte Ihnen versichern, daß es mir eine große Freude gemacht hat, Sie wiederzusehen. Und daß es mir eine noch größere Freude machen wird, heute mit Ihnen und Ihrer Gattin zu Abend zu essen. Wir werden miteinander sprechen... Haben Sie eigentlich noch immer dieselben Gefühle und Ideen wie damals?»

Marcello antwortete ruhig: «Ich beschäftige mich nicht mit Politik.»

«Um so besser – um so besser...» Der Professor ergriff seine Hand und drückte sie. «Da können wir ja immer noch hoffen, Sie für unsere Sache zu gewinnen.» Er sagte das sehr sanft –

wie ein Priester, der zu einem Atheisten spricht. Dabei legte er seine Hand auf die Brust, beinahe aufs Herz, und Marcello bemerkte mit Staunen, daß in den großen, runden, hervortretenden Augen Quadris eine Spur von Tränen schimmerte, die seinem Blick etwas Flehendes gab. Dann, als wollte er seine innere Bewegung verbergen, trat er schnell auf Giulia zu, verabschiedete sich von ihr und verließ das Zimmer mit den Worten: «Meine Frau wird mit Ihnen alles weitere wegen heute abend besprechen.»

Die Tür schloß sich. Marcello nahm ein wenig verlegen wieder Platz – in einem Sessel gegenüber dem Diwan, auf dem die beiden Frauen saßen. Jetzt, nach dem Abgang des Professors, war die Feindseligkeit von Quadris Frau ganz unverkennbar. Sie schien seine Gegenwart zu ignorieren und nur mit Giulia zu sprechen.

«Haben Sie schon die Modegeschäfte gesehen? Die Schneiderateliers? Die Modistinnen? Die rue de la Paix? Das Faubourg Saint-Honoré? Die avenue de Matignon?»

«Ehrlich gesagt...» erklärte Giulia in einem Ton, als hörte sie diese Namen zum erstenmal, «ehrlich gesagt – nein.»

«Würde es Ihnen Freude machen, diese Straßen zu sehen? In irgendein Geschäft hineinzugehen? Einen Modesalon zu besichtigen? Ich versichere Ihnen, es ist sehr interessant», sagte Signora Quadri mit einer eindringlichen, unwiderstehlich-liebenswürdigen Stimme.

«Ach, freilich! Gewiß!» Giulia blickte ihren Mann an. «Ich möchte auch etwas kaufen – zum Beispiel einen Hut.»

«Soll ich Sie begleiten?» fragte Signora Quadri und gelangte damit zu dem logischen Schluß ihrer Fragen. «Ich kenne mich sehr gut aus. Ich könnte Ihnen auch einen Rat geben...»

«Das wäre schön», entgegnete Giulia mit unsicherer Dankbarkeit.

«Wollen wir schon heute gehen? Heute nachmittag? In einer Stunde? Sie gestatten doch, daß ich Ihre Frau etwas ausführe...» Die letzten Worte waren an Marcello gerichtet, aber in einem Ton, der völlig anders war als der, in dem sie mit Giulia sprach: kurzangebunden, fast verächtlich.

Marcello fuhr zusammen: «Ja – selbstverständlich –, wenn

es Giulia Freude macht.» Er vermutete, daß seine Frau es vorgezogen hätte, der Bemutterung durch Signora Quadri zu entgehen. Wenigstens glaubte er das aus dem Blick herauszulesen, den sie ihm zuwarf. Er aber antwortete mit einem Blick, der ihr befahl, den Vorschlag anzunehmen.

Gleich darauf fragte er sich: Tue ich das, weil diese Frau mir gefällt, oder tue ich das, weil ich sie wegen meiner Mission nicht verärgern will? Plötzlich kam es ihm sehr beunruhigend vor, daß er nicht wußte, ob er sich zu diesem und jenem entschloß, weil es ihm angenehm war oder weil es in seine Pläne paßte.

Inzwischen hatte Giulia eingewandt: «Allerdings ... Ich wollte jetzt eigentlich für einen Augenblick ins Hotel zurückfahren ...»

Die andere ließ sie nicht ausreden: «Sie wollen sich ein wenig erfrischen, bevor Sie ausgehen? Ein bißchen Toilette machen? Aber dazu ist es doch nicht notwendig, extra bis ins Hotel zu fahren! Sie können sich doch auch hier ausruhen – auf meinem Bett. Wenn Sie wollen ... Ich weiß, wie ermüdend es auf einer Reise ist, den ganzen Tag ohne ein wenig Ruhe unterwegs zu sein. Besonders für uns Frauen. Kommen Sie ... Kommen Sie mit mir, meine Liebe!»

Ehe Giulia noch etwas einwenden konnte, wurde sie von Signora Quadri genötigt, sich vom Diwan zu erheben, und sanft, aber entschieden zur Tür geschoben. Auf der Schwelle, offenbar um sie zu beruhigen, fügte die Frau des Professors in süß-saurem Ton hinzu: «Ihr Mann wird hier auf Sie warten. Haben Sie keine Angst ... Sie werden ihn nicht verlieren.» Dann legte sie den Arm um Giulia, zog sie in den Korridor hinaus und schloß die Tür.

Jetzt gab es für Marcello gar keinen Zweifel mehr darüber, daß Quadris Frau eine unüberwindliche Abneigung gegen ihn hegte. Er hätte gern gewußt, warum. Aber dieses Problem erwies sich bei näherem Nachdenken als sehr kompliziert.

Zwei Dinge nämlich beunruhigten ihn gleichermaßen: die Feindseligkeit einer Frau, von der er gern geliebt worden wäre, und die Sorge, sie könne die Wahrheit über den Grund seines Besuches wissen. Im letzteren Fall würde seine Mission nicht nur schwierig, sondern auch gefährlich sein.

Am allermeisten jedoch traf ihn die Erkenntnis, daß sich diese beiden beunruhigenden Faktoren überschnitten, er war nicht mehr imstande, sie voneinander zu trennen: die Angst des Liebenden, der sicher ist, abgewiesen zu werden, und die Angst des Geheimagenten, der befürchtet, entdeckt worden zu sein. Mit einem Anflug der alten Schwermut sagte er sich: Auch wenn es mir gelänge, die Feindschaft der Frau zu überwinden, würde ich wieder einmal genötigt sein, private Beziehungen in den Dienst meiner Mission zu stellen – genau wie damals, als ich im Ministerium den Vorschlag gemacht habe, meine Hochzeitsreise mit einem politischen Auftrag zu verbinden. Dergleichen scheint mein Schicksal zu sein.

Die Tür öffnete sich, Signora Quadri kam zurück. Sie trat an den Tisch, zündete eine Zigarette an und sagte: «Ihre Frau war sehr müde. Ich glaube, sie ist bereits auf meinem Bett eingeschlafen. Später werden wir zusammen ausgehen.»

«Das heißt», sagte Marcello ruhig, «Sie schicken mich weg.»

«Oh, mein Gott, nein!» antwortete sie in einem kalten, gewandten Ton. «Aber ich habe viel Arbeit. Und der Professor auch. Sie müßten hier im Salon allein bleiben. Da gibt es doch in Paris Besseres zu tun!»

«Verzeihen Sie», sagte Marcello, «aber mir scheint, daß Sie mir feindselig gesinnt sind. Stimmt das?» Er stand auf, stützte beide Hände auf die Rückenlehne eines Sessels und sah sie an.

Sie antwortete sofort mit einer geradezu eifrigen Kühnheit: «Wundert Sie das?»

«Gewiß! Wir kennen einander doch gar nicht!»

«Ich kenne Sie sehr gut, auch wenn Sie mich nicht kennen», unterbrach sie ihn.

Da haben wir's! dachte Marcello. Er merkte, daß ihre Feindschaft, die sie soeben ganz klar bestätigt hatte, in seinem Herzen einen heftigen Schmerz weckte. Am liebsten hätte er geschrien. Er seufzte und sagte leise und beklommen: «Ach – Sie kennen mich ...?»

«Ja.» Ihre Augen hatten einen aggressiven Glanz. «Ich weiß, daß Sie ein Funktionär der Polizei sind, ein von Ihrer Regierung bezahlter Spitzel ... Wundern Sie sich jetzt noch immer, daß ich Ihre Feindin bin? Es ist mir unbekannt, wie andere Leute über so etwas denken – aber ich habe Spione nie ausstehen können.»

Marcello schlug die Augen nieder und schwieg einen Augenblick. Er litt, die Verachtung dieser Frau schmerzte wie ein dünnes Eisen, das erbarmungslos in einer offenen Wunde wühlt. Schließlich fragte er: «Weiß Ihr Mann – davon?»

«Aber natürlich! Haben Sie angenommen, daß er das nicht weiß? Er hat es mir selbst gesagt.»

Ah, die sind gut informiert ...! mußte Marcello denken. Er sprach in ruhigem Ton weiter: «Warum haben Sie uns dann empfangen? Wäre es nicht einfacher gewesen, unseren Besuch abzulehnen?»

«Das war meine Absicht. Aber mein Mann ist anders. Mein Mann ist eine Art Heiliger, er glaubt, die Güte sei das beste System.»

Ein sehr schlauer Heiliger! hätte Marcello am liebsten geantwortet. Aber alle Heiligen waren wohl schlau ... Also behielt er diese Bemerkung für sich. Schließlich sagte er: «Es tut mir leid, daß Sie mir so feindselig entgegentreten, denn Sie sind mir sehr sympathisch.»

«Danke. Ihre Sympathie flößt mir Abscheu ein.»

Viel später fragte sich Marcello, was ihm eigentlich in diesem Augenblick zugestoßen war. Er hatte plötzlich eine Art Blitz gesehen, der von der leuchtenden Stirn der Frau ausging. Und gleichzeitig hatte er eine verzweifelte Liebe und eine tiefe, heftige Verwirrung empfunden. Er war auf einmal auf Signora Quadri zugetreten, hatte einen Arm um ihre Hüfte gelegt, sie an sich gezogen und ihr leise zugeflüstert: «Sie gefallen mir sehr gut ...»

An ihn gedrängt, so daß Marcello die harte Rundung ihres Busens spürte, starrte sie ihn einen Augenblick verdutzt an. Dann rief sie mit greller triumphierender Stimme:

«Ah! Großartig! Auf der Hochzeitsreise – und schon bereit, seine Frau zu betrügen! Großartig!» Sie machte eine wütende Geste, um sich von Marcellos Arm zu befreien: «Lassen Sie mich sofort los, sonst rufe ich meinen Mann!»

Marcello ließ sie frei. Die Frau aber machte eine Bewegung, als hielte er sie noch immer fest, und versetzte ihm eine Ohrfeige.

Dies schien sie jedoch sofort zu bereuen, denn sie ging zum

Fenster, blickte einen Moment hinaus, wandte sich dann um und sagte unvermittelt: «Entschuldigen Sie!»

Jetzt kam es Marcello so vor, als ob es gar nicht so sehr die Ohrfeige sei, die sie bereute. Vielmehr hatte sie offenbar vor der Wirkung Angst, die diese Ohrfeige bei ihm hervorrufen könne. Marcello dachte: Es liegt in ihrem immer noch bösen Ton mehr Berechnung als Reue.

Mit Entschiedenheit entgegnete er: «Jetzt bleibt mir wirklich nichts anderes übrig, als zu gehen. Bitte sagen Sie meiner Frau, sie möge kommen. Und für heute abend werden Sie uns bei Ihrem Gatten entschuldigen und ihm ausrichten, ich hätte leider vergessen, daß ich schon eine andere Verabredung getroffen habe.»

Jetzt ist es ohne Zweifel zu Ende, dachte Marcello. Und auch meine Mission ist in Mitleidenschaft gezogen.

Er war im Begriff, zur Tür zu gehen. Da bemerkte er, wie sie ihn anstarrte, den Mund in Widerwillen verzerrt. Dann kam sie auf ihn zu. Ihre Augen flammten in einer trüben Entschlossenheit. Sie blieb einen Schritt von ihm entfernt stehen, hob langsam einen Arm, führte ihre Hand an seine Wange und sagte:

«Nein. Gehen Sie nicht. Sie gefallen mir auch sehr. Ich war nur deshalb so heftig, weil Sie mir gefallen. Gehen Sie nicht. Vergessen Sie alles, was eben geschehen ist.» Bei diesen Worten hatte sie die Wange Marcellos leicht gestreichelt – ungeschickt, befehlend und gleichzeitig so, als wolle sie die Ohrfeige auslöschen.

Marcello sah auf ihre Stirn, sah sie an, und unter ihren Blicken empfand er eine tiefe, gerührte Verwirrung, Zärtlichkeit und Hoffnung, die ihm die Brust schwellten und ihm den Atem raubten. Darüber staunte er, denn es war das erste Mal in seinem Leben, daß ihm dergleichen widerfuhr. Sie stand noch immer vor ihm, den Arm ausgestreckt, und streichelte ihn. Er ließ ihre Schönheit auf sich wirken, wie etwas, das ihm von jeher bestimmt gewesen war, wie etwas, das gleichsam die innere Berufung seines Lebens darstellte. Es wurde ihm klar, daß er sie immer geliebt hatte. Und daß er an jenem Tag in S., als er der Prostituierten Luisa begegnet war, begonnen hatte, ihre Existenz zu ahnen.

Ja, dachte er, das ist die Liebe! Die Liebe, die ich für Giulia empfinden müßte. Statt dessen liebe ich diese Frau hier, die ich eigentlich nicht kenne.

Er ging mit ausgebreiteten Armen auf sie zu und versuchte, sie zu umarmen. Sie aber entzog sich ihm sofort, wenn auch zärtlich und wie in einem geheimen Einverständnis.

Sie legte einen Finger auf den Mund und murmelte: «Jetzt geh! Wir sehen uns heute abend.»

Ehe Marcello seine Verabschiedung noch recht zur Kenntnis nehmen konnte, hatte sie ihn aus dem Salon hinausgeführt, ins Vorzimmer gedrängt, die Tür geöffnet.

Dann fiel die Tür hinter Marcello ins Schloß. Er fand sich allein im Treppenhaus.

Sechstes Kapitel

Lina und Giulia hatten die Absicht, sich auszuruhen und dann die Modehäuser zu besuchen. Danach wollte Giulia ins Hotel zurückkommen.

Es war jetzt etwa vier Uhr. Bis zum Abendessen fehlten also mehr als vier Stunden, aber es fehlten nur drei bis zu jenem Augenblick, in dem Orlando anrufen und sich nach der Adresse des Restaurants erkundigen würde. Marcello hatte also drei Stunden vor sich, die er allein verbringen konnte.

Er empfand nach alledem, was im Hause Quadris vorgefallen war, das Bedürfnis nach Einsamkeit, hauptsächlich deshalb, um mit sich selbst ins reine zu kommen.

Während er die Treppe hinunterging, dachte er: Das Verhalten Linas ist nicht verwunderlich, ist sie doch mit einem soviel älteren und ganz von der Politik in Anspruch genommenen Mann verheiratet. Mein eigenes Verhalten allerdings ist sehr sonderbar. Ich bin doch erst seit wenigen Tagen verheiratet, ich bin auf der Hochzeitsreise! Das ist verblüffend, erschreckend, aber auch gleichzeitig irgendwie schmeichelhaft. Bisher bin ich immer der Meinung gewesen, mich selbst gut zu kennen und in der Lage zu sein, mich zu beherrschen, wenn ich wollte. Jetzt allerdings muß ich mir eingestehen, daß ich mich vielleicht geirrt habe, und ich weiß nicht einmal, ob mir diese Erkenntnis Schrecken oder Freude bereitet.

Er schlenderte eine Weile von einem Gäßchen zum anderen und gelangte schließlich auf eine breite Straße, die leicht anstieg. Auf einem Straßenschild stand: Avenue de la Grande Armée. Als er die Augen hob, sah er vor sich, unerwartet und riesengroß, das aufrechte Rechteck des Arc de Triomphe, dessen Profil sich am oberen Ende der Straße massiv gegen den blassen Himmel abzeichnete. Er sah unwirklich aus – vielleicht wegen der Sommerhitze, die ihn mit einem bläulichen Licht umgab. Marcello schritt vorwärts, die Augen auf den Triumphbogen geheftet und auf einmal von einem bisher unbekannten Freiheitsgefühl erfüllt. Sein Schritt war leicht, fast beflügelt, als sei eine schwere Last von ihm abgefallen.

Er fragte sich: Ist diese Erleichterung nur auf die Tatsache zurückzuführen, daß ich in Paris bin? Daß ich mich diesem großsprecherischen Denkmal gegenüber und weit weg von der gewohnten Enge befinde? Nein, meine Erleichterung rührt von Linas Zärtlichkeit her.

Bei der Erinnerung an ihre zärtlichen Gesten überfiel ihn eine Flut verwirrender Gedanken. Mechanisch strich er sich mit der Hand über die Wange, dort, wo sie ihn mit ihrer Hand berührt hatte. Er schloß die Augen, um sich noch einmal die Berührung dieser rauhen, kühnen Hand zu vergegenwärtigen. War es nicht so gewesen, als hätte sich Lina den Umriß seines Gesichts einzuprägen versucht?

Was ist die Liebe? fragte er sich, während er auf dem breiten Gehsteig dem Arc de Triomphe entgegenschritt. Und wie ist diese Liebe, meine neue Liebe, beschaffen, um derentwillen ich jetzt vielleicht bereit bin, mein ganzes Leben umzustürzen, die eben erst geheiratete Frau im Stich zu lassen, meinen politischen Glauben zu verraten und mich in ein nicht wieder rückgängig zu machendes Abenteuer zu stürzen?

Vor vielen Jahren war er von einer Universitätskollegin, die sich ihm beharrlich verweigert hatte, gefragt worden: «Was ist die Liebe?» Darauf hatte er verärgert geantwortet: «Für mich ist die Liebe nichts anderes als eine Kuh, die im Frühling mitten auf einer Wiese steht, während sich der Stier auf die Hinterbeine erhebt, um sie zu bespringen.»

Diese Wiese, dachte er, ist jetzt der bürgerliche Teppich in Quadris Salon. Lina ist die Kuh, ich bin der Stier. Trotz des Teppichs würden wir – in nacktem Zustand – wie zwei Tiere sein. Und auch in der Wut des Begehrens und der heftigen und ungeschickten Wildheit würden wir den Tieren gleichen. Damit erschöpft sich aber auch die ebenso offenkundige wie unwichtige Ähnlichkeit. Auf Grund einer geheimnisvollen, geistigen Alchimie verwandelt sich sehr bald darauf die körperliche Leidenschaft in etwas ganz anderes, das nichts mit den Tieren zu tun hat: in Gedanken und Gefühle. Denn die Sinnlichkeit ist ausschließlich eine entscheidende Hilfe der Natur, um den moralischen und menschlichen Werten den Weg zu bereiten – jenen Werten, die immer schon bestanden haben und auch ohne die Sinnlichkeit zu bestehen vermögen.

Marcello versuchte, seiner Erregung Herr zu werden, und sagte sich: Kurz und gut, ich habe den Wunsch, meine Frau auf der Hochzeitsreise im Stich zu lassen, meine Rolle bei dieser Mission aufzugeben, um der Geliebte Linas zu werden und mit ihr in Paris zu leben. Das alles werde ich ganz bestimmt dann tun, wenn ich sicher bin, von Lina so geliebt zu werden, wie ich sie liebe: mit der gleichen Heftigkeit und Leidenschaft.

Der letzte Zweifel, der ihn im Hinblick auf seine bevorstehende ernste Entscheidung noch quälte, verschwand völlig, als er am Ende der avenue de la Grande Armée ankam. Er hob die Augen zu dem Triumphbogen und empfand beim Anblick dieses Denkmals, das den Sieg einer glorreichen Tyrannei verherrlichte, fast Mitleid für jene andere Tyrannei, der er immer noch diente, die zu verraten er sich aber anschickte. Auch sein Verhalten heute morgen erschien ihm jetzt verständlich und gerechtfertigt: Alles zusammen rührte, wie er mit einemmal begriff, von einer natürlichen inneren Entwicklung her.

Als lägen seine zukünftigen Entscheidungen schon hinter ihm, als seien sie schon durchgestanden, empfand er plötzlich Erleichterung und eine Art Unschuld – was die Richtigkeit seiner Entschlüsse zu beweisen schien.

Er wartete eine ganze Weile, bis der Strom der Autos, die den

Triumphbogen umfuhren, eine Lücke aufwies. Dann überschritt er den Platz und ging auf das Monument zu. Mit dem Hut in der Hand trat er unter den Bogen und vor das Denkmal des Unbekannten Soldaten. Da standen an den Wänden die gewonnenen Schlachten verzeichnet – jede einzelne für zahllose Menschen ein Symbol der Treue und Hingebung. Es war dieselbe treue Hingebung, die ihn noch bis vor wenigen Minuten mit seiner eigenen Regierung verbunden hatte. Und da war das Grab, bewacht von der ewig brennenden Flamme, auch diese ein Symbol für die Opfer.

Während er die Namen der napoleonischen Schlachten las, mußte er an den Ausspruch Orlandos denken: «Alles für die Familie und fürs Vaterland!» Auf einmal begriff er, daß das, was ihn von dem Agenten Orlando unterschied, die Fähigkeit war, zu wählen. Und aus dieser Fähigkeit rührte die Schwermut her, die ihn seit undenklichen Zeiten belastete. Ja, dachte er, ich habe früher schon gewählt. Und jetzt schicke ich mich wieder an zu wählen.

Er trat unter dem Bogen hervor, wartete von neuem, bis der Übergang frei war und schritt dann die Champs-Élysées hinunter. Der Triumphbogen schien einen unsichtbaren Schatten auf die reiche, festliche Straße zu werfen. Unzweifelhaft bestand irgendein Zusammenhang zwischen diesem kriegerischen Denkmal und der friedlichen Heiterkeit der Menschenmenge, die die beiden Gehsteige bevölkerte: Aus Blut und großer Ungerechtigkeit waren Fröhlichkeit und Reichtum, aus grausam Geopferten Macht, Freiheit und Wohlhabenheit entstanden. Marcello konnte nicht umhin, sich – wenn auch scherzend – zu sagen, daß diese Argumente zweifellos für Judas sprachen.

Ja, er hatte seine Entschlüsse gefaßt. Er dachte jetzt: Ein Grund für meine Schwermut ist auch der, daß ich, wenn ich wähle, auf die Dinge verzichten muß, die ich nicht wähle. Und eine Folge meiner Schwermut ist, daß ich zum Beispiel diese Heiterkeit, die mich hier in Paris umgibt, nie selber werde empfinden können.

Marcello ging weiter die Champs-Élysées hinunter, blieb dann und wann stehen. Er betrachtete die zu seiner Linken liegenden Geschäfte, die an den Kiosken aushängenden Zeitungen, die vor den Cafés sitzenden Leute, die Kino- und Theaterplakate sowie die Menschen, die an ihm vorbeigingen. Zu seiner Linken fuhren die Autos in zwei Reihen nach verschiedenen Richtungen die breite Straße hinauf und hinunter. Dies alles schien ihm ein Ausdruck des Lebens zu sein. Er beschleunigte seinen Schritt. Als er sich umblickte, stellte er fest, daß er den Triumphbogen schon weit hinter sich gelassen hatte. In der Ferne und in der sommerlichen Hitze sah das Monument ganz unwirklich aus.

Am Ende der Straße angekommen, suchte er sich unter den schattigen Bäumen der Gärten eine Bank. Er setzte sich, leicht, froh und ruhig, und wünschte jetzt nur daran zu denken, warum er Lina liebte und wie er sie liebte.

Er erinnerte sich an das erste Mal, als er von Linas Existenz etwas zu ahnen begonnen hatte. Das war im Freudenhaus zu S. gewesen. Warum hatte die Frau, die dort mit dem Agenten Orlando zusammengewesen war, ein so neues und heftiges Gefühl in ihm ausgelöst?

Marcello sagte sich: Das Leuchten auf ihrer Stirn hat mich fasziniert. Ihre Reinheit hat mich angezogen. Diese Reinheit hat sich bei der Prostituierten gedemütigt und entwürdigt geäußert, bei Lina jedoch in triumphierender Weise. Mein ganzes Leben lang habe ich mich vor Verfall und Unreinheit geekelt. Auch meine Heirat mit Giulia hat daran nichts geändert. Von diesem Ekel kann mich nur das strahlende Licht auf der Stirn Linas befreien.

Lino war der erste Mensch, der mir in meinem Leben Ekel eingeflößt hat. Lina wird mich von diesem Ekel, den ich nie wieder losgeworden bin, erlösen. Denn stellt nicht die Ähnlichkeit der beiden Namen ein glückbringendes Zeichen dar? So werde ich also aus der bloßen Kraft meiner Liebe zu Lina die echte, lange ersehnte Normalität finden. Es wird eine geistige, gleichsam strahlende Normalität sein, nicht jene fast bürokratische, der ich in den vergangenen Jahren nachgejagt bin. Die schweren politischen Verpflichtungen, die ich übernommen habe, meine Heirat mit Giulia, mein vernünftiges, freudloses, ordentliches Leben – das alles war ein Irrtum. Und diesen Irrtum habe ich begangen in der Hoffnung, auf diese Weise mein Schicksal beeinflussen, meine Zukunft würdig gestalten zu können. Jetzt endlich habe ich meinen Irrtum erkannt, mich selbst wiedergefunden – einfach, indem ich die unbewußten Motive aufgedeckt habe, die mich getrieben haben.

Während er immer noch seinen Gedanken nachhing, bemerkte er plötzlich ein großes Auto, das die Straße hinunterfuhr, in der Richtung auf die place de la Concorde zu. Das Auto verminderte die Geschwindigkeit und hielt nicht weit von ihm am Gehsteig an. Es war ein schwarzer, alter, luxuriöser Wagen, leuchtend vor Nickel und Kupfer – ein Rolls-Royce. Plötzlich wurde Marcello von Furcht überfallen, und ein schreckliches Gefühl stieg in ihm empor: Dieser Wagen war ihm vertraut, wo und wann hatte er ihn schon gesehen?

Der Chauffeur, ein magerer, graumelierter Mann in dunkelblauer Uniform, sprang heraus und öffnete den Schlag. Und plötzlich konnte sich Marcello seine eigenen Fragen beantworten, und in seiner Erinnerung wurde eine Reihe ganz bestimmter Bilder wach: Er sah wieder ein Auto von der gleichen Farbe und der gleichen Marke an der Straßenecke halten, wo sein Schulweg vorüberführte. Lino öffnete ihm den Wagenschlag, nötigte ihn einzusteigen ...

Jetzt starrte Marcello auf diesen schwarzen Wagen, der hier auf den Champs-Élysées angehalten hatte. Der fremde Chauffeur öffnete, mit der Mütze in der Hand, den Schlag. Ein Männerbein in grauem Flanell wurde sichtbar, ein spiegelnd polierter gelber Schuh schob sich langsam, vorsichtig heraus. Dann streckte der Chauffeur die Hand aus, und nun wurde der ganze Mann sichtbar.

Es war ein alter Herr, mühsam betrat er den Gehsteig. Er war mager und sehr groß, hatte ein scharlachrotes Gesicht. Seine Haare waren vielleicht einmal blond gewesen. Obwohl er mit unsicheren Schritten ging und sich auf einen Krückstock stützte, wirkte er dennoch eigentümlich jugendlich. Während sich der Herr langsam der Bank näherte, betrachtete ihn Marcello aufmerksam. Und er fragte sich, warum dieser Alte eigentlich so jugendlich wirkte. Dann begriff er es: Es waren die auf der Seite gescheitelten Haare, die grüne Schmetterlingskrawatte, das rot- und weißgestreifte Hemd, die diesen Eindruck hervorriefen.

Der Herr ging mit zu Boden gerichteten Augen. Bei der Bank angekommen, blickte er auf. Er hatte hellblaue, leuchtende, jugendlich wirkende Augen. Mühsam setzte er sich neben Marcello. Der Chauffeur, der ihn begleitet hatte, reichte ihm ein kleines Paket in weißem Papier, verneigte sich, kehrte zum Auto zurück und nahm wieder seinen Platz hinter der Windschutzscheibe ein.

Dies alles hatte Marcello verfolgt, nun sah er nachdenklich vor sich hin. Er wünschte, der Anblick dieses Wagens hätte ihm keine solche Furcht eingeflößt. Was ihn aber besonders entsetzte, war dieses scharfe, lebhafte, beunruhigende Gefühl von Unterlegenheit, Hilflosigkeit, Dienstbarkeit – kurz und gut, von Ekel. Es war ihm, als wären alle diese Jahre nicht verstrichen, schlimmer noch, als wären sie vergebens verstrichen. Er sah sich wieder als den Jungen von damals, auf den Lino im Auto wartete, den Lino zum Einsteigen aufforderte. Und er sah sich, wie er gehorsam dieser Aufforderung nachkam.

Aufs neue hatte er das Gefühl, erpreßt zu werden. Diesmal jedoch ging die Erpressung nicht von Lino aus, es drehte sich nicht um einen Revolver: Im eigenen Fleisch saß etwas, das sich erinnerte und ihn erregte. Ein Feuer hatte sich wieder entzündet, das er längst für erloschen gehalten hatte.

Er seufzte. Mechanisch griff er in die Tasche und suchte nach den Zigaretten. Sogleich sagte eine Stimme neben ihm auf französisch:

«Zigaretten? Hier sind welche.»

Marcello wandte sich dem Alten zu. Der hielt ihm mit seiner roten, ein wenig zitternden Hand ein unangebrochenes Paket amerikanischer Zigaretten hin und sah ihn dabei mit einem eigentümlichen Ausdruck von Verlegenheit und Wohlwollen an.

Betroffen griff Marcello, ohne zu danken, nach dem Paket, öffnete es hastig, nahm eine Zigarette heraus und gab das Paket dem Herrn zurück. Dieser aber steckte es ihm sofort mit gebieterischer Hand in die Rocktasche und sagte bedeutungsvoll:

«Die sind für Sie. Die können Sie behalten.»

Marcello fühlte, wie er rot und gleich darauf bleich wurde – vor Zorn und vor Scham. In diesem Moment fiel sein Blick auf seine eigenen Schuhe. Sie waren weiß von Staub und vom vielen Gehen ausgetreten. Da wurde ihm klar, daß der Alte ihn wahrscheinlich für einen armen Teufel oder für einen Arbeitslosen hielt. Sein Zorn schwand. Er nahm ganz schlicht – mit einer

Geste, die den anderen nicht kränken sollte – das Paket wieder aus der Tasche und legte es zwischen sich und den Herrn auf die Bank.

Der Alte schien dies nicht zu bemerken, er kümmerte sich überhaupt nicht mehr um Marcello. Er öffnete das Päckchen, das der Chauffeur ihm gegeben hatte, und nahm ein Stück Brot heraus. Das brach er in kleine Stücke und warf mit zitternder Hand ein paar Krumen zu Boden. Sogleich flog von einem der belaubten Bäume, die die Bank beschatteten, ein dicker zutraulicher Sperling herunter, hüpfte zu einer Krume, wandte ein paarmal den Kopf hin und her, schnappte dann mit seinem Schnabel die Krume auf und verschlang sie. Jetzt kamen andere Sperlinge aus den Zweigen auf den Gehsteig herabgeflattert. Auch ihnen warf der Herr ein paar Brotkrumen zu.

Mit der brennenden Zigarette zwischen den Lippen und halbgeschlossenen Augen beobachtete Marcello diese Szene. Der Alte saß zwar gekrümmt da und hatte zitternde Hände, sah aber auch jetzt noch erstaunlich jugendlich aus, es hätte keiner großen Anstrengung bedurft, sich ihn als jungen Mann vorzustellen. Sein Profil erweckte sogar den Eindruck, daß er einmal ein eher leichtfertiger junger Mann gewesen war, vielleicht einer von diesen nordischen Athleten, die die Grazie eines Mädchens mit der Kraft eines Mannes vereinen: Er hatte einen roten, launischen Mund, eine gerade, große Nase, und eine blonde Locke fiel ihm fast jungenhaft in die Stirn.

Den Kopf nachdenklich gesenkt, immer noch zusammengekrümmt, zerbröselte der Herr das ganze Brot und warf es den Sperlingen hin. Dann, ohne sich zu bewegen, ohne sich Marcello zuzuwenden, fragte er auf französisch: «Wo sind Sie eigentlich her?»

«Ich bin Italiener», antwortete Marcello kurz.

«Wieso habe ich nur daran nicht gedacht!» rief der Alte und schlug sich mit einer seltsamen Lebhaftigkeit gegen die Stirn. «Ich fragte mich gerade – wo habe ich ein solches Gesicht wie das Ihre schon einmal gesehen? Ein so vollkommenes Gesicht ... Zu dumm! Natürlich in Italien! Und wie heißen Sie?»

«Marcello Clerici», antwortete Marcello nach kurzem Zögern.

«Marcello ...» wiederholte der andere, hob das Gesicht, sah

vor sich hin. Ein langes Schweigen folgte, er schien nachzudenken. Oder versuchte er, sich an irgend etwas zu erinnern? Schließlich wandte er sich triumphierend Marcello zu und rezitierte:

«Heu miserande puer, si qua fata aspera rumpas, tu Marcellus eris.»

Diese Verse kannte Marcello gut, da er sie in der Schule übersetzt hatte und weil sie ihm damals den Spott seiner Kameraden eingetragen hatten. Jetzt, nachdem der Alte ihm das Zigarettenpaket angeboten hatte, empfand er diese berühmten Zeilen als eine plumpe Schmeichelei. Und ein Gefühl der Gereiztheit stieg in ihm empor, als er bemerkte, daß der andere ihn vom Kopf bis zu den Füßen musterte.

Der Alte sagte: «Vergil!»

«Ja, Vergil», antwortete Marcello trocken. «Und wo sind Sie her?»

«Ich bin Engländer.» Dann sprach er auf einmal in einem seltsam feierlichen und fast ironischen Italienisch weiter, in das er sonderbarerweise ab und zu einen neapolitanischen Akzent einstreute: «Ich habe lange in Neapel gelebt. Bist du Neapolitaner?»

Marcello war unangenehm betroffen von diesem plötzlichen «Du». «Nein», erwiderte er.

Die Sperlinge hatten mittlerweile die Krumen aufgefressen und waren davongeflogen. Ein paar Schritte entfernt, am Gehsteig, stand der Rolls-Royce und wartete ...

Der Alte ergriff seinen Stock, stand mühsam auf. Dann sagte er zu Marcello in befehlendem Ton, diesmal wieder auf französisch: «Würden Sie mich zu meinem Auto begleiten? Hätten Sie etwas dagegen, mir Ihren Arm zu geben?»

Mechanisch reichte ihm Marcello den Arm. Das Zigarettenpaket blieb auf der Bank zurück, dort, wo Marcello es hingelegt hatte.

«Sie vergessen die Zigaretten!» sagte der Alte und wies mit dem Stock auf die Bank.

Marcello tat, als hätte er nichts gehört. Der Alte beharrte nicht weiter auf den Zigaretten und ging mit ihm. Er setzte langsam Fuß vor Fuß. Obwohl er gestützt wurde, ging er jetzt viel langsamer als früher. Seine Hand lag auf Marcellos Arm. Aber diese Hand war nicht ruhig, sie bewegte sich vielmehr mit einer besitzergreifenden Zärtlichkeit hin und her.

Plötzlich stockte Marcellos Herzschlag. Als er aufblickte, begriff er warum: Da stand das Auto! Es erwartete ihn und den Alten. Er wußte, jetzt würde man ihn auffordern, einzusteigen – wie vor vielen, vielen Jahren. Und er würde die Einladung nicht ablehnen. Das bestürzte ihn.

Bei Lino hatte es sich ja nicht nur um die Pistole gedreht, sondern auch um die Befriedigung seiner unbewußten Koketterie. Gegenüber diesem Mann hier empfand er – wie ihm staunend klarwurde – die Unterwürfigkeit eines Menschen, der schon einmal in der Vergangenheit einer dunklen Versuchung erlegen ist, der nun nach vielen Jahren wieder von der gleichen tückischen Versuchung überrascht wird und keinen Grund zum Widerstand findet: Als habe Lino das mit ihm getan, was er hatte tun wollen. Als habe er, Marcello, gar keinen Widerstand geleistet, Lino nicht getötet.

Alle diese Gedanken waren ihm nur blitzartig durch den Kopf gegangen, sie hatten mittlerweile den Wagen erreicht.

Der Chauffeur stand am offenen Schlag und wartete, die Mütze in der Hand.

Ohne Marcellos Arm freizugeben, sagte der Alte: «Nun, wollen Sie einsteigen?»

Marcello, über seine unerwartete Entschlossenheit befriedigt, antwortete sofort: «Danke. Aber ich muß in mein Hotel zurück. Meine Frau wartet auf mich.»

«Die Arme!» entgegnete der andere mit boshafter Vertraulichkeit. «Lassen Sie sie doch ein wenig warten. Das wird ihr guttun.»

Es ist also notwendig, deutlicher zu werden, dachte Marcello. Er sagte: «Wir haben einander nicht verstanden ...» Er zögerte. Plötzlich sah er aus den Augenwinkeln einen jungen Vagabunden vor der Bank stehen, auf der das Paket Zigaretten lag. «Ich bin nicht so, wie Sie glauben ... Sie brauchen vielleicht einen wie den dort.» Er deutete auf den Vagabunden, der in diesem Augenblick hastig die Zigaretten einsteckte.

Auch der Alte blickte zu dem Vagabunden hin, lächelte und

antwortete mit einer scherzhaften Frechheit: «Solche kann ich haben, soviel ich will!»

«Ich bedaure», sagte Marcello kalt, nun wieder ganz befreit, und wandte sich zum Gehen.

Der Alte hielt ihn zurück: «Gestatten Sie wenigstens, daß ich Sie mit dem Auto irgendwo hinbringe?»

Marcello zögerte, sah auf die Uhr. «Gut, bringen Sie mich ins Hotel, wenn Ihnen das Freude macht.»

«Es macht mir große Freude.»

Sie stiegen ein, zuerst Marcello, dann der Alte. Der Chauffeur schloß den Schlag, nahm hastig wieder seinen Platz ein.

«Wohin?» fragte der Alte.

Marcello nannte den Namen seines Hotels, der Herr wandte sich zum Chauffeur, sagte etwas auf englisch. Der Wagen fuhr los.

Während sie schweigend unter den Bäumen der Tuilerien dahinglitten, in der Richtung auf die place de la Concorde zu, stellte Marcello fest, daß das Auto geräuschlos fuhr und gut gefedert war. Das Innere war mit grauem Filz ausgelegt. Neben dem Wagenschlag hing eine altmodische Blumenvase aus Kristall, in der ein paar Gardenien steckten.

Schließlich wandte sich der Alte Marcello zu: «Verzeihen Sie die Sache mit den Zigaretten. Ich habe Sie für einen armen Teufel gehalten.»

«Macht nichts.»

Nach einer kurzen Pause begann der Alte von neuem: «Ich irre mich selten. Ich hätte geschworen, daß Sie ... Ich war so sicher, daß ich mich fast schämte, als ich nach dem Vorwand mit den Zigaretten griff. Ich war überzeugt, ein Blick würde genügen ...» Er hatte mit zynischer Überlegenheit gesprochen, heiter und wohlerzogen. Es war klar, daß er Marcello noch immer für einen Homosexuellen hielt.

Sein Ton war so sehr der eines Komplicen gewesen und so sicher, daß Marcello fast versucht war, zu antworten: Tja, vielleicht haben Sie recht ... Vielleicht bin ich wirklich so, ohne es zu wissen, ohne es zu wollen ... Warum wäre ich denn sonst wohl in diesen Wagen gestiegen ...

Statt dessen sagte er trocken: «Sie haben sich geirrt. Das ist alles.»

Jetzt fuhr das Auto um den Obelisken auf der place de la Concorde herum.

Der Alte fragte: «Wissen Sie, was mich zu dieser Annahme veranlaßt hat?»

«Was denn?»

«Ihre Augen! Sie haben so sanfte, zärtliche Augen. Obwohl Sie sich bemühen, streng dreinzublicken. Ihre Augen sprechen – gegen Ihren Willen.»

Marcello antwortete nicht. Nach einem kurzen Aufenthalt setzte sich der Wagen wieder in Bewegung, überquerte eine Brücke, fuhr aber dann nicht den Seine-Quai entlang, sondern in eine Straße hinter der Deputiertenkammer.

Marcello fuhr zusammen: «Mein Hotel ist an der Seine!»

«Wir fahren zu mir. Wollen Sie nicht ein Glas bei mir trinken? Sie halten sich ein wenig auf und kehren dann zu Ihrer Frau zurück.»

Von neuem kam sich Marcello gedemütigt vor und empfand dieselbe hilflose Wut wie damals, als ihm die Schulkameraden ein Mädchenröckchen angezogen und ihn «Marcellina» genannt hatten. Auch der Alte glaubte – genau wie seine Kameraden vor vielen Jahren – nicht an seine Männlichkeit. Gleich ihnen beharrte er darauf, in Marcello eine Art Weibchen zu sehen.

«Ich bitte Sie, mich sofort in mein Hotel zu bringen.»

«Aber ... aber ... Was macht Ihnen denn das schon aus? Nur einen Augenblick ...

«Ich bin nur in diesen Wagen eingestiegen, weil ich mich bereits verspätet hatte. Ihr Angebot, mich ins Hotel zu bringen, kam mir deshalb gelegen. Bitte – halten Sie sich auch jetzt daran.»

«Sonderbar ... Ich war der Meinung, Sie wollten sich von mir entführen lassen. Ihr seid ja alle so, man muß euch immer ein bißchen vergewaltigen.»

«Ich versichere Ihnen, daß Ihr Ton mir gegenüber nicht am Platz ist. Ich bin durchaus nicht so, wie Sie glauben. Das habe ich Ihnen schon einmal gesagt, und jetzt sage ich es Ihnen noch einmal.»

«Wie mißtrauisch Sie sind! Ich glaube Ihnen kein Wort. Na, sehen Sie mich doch nicht so an!»

Marcello griff in die Innentasche seines Sakkos, zog eine Pistole hervor. Bei der Abfahrt aus Rom hatte er diese kleine Waffe mitgenommen. Da er sie nicht im Koffer lassen wollte, um Giulia nicht darauf aufmerksam zu machen, trug er sie immer bei sich. Er zielte auf die Jacke des Alten, aber so diskret, daß der Chauffeur nichts davon bemerken konnte. «Sie haben es so gewollt...» sagte er.

Der andere betrachtete ihn mit zärtlicher Ironie, schlug dann die Augen nieder, wurde plötzlich ernst und sah verdutzt, fast verständnislos aus.

«Sehen Sie die Waffe?» fragte Marcello. «Jetzt befehlen Sie Ihrem Chauffeur, daß er mich ins Hotel bringt.»

Sofort ergriff der Alte das Sprachrohr und nannte den Namen von Marcellos Hotel. Das Auto bog in eine Querstraße ein. Marcello steckte die Pistole wieder zu sich.

«Jetzt ist's recht.»

Der andere schwieg. Er schien sich schon wieder von seiner Überraschung erholt zu haben und betrachtete Marcello so aufmerksam, als studierte er dessen Gesicht.

Das Auto fuhr zum Seine-Quai, fuhr dann den Quai entlang, und Marcello erblickte plötzlich den Eingang seines Hotels – das Glasdach, die bekannte Drehtür. Der Wagen hielt.

«Gestatten Sie, daß ich Ihnen diese Blume überreiche», sagte der Alte, nahm aus der Vase eine Gardenie und hielt sie ihm hin. Marcello zögerte. Doch der Alte fügte hinzu: «Für Ihre Frau Gemahlin.»

Marcello ergriff die Blume, dankte, sprang aus dem Auto. Der Chauffeur wartete bereits, mit entblößtem Kopf, vor dem geöffneten Schlag.

Dann glaubte Marcello – oder war das eine Halluzination? – die Stimme des Alten zu hören, die ihm auf italienisch: «Addio, Marcello!» zurief.

Ohne sich umzuwenden, betrat er das Hotel – die Gardenie hielt er mit spitzen Fingern in der Hand.

Siebentes Kapitel

Er trat an die Portiersloge und verlangte seinen Zimmerschlüssel.

«Der ist oben», sagte der Portier, nachdem er nachgesehen hatte. «Ihre Frau Gemahlin hat ihn genommen. Sie ist mit einer Dame hinaufgefahren.»

«Mit einer Dame?»

«Ja.»

Marcello ging auf den Lift zu. Es befriedigte ihn tief, daß er nach der Begegnung mit dem Alten plötzlich so verwirrt und ungemein glücklich sein konnte bei der Nachricht, Lina befände sich bei Giulia im Zimmer. Als er den Aufzug betrat, schaute er auf die Armbanduhr und stellte fest, daß es erst sechs Uhr war.

Ich habe also genügend Zeit, dachte er, unter irgendeinem Vorwand mit Lina das Zimmer zu verlassen, mich mit ihr in den Salon des Hotels zurückzuziehen und dort über unsere gemeinsame Zukunft Entschlüsse zu fassen. Dann will ich endgültig den Agenten Orlando abschieben, der mich um sieben Uhr anrufen wird. Daß sich alle diese Ereignisse in einen so kurzen Zeitraum zusammendrängen, ist sicher ein glückverheißendes Zeichen!

Während der Aufzug emporstieg, betrachtete er die Gardenie, die er noch immer zwischen den Fingern hielt. Er war plötzlich sicher, daß sie ihm der Alte nicht für Giulia, sondern für seine wirkliche Frau, für Lina, gegeben hatte. An ihm war es jetzt, sie Lina als Unterpfand ihrer beiderseitigen Liebe zu überreichen.

Hastig durcheilte er den Korridor, gelangte zu der Zimmertür und trat ein, ohne anzuklopfen. Das große Zimmer mit dem Ehebett hatte einen kleinen Vorraum, von dem aus man das Bad erreichte. Lautlos schloß er die Tür und blieb einen Augenblick in der plötzlichen Finsternis des Vorraumes stehen. Dann bemerkte er, daß die Tür des Zimmers nur angelehnt war und durch den Spalt etwas Licht drang. Marcello empfand das Bedürfnis, Lina ungesehen zu beobachten. Er hatte irgendwie die Hoffnung, sich auf diese Weise von der Aufrichtigkeit ihrer Liebe überzeugen zu können.

Er hielt also das Auge an den Spalt und schaute.

Auf dem Nachttisch brannte die Lampe. Der Rest des Zimmers war in Dunkel gehüllt. Giulia saß auf dem Bett, in ein weißes

Badetuch gehüllt, den Rücken gegen das Kopfkissen gelehnt. Sie hielt das Tuch mit beiden Händen über der Brust zusammen, schien aber nicht verhindern zu wollen oder zu können, daß es weiter unten auseinanderfiel und ihren Bauch freigab.

Auf dem Boden, zu Füßen Giulias, kniete Lina, umgeben von ihrem weiten, weißen Rock. Sie hatte beide Arme um die Beine Giulias geschlungen, preßte ihre Stirn an Giulias Knie und ihre Brust an deren Waden.

Da Giulia zurückgelehnt dasaß, konnte sie Lina nicht richtig sehen. Jetzt beugte sie den Kopf vor und beobachtete Lina ohne Vorwurf, mit fast amüsierter, nachsichtiger Neugier.

Schließlich sagte Lina leise und ohne sich zu rühren: «Du hast doch nichts dagegen, daß ich ein wenig so bleibe.»

«Nein. Aber ich muß mich bald anziehen.»

Ein Augenblick des Schweigens folgte.

Dann sagte Lina und setzte offenbar ein vorausgegangenes Gespräch fort: «Wie dumm ...! Was würde es dir denn ausmachen? Du selbst hast doch gesagt, wenn du nicht verheiratet wärst, hättest du nichts dagegen.»

«Vielleicht habe ich das gesagt, um dich nicht zu kränken», erwiderte Giulia fast kokett. «Aber ich bin eben verheiratet!»

Marcello bemerkte, daß Lina jetzt einen Arm von den Beinen Giulias nahm, mit der Hand langsam, aber hartnäckig an Giulias Schenkel entlangglitt und dabei das Badetuch beiseite schob. «Verheiratet!» sagte Lina mit intensivem Sarkasmus, und sie schob ihre Hand immer höher. «Die Frage ist nur – mit wem?»

«Mir gefällt er!» sagte Giulia.

Die Hand Linas schob sich nun auf Giulias Hüfte und lag dort, zögernd und gleichzeitig zudringlich wie der Kopf einer Schlange.

Auf einmal ergriff Giulia Linas Hand beim Gelenk und schob diese mit Entschiedenheit weg. Dabei sagte sie in nachsichtigem Ton, wie eine Gouvernante einen unruhigen Jungen zurechtweist: «Glaub nicht, daß ich nicht merke, was du tust ...»

Lina nahm die Hand Giulias und begann, sie sanft zu küssen. Immer wieder rieb sie das ganze Gesicht wie ein Hund an Giulias Handfläche. Dann flüsterte sie mit äußerster Zärtlichkeit:

«Kleines ... Dummes ...»

Ein langes Schweigen folgte. Die konzentrierte Leidenschaft, die aus jeder Bewegung Linas sprach, stand in seltsamem Gegensatz zu der Zerstreutheit und Gleichgültigkeit Giulias. Obwohl sie ihre Hand weiterhin den Küssen Linas überließ, schien sie nicht einmal mehr neugierig zu sein. Vielmehr schaute sie sich im Zimmer um, als suche sie nach irgendeinem Vorwand, um Lina loszuwerden. Schließlich zog sie die Hand zurück und machte Anstalten, sich zu erheben.

Dabei sagte sie: «Jetzt muß ich mich aber wirklich anziehen.»

Lina sprang rasch auf die Beine und rief: «Rühr dich nicht! Sag mir nur, wo die Sachen sind. Ich will dich anziehen.»

Sie stand mit dem Rücken zur Tür und verbarg Giulia völlig vor den Blicken Marcellos.

Der hörte die Stimme seiner Frau, die mit einem Lachen sagte: «Willst du meine Kammerjungfer spielen?»

«Was macht dir das schon aus! Nichts. Und mir macht es so viel Freude.»

«Nein. Ich ziehe mich selbst an.» Hinter der bekleideten Lina trat Giulia jetzt ganz nackt hervor und verschwand im Hintergrund des Zimmers. Dann war ihre Stimme zu hören: «Bitte sieh mich nicht an. Dreh dich um! Ich schäme mich.»

«Du schämst dich vor mir? Aber ich bin doch auch eine Frau!»

«Du bist nur sozusagen eine Frau. Du schaust mich an, wie mich die Männer anschauen.»

«Also dann sag doch gleich, ich soll gehen ...»

«Nein. Bleib nur. Aber schau mich nicht an.»

«Aber ich schau dich ja nicht an. Dummes! Glaubst du, ich lege großen Wert drauf, dich anzuschauen?»

«Werde doch nicht bös! Versteh mich ... Wenn du nicht vorhin in dieser gewissen Art zu mir gesprochen hättest, würde ich mich jetzt nicht schämen. Dann könntest du mich ansehen, soviel du willst.» Giulia zog offenbar gerade ein Kleid über den Kopf, denn ihre Stimme klang erstickt.

«Willst du wirklich nicht, daß ich dir helfe?»

«Mein Gott, wenn es dir so wichtig ist ...»

Lina bewegte sich zögernd, wenn auch aggressiv, erniedrigt, aber glühend, auf Giulia zu, war für Marcello einen Augenblick im Profil zu sehen, verschwand dann hinter der Tür in der Richtung, aus der die Stimme Giulias gekommen war.

Ein Augenblick des Schweigens folgte. Dann rief Giulia ungeduldig, aber nicht feindselig:

«Uff! Was bist du lästig!» Lina antwortete nicht.

Jetzt war das Ehebett leer. Auf dem eingedrückten Kopfkissen konnte man erkennen, wo Giulias Hüften in dem feuchten Badetuch gelegen hatten.

Marcello zog sich von seinem Beobachtungsposten zurück und ging wieder auf den Korridor hinaus. Sobald er einige Schritte von der Zimmertür entfernt war, bemerkte er, daß er infolge seiner Überraschung und Verwirrung und ohne sein Wissen etwas Bedeutsames getan hatte: Er hatte ganz mechanisch zwischen den Fingern die Gardenie zerpflückt, das Geschenk des Alten, das Lina zugedacht gewesen war. Jetzt warf er den Rest der Blume auf den Teppich und ging zur Treppe.

Im Erdgeschoß angekommen, verließ er das Hotel und trat zum Seine-Quai, in das falsche, trügerische Licht der Dämmerung. Die Lampen brannten bereits: die weißen, die wie Trauben an den fernen Brücken hingen, die gelben, die paarweise an den Autos befestigt waren. Und die rechteckigen Fenster in den Häusern leuchteten rot. Die Nacht stieg wie ein finsterer Rauch am gegenüberliegenden Ufer empor – vor dem grünen, heiteren Himmel und hinter den schwarzen Umrissen der Kuppeln und Dächer.

Marcello lehnte sich auf die Brüstung und blickte zur dunklen Seine hinab, die jetzt in ihrer fast schwarzen Strömung ganze Streifen und glitzernde Kreise von Edelsteinen mit sich zu tragen schien.

Was er in diesem Augenblick empfand, glich nicht mehr dem Tumult einer inneren Katastrophe, sondern war bereits jener tödlichen Ruhe ähnlich, die einer Katastrophe zu folgen pflegt.

Er begriff, daß er während dieses Nachmittags ein paar Stunden lang irrtümlich an die Liebe geglaubt hatte. Jetzt sagte er sich, daß er statt dessen in einer völlig konfusen und dürr gewordenen Welt lebte, in der die wirkliche Liebe gar nicht existierte.

Er dachte: Es gibt nur die sinnliche Beziehung – von der natürlichsten und allgemeinsten angefangen bis zur anomalsten und ungewöhnlichsten. Lina hat keine Liebe für mich empfunden. Und das, was sie für Giulia empfindet, ist auch keine Liebe. Ich liebe Giulia nicht. Und vielleicht liebt auch Giulia mich nicht, da sie doch so duldsam die Angebote Linas angehört hat.

In diesem finsteren Augenblick vermischten sich in seiner Phantasie jene zweideutigen Gestalten von Frauen, die Männer waren, und von Männern, die Frauen waren. Und in einem höheren Sinn schien sich diese gänzlich ausweglose Zweideutigkeit noch zu verdoppeln.

Nur deshalb, weil es keine Liebe gibt, so sagte sich Marcello, muß ich weiterhin der sein, der ich bisher gewesen bin. Ich werde meine Mission abschließen. Ich werde eine Familie gründen – zusammen mit der animalischen und unberechenbaren Giulia. Dieser Rückzug, diese leere Form, ist die Normalität. Außerhalb gibt es nur Konfusion und Willkür.

Zu diesem Rückzug fühlte er sich auch durch das Verhalten Linas getrieben. Sie haßte ihn wahrscheinlich. Und sie verachtete ihn, das hatte sie ihm ja bereits gesagt, als sie noch aufrichtig gewesen war. Um aber die Beziehungen nicht abreißen zu lassen, um eine Zusammenkunft mit Giulia zu ermöglichen, hatte sie ihm gegenüber die Liebende gespielt. Von ihr konnte er also nicht einmal Verständnis oder Mitleid erwarten. Jetzt empfand er einen scharfen, ohnmächtigen Schmerz: Linas Feindschaft war endgültig und noch verstärkt durch ihre sexuelle Abnormität, ihre politische Gegnerschaft und moralische Verachtung.

Das Licht in Linas Augen, das Licht auf ihrer reinen und intelligenten Stirn, die ihn so sehr bezaubert hatte, würde niemals für ihn leuchten. Nie würde sich Lina liebevoll über ihn beugen und ihn beruhigen. Statt dessen würde sie es vorziehen, ihr Licht in Schmeicheleien, Bitten und schrecklichen Umarmungen verlöschen zu lassen.

Jetzt sah er sie von neuem vor sich, das Gesicht an die Knie Giulias gepreßt. Diese Haltung Linas hatte in ihm dasselbe Gefühl der Entweihung erweckt, dessen er sich im Freudenhaus zu S. bewußt geworden war, als sich die Prostituierte Luisa von Orlando anfassen ließ.

Natürlich war Giulia nicht Orlando. Aber er hatte gewünscht, daß sich Linas Stirn vor niemandem beuge. Er war enttäuscht worden.

Unterdessen war es Nacht geworden. Marcello wandte sich

dem Hotel zu. Gerade in diesem Augenblick sah er Linas weiße Gestalt, die das Hotel verließ und schnell auf ein Auto zuging, das etwas weiter entfernt am Gehsteig stand.

Er war betroffen über Linas zufriedene Haltung und über die heimliche Art, mit der sie sich bewegte: wie ein Wiesel, das aus einem Hühnerstall davonschleicht und seine Beute wegschleppt. Er dachte: Das ist nicht die Haltung eines Menschen, der zurückgewiesen worden ist. Ganz im Gegenteil! Sicher war es Lina gelungen, Giulia irgendwelche Versprechungen zu entreißen. Vielleicht aber hatte sich Giulia auch aus Müdigkeit oder Passivität soweit gehenlassen, ihr Zärtlichkeiten zu erweisen, die für sie selbst ganz bedeutungslos, für Lina aber höchst kostbar waren.

Inzwischen hatte die Frau den Wagenschlag geöffnet, war eingestiegen, hatte die Beine nachgezogen ... Jetzt sah Marcello sie vorbeifahren, die Hände am Volant. Er sah ihr schönes, hochmütiges und feines Gesicht im Profil. Dann entfernte sich der Wagen.

Marcello ging ins Hotel zurück. Er stieg die Treppe empor und betrat sein Zimmer, ohne anzuklopfen. Das Zimmer war wieder in Ordnung. Giulia saß völlig bekleidet vor dem Toilettentisch und kämmte sich.

Ruhig, ohne sich umzuwenden, fragte sie: «Bist du's?»

«Ja. Ich bin's.» Marcello setzte sich aufs Bett, wartete einen Augenblick und erkundigte sich dann: «Hast du dich gut unterhalten?»

Sogleich wandte sich seine Frau lebhaft um: «Sehr gut ... Wir haben so viele schöne Dinge gesehen. Ich habe mein Herz mindestens in zehn Geschäften gelassen.»

Marcello sagte nichts. Giulia kämmte sich schweigend zu Ende, stand auf, setzte sich ebenfalls aufs Bett. Sie trug ein schwarzes Kleid mit einem großen, offenherzigen Ausschnitt. Wie zwei schöne Früchte in einem Korb schauten die beiden festen, dunklen Rundungen des Busens hervor. Auf Giulias Schulter war eine scharlachrote Stoffrose befestigt. Ihr sanftes junges Gesicht mit den großen lächelnden Augen und dem frischen Mund hatte den gewohnten Ausdruck sinnlicher Heiterkeit. In einem vielleicht unbewußten Lächeln entblößte sie zwischen den lebhaft rotgefärbten Lippen die regelmäßigen leuchtendweißen Zähne.

Sie nahm zärtlich seine Hand: «Denk dir, was mir geschehen ist...»

«Was denn?»

«Diese Dame – die Frau von Professor Quadri –, stell dir nur vor – ist keine normale Frau!»

«Was soll das heißen?»

«Das ist eine von den Frauen, die Frauen lieben. Kurz und gut, denk dir, sie hat sich in mich verliebt! So – auf den ersten Blick. Das hat sie mir gesagt, nachdem du weggegangen bist. Deswegen hat sie so darauf bestanden, daß ich bei ihr bleiben und mich ausruhen sollte. Sie hat mir eine regelrechte Liebeserklärung gemacht. Wer hätte das gedacht!»

«Und du?»

«Ich war darauf wirklich nicht gefaßt, ich war gerade im Begriff, einzuschlafen. Ich war nämlich tatsächlich müde. Im ersten Moment verstand ich überhaupt nichts. Schließlich begriff ich, was sie wollte. Aber dann wußte ich nicht, wie ich mich verhalten sollte. Weißt du, es ist bei ihr eine richtige, wütende Leidenschaft – wie bei einem Mann. Sag, hättest du von dieser Frau, die derart selbstbeherrscht aussieht, so etwas erwartet?»

«Nein», erwiderte Marcello sanft. «Nein, das hätte ich nicht erwartet. Genausowenig», fügte er hinzu, «wie ich erwarten würde, daß du diese Gefühle erwiderst.»

«Ach wo! Du bist doch nicht etwa eifersüchtig?» Sie brach in ein geschmeicheltes, frohes Lachen aus. «Eifersüchtig auf eine Frau? Auch wenn ich – sagen wir – ihr nachgegeben hätte, dürftest du nicht eifersüchtig sein. Eine Frau ist kein Mann. Beruhige dich. Zwischen uns ist nichts geschehen. Fast nichts.»

«Fast...?»

«Nun ja, fast...» antwortete sie in zurückhaltendem Ton. «Denn im Auto, als sie mich in das Hotel zurückbrachte, war sie so verzweifelt, daß ich ihr gestattet habe, meine Hand zu drücken.»

«Nur deine Hand...?»

«Aber du bist ja tatsächlich eifersüchtig!» rief sie von neuem recht zufrieden aus. «So kenne ich dich ja gar nicht!» Nach einem Augenblick fügte sie hinzu: «Na schön, wenn du's unbedingt wissen willst... Ich habe ihr auch gestattet, mir einen Kuß zu geben – aber wie zwischen zwei Schwestern. Als sie mich darauf weiter bedrängte, habe ich sie weggeschickt. Das ist alles. Jetzt sag mir ... Bist du immer noch eifersüchtig?»

Marcello war von diesem Thema nicht abgewichen, weil er wollte, daß Giulia von Lina sprach. Und jetzt wollte er noch einmal feststellen, worin er sich von Giulia unterschied: Etwas, das überhaupt nicht geschehen war, hatte sein ganzes Leben aus der Fassung gebracht. Seine Frau hingegen war nachsichtig und offen allen Erfahrungen gegenüber. Ihr Fleisch war noch vergeßlicher als ihre Seele.

Er fragte sanft: «Hast du eigentlich früher schon solche Beziehungen gehabt?»

«Nein! Nie!» antwortete sie mit Entschiedenheit. Marcello merkte sofort, daß sie log, denn dieser entschiedene Ton war bei ihr ganz ungewohnt.

Er beharrte: «Warum lügst du denn? Wer von solchen Sachen keine Ahnung hat, benimmt sich nicht so, wie du dich mit Signora Quadri benommen hast. Sag die Wahrheit!»

«Aber was macht dir denn das schon aus!»

«Es interessiert mich.»

Giulia schwieg einen Augenblick mit niedergeschlagenen Augen und sagte dann langsam: «Du weißt doch – diese Geschichte mit dem Mann – dem Advokaten ... Bis zu dem Tag, an dem ich dir begegnet bin, hatte ich deswegen einen richtigen Schock vor den Männern. So knüpfte ich eine Freundschaft an. Mit einem Mädchen, einer Studentin meines Alters ... Die Freundschaft dauerte aber nicht lange. Sie hatte mich wirklich lieb. In jener Zeit empfand ich ein so starkes Bedürfnis nach einem Gefühl. Aber dann wurde sie so besitzergreifend, eifersüchtig und begann, Forderungen zu stellen. Da brach ich die Beziehung ab. Hier und da sehe ich sie in Rom noch. Die Arme, sie hat mich immer noch lieb!»

Jetzt war Giulias Zurückhaltung und Verlegenheit wieder vorbei. Der übliche friedliche Ausdruck auf ihrem Gesicht war zurückgekehrt. Sie nahm seine Hand und fügte hinzu: «Sei ruhig! Sei nicht eifersüchtig! Du weißt, daß ich nur dich liebe!»

«Ich weiß!» Marcello erinnerte sich plötzlich an die Tränen Giulias im Schlafwagen und an ihren Selbstmordversuch. Er war sicher, daß sie es aufrichtig meinte.

Sonderbar: Giulia erblickte zwar ganz konventionell in ihrer fehlenden Jungfräulichkeit einen Verrat an ihm, maß aber ihren vergangenen Erlebnissen gar keine Wichtigkeit bei.

Sie begann von neuem: «Ich sage dir, diese Frau ist tatsächlich verrückt. Weißt du, was sie möchte? Daß wir in ein paar Tagen alle zusammen nach Savoyen fahren, wo die Quadri ein Haus haben. Ja... denk dir, sie hat sogar schon ein Programm gemacht.»

«Was für ein Programm?»

«Ihr Mann reist morgen ab. Sie aber bleibt noch ein paar Tage in Paris. Sie sagt, sie hätte noch verschiedenes zu tun; ich bin aber überzeugt, daß sie nur meinetwegen bleibt. Sie schlägt uns also vor, mit ihr zusammen nach Savoyen zu fahren und dort mit ihr und ihrem Mann eine Woche in den Bergen zu verbringen. Daß wir beide auf der Hochzeitsreise sind, nimmt sie gar nicht zur Kenntnis. Du existierst für sie nicht. Sie hat mir die Adresse des Hauses in Savoyen aufgeschrieben und mich schwören lassen, daß ich dich dazu überreden werde, die Einladung anzunehmen.»

«Und wie lautet die Adresse?»

«Dort ist sie», sagte Giulia und deutete auf ein Stück Papier, das auf der Marmorplatte eines Schränkchens lag. «Aber möchtest du etwa die Einladung annehmen?»

«Ich nicht, aber du vielleicht...»

«Guter Gott, glaubst du wirklich, daß mir diese Frau etwas bedeutet? Wenn ich dir doch sage, daß ich sie weggeschickt habe, weil sie mir mit ihrer Aufdringlichkeit lästig fiel...!»

Sie war inzwischen vom Bett aufgestanden und während des Sprechens aus dem Zimmer gegangen. «Übrigens», rief sie vom Badezimmer her, «irgendwer hat vor einer halben Stunde angerufen und nach dir gefragt. Ein Mann, ein Italiener. Aber er wollte seinen Namen nicht nennen. Er hat eine Nummer hinterlassen und dich gebeten, so schnell wie möglich zu telefonieren. Die Nummer steht auch auf dem Blatt Papier.»

Marcello nahm das Blatt zur Hand, zog ein Notizbuch aus der Tasche und vermerkte sorgfältig die Adresse der Quadri in Savoyen und die Nummer Orlandos. Jetzt hatte er das Gefühl, wieder ganz der alte zu sein – nach dem Überschwang dieses Nachmittags. Der Automatismus seiner Gesten und seine schwermütige Resignation bestärkten ihn in diesem Glauben.

Alles ist zu Ende, dachte er und steckte das Notizbuch ein. Jene flüchtige Erscheinung der Liebe ist genaugenommen nichts anderes gewesen als ein letzter Stoß: Nun werde ich mich mit meinem Leben, so wie es ist, abfinden.

Noch einmal dachte er einen Augenblick an Lina. War nicht Linas plötzliche Leidenschaft für Giulia ein offenkundiges Zeichen des Schicksals? Auf diese Weise hatte er die Adresse des Hauses in Savoyen erfahren. Und wenn nun Orlando mit seinen Männern dort auftauchte, war sie nicht da. Daß Quadri allein vorausfuhr und Lina noch in Paris blieb, war für die Mission außerordentlich günstig. Denn wenn alles anders abgelaufen wäre, hätten er und Orlando Schwierigkeiten bei der Durchführung ihres Planes gehabt.

Er erhob sich und rief seiner Frau zu: «Ich gehe hinunter in die Halle und warte dort auf dich!»

Draußen, am Ende des Korridors, war eine Telefonkabine. Er schritt ohne Hast, mechanisch auf sie zu.

Aus dem Hörer erklang die Stimme des Agenten, der scherzhaft fragte: «Na, Herr Doktor, wo machen wir denn das Essen?»

Erst in diesem Augenblick tauchte Marcello aus dem Nebel, der ihn irgendwie umfangen gehalten hatte, auf.

Ruhig, leise und klar begann er, Orlando von der Reise Quadris Mitteilung zu machen.

Achtes Kapitel

Als sie in einer kleinen Straße des Quartier Latin aus dem Taxi stiegen, blickte Marcello zu dem Schild des Lokals empor. *Le Coq au vin* stand dort in weißen Lettern auf braunem Grund in der Höhe des ersten Stockes an einem alten grauen Haus.

Sie traten in das Restaurant ein. An den Wänden lief ein Diwan aus rotem Samt rings um den ganzen Raum. Vor diesem Diwan waren die Tische nebeneinander aufgereiht. Alte rechteckige Spiegel in vergoldeten Rahmen reflektierten das ruhige Licht des Deckenlüsters.

Es befanden sich nur wenige Gäste im Lokal. Marcello entdeckte sogleich Quadri, der in einem Winkel neben Lina saß. Er war schwarz gekleidet, und es fiel Marcello wieder auf, daß er um einen ganzen Kopf kleiner war als seine Frau. Der Professor musterte über seine Brille hinweg die Speisekarte. Lina saß gerade und regungslos in einem Kleid aus schwarzem Samt, das das Weiß ihrer Arme, ihrer Brust und die Blässe ihres Gesichts besonders hervorhob. Es schien, als habe sie bis jetzt dauernd ängstlich auf die Tür gestarrt. Als sie Giulia sah, sprang sie auf, und hinter ihr erhob sich der Professor.

Die beiden Frauen schüttelten einander die Hände. Marcello blickte sich wie absichtslos um und entdeckte in dem gelben Schein eines Spiegels den Kopf Orlandos. Der Agent beobachtete ihn. Im gleichen Augenblick kam Leben in die Wanduhr des Restaurants. Sie begann, mit ihren metallischen Eingeweiden zu klagen und schlug achtmal.

«Acht Uhr!» hörte er Lina befriedigt ausrufen. «Wie pünktlich ihr seid!»

Marcello erschauerte. Während die Uhr ihre düsteren, feierlichen Schläge von sich gab, schüttelte er die Hand Quadris, die ihm dieser entgegengestreckt hatte. Als der letzte Schlag der Uhr erklang, hielt er noch immer die Hand Quadris in der seinen und dachte: Dieser Händedruck bezeichnet nach den Abmachungen dem Agenten Orlando das Opfer. Plötzlich war er beinahe in Versuchung, sich vorzubeugen und Quadri auf die linke Wange zu küssen – wie Judas, mit dem er sich heute nachmittag im Scherz verglichen hatte. Er spürte geradezu auf seinen Lippen die Berührung mit dieser Wange und wunderte sich über seine starke Einbildungskraft. Dann blickte er von neuem zu dem Spiegel hinüber. Der Kopf Orlandos war noch immer da, hing gleichsam im Leeren und starrte ihn an.

Schließlich setzten sie sich alle. Er und Quadri nahmen auf Stühlen Platz, die beiden Frauen auf dem Diwan ihnen gegenüber.

Der Weinkellner erschien mit der Karte, und Quadri begann, sehr genau die Weine zu studieren, die er gut zu kennen schien. Lange diskutierte er mit dem Kellner die Qualität der Getränke, und es machte den Eindruck, als sei er ganz von dieser Beschäftigung in Anspruch genommen. Schließlich bestellte er einen trokkenen Weißwein für den Fisch, einen Rotwein für den Braten und einen eisgekühlten Champagner.

Auf den Weinkellner folgte der Speisenkellner, mit dem sich eine ähnliche Szene wiederholte. Es ergaben sich fachmännische Diskussionen über die verschiedenen Gerichte: Überlegungen, Bedenken, Fragen, Antworten. Endlich wurden drei Gänge bestellt – Vorspeise, Fisch und Fleisch.

Inzwischen plauderte Lina halblaut mit Giulia.

Die Augen fest auf Quadris Frau geheftet, verfiel Marcello in eine Art Traumzustand. Er glaubte noch immer, Quadris Hand zu drücken und dabei die Schläge der Uhr zu hören, und er sah noch immer den Kopf Orlandos im Spiegel hängen. Plötzlich begriff er, daß er vor wenigen Minuten seinem Schicksal begegnet war – wie einem Meilenstein an einem Kreuzweg. Zwischen zwei verschiedenen Straßen hatte er die Wahl gehabt. Und jede der beiden Straßen hatte eine endgültige Entscheidung dargestellt.

Er fuhr zusammen, als Quadri in seinem gewohnten indifferenten Ton fragte:

«Sind Sie ein bißchen in Paris herumgegangen?»

«Ja. Ein wenig.»

«Hat's Ihnen gefallen?»

«Sehr.»

«Ja, Paris ist eine liebenswerte Stadt.» Es war, als spräche Quadri für sich, als dürfe Marcello nur nebenbei an seinen Worten teilhaben. «Aber ich möchte wirklich, daß Sie Ihre Aufmerksamkeit auf den Punkt konzentrieren, auf den ich Sie heute schon aufmerksam gemacht habe. Paris ist, um das noch einmal zu betonen, nicht eine lasterhafte, korrupte Stadt, wie die Zeitungen in Italien behaupten. Sie sind wahrscheinlich auch dieser Meinung, die aber in keiner Weise der Wirklichkeit entspricht.»

«Ich bin gar nicht dieser Meinung», erwiderte Marcello etwas überrascht.

«Ich würde mich wundern, wenn Sie anders dächten ...» sagte der Professor, ohne ihn anzusehen. «Alle jungen Leute Ihrer Generation haben ähnliche Ideen. Sie glauben, daß man nicht stark sein kann, wenn man nicht sehr ernst ist. Und um ernst zu sein, schaffen sie sich die Köpfe von Vogelscheuchen an, die sie in Wirklichkeit gar nicht haben.»

«Es kommt mir nicht so vor, als sei ich besonders ernst», sagte Marcello trocken.

«O doch! Das sind Sie schon! Ich werde es Ihnen auch gleich beweisen.»

Er wartete, bis der Kellner die Teller mit den Vorspeisen aufgetragen hatte, und fuhr dann fort: «Während ich die Weine bestellte, wunderten Sie sich innerlich, daß mir solche Dinge wichtig sind. Nicht wahr? Ich wette, daß ich recht habe.»

Wie konnte Quadri das erfaßt haben? Widerwillig gab Marcello zu: «Nun, vielleicht haben Sie recht. Aber da ist doch nichts Böses dabei! Ich habe mich deshalb über Ihren Eifer gewundert, weil Sie selbst so ernst aussehen.»

«Lange nicht so wie Sie, mein lieber Junge! Lange nicht so ...» meinte der Professor liebenswürdig. «Und dann geben Sie's schon zu ... Sie haben Wein nicht gern. Sie verstehen nichts davon.»

«Um die Wahrheit zu sagen ... Ich trinke fast nie. Aber das ist doch nicht so wichtig ...»

«Das ist sehr wichtig», antwortete der Professor ruhig. «Sehr wichtig. Und ich wette auch, daß Sie ein gutes Essen nicht zu würdigen wissen.»

«Ich esse ...» begann Marcello.

«Um zu essen», schloß der Professor triumphierend den Satz. «Darauf wollte ich ja hinaus. Und außerdem haben Sie sicher ein Vorurteil gegen die Liebe. Wenn Sie zum Beispiel ein Paar sehen, das sich im Park küßt, wird Ihre erste Reaktion die des Widerwillens sein, und darauf werden Sie das Paar verurteilen. Und wahrscheinlich werden Sie dann ein Vorurteil gegen den Park haben. Und gegen die Stadt. Sie werden der Überzeugung sein, es handle sich um eine schamlose Stadt. Stimmt's?»

Marcello begriff jetzt, worauf Quadri hinauswollte. Er zwang sich, zu sagen: «Ich ziehe nie solche Schlüsse. Aber es mag stimmen, daß mir alle diese Dinge an sich nicht liegen.»

«Nicht nur das! In Ihren Augen sind die Leute, denen solche Dinge liegen, schuldig und verächtlich. Gestehen Sie doch die Wahrheit!»

«Davon kann keine Rede sein. Diese Leute sind nur anders als ich. Das ist alles.»

Plötzlich ging der Professor auf die Politik über: «Wer nicht für uns ist, ist gegen uns. So heißt es doch heute in Italien und auch woanders, nicht wahr?»

Er hatte inzwischen zu essen begonnen und aß mit solcher Lust, daß sich die Brille auf seiner Nase verschob.

«Ich glaube nicht», sagte Marcello trocken, «daß die Dinge, über die wir eben sprachen, mit Politik zu tun haben.»

«Edmondo ...!» mahnte Lina.

«Ja, meine Liebe?»

«Du hast mir versprochen, daß heute abend nicht über Politik debattiert wird.»

«Aber von Politik ist doch gar nicht die Rede!» sagte Quadri. «Wir sprachen von Paris. Um also das Thema abzuschließen – da Paris eine Stadt ist, in der die Menschen gern essen, trinken, tanzen und einander in den Parks küssen, sich überhaupt gern amüsieren, bin ich sicher, daß Ihr Urteil über Paris nur ungünstig sein kann.»

Diesmal gab Marcello keine Antwort.

Statt dessen antwortete Giulia lächelnd für ihn: «Mir gefallen die Leute in Paris sehr. Alle sind so fröhlich.»

«Gut gesagt», stimmte ihr der Professor zu. «Gnädige Frau, Sie müssen Ihren Mann kurieren!»

«Aber er ist doch gar nicht krank!»

«Doch, er ist krank. Denn er ist zu ernst», sagte der Professor, den Kopf über seinen Teller gebeugt. Und fast zwischen den Zähnen fügte er hinzu: «Besser gesagt – seine Ernsthaftigkeit ist nur ein Symptom.»

Marcello dachte: Jetzt ist es ganz klar, daß der Professor mit mir spielt, wie die Katze mit der Maus. Er weiß ja alles von mir, das hat mir Lina selbst gesagt. Allerdings ist sein Spiel sehr unschuldig – verglichen mit meinem eigenen düsteren Spiel, das heute nachmittag im Hause Quadris begonnen hat und in der Villa in Savoyen blutig enden soll.

Mit einer fast melancholischen Koketterie fragte er Lina: «Wirke ich tatsächlich so ernst? Auch auf Sie?»

Sie musterte ihn mit einem kalten, widerstrebenden Blick, aus dem Marcello voller Schmerz die tiefe Abneigung herauslas, die sie für ihn empfand. Dann, auf einmal, begann sie wieder, die Rolle der verliebten Frau zu spielen, die sie sich offenbar zu spielen vorgenommen hatte. Mit einem erzwungenen Lächeln sagte sie: «Gewiß, Sie machen einen sehr strengen Eindruck. Allerdings, ich kenne Sie noch nicht genügend ...»

«Einen strengen Eindruck, ah, das ja!» sagte Giulia und schaute ihren Mann liebevoll an. «Stellen Sie sich vor, ich habe ihn vielleicht erst ein dutzendmal lächeln sehen. Streng ja, das ist das richtige Wort!»

Lina blickte Marcello jetzt fest an, mit einer bösen Aufmerksamkeit.

«Nein», sagte sie dann langsam. «Nein. Ich habe mich geirrt. Streng ist nicht das richtige Wort. Besser wäre sorgenvoll.»

«Warum sorgenvoll?»

Sie zuckte gleichgültig mit den Schultern: «Das weiß ich nun wirklich nicht.»

Plötzlich spürte Marcello zu seinem größten Staunen, daß ihr Fuß unter dem Tisch den seinen erst streifte und dann kräftig drückte.

Quadri sagte gütig: «Clerici, machen Sie sich nicht allzuviel Gedanken darüber, ob Sie nun sorgenvoll aussehen oder nicht. Wir unterhalten uns ja nur, um die Zeit zu vertreiben. Sie sind auf der Hochzeitsreise. Das allein soll Sie interessieren.» Sein Lächeln wirkte wie die Grimasse eines im Gesicht Verstümmelten.

Giulia lächelte ihrerseits und sagte heiter: «Vielleicht ist es gerade unsere Hochzeitsreise, die ihm Sorgen macht. Stimmt's, Marcello?»

Der Fuß Linas drückte weiter den seinen. Bei dieser Berührung war ihm, als hätte sich die Zweideutigkeit in den Liebesbeziehungen der anderen – wenn auch ganz verändert – auf sein Leben übertragen. Bin ich jetzt nicht auch, fragte er sich, irgendwie in einer doppelten Situation?

Er mußte an zwei ineinanderkopierte Fotografien denken: Auf der einen fuhr er gerade mit Giulia nach Italien zurück, nachdem er Quadri dem Agenten ausgeliefert hatte. Auf der anderen befand er sich mit Lina in Paris, nachdem er Giulia im Stich gelassen hatte. Und die sich überschneidenden Konturen dieser Fotografien enthielten alle Nuancen seines Gefühls – Bedauern, Entsetzen, Hoffnung, Schwermut, Resignation und Rebellion.

Er wußte sehr genau, daß Lina seinen Fuß nur drückte, um

ihn zu täuschen, um ihrer Rolle als einer verliebten Frau treuzubleiben. Dennoch hoffte er, sich zu irren und von ihr geliebt zu werden.

Gleichzeitig fragte er sich, warum sie ihm gerade mit dieser traditionellen und gewöhnlichen Geste ihre vorgetäuschten Gefühle zu verstehen gab, wo doch so viele andere Möglichkeiten existierten. Dann dachte er: Sie hat auf diese Weise wieder einmal ihre Verachtung für mich ausdrücken wollen – wie für jemanden, der keinen Anspruch auf Feinheit und Erfindungsgabe erheben kann, wenn er hinters Licht geführt wird.

Lina sagte, während sie noch immer seinen Fuß drückte und ihn fest ansah: «Ja, was übrigens eure Hochzeitsreise betrifft... Ich habe schon mit Giulia gesprochen. Aber da ich weiß, daß Giulia nicht den Mut haben wird, mit Ihnen zu sprechen, gestatte ich mir, selber den Vorschlag zu machen... Warum kommt ihr nicht zu uns nach Savoyen? Wir werden den ganzen Sommer dort sein. Wir haben ein schönes Gästezimmer. Bleibt eine Woche, zehn Tage, so lange ihr wollt. Und dann, von dort aus, könnt ihr direkt nach Italien zurückfahren.» Lina hatte betont gesprochen, entschlossen, ihn und Giulia zu überreden.

Das also, dachte Marcello fast enttäuscht, ist die Erklärung für den Druck ihres Fußes.

Es ärgerte ihn, daß diese Einladung nach Savoyen so gut in den Plan Orlandos hineinpaßte: Wenn er die Einladung annahm, blieb Lina länger in Paris, und Orlando würde inzwischen genügend Zeit haben, Quadri dort oben im Gebirge zu erledigen.

Langsam sagte er: «Ich, was mich betrifft, habe nichts gegen eine Spazierfahrt nach Savoyen einzuwenden. Allerdings erst in einer Woche, wenn wir uns Paris angesehen haben.»

«Ausgezeichnet!» rief Lina triumphierend. «So kommt ihr mit mir hinauf! Auch ich muß noch eine Woche in Paris bleiben. Mein Mann fährt schon morgen.»

Jetzt, da keinerlei Notwendigkeit mehr bestand, zärtlich zu sein, berührte Lina seinen Fuß nicht mehr. Ja, sie dankte ihm nicht einmal mit einem Blick für seine Zusage.

Marcello schaute seine Frau an und hatte den Eindruck, daß sie unzufrieden war.

Schließlich sagte Giulia: «Es tut mir leid, daß ich mit dem Entschluß meines Mannes nicht einverstanden sein kann. Und es tut mir auch leid, unfreundlich Ihnen gegenüber erscheinen zu müssen, Signora Quadri. Aber wir können nicht nach Savoyen fahren.»

«Warum denn nicht?» Marcello konnte diese Frage nicht unterdrücken.

«Du weißt doch, von Paris müssen wir an die Côte d'Azur fahren, um uns dort mit unseren Freunden zu treffen.»

Das war natürlich eine Lüge. Sie hatten gar keine Freunde an der Côte d'Azur. Marcello verstand, daß Giulia log, weil sie Lina loswerden und gleichzeitig ihm beweisen wollte, wie gleichgültig ihr Lina war. Er dachte: Wenn diese Einladung nicht zustande kommt, besteht die Gefahr, daß Lina – verärgert durch Giulias Ablehnung – mit Quadri zusammen fortfährt. Das muß ich verhindern, indem ich Giulia trotz ihres Widerstandes dahin bringe, die Einladung anzunehmen.

Also sagte er hastig: «Ach, auf diese Freunde können wir verzichten! Und vielleicht wird noch genügend Zeit bleiben, sie trotzdem zu sehen.»

«Die Côte d'Azur! Wie schrecklich!» rief Lina, erfreut über die Hilfe Marcellos, heiter, stürmisch und mit singender Stimme. «Wer fährt denn schon an die Côte d'Azur! Südamerikanische Schieber! Kokotten!»

«Ja ... Aber wir haben eine Verabredung!» sagte Giulia dickköpfig.

Wieder fühlte Marcello den Fuß Linas an dem seinen. Mit einer gewissen Anstrengung fragte er: «Na, Giulia, wollen wir nicht doch annehmen?»

«Wenn du es wünschst ...» antwortete sie.

Mit einem unruhigen, traurigen, gereizten, überraschten Gesicht wandte sich Lina zu Giulia und rief konsterniert: «Aber warum, warum wollt ihr denn durchaus diese schreckliche Côte d'Azur sehen? Nur Leute aus der Provinz wollen die Côte d'Azur sehen. Ich versichere Ihnen, niemand würde zögern, unsere Einladung anzunehmen!» Und mit plötzlicher verzweifelter Lebhaftigkeit fügte sie hinzu: «Los, los ... Es gibt irgendeinen Grund für Ihre Absage, den Sie verschweigen. Vielleicht sind Ihnen mein Mann und ich unsympathisch ...»

Marcello konnte nicht umhin, diese leidenschaftliche Heftigkeit zu bewundern, mit der sich Lina gestattete, in seiner und Quadris Gegenwart, Giulia fast eine Liebesszene zu machen.

Ein wenig überrascht protestierte Giulia: «Aber ich bitte Sie! Was fällt Ihnen denn ein?»

Quadri, der schweigend aß und sein Essen so zu genießen schien, daß er kaum zuhörte, bemerkte schließlich mit der üblichen Gleichgültigkeit: «Lina! Du bringst Signora Clerici in Verlegenheit Auch wenn wir ihr unsympathisch wären, wie du behauptest, würde sie das bestimmt nie zugeben.»

«Ja, wir sind ihr unsympathisch!» sagte Lina, ohne sich um die Worte ihres Mannes zu kümmern. «Oder richtiger – vielleicht bin ich es nur, die ihr unsympathisch ist. Stimmt's, meine Liebe? Ich bin Ihnen unsympathisch!» Dann wandte sie sich an Marcello und fuhr mit derselben verzweifelten, mondänen Lebhaftigkeit fort: «Man glaubt sympathisch zu sein, statt dessen geschieht es manchmal, daß gerade die Leute, denen man sympathisch sein will, einen nicht ausstehen können. Sagen Sie die Wahrheit, meine Liebe – Sie können mich nicht ausstehen! Und während ich mit Ihnen rede und dummerweise darauf bestehe, daß Sie zu uns nach Savoyen kommen, denken Sie: was will denn diese Verrückte von mir! Merkt sie denn noch immer nicht, daß ich ihr Gesicht, ihre Stimme, ihre Art, alles an ihr nicht leiden kann? Gestehen Sie die Wahrheit! In diesem Augenblick denken Sie wirklich so etwas.»

Jetzt hatte sie, wie sich Marcello sagte, wirklich jede Vorsicht fallenlassen. Und wenn auch vielleicht ihr Mann dieser ganzen Szene keine Bedeutung beimaß, mußte er auf jeden Fall merken, wem ihre Aufregung galt, obwohl Lina gleichzeitig die Absicht hatte, ihn, Marcello, damit einzufangen.

Giulia protestierte schwach und verdutzt: «Aber was fällt Ihnen denn ein! Ich möchte wirklich wissen, wie Sie auf solche Ideen kommen können!»

«So ist es», rief Lina schmerzlich. «Ich bin Ihnen unsympathisch!» Und dann, an ihren Mann gewandt, mit fiebriger und bitterer Heiterkeit: «Siehst du, Edmondo, du hast angenommen, Signora Clerici würde es nicht sagen. Statt dessen hat sie es gesagt – ich bin ihr unsympathisch!»

«Das hab ich nicht gesagt!» meinte Giulia lächelnd. «Das hab ich nicht einmal gedacht.»

«Gesagt haben Sie's nicht. Aber Sie haben es mir zu verstehen gegeben.»

Quadri bemerkte, ohne die Augen von seinem Teller zu heben: «Lina, ich verstehe deine Art, auf dieser Sache herumzureiten, wirklich nicht. Warum solltest du denn der Signora Clerici unsympathisch sein? Sie kennt dich doch erst seit wenigen Stunden. Wahrscheinlich empfindet sie überhaupt nichts für dich.»

Marcello begriff, daß er noch einmal eingreifen mußte, das forderten die Augen Linas von ihm – sie waren zornig und sprühten geradezu vor Verachtung. Sie drückte jetzt nicht mehr seinen Fuß. Aber plötzlich griff sie nach dem Salzfaß und streifte dabei die Finger seiner Hand.

In einem freundlichen und abschließenden Ton sagte Marcello: «Giulia und ich haben sogar sehr viel Sympathie für Sie und nehmen die Einladung gern an. Wir kommen selbstverständlich. Nicht wahr, Giulia?»

Unvermutet nachgiebig entgegnete Giulia: «Es war natürlich nur wegen dieser Verabredung... Sonst hätten wir gleich zugesagt...»

«Ausgezeichnet! Dann ist ja alles klar. Wir fahren also in einer Woche zusammen fort.» Lina strahlte. Dann begann sie, von der Schönheit Savoyens zu reden, von den Spaziergängen, die man miteinander machen, von dem Haus, in dem man wohnen würde.

Es fiel Marcello auf, daß sie ziemlich wirr durcheinandersprach. Er dachte: Sie benimmt sich nicht wie ein Mensch, der bestimmte Dinge erzählen, bestimmte Mitteilungen machen will. Sie gleicht eher einem Vogel, den ein plötzlicher Sonnenstrahl in seinem Käfig fröhlich macht und der nun das Bedürfnis hat, zu singen.

Eine unvorsichtige und unbeherrschte Freude ging von Lina aus. Marcello fühlte sich von dem Gespräch der beiden Frauen ausgeschlossen.

Er hob wieder, wenn auch mechanisch, den Blick zu dem Spiegel hinter Quadris Rücken. Der ehrliche, gutmütige Kopf Orlandos hing wie vorher im Leeren, des Leibes beraubt, dennoch lebend. Aber Orlandos Kopf hing nicht mehr allein dort. Der Spiegel zeigte jetzt einen zweiten Kopf im Profil, ebenso klar, doch nicht minder absurd. Orlando und der andere sprachen miteinander.

Dieser andere hatte den Kopf eines Raubvogels, jedoch nicht die Züge eines Adlers, vielmehr schien er trauriger und minderwertiger Art zu sein: Unter einer niedrigen Stirn saßen kleine, tief eingesunkene, erloschene Augen. Er hatte eine große melancholische, gekrümmte Nase, eingefallene Wangen voller asketischer Schatten, eine fliehende Stirn. Der Mund war winzig.

Marcello betrachtete dieses fremde Gesicht eine Weile und fragte sich, ob er es schon irgendwann einmal gesehen habe.

Dann fuhr er zusammen, denn Quadri sprach ihn an: «Apropos, Clerici ... Wenn ich Sie um einen Gefallen bäte, würden Sie mir ihn tun?»

Es war eine unerwartete Frage, und es fiel Marcello auf, daß Quadri sie erst in dem Augenblick stellte, als seine Frau endlich schwieg.

Er sagte: «Gewiß, wenn es mir möglich ist ...»

Quadri blickte, bevor er fortfuhr, zu seiner Frau hin. Offenbar hatte er das, was jetzt kam, mit ihr schon besprochen und wollte nur noch einmal ihre Zustimmung einholen.

«Es handelt sich um folgendes», begann Quadri in einem gleichzeitig herzlichen und zynischen Ton. «Sie wissen ja bestimmt, worin meine Tätigkeit hier in Paris besteht und warum ich nicht mehr nach Italien zurückkehre. Nun haben wir in Italien Freunde, mit denen wir – so gut es geht – korrespondieren. Eine der Möglichkeiten besteht darin, unpolitischen und in keiner Weise verdächtigen Personen Briefe mitzugeben. Ich habe mir also gedacht, daß auch Sie mir einen solchen Brief nach Italien mitnehmen könnten. Sie brauchten ihn dann bloß in der ersten italienischen Station, durch die Sie kommen, in den Briefkasten zu werfen. Etwa in Turin ...»

Ein längeres Schweigen folgte. Marcello war sich darüber im klaren, daß Quadris Bitte nur den Zweck hatte, ihn auf die Probe zu stellen, oder ihn wenigstens in Verlegenheit zu bringen. Wie er bereits bemerkt hatte, handelte Quadri im Einverständnis mit Lina. Wahrscheinlich hatte der Professor seiner Frau auseinandergesetzt, daß er eine Art Manöver beabsichtige. Aber auch das hatte offensichtlich nicht dazu geführt, ihre Feindseligkeit zu vermindern: Sie hatte einen angespannten, kalten und irgendwie gereizten Zug im Gesicht.

Da Marcello im Augenblick nicht erraten konnte, was für Zwekke Quadri sonst noch verfolgte, antwortete er, um Zeit zu gewinnen: «Aber wenn ich entdeckt werde, lande ich im Gefängnis!»

Quadri lächelte und sagte scherzhaft: «Das wäre kein so großes Unglück. Im Gegenteil! Für uns wäre es beinahe gut. Wissen Sie nicht, daß alle politischen Bewegungen Märtyrer und Opfer brauchen?»

Lina zog die Brauen zusammen, sagte aber nichts. Giulia starrte auf Marcello: ängstlich und in der Hoffnung, er möge ablehnen.

Langsam sagte Marcello: «Kurz und gut ... Sie wünschen beinahe, daß dieser Brief entdeckt wird.»

«Das nicht», entgegnete der Professor und goß sich mit fröhlicher Sorglosigkeit Wein ein. Bei diesem Anblick empfand Marcello fast etwas wie Mitleid.

«Wir wünschen vor allem», fuhr Quadri fort, «daß eine möglichst große Anzahl von Menschen sich kompromittiert, mit uns kämpft. Für unsere Sache ins Gefängnis kommen, ist nur eine der vielen Möglichkeiten, um sich zu kompromittieren, um zu kämpfen. Aber keineswegs die einzige.» Er trank langsam. Dann fügte er ernst und ganz unerwartet hinzu: «Ich habe diese Bitte nur so an Sie gerichtet ... Ich wußte, daß Sie ablehnen würden ...»

«Das haben Sie richtig vorausgesehen», erwiderte Marcello, der inzwischen das Für und Wider des Vorschlages abgewogen hatte. «Es tut mir leid, aber ich glaube, daß ich Ihnen diesen Gefallen nicht tun kann.»

«Mein Mann beschäftigt sich nicht mit Politik», erklärte Giulia hastig und erschrocken. «Er ist Staatsbeamter und steht außerhalb dieser Dinge.»

«Natürlich ...» sagte Quadri nachsichtig und fast liebevoll. «Natürlich – er ist ja Staatsbeamter!»

Es schien Marcello, als sei der Professor über seine Ablehnung eigentümlicherweise befriedigt. Lina hingegen machte weiterhin einen gereizten Eindruck.

Sie fragte Giulia in aggressivem Ton: «Warum haben Sie solche Angst, daß sich Ihr Mann mit Politik beschäftigen könnte?»

«Wozu sollte das gut sein?» fragte Giulia ganz natürlich zurück. «Er muß an seine Zukunft denken und nicht an Politik.»

«Tja – dieser Meinung sind die Frauen in Italien», sagte Lina, indem sie sich an ihren Mann wandte. «Und da wunderst du dich, wenn die Dinge so gehen, wie sie gehen ...»

Giulia ärgerte sich: «Italien hat damit nichts zu tun. In bestimmten Situationen werden die Frauen jedes Landes meiner Meinung sein. Wenn Sie in Italien lebten, würden Sie mir recht geben!»

«Schon gut, ärgern Sie sich nicht», entgegnete Lina mit einem dunklen, traurigen, zärtlichen Lachen und strich mit der Hand über Giulias zorniges Gesicht. «Ich habe ja nur Spaß gemacht. Vielleicht sind Sie wirklich im Recht. Aber Sie sind so herzig, wenn Sie Ihren Mann verteidigen, sich um seinetwillen aufregen. Nicht wahr, Edmondo, das ist herzig?»

Quadri machte eine zerstreute Geste der Zustimmung, die wohl soviel heißen sollte wie: Frauengeschwätz! Dann fuhr er ernsthaft fort: «Sie haben recht, gnädige Frau – man soll einen Menschen nie in die Lage versetzen, daß er zwischen der Wahrheit und seinem Brot zu wählen hat.»

Dies Thema ist erschöpft! dachte Marcello. Er hätte aber doch noch gern den wahren Beweggrund von Quadris Vorschlag herausbekommen ...

Der Kellner wechselte die Teller und stellte auf den Tisch eine volle Obstschale. Der Weinkellner trat heran und fragte, ob er die Flasche Champagner entkorken dürfe.

«Ja», sagte der Professor, «entkorken Sie nur ...»

Der Kellner hob die Flasche aus dem Kübel, wickelte den Hals in eine Serviette, stieß den Korken hoch und goß dann den schaumigen Sekt in die Kelchgläser.

Sein Glas in der Hand, erhob sich Quadri. «Trinken wir auf unsere Sache!» Dann wandte er sich an Marcello: «Sie haben zwar meinen Brief nicht übernehmen wollen, aber anstoßen werden Sie doch mit mir, nicht wahr?» Er schien bewegt, seine Augen schimmerten in Tränen.

Marcello stellte jedoch fest, daß sowohl in der Geste als auch im Ausdruck des Professors irgend etwas Schlaues, Berechnendes enthalten war. Ehe er mit Quadri anstieß, blickte er erst zu Giulia und dann zu Lina hin.

Giulia, die sich bereits erhoben hatte, bedeutete ihm mit den Augen: Geht in Ordnung!

Lina, das Glas in der Hand, die Blicke niedergeschlagen, sah verärgert, kalt, fast gelangweilt aus.

Marcello stand auf und sagte: «Also – auf das Wohl der Sache!» Er stieß mit Quadri an. Aus einem fast kindischen Skrupel heraus fügte er im Geist hinzu: Auf das Wohl meiner Sache! Gleichzeitig war ihm klar, daß er jetzt keine Sache mehr hatte, die zu verteidigen gewesen wäre. Für ihn gab es nur eine schmerzliche, unverständliche Pflicht, die zu erfüllen war.

Mit Mißbehagen bemerkte er, daß es Lina vermied, mit ihm anzustoßen. Giulia hingegen, mit übertriebener Herzlichkeit, suchte geradezu das Glas eines jeden und rief der Reihe nach: «Lina...! Signor Quadri...! Marcello...!»

Das Klirren der Gläser ließ Marcello plötzlich wieder erschauern – wie zuvor das Schlagen der Uhr. Er blickte in den Spiegel und sah den Kopf Orlandos auf halber Höhe in der Luft schweben. Der Agent sah ihn mit sonderbar leuchtenden, aber ausdruckslosen Augen zu – wie mit den Augen eines Geköpften.

Quadri hielt sein Glas dem Weinkellner hin, der es von neuem füllte. Dann wandte er sich an Marcello und sagte mit gefühlvollem Nachdruck: «Also – jetzt auf Ihr persönliches Wohl, Clerici! Und... Danke!» Anzüglich betonte er das Wort «Danke», leerte das Glas in einem Zug und setzte sich.

Ein paar Minuten lang tranken sie alle schweigend. Giulia hatte bereits zweimal ihr Glas geleert und sah jetzt ihren Mann mit einem zärtlichen, dankbaren und betrunkenen Ausdruck an. Plötzlich rief sie: «Wie gut der Champagner ist! Sag, Marcello, findest du den Champagner nicht auch gut?»

«Ja, sehr gut», antwortete Marcello.

«Du genießt ihn nicht genügend», meinte Giulia. «Er ist wirklich wunderbar. Und ich bin schon betrunken!» Sie lachte, schüttelte den Kopf, hob das Glas und fügte unvermutet hinzu: «Komm, Marcello, trinken wir auf unsere Liebe!»

Lachend hielt sie ihm das Glas hin. Der Professor blickte in die Ferne. Lina, mit kaltem, angewidertem Gesicht, verbarg keineswegs ihr Mißfallen.

Plötzlich kam Giulia auf einen anderen Gedanken: «Ja», rief sie, «du bist wirklich zu streng! Wirklich! Du schämst dich, auf unsere Liebe anzustoßen. Also werde ich allein anstoßen – auf das Leben, das so schön ist! Das mir so gut gefällt! Auf das Leben!» Sie trank mit freudiger Überschwenglichkeit, aber so ungeschickt, daß sich ein Teil des Sektes auf das Tischtuch ergoß. Da befeuchtete sie einen Finger mit dem Sekt, berührte Marcellos Schläfe und rief: «Das bringt Glück!»

Er konnte nicht umhin, eine Bewegung der Abwehr zu machen.

Daraufhin erhob sich Giulia und rief: «Du schämst dich wohl? Ich schäme mich nicht!»

Sie ging um den Tisch herum, umarmte Marcello, fiel beinahe auf ihn und küßte ihn heftig auf den Mund. «Wir sind ja auf der Hochzeitsreise!» sagte sie in herausforderndem Ton, während sie atemlos und lachend wieder auf ihren Platz zurückging. «Wir sind auf der Hochzeitsreise! Und wir sind nicht dazu da, um Politik zu machen und Briefe nach Italien mitzunehmen!»

Quadri, an den diese Worte gerichtet schienen, sagte ruhig: «Sie haben völlig recht, gnädige Frau.»

Marcello schwieg und schlug die Augen nieder.

In das Schweigen hinein fragte Lina, wie zufällig: «Was habt ihr denn morgen vor?»

«Wir fahren nach Versailles», entgegnete Marcello und wischte sich mit dem Taschentuch Giulias Lippenstift vom Mund.

«Da komm ich auch mit», sagte Lina eifrig. «Wir können zeitig am Morgen aufbrechen und draußen zu Mittag essen. Ich helfe zuerst meinem Mann bei seinen Reisevorbereitungen und komme dann, um euch abzuholen.»

«Ausgezeichnet!» sagte Marcello.

Lina fügte hinzu: «Ich würde euch gern im Auto hinausbringen, aber mein Mann nimmt den Wagen mit. Wir müssen mit dem Zug fahren. Das ist übrigens auch lustiger.»

Quadri schien nicht zugehört zu haben. Er bezahlte jetzt die Rechnung, indem er mit der typischen Geste des Buckligen die gefalteten Banknoten aus der Tasche der gestreiften Hose zog.

Marcello reichte ihm Geld, doch Quadri wies ihn zurück und sagte: «Sie können sich ja mal revanchieren – in Italien . . .»

Giulia rief plötzlich sehr laut mit betrunkener Stimme: «Wir sind ja in Savoyen mit euch zusammen – deshalb will ich nach Versailles mit meinem Mann allein fahren!»

«Danke», sagte Lina ironisch, während sie aufstand. «Das nenne ich wenigstens eine klare Rede!»

«Sie dürfen das nicht übelnehmen», sagte Marcello verlegen. «Das ist der Champagner . . .»

«Nein, das ist die Liebe, die ich für dich empfinde, du Dummer!» schrie Giulia.

Lachend ging sie mit dem Professor auf den Ausgang zu. Marcello hörte, wie sie jetzt noch hinzufügte: «Kommt Ihnen das sonderbar vor, daß ich auf meiner Hochzeitsreise mit meinem Mann allein sein will?»

«Nein, meine Liebe», antwortete Quadri sanft. «Das ist vollkommen in Ordnung.»

Lina bemerkte in säuerlichem Ton dazu: «Tja, daran habe ich nicht gedacht, dumm wie ich bin. Die Fahrt nach Versailles gehört ja zum Ritus der Hochzeitsreisenden!»

An der Tür ließ Marcello dem Professor den Vortritt. Dann, als er auf die Straße hinaustrat, hörte er von neuem die Uhr schlagen. Es war zehn Uhr.

Neuntes Kapitel

Draußen setzte sich der Professor an den Volant des Wagens und ließ den Schlag offen.

«Ihr Mann kann sich vorn zu meinem setzen», sagte Lina zu Giulia. «Und Sie kommen nach hinten zu mir.»

Giulia aber antwortete mit ihrer aufreizenden und betrunkenen Stimme: «Warum? Ich setze mich lieber vorn hin.» Und entschlossen stieg sie neben Quadri ein.

Schon fanden sich Marcello und Lina zusammen auf den hinteren Sitzen.

Jetzt wollte Marcello Lina beim Wort nehmen, das heißt, er

beschloß, sich so zu benehmen, als ob er wirklich von Lina geliebt werde. Dieser Entschluß beruhte nicht nur auf dem plötzlichen Wunsch, sich zu rächen. Vielmehr war noch ein Rest von Hoffnung in ihm – er gab sich trotz allem noch irgendwelchen Hoffnungen über die wahren Gefühle Linas hin.

Das Auto setzte sich in Bewegung. Dann verlangsamte es an einer finsteren Stelle die Fahrt, um in eine Seitenstraße einzubiegen.

Da benutzte Marcello die Dunkelheit, um nach Linas Hand zu greifen, die auf ihrem Knie lag. Er zog Linas Hand auf den Sitz zwischen ihnen.

Bei dieser Berührung wandte sie sich mit einem wütenden Ruck zu ihm, sie beherrschte sich jedoch sofort und nahm einen verlogenen Ausdruck an: Sie mahnte ihn stumm zur Vorsicht.

Der Wagen fuhr nun wieder rasch durch einige Gäßchen des Quartier Latin. Marcello hielt Linas Hand. Er fühlte, wie sich nicht nur die Muskeln ihrer Hand in der seinen spannten, sondern wie sogar die Haut seine Zärtlichkeit abzuwehren schien. Ihre Finger zuckten widerstrebend, ärgerlich und zornig.

In einer Kurve wurden sie gegeneinander geworfen. Da ergriff Marcello Linas Nacken – wie man eine Katze packt, die sich umwenden und kratzen möchte. Und indem er ihren Kopf gewaltsam zur Seite zwang, küßte er sie auf den Mund. Sie suchte sich zu befreien. Aber Marcello preßte nur um so zärtlicher ihren ausrasierten, zarten Jungennacken. Mit einem leisen, schmerzlichen Stöhnen gab Lina schließlich jeden Widerstand auf und ließ sich küssen. Allerdings spürte Marcello deutlich, daß sich ihre Lippen zu einer Grimasse des Ekels verzerrten. Gleichzeitig preßte sie ihm ihre scharfen Fingernägel in die Hand. Diese Geste wirkte zwar wollüstig, doch Marcello begriff, daß sie in Wirklichkeit ein Ausdruck von unüberwindbarer Abneigung war. Er küßte sie weiter, so lange er konnte. Jetzt gewahrte er in ihren funkelnden Augen Haß und einen ungeduldigen Widerwillen.

Er blickte nach vorn, auf die beiden regungslosen schwarzen Köpfe Giulias und Quadris. Die Lichter eines entgegenkommenden Autos erhellten die Windschutzscheibe.

Marcello ließ Lina los und warf sich in seinen Sitz zurück. Aus den Augenwinkeln sah er, wie auch sie zurücksank, dann langsam das Taschentuch zum Mund führte und sich diesen mit einer Geste des Ekels abwischte.

Als er beobachtete, mit welchem Widerwillen sie ihre Lippen reinigte, die doch eigentlich – getreu ihrer Rolle als verliebte Frau – vor Sinnlichkeit hätten beben müssen, überfiel ihn ein verzweifeltes, dunkles, schreckliches Gefühl des Schmerzes. Liebe mich! hätte er ihr zurufen mögen. Liebe mich doch, um Gottes willen! Es war ihm plötzlich, als hinge von Linas Liebe zu ihm, die er so sehr ersehnte und die so unmöglich war, nicht nur sein eigenes Leben, sondern auch das ihre ab.

Doch dann begriff er – gleichsam angesteckt von Linas unüberwindlichem Widerwillen –, daß er einen blutigen, mörderischen Haß gegen sie empfand. Dieser Haß vermischte sich nicht nur mit seiner Liebe zu ihr, sondern war geradezu untrennbar damit verbunden. Am liebsten hätte Marcello Lina in diesem Augenblick getötet. Der Gedanke, sie noch länger am Leben zu wissen, sie noch länger als einen Feind betrachten zu müssen, war ihm unerträglich. Obwohl er hierüber entsetzt war, konnte er nicht umhin, sich einzugestehen, daß es vielleicht für ihn in Zukunft ein größeres Vergnügen bedeuten würde, sich Lina tot vorzustellen, als von ihr geliebt zu werden.

Doch sofort bereute er dies alles wieder und sagte sich: Gott sei Dank, sie wird nicht in Savoyen sein, wenn Orlando und seine Männer dort auftauchen! Gott sei Dank! Er war sich bewußt, daß er tatsächlich ein paar Sekunden lang gewünscht hatte, sie möge mit ihrem Mann sterben – auf dieselbe Weise und bei derselben Gelegenheit.

Das Auto hielt, sie stiegen aus.

Marcello gewahrte eine dunkle Vorortstraße: auf der einen Seite eine Reihe ungleicher Häuser, auf der anderen Seite eine Gartenmauer.

«Sie werden sehen», sagte Lina, während sie Giulias Arm ergriff, «daß dieses Lokal hier nicht gerade für junge Mädchen gedacht ist. Aber es ist interessant.»

Sie näherten sich einer erleuchteten Tür. Darüber befand sich ein rotes, rechteckiges Glasschild, das in blauen Buchstaben die Aufschrift *La Cravate noire* trug.

«Mit der schwarzen Krawatte», erklärte Lina, «ist jene Krawatte gemeint, die die Männer zum Smoking tragen. Und hier drin tragen sie alle Frauen, von den Kellnerinnen bis zur Chefin.»

Sie betraten den Vorraum. Sogleich kam hinter dem Garderobetisch ein Kopf mit einem harten weißen Gesicht, kurzgeschnittenen Haaren, bartlos und mit weiblichen Zügen zum Vorschein und sagte mit trockener Stimme: «Garderobe!»

Belustigt trat Giulia näher, wandte sich dann um und ließ von den nackten Schultern das Cape in die Hände der Garderobenfrau gleiten. Diese trug eine schwarze Jacke, ein weißes, gestärktes Hemd und die schwarze Fliege unter dem Kinn.

Sie gingen in das Lokal hinein. Die Luft war erfüllt von Rauch, betäubender Musik und Stimmengewirr. Eine üppige Frau unbestimmten Alters, keineswegs aber jung, mit bleichem, glattem Gesicht und der üblichen schwarzen Fliege unter dem Kinn, kam ihnen zwischen den dichtbesetzten Tischen entgegen.

Sie begrüßte Quadris Frau mit herzlicher Vertraulichkeit, nahm dann das Monokel am Seidenband aus dem energisch blickenden Auge und sagte: «Vier Personen. Ich habe etwas für Sie, das ist gerade das Richtige, Madame Quadri. Bitte folgen Sie mir.»

Lina, die durch das Lokal in gute Stimmung versetzt zu sein schien, neigte sich über die Schulter der Frau mit dem Monokel und sagte offensichtlich irgend etwas Maliziöses und Heiteres. Darauf antwortete die andere wie ein Mann – mit einem Schulterzucken und einer verächtlichen Grimasse.

Sie folgten ihr in den Hintergrund des Salons zu einem freien Tisch. «*Voilà!*» sagte die Direktrice. Sie beugte sich nun über Lina, die sich schon gesetzt hatte, und flüsterte ihr mit schelmischem Ausdruck etwas ins Ohr. Dann entfernte sie sich, den kleinen Kopf mit den schwarzen, glänzenden Haaren gebieterisch emporgereckt.

Eine winzige dunkelhaarige Kellnerin erschien, in der üblichen Tracht, und Lina bestellte die Getränke – mit der heiteren Sicherheit eines Menschen, der sich endlich im richtigen Milieu befindet. Sie wandte sich dann Giulia zu und sagte fröhlich:

«Haben Sie gesehen, wie sie gekleidet sind? Komisch, nicht?»

Es kam Marcello so vor, als sei Giulia verlegen. Sie lächelte auf eine ganz unkonventionelle, sonderbare Art.

Auf einer kleinen, kreisrunden Tanzfläche zwischen den Tischen schoben sich zahlreiche Paare hin und her, darunter auch Frauen, die miteinander tanzten. Über der Tanzfläche erhob sich so etwas wie ein auf den Kopf gestellter, zementierter, mit Neonlicht beleuchteter Pilz. Das Orchester – bestehend aus Frauen, die auch in Männerkleidung steckten – spielte unterhalb der Treppe, die zum Obergeschoß des Lokals führte.

Der Professor sagte etwas zerstreut: «Dieses Lokal gefällt mir nicht. Mir kommen diese Frauen eher bemitleidenswert vor.»

Lina schien die Bemerkung ihres Mannes nicht gehört zu haben. In ihren Augen stand ein intensives begehrliches Licht. Sie ließ die Blicke nicht von Giulia. Bald darauf, als gäbe sie endlich einem unwiderstehlichen Wunsch nach, fragte sie mit einem nervösen Lachen: «Wollen wir zusammen tanzen? Man wird uns auch für ein solches Paar halten ... Tun wir so, als ob ... Das wäre lustig.» Lachend und erregt stand sie auf. «Kommen Sie! Kommen Sie ...» Sie forderte Giulia auf, sich ebenfalls zu erheben und legte ihr dabei eine Hand auf die Schulter.

Giulia sah Lina an, sah ihren Mann an, war sichtlich unentschlossen.

Marcello sagte trocken: «Warum schaust du mich denn so an? Da ist doch nichts Schlechtes dran ...» Er hatte begriffen, daß er Lina auch diesmal beistimmen mußte.

Giulia seufzte, erhob sich langsam und widerwillig. Lina schien jetzt völlig den Kopf verloren zu haben, denn sie sagte immer von neuem: «Auch Ihr Mann sagt ja, da ist doch nichts Schlechtes dran. Kommen Sie! Kommen Sie!»

Giulia machte sich auf den Weg zur Tanzfläche und bemerkte mißvergnügt: «Um die Wahrheit zu sagen ... Ich lege gar keinen Wert darauf, auch für eine solche ... gehalten zu werden.»

Sie kehrte aber nicht wieder um, sondern schritt weiter vor Lina her. Bei der Tanzfläche angelangt, wandte sie sich der Frau des Professors zu und breitete die Arme etwas aus, um sich von Lina umfassen zu lassen.

Marcello sah, wie Lina an seine Frau herantrat, ihr sicher und mit geradezu männlicher Autorität den Arm um die Hüfte legte und dann mit ihr zwischen den anderen Paaren zu tanzen begann. Der Anblick dieser beiden Frauen, die da Arm in Arm tanzten, traf ihn einen Moment lang in schmerzlicher und dunkler Weise.

Giulia war kleiner als Lina. Sie tanzten Wange an Wange. Mit jedem Schritt schien Linas Arm die Hüfte Giulias fester zu umfassen. Marcello dachte: Das ist wirklich ein trauriger und unglaublicher Anblick – in einem anderen Leben und in einer anderen Welt wäre dieses Gefühl Linas für mich bestimmt gewesen und hätte mich gerettet.

Eine Hand legte sich auf seinen Arm. Marcello blickte zur Seite und gewahrte das rote, formlose Gesicht Quadris, das sich ihm zuwandte.

«Clerici», sagte Quadri mit bewegter Stimme, «Sie dürfen nicht glauben, daß ich nicht begriffen habe.»

Marcello sah ihn an und entgegnete langsam: «Entschuldigen Sie, aber jetzt weiß ich nicht, wovon Sie reden.»

«Clerici», fuhr der Professor sogleich fort, «es ist Ihnen ja klar, wer ich bin. Aber es ist mir auch klar, wer Sie sind.» Er blickte Marcello noch intensiver an und ergriff mit beiden Händen die Aufschläge von dessen Sakko.

Verwirrt und irgendwie entsetzt starrte Marcello Quadri ins Gesicht. Nein, in Quadris Augen stand kein Haß, eher eine gefühlvolle, merkwürdige Rührung. Trotzdem glaubte Marcello auch jetzt, im Ausdruck des Professors eine versteckte Berechnung und Boshaftigkeit zu entdecken.

Quadri sprach weiter: «Ich weiß, wer Sie sind. Ich möchte trotzdem aufrichtig zu Ihnen sprechen, auch wenn ich dabei auf Sie den Eindruck eines naiven oder geradezu dummen Menschen mache. Das schadet aber nichts. Ich möchte mich bei Ihnen bedanken, Clerici!»

Marcello blickte den Professor stumm an. Seine Rockaufschläge waren noch immer in Quadris Händen. Er dachte: Der Professor zieht an meinem Rock wie jemand, der einen anderen im nächsten Moment beiseite schleudern will.

«Ich bedanke mich bei Ihnen», fuhr Quadri fort, «weil Sie es nicht übernommen haben, mir den Brief nach Italien zu bringen. Ihre Pflicht wäre es wohl gewesen, den Brief an sich zu nehmen und Ihren Vorgesetzten zu übergeben. Die hätten ihn entziffert und die Adressaten verhaften lassen. Das aber haben Sie vermeiden wollen, Clerici! Vielleicht aus Anständigkeit, aus einer plötzlichen Aufwallung von Ehrlichkeit heraus, genau weiß ich das nicht. Ich weiß nur, daß Sie es abgelehnt haben, den Brief zu befördern. Und dafür sage ich Ihnen noch einmal meinen Dank!»

Marcello setzte zu einer Antwort an. Aber Quadri nahm die Hände von seinen Rockaufschlägen, legte ihm eine Hand auf den Mund: «Nein, erzählen Sie mir jetzt nicht, daß Sie nur deshalb abgelehnt haben, den Brief zu befördern, weil Sie nicht meinen Verdacht erwecken wollten, weil Sie die Absicht hatten, Ihre Rolle als junger Ehemann auf der Hochzeitsreise richtig zu spielen. Ich weiß, daß es nicht wahr wäre ... Ich sage Ihnen ... Sie haben in Wirklichkeit den ersten Schritt zu Ihrer Erlösung getan! Und ich danke Ihnen auch, daß Sie gerade mir Gelegenheit gegeben haben, Ihnen zu diesem ersten Schritt zu verhelfen. Nur so weiter, Clerici! Und eines Tages werden Sie wirklich zu einem neuen Leben erwachen!»

Quadri ließ sich auf seinen Stuhl zurückfallen und tat so, als wolle er seinen Durst mit einem großen Schluck aus seinem Glas löschen. «Aber da sind ja die Damen», bemerkte er auf einmal und stand auf.

Marcello, etwas verblüfft, erhob sich ebenfalls. Er bemerkte sofort, daß Lina schlechter Laune war. Sie setzte sich, öffnete mit verdrossenem Gesicht hastig ihre Puderdose und puderte sich mit heftigem Klopfen die Nase und die Wangen.

Giulia hingegen machte einen ruhigen, gleichgültigen Eindruck. Sie nahm neben ihrem Mann Platz, ergriff unter dem Tisch mit zärtlichem Druck Marcellos Hand und wollte ihm wohl so ihre Abneigung gegen Lina zeigen.

Die Direktrice mit dem Monokel näherte sich, verzog die glatte weiße Wange zu einem honigsüßen Lächeln und fragte mit manierierter Stimme, ob alles in Ordnung sei.

Die Direktrice neigte sich zu Giulia hinab und fragte: «Da Sie zum erstenmal hier sind, darf ich Ihnen eine Blume anbieten?»

«Ja, danke!» entgegnete Giulia überrascht.

«Cristina!» rief die Direktrice.

Ein Mädchen in männlichem Sakko näherte sich, durchaus verschieden von den hübschen Blumenmädchen, die man für gewöhnlich in Tanzlokalen findet. Sie war blaß, ungeschminkt, hatte ein orientalisches Gesicht mit großer Nase, dicken Lippen, eine hohe, knochige Stirn und äußerst kurz und schlecht geschnittene Haare, die so aussahen, als hätte eine Krankheit sie gelichtet. Sie reichte der Direktrice einen Korb mit Gardenien. Die Direktrice wählte eine davon aus, heftete sie an Giulias Brust und sagte: «Eine Aufmerksamkeit der Direktion!»

«Danke», antwortete Giulia.

«Nichts zu danken. Ich möchte wetten, daß die Dame Spanierin ist, nicht wahr?»

«Italienerin», bemerkte Lina.

«Ach, Italienerin! Das hätte ich sehen müssen bei diesen schwarzen Augen!»

Die Direktrice und die magere, melancholische Cristina entfernten sich gemeinsam, und die weiteren Worte der Frau mit dem Monokel verloren sich im Lärm der Menge.

Jetzt begann das Orchester von neuem zu spielen. Lina wandte sich Marcello zu und fragte fast wütend: «Warum fordern Sie mich nicht auf? Ich möchte tanzen!»

Ohne ein Wort erhob sich Marcello und folgte ihr zur Tanzfläche. Sie begannen zu tanzen. Lina hielt sich von Marcello entfernt, und dieser dachte traurig an jene besitzergreifende Haltung, in der sie vor kurzem Giulia an sich gepreßt hatte.

Sie tanzten eine Weile schweigend.

Plötzlich sagte Lina, und ihre vorgetäuschte Liebe schlug in Wut und Abneigung um: «Statt mich im Auto zu küssen – so einfach auf die Gefahr hin, von meinem Mann gesehen zu werden –, hättest du lieber deiner Frau sagen sollen, daß du meine Begleitung bei dem Ausflug nach Versailles wünschst!»

Marcello war verblüfft von der Natürlichkeit, mit der sie ihren Zorn ohne weiteres ihren vorgetäuschten Gefühlen aufpfropfte. Außerdem verblüffte ihn dieses zynische und brutale «Du» und ihre Art, nicht einmal so zu tun, als ob sie Skrupel habe, ihren Mann zu betrügen.

Einen Augenblick sagte er nichts.

Lina legte sein Schweigen auf ihre Weise aus und setzte ihm weiter zu: «Warum sprichst du jetzt nicht? Ist das deine Liebe, daß du nicht einmal imstande bist, dir bei dieser dummen Gans, deiner Frau, Gehör zu verschaffen?»

«Meine Frau ist keine dumme Gans», antwortete er sanft, mehr verwundert als beleidigt durch diesen seltsamen Zornesausbruch. Sie stürzte sich sofort auf die Antwort, die seine Worte ihr ermöglichten: «Wieso ist sie keine dumme Gans?» rief sie gereizt und fast überrascht. «Aber, mein Lieber, das merkt doch jeder! Hübsch ist sie, ja! Aber unbeschreiblich dumm! Ein dummes Tier! Wieso merkst du das nicht?»

«Mir gefällt sie, wie sie ist», erwiderte er, nur um irgend etwas zu sagen.

«Eine Gans! Eine dumme! Côte d'Azur! Ein kleines Provinzmädchen ohne eine Spur von Gehirn! Natürlich, Côte d'Azur! Und warum nicht auch noch Monte Carlo? Oder Deauville? Oder gar der Eiffelturm?» Sie machte den Eindruck, jetzt außer sich vor Zorn zu sein – ein Zeichen dafür, daß zwischen ihr und Giulia während des Tanzes irgendeine unangenehme Diskussion stattgefunden hatte.

Marcello sagte liebenswürdig: «Mach dir keine Gedanken über meine Frau. Komm morgen früh einfach ins Hotel. Wir fahren alle drei nach Versailles. Giulia wird deine Gegenwart akzeptieren müssen.»

Einen Augenblick lang hatte sie ihn voller Hoffnung angesehen. Jetzt aber gewann ihr Zorn erneut die Oberhand und sie sagte: «Was für eine absurde Idee! Deine Frau hat doch klar und deutlich gesagt, daß sie meine Gegenwart nicht wünscht. Ich bin nicht gewohnt, irgendwo hinzugehen, wo ich unerwünscht bin.»

Marcello antwortete einfach: «Natürlich nicht. Aber ich bin es, der wünscht, daß du kommst.»

«Ja – aber deine Frau wünscht das nicht.»

«Was kümmert dich meine Frau? Genügt dir nicht, daß wir beide einander lieben?»

Unruhig und mißtrauisch sah sie ihn an. Den Kopf zurückgeworfen, ihren hohen Busen an seiner Brust, sagte sie: «Du sprichst, als wären wir seit Gott weiß wann ein Liebespaar! Glaubst du denn wirklich, daß wir einander lieben?»

Marcello hätte darauf gern geantwortet: Warum liebst du mich nicht? Ich wünsche so sehr, dich lieben zu dürfen. Aber die Worte erstarben ihm auf den Lippen, bevor er sie aussprechen konnte – irgendwie einem Echo ähnlich, das von einer unüberwindlichen Entfernung erstickt wird. Nie war er seiner Liebe zu ihr so sicher gewesen wie gerade eben, als sie die Fiktion ihrer Gefühle bis zur Parodie gesteigert und gefragt hatte, ob er denn davon überzeugt sei, sie zu lieben.

Er sagte schließlich traurig: «Du weißt, daß ich möchte, daß wir einander lieben ...»

«Das wünsche auch ich ...» antwortete sie zerstreut. Es war ganz klar, daß sie jetzt nur an Giulia dachte. Dann, als erwache sie zur Wirklichkeit, setzte sie wütend hinzu: «Auf jeden Fall bitte ich dich, mich nicht mehr im Auto und an ähnlichen Orten zu küssen. Ich habe Ausbrüche unter solchen Umständen nie leiden können. So etwas scheint mir ein Mangel an Achtung und auch an Erziehung zu sein.»

«Du hast mir noch nicht gesagt», erwiderte er und nahm sich sehr zusammen, «ob du morgen nach Versailles mitkommst.»

Sie zögerte. Dann fragte sie: «Glaubst du wirklich, daß deine Frau nicht bös wird, wenn sie mich kommen sieht? Daß sie mich nicht beschimpft, wie sie das heute im Restaurant getan hat?»

«Nein. Bestimmt nicht. Vielleicht wird sie ein wenig überrascht sein – aber mehr nicht. Ehe du kommst, werde ich ihr die ganze Geschichte einreden.»

«Das willst du tun?»

«Ja.»

«Ich habe den Eindruck, daß deine Frau mich nicht leiden kann», sagte sie in einem Ton, als erwarte sie einen Widerspruch.

«Du irrst dich», entgegnete er und kam damit ihrem so offensichtlichen Wunsch nach. «Sie hat sogar viel Sympathie für dich.»

«Wirklich?»

«Ja. Wirklich. Das hat sie mir heute gesagt.»

«Was hat sie dir gesagt?»

«Ach, nichts Besonderes, nur die Wahrheit – daß du schön bist, daß du intelligent zu sein scheinst ...»

«Also, dann werde ich kommen», entschloß sie sich plötzlich. «Ich komme sofort nach der Abreise meines Mannes, so um neun Uhr. Auf diese Art können wir den Zehn-Uhr-Zug nehmen. Ich komme in euer Hotel.»

Marcello fühlte sich von Linas Hast und ihrer sichtbaren Erleichterung aufs neue verletzt. Auf einmal erwachte in ihm der

Wunsch nach irgendeiner Liebesbezeigung – mochte sie auch nur vorgetäuscht sein. Er erklärte deshalb: «Ich bin so froh, daß du zugesagt hast, zu kommen.»

«Ja?»

«Ja. Ich glaube, du hättest nicht zugesagt, wenn du mich nicht liebtest.»

«Ich hätte schließlich auch aus irgendeinem anderen Grund zusagen können», bemerkte sie bösartig.

«Aus was für einem Grund?»

«Na, wie wir Frauen schon sind – einfach aus Widerspruchsgeist heraus –, zum Beispiel nur, um deine Frau zu ärgern.»

Sie dachte also ständig und ausschließlich an Giulia ...

Marcello sagte nichts. Immer noch mit ihr tanzend, führte er sie dem Ausgang zu. Er machte zwei Wendungen, und sie befanden sich vor der Garderobe, einen Schritt von der Eingangstür entfernt.

«Wo führst du mich denn hin?» fragte sie.

«Höre», bat Marcello so leise, daß die Garderobefrau hinter ihrem Pult ihn nicht verstehen konnte, «gehen wir einen Augenblick auf die Straße hinaus ...»

«Warum?»

«Die Straße wird ganz leer sein. Ich möchte, daß du mir einen Kuß gibst – als Beweis deiner Liebe.»

«Ich denke gar nicht daran», sagte sie, plötzlich wieder voller Zorn.

«Aber weshalb nicht? Die Straße ist bestimmt leer und ganz dunkel.»

«Ich habe dir schon gesagt, daß ich Gefühlsergüsse in der Öffentlichkeit nicht ausstehen kann.»

«Ich bitte dich ...»

«Laß mich», sagte sie mit harter, lauter Stimme, machte sich los und ging in den Saal zurück.

Marcello trat auf die Straße. Draußen war es finster und einsam – wie er Lina prophezeit hatte. Keine Menschenseele befand sich auf den von wenigen Lampen schlechtbeleuchteten Gehsteigen. An der gegenüberliegenden Gartenmauer parkten ein paar Autos. Marcello zog das Taschentuch hervor und trocknete seine schweißnasse Stirn ab. Er blickte zu den belaubten

Bäumen hinauf, die die Mauer überragten. Eine Art Betäubung hielt ihn umfangen, als habe er einen harten, kräftigen Schlag auf den Kopf bekommen. Er konnte sich nicht erinnern, jemals vorher bei einer Frau gebettelt zu haben, und er schämte sich beinahe, daß er sich derartig benommen hatte. Gleichzeitig sagte er sich, daß jetzt keinerlei Hoffnung mehr bestand, Linas Liebe zu gewinnen, und daß er sie nicht einmal mehr zu einer Gefühlsbezeigung würde veranlassen können.

In diesem Augenblick hörte er hinter sich das Geräusch eines Wagens. Das Auto glitt ein Stück an ihm vorbei und hielt an. Es war von innen beleuchtet. In dem Chauffeur am Lenkrad erkannte Marcello den Agenten Orlando. Neben diesem saß Orlandos Begleiter, der Mann mit dem langen, mageren Raubvogelgesicht.

«Herr Doktor . . .» sagte Orlando leise.

Mechanisch näherte sich Marcello dem Wagen.

«Herr Doktor – wir gehen jetzt. Er fährt morgen früh mit seinem Wagen ab. Wir werden ihm folgen. Wahrscheinlich werden wir jedoch nicht bis Savoyen warten.»

«Warum nicht?» fragte Marcello, fast ohne sich über seine Worte Rechenschaft abzulegen.

«Die Straße ist lang und Savoyen ist weit . . . Warum also bis Savoyen warten, wenn man früher und unter günstigeren Umständen operieren kann? Auf Wiedersehen, Herr Doktor! Wir sehen uns in Italien.»

Orlando machte eine grüßende Geste, sein Begleiter neigte ein wenig den Kopf. Das Auto fuhr fort und verschwand am Ende der Straße um die Ecke.

Marcello ging über den Gehsteig, betrat den Eingang des Lokals und suchte wieder den Saal auf.

Die Musik hatte inzwischen wieder zu spielen begonnen. Am Tisch fand er nur Quadri vor. Lina und Giulia tanzten wieder miteinander auf dem engen Raum, wo sich die Paare drängten.

Er setzte sich, ergriff seine noch fast unberührte Limonade und starrte auf das Stück Eis auf dem Grund des Glases.

Plötzlich sagte Quadri: «Clerici, wissen Sie, daß Sie uns sehr nützlich sein könnten?»

«Ich verstehe nicht», antwortete Marcello und stellte das Glas nieder.

Quadri erklärte ohne jede Hemmung: «Einem anderen würde ich den Vorschlag machen, einfach in Paris zu bleiben. Es gibt hier für alle zu tun, kann ich Ihnen versichern. Und wir brauchen besonders solche jungen Leute wie Sie. Aber Sie könnten uns noch nützlicher sein, wenn Sie dort bleiben, wo Sie sind... nämlich auf Ihrem Posten...»

«... indem ich Ihnen Informationen gebe», beendete Marcello den Satz und sah Quadri in die Augen.

«Sehr richtig!»

Bei diesen Worten konnte Marcello nicht umhin, an die vor Rührung feuchten, schon beinahe tränenden Augen Quadris von vorhin zu denken, als dieser ihn am Rockaufschlag gepackt hatte. Hinter jener Geste hatte sich offenbar kalte politische Berechnung verborgen. Dieselbe Rührung hatte Marcello auch oft in den Augen seiner Vorgesetzten bemerkt, doch war sie bei diesen Männern ein Ausdruck patriotischen und nicht menschlichen Gefühls. Marcello fragte sich jetzt: Wie können dergleichen Gefühle irgendeinen Wert repräsentieren, wenn der Mensch als solcher überhaupt keine Rolle spielt, wenn er nur als ein Mittel für ganz bestimmte Zwecke angesehen wird?

Und mit fast bürokratischer Gleichgültigkeit sagte er sich weiter: Quadri hat soeben mit seinem neuerlichen Angebot sein eigenes Todesurteil unterzeichnet.

Marcello sah den Professor an und sagte: «Sie sprechen so, als ob ich Ihre Ideen teilte oder im Begriff stände, sie zu teilen. Wenn das der Fall wäre, hätte ich Ihnen von mir aus meine Dienste angeboten. Aber ich teile Ihre Ideen nicht und will sie auch nicht teilen. So, wie die Dinge stehen, ist also das, was Sie von mir verlangen, ein Verrat!»

«O nein!» entgegnete Quadri prompt. «Verräter gibt es für uns nicht, es gibt nur Menschen, die ihren Irrtum einsehen und sich ändern. Und ich bin noch immer überzeugt davon, daß Sie zu diesen Menschen gehören.»

«Da irren Sie...»

«Na, dann – vergessen wir das Ganze! Fräulein...!» Hastig, vielleicht um seine Enttäuschung zu verbergen, rief Quadri eine der Kellnerinnen und bezahlte die Rechnung.

Darauf schwiegen sie. Quadri blickte in den Saal mit der Haltung eines heiteren Zuschauers. Marcello saß mit dem Rücken gegen den Saal, die Augen niedergeschlagen. Endlich spürte er, wie sich eine Hand auf seine Schulter legte.

Giulia sagte langsam und ruhig: «Wollen wir gehen? Ich bin furchtbar müde.»

Marcello erhob sich sofort: «Ich denke, wir sind alle schläfrig, nicht wahr?»

Es kam ihm so vor, als mache Lina ein betroffenes Gesicht und sei außerordentlich blaß. Er schob dies teils auf die Müdigkeit, teils auf das farblose Neonlicht.

Sie gingen hinaus und begaben sich zum Auto am Ende der Straße.

Marcello tat, als höre er nicht, was seine Frau ihm zuflüsterte: «Setzen wir uns so wie bei der Herfahrt?»

Sie stieg sehr energisch vorn bei Quadri ein.

Während der ganzen Rückfahrt sprach keiner von ihnen. Schließlich sagte Marcello ganz obenhin: «Wie lange werden Sie brauchen, um nach Savoyen zu kommen ...»

Ohne sich umzuwenden, antwortete Quadri: «Das ist ein schneller Wagen, und da ich allein bin und nichts anderes zu tun habe, als zu fahren, werde ich wohl bei Nacht in Annecy sein. Am nächsten Tag fahre ich dann in der Morgendämmerung weiter.»

Vor dem Hotel stiegen sie aus und verabschiedeten sich. Quadri schüttelte eilig Giulias und Marcellos Hand und begab sich sofort zum Wagen zurück. Lina hielt sich noch einen Augenblick auf und sagte ein paar Worte zu Giulia. Endlich verabschiedete sich Giulia von ihr und betrat das Hotel.

Für einen Augenblick blieben Lina und Marcello allein auf dem Gehsteig zurück.

Betreten sagte er: «Also dann, bis morgen!»

«Bis morgen ...!» wiederholte die Frau und neigte den Kopf mit einem mondänen Lächeln. Darauf wandte sie ihm den Rükken zu.

Marcello eilte Giulia in die Hotelhalle nach.

Marcello erwachte. Er öffnete die Augen und schaute zur Decke empor. Die Fensterladen waren nicht fest geschlossen, das Zimmer lag im Halbdunkel.

Er mußte sofort daran denken, daß Quadri um diese Zeit schon über die Straßen Frankreichs fuhr, gefolgt von Orlando und dessen Männern. Da wurde ihm klar, daß sein Aufenthalt in Paris zu Ende war, daß diese ganze Reise zu Ende war, obwohl sie kaum begonnen hatte – denn Quadris Tod konnte als bereits erfolgt angesehen werden.

Auch eine bestimmte Periode in seinem Leben hatte ihren Abschluß gefunden – die Periode, in der er mit allen Mitteln die Last der Einsamkeit und der Abnormität abzuschütteln versucht hatte, das Erbe von Linos Tod.

Marcello sagte sich: Um den Preis eines Verbrechens habe ich meine Last von mir geworfen. Oder besser gesagt – Quadris Tod wäre ein Verbrechen, wenn ich nicht die Möglichkeit hätte, diesen Mord zu rechtfertigen, ihm einen Sinn zu verleihen. Was mich betrifft, so werde ich sicher eine Rechtfertigung finden. Ich bin ein guter Gatte, ich werde ein guter Vater sein und ein guter Bürger – nicht zuletzt wegen Quadris Tod, der mir endgültig die Möglichkeit zu einem anderen Leben verschließt. Von jetzt ab wird mein Leben langsam von einer soliden Absolutheit durchdrungen sein, die ihm bisher gefehlt hat. Linos Sterben, der Anfang meiner dunklen Tragödie, wird nun im Sterben Quadris zunichte und löst sich auf – so wie in früheren Zeiten der Opfertod eines unschuldigen Menschen die Schuld einer vorausgegangenen Übeltat auflöste und zunichte machte.

Aber es gibt ja nicht nur mich, es genügt nicht, daß ich mich vor mir selber rechtfertige, dachte er weiter. Jetzt müssen auch die anderen mein Leben, wie es sein wird, und den Tod Quadris rechtfertigen. Sie müssen ihre Pflicht tun. Sonst habe ich zum Schluß gar nichts erreicht und bleibe allein mit einem Mord auf dem Gewissen zurück. Die anderen – das ist die Regierung, der ich mit diesem Mord habe dienen wollen. Die anderen – das ist die Gesellschaft, aus der sich diese Regierung zusammensetzt. Die anderen – das ist die Nation, die sich von dieser Gesellschaft führen läßt. Es reicht nicht aus, daß ich einfach erkläre, meiner Pflicht nachgekommen zu sein, so gehandelt zu haben, weil mir das befohlen wurde. Diese Rechtfertigung mag für den Agenten Orlando ausreichend sein, für mich nicht.

Ich selbst brauche für meine Rechtfertigung eine nicht nur äußerlich, sondern auch innerlich erfolgreiche Regierung, Gesellschaft und Nation. Nur so besteht die Möglichkeit, daß sich ein an sich gemeines Verbrechen in etwas Positives verwandelt, das heißt, den Anstoß zu einem Schritt in einer notwendigen Richtung gibt. Mit anderen Worten – von mir unabhängige Kräfte müssen eine völlige Umwertung der Werte vollziehen, Unrecht muß zu Recht, der Verrat zu Heldentum, der Tod zu Leben werden.

An diesem Punkt angelangt, empfand Marcello das Bedürfnis, seine eigene Situation nackt und sarkastisch zu definieren. Kalt überlegte er: Kurz und gut, wenn der Faschismus zum Teufel geht, wenn alle diese unfähigen, trottelhaften Kanaillen, die in Rom sitzen, die italienische Nation ruinieren, dann bin ich nichts weiter als ein elender Mörder.

Doch sofort verbesserte sich Marcello selbst und sagte sich: Nein, so, wie die Dinge lagen, konnte ich nicht anders handeln.

Neben ihm schlief Giulia noch. Jetzt begann sie, sich langsam zu bewegen. Sie umschlang ihn besitzergreifend erst mit beiden Armen, dann mit den Beinen. Schließlich legte sie ihren Kopf auf seine Brust.

Marcello ließ sie gewähren. Er streckte einen Arm aus, griff auf dem Nachttisch nach der kleinen, leuchtenden Weckeruhr und sah nach der Zeit. Es war ein Viertel nach neun. Wenn alles so abgelaufen ist, dachte er, wie Orlando sich das ausgerechnet hat, liegt in dieser Stunde bereits auf irgendeiner französischen Straße das Auto Quadris in einem Graben – mit einem toten Menschen am Lenkrad.

Giulia fragte leise: «Wie spät ist es?»

«Ein Viertel nach neun.»

«Oh, schon so spät!» sagte sie, ohne sich zu rühren. «Wir haben mindestens neun Stunden geschlafen.»

«Daraus ersieht man, wie müde wir waren.»

«Fahren wir nicht mehr nach Versailles?»

«Doch, im Gegenteil, wir müssen uns jetzt anziehen», entgegnete er mit einem Seufzer. «Bald wird Signora Quadri hier sein.»

«Mir wär's lieber, sie käme nicht. Sie läßt mich nie in Ruhe mit ihrer Liebe.»

Marcello antwortete nicht.

Nach einem Augenblick begann Giulia von neuem: «Und was ist unser Programm für die nächsten Tage?»

Ehe er sich beherrschen konnte, antwortete er: «Abreisen!» Seine Stimme kam ihm selbst melancholisch, fast düster vor.

Giulia gab sich einen Ruck, zog ihren Kopf und ihre Brust zurück, ohne sich jedoch von ihm zu lösen, und fragte mit verblüffter und schon beunruhigter Stimme: «Abreisen? So schnell? Wir sind ja kaum angekommen – und müssen schon abreisen?»

«Ich habe dir gestern nichts gesagt», log er, «um dir nicht den Abend zu verderben. Gestern nachmittag bekam ich ein Telegramm, das mich nach Rom zurückruft.»

«Schade! Wirklich schade!» gab Giulia in gutmütigem, aber resigniertem Ton zurück. «Gerade, als ich anfing, mich in Paris zu unterhalten ... Und wir haben doch noch gar nichts gesehen!»

«Ist dir das alles sehr unangenehm?» fragte er sanft. Er streichelte ihren Kopf.

«Nein ... Aber ich wäre doch gern noch ein paar Tage hiergeblieben. Wenn auch nur, um mir wenigstens eine Vorstellung von Paris machen zu können ...»

«Wir werden noch einmal hierherfahren.»

Ein Schweigen folgte.

Schließlich machte Giulia eine lebhafte Bewegung mit den Armen, mit dem ganzen Körper: «Sag mir doch wenigstens, was wir in Zukunft tun werden, wie unser Leben sein wird ...»

«Warum willst du das wissen?»

«Ach ...» Sie preßte sich wieder an ihn. «Weil es mir eine solche Freude macht, im Bett, in der Finsternis, von der Zukunft zu sprechen!»

«Schön ...» begann Marcello mit ruhiger farbloser Stimme. «Jetzt fahren wir also nach Rom zurück. Und dann – was meinst du – wollen wir uns nicht doch eine Wohnung suchen?»

«O ja! Wie groß?»

«Vier oder fünf Zimmer. Und ein Dienstmädchenzimmer. Wenn wir sie gefunden haben, kaufen wir alles Nötige, um sie einzurichten.»

«Ich möchte eine Wohnung im Erdgeschoß», sagte sie mit träumerischer Stimme. «Mit einem Garten – wenn er auch nicht groß ist –, aber mit Bäumen und Blumen. Wo man sich in der schönen Jahreszeit aufhalten kann.»

«Nichts leichter als das. Also, wir richten uns eine Wohnung ein. Ich denke, daß ich genügend Geld haben werde, um sie vollständig einzurichten. Natürlich nicht mit Luxusmöbeln ...»

«Du wirst dir ein schönes Arbeitszimmer kaufen», sagte sie.

«Ein Arbeitszimmer? Warum? Ich arbeite doch im Büro! Lieber ein großes Wohnzimmer.»

«Ja, ein Wohnzimmer. Da hast du recht. Salon und Speisezimmer zusammen. Und wir werden auch ein schönes Schlafzimmer haben, nicht wahr?»

«Gewiß!»

«Ich möchte ein ganz richtiges Schlafzimmer haben – mit zwei zusammenhängenden Ehebetten. Und sag mir, werden wir auch eine schöne Küche haben?»

«Eine schöne Küche ... Warum nicht?»

«Ich möchte so einen doppelten Herd haben – für Gas und auch für Elektrisch. Und einen schönen Eisschrank. Wenn wir nicht genug Geld haben, können wir diese Sachen auf Raten kaufen.»

«Natürlich ... Auf Raten ...»

«Und sag mir noch ... Was werden wir in dieser Wohnung tun?»

«Wir werden dort leben und glücklich sein.»

«Ich hab es so nötig, glücklich zu sein.» Sie kuschelte sich noch mehr an ihn. «So sehr ... Wenn du wüßtest ... Ich habe das Gefühl, als hätte ich dieses Bedürfnis nach Glück, seitdem ich geboren bin ...»

«Na ja», sagte Marcello fast aggressiv, «wir sind ja glücklich!»

«Und wir werden Kinder haben?»

«Gewiß!»

«Ich möchte so viele haben ...» sagte sie mit einem singenden Ton. «Jedes Jahr ein Kind – wenigstens in den ersten vier Jahren unserer Ehe ... So werden wir eine Familie sein. Ich möchte, daß wir sobald wie möglich eine Familie sind. Ich glaube, damit darf man nicht warten, sonst ist es auf einmal zu spät. Und wenn man eine Familie ist, kommt alles andere von selbst. Nicht?»

«Gewiß. Alles andere kommt dann von selbst.»

Sie schwieg einen Augenblick und fragte darauf: «Glaubst du, daß ich schon schwanger bin?»

«Wie soll ich das wissen ...»

«Wenn ich es wäre», sagte sie lachend, «hätten wir unser Kind im Zug gezeugt.»

«Würde dir dieser Gedanke Freude machen?»

«Ja. Es wäre ein gutes Vorzeichen für das Kind. Wer weiß, vielleicht wird einmal ein großer Reisender aus ihm, mein erstes Kind soll nämlich ein Junge sein. Als zweites hätte ich dann gern ein Mädchen. Ich bin sicher, daß es ein sehr schönes Mädchen sein würde. Du bist schön. Und ich bin auch nicht gerade häßlich. Wir werden sicher sehr schöne Kinder haben!»

Marcello sagte nichts.

Giulia begann von neuem: «Warum bist du so schweigsam? Wäre es dir nicht recht, Kinder von mir zu haben?»

«Aber doch ... gewiß ...» antwortete er.

Plötzlich, zu seiner eigenen Verwunderung, spürte er, wie ihm ein paar Tränen aus den Augen traten und über die Wangen liefen. Dann spürte er, wie sich noch einmal zwei Tränen aus seinen Augen lösten: warm und brennend, als seien sie vor undenklichen Zeiten geweint worden und in den Augen hängengeblieben, um sich jetzt mit seinem heißen Schmerz vollzusaugen. Er begriff: Das, was ihn jetzt weinen ließ, waren Giulias Worte über das Glück. Aber warum ihn diese Worte zum Weinen gebracht hatten, wußte er nicht ganz genau – vielleicht deshalb, weil er dieses Glück im voraus so teuer bezahlt hatte, vielleicht aber auch deshalb, weil er sicher war, nie glücklich sein zu können, jedenfalls nicht in jener Art, die Giulia soeben beschrieben hatte.

Mit einigem Kraftaufwand hielt er den Wunsch, noch mehr zu weinen, zurück. Ohne daß Giulia es bemerkte, wischte er sich die Augen mit dem Handrücken ab.

Giulia hatte ihn mittlerweile immer heftiger umarmt. Nun

schmiegte sie sich lustvoll an ihn und suchte seine zerstreuten, untätigen Hände dahin zu bringen, ihren Körper zu streicheln. Dann fühlte er ihr Gesicht dicht an dem seinen, und sie begann mit einer hektischen und zugleich kindischen Gier, seine Wangen, seinen Mund, seine Stirn, sein Kinn zu küssen.

Endlich flüsterte sie, sich fast beklagend: «Warum kommst du nicht zu mir? Komm doch!»

Aus ihrer beschwörenden Stimme schien Marcello fast einen Vorwurf herauszuhören, daß er mehr an sich selbst als an sie denke.

Jetzt umarmte er sie. Und sie, den Kopf auf dem Kissen, die Augen geschlossen, hob und senkte ihren Leib in regelmäßigen, ruhigen, gleichsam dunkel-naturhaften Bewegungen – wie eine Meereswelle, die an- und abschwillt nach ihrem ureigenen Rhythmus.

Plötzlich klopfte es laut an der Tür. «Expreßbrief!»

«Was wird das sein...» murmelte sie atemlos und mit geschlossenen Augen. «Kümmere dich nicht darum! Was schert dich das!»

Marcello wandte sich um und sah auf dem Fußboden vor der Tür einen Brief, der durch den Spalt hereingeschoben wurde.

Im gleichen Augenblick fiel Giulia zurück, wurde steif, warf den Kopf nach hinten, seufzte tief auf und preßte ihre Fingernägel in seinen Arm. Dann wandte sie den Kopf auf dem Kissen hin und her und murmelte: «Töte mich!»

Ohne einen klar erkennbaren Zusammenhang erinnerte sich Marcello auf einmal an den Schrei Linos: «Bring mich um wie einen Hund!» Er fühlte, wie sich seiner eine schreckliche Unruhe bemächtigte. Lange wartete er, bis die Hand Giulias auf das Bett zurückfiel.

Er machte die Lampe an, stieg aus dem Bett, holte den Brief, streckte sich wieder neben seiner Frau aus.

Giulia drehte ihm jetzt den Rücken zu – zusammengekuschelt, die Augen geschlossen. Marcello sah den Brief an und legte ihn auf den Bettrand neben den noch immer geöffneten Mund Giulias. Auf dem Umschlag stand, geschrieben von deutlich erkennbar weiblicher Hand: «Madame Giulia Clerici.»

«Ein Brief von Signora Quadri», sagte er.

Ohne die Augen zu öffnen, murmelte Giulia: «Gib ihn mir ...»

Ein langes Schweigen folgte.

Der Brief lag neben Giulias Mund und wurde von der Nachttischlampe hell beleuchtet. Giulia schien zu schlafen. Doch nun seufzte sie, öffnete die Augen, ergriff den Brief mit einer Hand an einer Ecke, riß mit den Zähnen den Umschlag auf, nahm das Blatt heraus und las.

Marcello sah, wie sie lächelte.

Schließlich murmelte sie: «Es heißt doch immer, daß in der Liebe der siegt, der davonläuft... Nun, gestern habe ich sie schlecht behandelt. Jetzt teilt sie mir mit, daß sie es sich anders überlegt hat und heute früh mit ihrem Mann abreist. Sie hofft, daß ich ihr nachkomme. Gute Reise!»

«Sie ist abgereist?» fragte Marcello.

«Ja, heute früh um sieben. Zusammen mit ihrem Mann. Nach Savoyen. Und weißt du, warum sie abgereist ist? Du erinnerst dich doch an gestern abend, als ich das zweite Mal mit ihr tanzte... Ich hatte sie zum Tanzen aufgefordert, und sie war glücklich darüber und hoffte, ich würde nun endlich auf sie hören. Na, statt dessen hab ich ihr mit der größten Klarheit gesagt, sie müsse unter allen Umständen auf mich verzichten. Und ich habe ihr auch gesagt, wenn sie so weitermache, würde sie mich nicht mehr zu sehen bekommen. Ich liebte dich, sie möge mich gefälligst in Ruhe lassen und sich schämen...! Kurz und gut, ich hab ihr so viel gesagt, daß sie fast zu weinen angefangen hätte. Jetzt ist sie also abgereist. Hast du ihre Überlegung begriffen? Sie sagt sich – ich reise ab, damit sie mir nachkommt. Die kann lange warten!»

«Ja, sie wird lange warten», murmelte Marcello.

«Im übrigen bin ich wirklich froh, daß sie abgereist ist», begann Giulia von neuem. «Sie war so zudringlich und lästig. Und was das Nachkommen betrifft... Ich will diese Frau nicht mehr sehen.»

«Du wirst sie nicht mehr sehen», sagte Marcello.

Elftes Kapitel

Das Zimmer, in dem Marcello im Ministerium arbeitete, ging auf einen winzigen Hof hinaus, es war klein, von asymmetrischer Form und enthielt nur einen Schreibtisch und ein paar Regale. Es lag am Ende eines langen Korridors, abseits von den Vorzimmern. Um dorthin zu gelangen, benutzte Marcello eine Dienstbotentreppe, die auf der Hinterseite des Gebäudes in einer wenig begangenen Seitengasse herauskam.

Eines Morgens, eine Woche nach seiner Rückkehr aus Paris, saß Marcello an seinem Schreibtisch. Trotz der großen Hitze hatte er die Jacke nicht ausgezogen und die Krawatte nicht abgebunden, wie das viele seiner Kollegen zu tun pflegten. Er wollte im Büro genauso aussehen wie auf der Straße – das war eine seiner pedantischen Gewohnheiten. Mit geschlossenem Kragen, korrekt angezogen, machte er sich also daran, die italienischen und ausländischen Zeitungen durchzusehen.

Auch an diesem Morgen, obwohl seither nun schon eine ganze Woche vergangen war, galt sein erstes Interesse dem Mordfall Quadri. Es fiel ihm auf, daß die Überschriften und Nachrichten, die sich auf diesen Fall bezogen, sehr gering waren. Ein unzweifelhaftes Zeichen dafür, daß die Nachforschungen keine Fortschritte gemacht hatten.

Ein paar französische Linksblätter erzählten allerdings von neuem die ganze Geschichte und betonten einige besonders eigentümliche oder wesentliche Einzelheiten:

Quadri war mit einer Stichwaffe mitten im Wald ermordet worden. Seine Frau hingegen war von drei Revolverkugeln am Straßenrand getötet und dann, schon tot, neben ihren Mann geschleppt worden. Auch das Auto fand sich im Wald, verborgen zwischen Gestrüpp. Infolge der Sorgfalt, mit der die Leichen und das Auto zwischen Bäumen abseits der Straße versteckt worden waren, konnte das Verbrechen erst nach zwei Tagen entdeckt werden. Die Zeitungen der Linken behaupteteten mit Bestimmtheit, daß das Ehepaar von Mördern ums Leben gebracht worden sei, die eigens aus Italien gekommen wären. Die Rechtsblätter hingegen hielten sich – wenn auch in fragwürdiger Art – an die offizielle These der italienischen Zeitungen. Sie erklärten, der

Mord käme auf das Konto antifaschistischer Genossen – auf Grund von Meinungsverschiedenheiten über die Führung des Krieges in Spanien.

Marcello warf die Zeitungen weg und griff nach einer französischen Illustrierten. Sofort fiel ihm eine Fotografie auf der zweiten Seite ins Auge, die zu einer Bildserie über das Verbrechen gehörte. Diese Fotografie trug die Überschrift: «Die Tragödie im Wald von Gevaudan» und war offenbar im Augenblick der Entdeckung des Mordes oder kurz nachher aufgenommen worden.

Man sah darauf ein Unterholz, gerade Baumstämme, dazwischen helle Sonnenflecken. Im hohen Gras auf dem Boden die beiden Toten – auf den ersten Blick gar nicht zu erkennen in diesem Durcheinander von Hell und Dunkel.

Quadri lag auf dem Bauch. Nur seine Schultern und sein Kopf waren zu sehen. Und vom Kopf war ausschließlich die Kehle klar erkennbar, über die ein schwarzer Strich lief – der Messerschnitt. Lina hingegen lag schräg über ihrem Mann, so daß ihre ganze Gestalt deutlich sichtbar war.

Marcello legte ruhig die brennende Zigarette auf den Rand des Aschenbechers, griff nach einem Vergrößerungsglas und betrachtete aufmerksam die Fotografie. Sie war grau und unscharf und außerdem wegen der Sonnen- und Schattenflecken des Unterholzes sehr undeutlich.

Aber man konnte doch den Körper Linas klar erkennen – schlank und wohlgeformt, rein und sinnlich, schön und bizarr: die Schultern unter dem zarten Nacken und dem feinen Hals, die üppige Brust über der schmalen Wespentaille, die geschweiften Hüften und die eleganten langen Beine. Sie deckte ihren Mann mit einem Teil ihres Körpers und mit ihrem weit ausgebreiteten Kleid zu und schien ihm gerade irgend etwas ins Ohr zu flüstern. Ihr Gesicht war ins Gras getaucht, ihr Mund lag auf seiner Wange.

Lange betrachtete Marcello durch das Vergrößerungsglas die Fotografie, suchte jeden Schatten, jede Linie, jede Einzelheit zu erfassen. Es kam ihm so vor, als ginge von diesem Bild eine Atmosphäre beneidenswerten Friedens aus; es schien eine Art von Regungslosigkeit zu enthalten, die die normale Regungsloskgkeit einer Momentaufnahme übertraf und schon die Endgültigkeit des Todes erreichte. Er dachte: Dies Bild ist voll von jenem tiefen Schweigen, das wohl auf den schrecklichen, plötzlichen Todeskampf gefolgt ist. Wenige Augenblicke vorher war alles Verwirrung, Gewalt, Schrecken, Haß, Hoffnung und Verzweiflung. Wenige Augenblicke später war alles vorbei, herrschte Ruhe.

Er mußte daran denken, daß die beiden Toten lange im Unterholz gelegen hatten – fast zwei Tage. Er malte sich aus, wie die Sonne sie viele Stunden gewärmt und auf sie das schwirrende Leben der Insekten herabgezogen hatte. Dann war die Sonne langsam untergegangen und hatte sie der schweigenden Finsternis einer langen Sommernacht überlassen: Der nächtliche Tau weinte auf ihren Wangen, der leichte Wind nurmelte zwischen den hohen Zweigen und im Gebüsch des Unterholzes. Mit der ersten Sonne des Morgens kamen die Lichter und Schatten des Vortages zurück, begannen über den Beinen dieser bewegungslos daliegenden Menschen ihr neues Spiel. Für die beiden, die schweigend und starr dalagen, redeten die geschwätzigen Wasser der Bäche, die durch diesen Wald flossen. Für sie rührten sich die Bewohner des Waldes – die flüchtigen Eichkätzchen, die hüpfenden, springenden Kaninchen. Und inzwischen hatte die Erde langsam mit ihrem weichen Bett aus Gras und Moos die steifen Formen ihrer Körper aufgenommen, bereitete sich darauf vor, sie in ihrem Schoß zu bergen, wie sie es stumm begehrten.

Marcello fuhr auf, als jemand an der Tür klopfte. Er warf die Zeitschrift weg und rief: «Herein!»

Die Tür öffnete sich langsam. Einen Augenblick sah Marcello niemanden. Dann tauchte vorsichtig das friedliche, breite Gesicht des Agenten auf.

«Ist es gestattet, Herr Doktor?»

«Kommen Sie nur herein», sagte Marcello in offiziellem Ton. «Kommen Sie nur. Haben Sie mir etwas zu sagen?»

Orlando öffnete die Tür ganz, trat ein und näherte sich Marcello, wobei er diesen fest anstarrte.

Jetzt bemerkte Marcello zum erstenmal, daß alles in diesem warmen, blühenden Gesicht gutmütig aussah – mit Ausnahme der Augen. Die waren klein und gleichsam eingegraben unter der kahl wirkenden Stirn und leuchteten sonderbar. Seltsam, dachte Marcello, indem er den Agenten ansah, daß ich das nicht schon früher bemerkt habe!

Er forderte Orlando mit einer Handbewegung zum Sitzen auf. Dieser gehorchte, ohne ein Wort zu sprechen, und fixierte ihn noch immer mit seinen funkelnden Augen.

«Eine Zigarette?» fragte Marcello und schob dem Agenten das Etui hin.

«Danke, Herr Doktor», sagte Orlando und griff nach einer Zigarette.

Ein Schweigen folgte.

Dann stieß der Agent den Rauch aus dem Mund, blickte einen Augenblick lang auf die leuchtende Spitze der Zigarette und sagte: «Wissen Sie, Herr Doktor, was die seltsamste Seite der Affäre Quadri ist?»

«Nein. Was?»

«Daß sie nicht notwendig war!»

«Wie meinen Sie das?»

«Ich meine damit ... Also – gleich nach meiner Mission, nach der Überschreitung der Grenze in S., bei der Rückkehr, sprach ich bei Gabrio vor und erstattete ihm Bericht. Wissen Sie, was er mich als erstes fragte: Er fragte: ‹Haben Sie den Gegenbefehl bekommen?› – ‹Was für einen Gegenbefehl?› fragte ich zurück. – ‹Den Gegenbefehl, die ganze Mission abzublasen.› – ‹Und warum das?› – ‹Tja, in Rom hat man plötzlich entdeckt, daß in diesem Augenblick eine Annäherung an Frankreich nützlich wäre und diese Mission die Verhandlungen gefährden könne.› – Darauf sagte ich: ‹Ich habe gar keinen Gegenbefehl bekommen, solange ich in Paris war. Offenbar ist er zu spät abgegangen. Jedenfalls ist die Mission durchgeführt worden. Das können Sie morgen früh in allen Zeitungen lesen.› – Auf diese Antwort hin begann er zu brüllen: ‹Ihr seid Trottel! Ihr habt mich ruiniert! Das kann die Beziehungen zwischen Italien und Frankreich gefährden, in einem so heiklen Moment der internationalen Politik! Verbrecher seid ihr! Was soll ich jetzt in Rom sagen?› – ‹Sagen Sie die Wahrheit›, antwortete ich ruhig, ‹daß der Gegenbefehl zu spät gegeben worden ist.› – Haben Sie verstanden, Herr Doktor? So eine Mühe! Zwei Tote! Und dann war das Ganze nicht notwendig! Im Gegenteil, schädlich!»

Marcello gab keine Antwort. Der Agent zog den Rauch ein und meinte dann mit Nachdruck und mit jener friedlichen Naivität des ungebildeten Mannes, der gern feierliche Worte gebraucht: «Fatum...»

Ein neuerliches Schweigen folgte.

Der Agent fuhr fort: «Das war aber das letzte Mal, daß ich so eine Mission übernommen habe. Noch einmal mache ich da nicht mit. Gabrio hat mich angeschrien: ‹Bestien seid ihr!› – Das ist nicht wahr, wir sind Menschen und keine Bestien!»

Marcello drückte die halbgerauchte Zigarette aus und entzündete sich sofort eine andere.

Orlando sprach weiter: «Man kann sagen, was man will, aber gewisse Dinge sind nicht angenehm... Um nur einen Namen zu nennen: Cirrincione...»

«Cirrincione? Wer ist das?»

«Einer von den Männern, die mit mir waren. Gleich nach dem Mord, in der allgemeinen Konfusion, wende ich mich um. Und was sehe ich zufällig? Daß er an dem Dolch leckt! Ich rufe ihm zu: ‹Was treibst du denn da? Bist du verrückt?› – Und er: ‹Das Blut eines Buckligen bringt Glück.› – Haben Sie verstanden? Barbarisch! Fast hätte ich auf ihn geschossen.»

Marcello schlug die Augen nieder und ordnete mechanisch die Papiere auf seinem Schreibtisch.

Orlando schüttelte mißbilligend den Kopf: «Aber besonders unangenehm war mir der Fall der Signora. Die hatte doch mit der ganzen Sache nichts zu tun und sollte überhaupt nicht sterben. Aber sie warf sich vor ihren Mann, um ihn zu schützen, und fing an seiner Stelle die beiden Revolverkugeln auf. Er rannte in den Wald hinein, wo ihn dieser Barbar von Cirrincione einholte. Sie lebte noch, und ich war daher genötigt, ihr den Gnadenschuß zu geben. Die Frau war mutiger als manche Männer.»

Marcello blickte auf und bedeutete dem Agenten, daß der Besuch nun zu Ende sei.

Orlando verstand und erhob sich. Aber er ging nicht sofort. Er stützte sich mit beiden Händen auf den Schreibtisch, sah Marcello einen Augenblick lang mit seinen funkelnden Augen an und sagte dann mit derselben Emphase, mit der er kurz vorher «Fatum» gesagt hatte:

«Alles für die Familie und fürs Vaterland, Herr Doktor!»

Plötzlich begriff Marcello, wo er diese funkelnden, ungewöhnlichen Augen schon einmal gesehen hatte: bei seinem Vater, der jetzt in der Klinik für Geisteskranke eingesperrt war.

Kalt sagte er: «Vielleicht hat das Vaterland soviel gar nicht gefordert...»

«Wenn das Vaterland es nicht gefordert hat», fragte Orlando, beugte sich ein wenig vor und hob die Stimme, «warum hat man es uns dann tun lassen?»

Marcello zögerte und entgegnete trocken: «Sie haben Ihre Pflicht getan, Orlando. Das muß Ihnen genügen.»

Er sah, wie der Agent, halb beschämt, halb zustimmend, eine leichte, ehrerbietige Verbeugung andeutete.

Schließlich, nach einem Augenblick des Schweigens, fragte Marcello, aus einem Grund, der ihm selbst nicht klar, war, aber vielleicht wollte er die Betretenheit des anderen verscheuchen: «Sie haben doch Kinder, Orlando, nicht wahr?»

«Wie denn nicht, Herr Doktor! Fünf habe ich!»

Der Agent zog eine dicke, abgeschabte Brieftasche hervor, holte eine Fotografie heraus und reichte sie Marcello. Der nahm sie und betrachtete sie.

Auf diesem Bild waren fünf Kinder – wie die Orgelpfeifen – zu sehen, im Alter zwischen dreizehn und sechs Jahren. Drei Mädchen und zwei Jungen. Die Mädchen in Weiß. Die Jungen in Matrosenanzügen. Alle fünf hatten, wie Marcello feststellte, das runde, friedliche, kluge Gesicht ihres Vaters.

«Sie sind auf dem Dorf, zusammen mit der Mutter», erklärte der Agent und nahm die Fotografie wieder an sich. «Die Größte arbeitet schon bei einer Schneiderin.»

«Hübsche Kinder! Und sie sind Ihnen ähnlich!»

«Danke, Herr Doktor! Also, auf Wiedersehen, Herr Doktor!»

Getröstet machte der Agent ein paar Verneigungen und schritt zur Tür.

In diesem Augenblick öffnete sich die Tür, und Giulia erschien auf der Schwelle.

«Nochmals auf Wiedersehen, Herr Doktor! Auf Wiedersehen!»

Orlando trat beiseite und ließ Giulia vorbei.

Giulia kam heran und sagte sofort: «Ich kam hier vorbei und dachte, ich werde dir einen Besuch machen. Wie geht's dir?»

«Ausgezeichnet.»

Vor dem Schreibtisch stehend, sah sie ihn unentschlossen, zweifelnd und ängstlich an. Schließlich fragte sie: «Glaubst du nicht, daß du zuviel arbeitest?»

«Nein», antwortete Marcello und warf einen flüchtigen Blick auf das offene Fenster. «Warum?»

«Du siehst müde aus!»

Giulia ging um den Schreibtisch herum, lehnte sich eine Weile an die Armlehne von Marcellos Sessel und betrachtete die auf dem Schreibtisch ausgebreiteten Zeitungen.

Dann fragte sie: «Gibt's nichts Neues?»

«In welcher Beziehung?»

«In den Zeitungen – über die Affäre Quadri ...?»

«Nein. Nichts.»

Nach einem Augenblick des Schweigens sagte sie: «Ich komme immer mehr zu der Überzeugung, daß es die Leute seiner eigenen Partei gewesen sind, die ihn getötet haben. Und du – was hältst du davon?»

Giulias Vermutung entsprach der offiziellen Version, die den italienischen Zeitungen von den Propagandaämtern schon am selben Morgen nach der Nachricht aus Paris zugegangen war. Hierauf spielte Giulia an, wahrscheinlich in der Hoffnung und mit dem guten Willen, sich selbst davon zu überzeugen.

Marcello antwortete trocken: «Ich weiß nicht ... Es wird wohl so sein ...»

«Ich bin davon überzeugt», erklärte sie, plötzlich entschlossen. Und dann, nach einem Augenblick des Zögerns, setzte sie naiv hinzu: «Manchmal denke ich – wenn ich an jenem Abend, in jenem Nachtlokal, Signora Quadri nicht so schlecht behandelt hätte, wäre sie in Paris geblieben – und nicht gestorben. Ich empfinde so etwas wie Reue ... Aber was sollte ich tun? Sie war schuld, weil sie mir keine Ruhe ließ ...»

Marcello fragte sich, ob Giulia ihn vielleicht verdächtigte, bei dem Mord an Quadri die Hand im Spiel gehabt zu haben. Aber nach kurzer Überlegung schloß er diese Möglichkeit aus. Denn keine Liebe hätte einem solchen Verdacht standgehalten. Giulia sagte die Wahrheit. Sie gab sich irgendeine Schuld an Linas Tod, weil sie, wenn auch ganz ahnungslos, die indirekte Ursache dazu gewesen war.

Marcello wollte sie beruhigen. Jedoch fiel ihm nichts Besseres ein als das Wort, das bereits Orlando mit solcher Emphase ausgesprochen hatte. «Du brauchst nichts zu bereuen», sagte er, schlang den Arm um ihre Hüfte und zog sie an sich. «Es ist Fatum gewesen.»

Sie strich ihm sanft über den Kopf: «Nein, das glaube ich nicht. Alles ist deshalb passiert, weil ich dich liebe. Wer weiß ... vielleicht hätte ich sie sonst gar nicht so schlecht behandelt. Sie wäre nicht abgereist und wäre jetzt nicht tot. Was hat das Fatum damit zu tun?»

Marcello mußte an Lino denken als an die Ursache aller weiteren Ereignisse in seinem Leben. Nachdenklich erklärte er: «Wenn man von Fatum redet, so meint man damit eben die Liebe und das, was mit ihr zusammenhängt und von ihr kommt. Du konntest nicht anders handeln als du gehandelt hast. Sie konnte nicht anders als mit ihrem Mann abreisen.»

«Also hängt alles, was wir tun, gar nicht von uns ab?» fragte Giulia mit verträumter Stimme und blickte auf die über den Schreibtisch verstreuten Papiere.

Marcello zögerte, entgegnete schließlich mit tiefer Bitterkeit: «Nein, und das müssen wir uns immer vor Augen halten.»

«Warum denn?»

«Weil es gut ist, Bescheid zu wissen – beim nächstenmal. Und es ist auch für die anderen gut, Bescheid zu wissen – für die nach uns.»

Mit einem Seufzer löste sie sich von ihm und ging zur Tür.

«Denk daran, heute nicht zu spät zu kommen», sagte sie an der Schwelle. «Die Mama hat ein gutes Essen für uns bereitet. Und denk auch daran, dir für heute nachmittag nichts vorzunehmen. Wir müssen zusammen Wohnungen ansehen.»

Mit flüchtigem Gruß verschwand sie.

Allein geblieben, nahm Marcello eine Schere, schnitt die Fotografie aus der französischen Illustrierten sorgfältig aus, schob sie in eine Lade zu anderen Papieren und versperrte das Fach.

In diesem Augenblick kam aus dem glühenden Himmel das ohrenzerreißende Geheul der Mittagssirene und fing sich unten im Hof. Gleich darauf begannen die nahen und fernen Kirchenglocken zu läuten.

Nachspiel

Erstes Kapitel

Marcello hatte den ganzen Tag, auf seinem Bett liegend, mit Rauchen und Nachdenken verbracht. Jetzt stand er auf und trat ans Fenster. In dem grünlichen Licht der Sommerdämmerung erhoben sich die Häuser und drängten von allen Seiten gegen das seine. Sie waren um nackte, zementierte, mit ein paar kleinen Hecken geschmückte Lichthöfe herumgebaut. Vereinzelte Fenster leuchteten rot. In den Zimmern der Hausangestellten konnte man die Diener in gestreifter Livree und die Köche in weißer Schürze ihren häuslichen Verrichtungen nachgehen sehen – zwischen den lackierten Garderobeschränken und den flammenlosen Herden der elektrischen Küchen.

Marcello blickte in die Höhe, über die Terrassen der Häuser. Die letzten purpurnen Rauchwolken der Dämmerung vergingen am Abendhimmel. Dann sah er auf die Straße hinunter und bemerkte ein Auto, das in den Hof einfuhr und dort stehenblieb. Der Fahrer stieg zusammen mit einem großen weißen Hund aus. Der Hund begann sofort, zwischen den Hecken umherzulaufen, jaulend und bellend vor Freude.

Marcello wohnte in einem reichen Stadtviertel. Es war erst in den letzten Jahren erbaut worden, also noch ganz neu. Wenn man in diese Höfe, in diese Fenster hineinsah, kam man nicht auf den Gedanken, daß seit vier Jahren Krieg geführt wurde und daß gerade an diesem Tag eine seit zwanzig Jahren bestehende Regierung gestürzt worden war.

Marcello sagte sich: Nur ich und alle die, die sich in meiner Lage befinden, denken über die augenblickliche Situation nach. Wie ein Blitz erschien ihm plötzlich das Bild einer göttlichen, über der großen Stadt und unter dem heiteren Himmel hängenden Zuchtrute, die überall gewisse Familien traf und sie in Panik, Verzweiflung und Trauer versetzte, während ihren Nachbarn gar nichts geschah.

Auch Marcello befand sich mit seiner Familie unter den Betroffenen, und das hatte er seit Kriegsbeginn vorausgesehen. Er war der Meinung gewesen, er und seine Familie seien wie alle anderen – voller Liebe, voller Intimität –, also völlig normal. Und jetzt hatte sich herausgestellt, daß diese Normalität, die er mit solcher Ausdauer Jahre hindurch angestrebt hatte, gänzlich anomal und völlig äußerlich war.

Er erinnerte sich, wie er zu seiner Frau gesagt hatte, als der Krieg in Europa ausbrach: «Wenn ich einen logischen Verstand hätte, müßte ich mich heute umbringen...» Und er erinnerte sich auch an den Schrecken, den seine Worte bei ihr ausgelöst hatten – als verstünde sie, was sich alles hinter diesen Worten verbarg. Sie besagten ja nicht nur, daß er einen unglücklichen Ausgang des Krieges voraussah.

Noch einmal fragte er sich, ob Giulia von seinem wahren Wesen und von der Rolle, die er beim Tod Quadris gespielt hatte, etwas wisse. Aber dies erschien ihm unmöglich, obwohl gewisse Anzeichen für das Gegenteil sprachen.

Er war sich jetzt völlig darüber im klaren, daß er – wie man so sagte – auf das falsche Pferd gesetzt hatte. Warum er aber auf das falsche Pferd gesetzt hatte und warum dieses Pferd das Rennen nicht gewonnen hatte, war ihm unklar.

Er wäre gern sicher gewesen, daß alles das, was geschehen war, hätte geschehen müssen, daß er auf kein anderes Pferd, dem ein Gewinn beschieden gewesen wäre, hätte setzen können. Er sagte sich: Es ist wichtiger, dies zu wissen, als mich von einer Reue freizusprechen, die ich gar nicht empfinde. Denn ich bereue in Wirklichkeit nur, mich geirrt und etwas getan zu haben, wofür vielleicht keine absolute und schicksalhafte Notwendigkeit vorlag. Kurz und gut – ich bereue also, bewußt oder unbewußt an der Möglichkeit vorübergegangen zu sein, auch anders handeln zu können.

Wenn ich aber die Gewißheit erlange, daß ich mich nur so habe entscheiden können, werde ich meinen Frieden zurückgewinnen. Ich muß also dahin kommen, ganz sicher zu sein, daß ich damals – im entscheidenden Moment der Wahl – meinem Schicksal gegenüberstand und gezwungen wurde, dieses Schicksal zu akzeptieren, so wie es war. Und zwar im Hinblick auf mein Wohl und das Wohl der anderen – auch wenn im letzteren Fall die angewandten Mittel negativer Art gewesen sind.

Ich muß mich auch mit dem Gedanken trösten und Stolz darüber empfinden – für den Fall, einem Irrtum unterlegen gewesen zu sein –, daß ich mehr als jeder andere, der sich in meiner Lage befand, aufs Spiel gesetzt habe. Etwas anderes bleibt mir nicht.

Viele meiner Mitmenschen, dachte er weiter, können ihre Ideen, ihre Partei, ihr Leben, sogar ihren Charakter ändern. Das aber ist mir weder äußerlich noch innerlich gegeben. Was ich getan habe, geschah aus ganz persönlichen Gründen, die sich jeder Mitteilung entziehen. Und auch wenn es mir jetzt möglich wäre, mich zu ändern, würde dies meine eigene Vernichtung bedeuten. Das jedoch will ich in diesem Augenblick, in dem soviel zunichte wird, vermeiden.

An diesem Punkt sagte sich Marcello: Angenommen, ich habe mich geirrt. In diesem Fall war mein erster und größter Irrtum der, daß ich – um aus der Abnormität herauszukommen und in die Gemeinschaft meiner Mitmenschen aufgenommen zu werden – unglücklicherweise eine Durchschnittlichkeit anstrebte, die im Grunde anomal, nichts anderes als eine leere Form ist, und bei der ersten Bewährungsprobe in Stücke brechen mußte. Und so machte mein menschlicher und mächtiger Instinkt aus mir den Schlächter jenes Opfers, das es gab. Kurz und gut – mein Irrtum bestand darin, daß ich das Grundübel meines Lebens mit unangemessenen Mitteln aus der Welt schaffen wollte. Daß ich Quadri tötete, war nur die Folge davon.

Aber, so fragte er sich wieder, hätte sich nicht vielleicht doch alles ganz anders entwickeln können? Nein! Lino war dazu verurteilt, meine Unschuld zu gefährden. Ich war genötigt, mich zu verteidigen und Lino zu töten. Dann, um mich von dem Gefühl der Abnormität zu befreien, mußte ich die Normalität anstreben – und zwar in der einzigen mir möglichen Art. Und selbstverständlich mußte ich für diese Normalität einen Preis zahlen, der dem Gewicht der Anomalie entsprach, von dem ich mich befreien wollte. Der Preis war die Ermordung Quadris. So ging alles schicksalhaft vor sich – gleichzeitig gerecht und ungerecht.

In diesen Überlegungen spielte sein Gefühl eine größere Rolle als sein Verstand. Er wollte sich gegenüber dem Zusammenbruch seines ganzen Lebens ruhig und losgelöst verhalten – wie angesichts eines fürchterlichen, aber nicht ihn betreffenden Schauspiels. Statt dessen jedoch empfand er eine scharfe und schmerzliche Angst, gegen die er sich wehrte. Er fragte sich deshalb: Besteht vielleicht zwischen den augenblicklichen Ereignissen und mir noch ein ganz anderer Zusammenhang, der gar nichts mit all den Überlegungen zu tun hat, zu denen ich mich bisher gezwungen habe? Aber vielleicht ist es in diesem Moment überhaupt schwer, die Nötigung zu scharfem Nachdenken von Angst zu unterscheiden. Wie immer wird es wohl das beste sein, einfach eine würdige und gleichgültige Haltung einzunehmen.

Schließlich und endlich, dachte er fast ohne Ironie, denn er hielt sich seine bescheidenen Ambitionen vor Augen, habe ich ja wenig zu verlieren. Es sei denn, man verstünde darunter den Verlust seines mäßigen Postens als Staatsbeamter, dieser Wohnung, die auf Raten in fünfundzwanzig Jahren zu bezahlen war, des Autos, das in zwei Jahren abgezahlt werden sollte, also den Verlust vieler Bestandteile eines gemütlichen Lebens, das er geglaubt hatte, Giulia bieten zu müssen... Nein, er hatte wirklich wenig zu verlieren. Und wenn man ihn in diesem Augenblick festgenommen hätte, wären selbst seine Feinde von der Geringfügigkeit der materiellen Vorteile, die er aus seiner Funktion gezogen hatte, überrascht gewesen.

Er wandte sich vom Fenster ab und trat ins Zimmer zurück. Es war das eheliche Schlafzimmer, das sich Giulia gewünscht hatte: glänzendes, dunkles Mahagoni in einem vagen Empirestil mit Beschlägen und Ornamenten aus Bronze. Es fiel ihm ein, daß auch dieses Zimmer auf Raten gekauft worden war und daß er die Ratenzahlungen vor knapp einem Jahr beendet hatte. Er nahm eine Jacke vom Stuhl, zog sie an und dachte sarkastisch: Unser ganzes Leben ist auf Raten. Aber die letzten sind die größten, und wir bringen es nie fertig, sie zu bezahlen.

Er schob den Bettvorleger mit dem Fuß zurecht und ging aus dem Zimmer, über den Korridor zu einer angelehnten Tür, durch die ein wenig Licht fiel. Er trat ein und blieb auf der Schwelle fast ungläubig stehen, angesichts der auch in der augenblicklichen Situation ganz unveränderten Familienszene, die sich ihm darbot.

Es war das Schlafzimmer seiner Tochter, in einem freundlichen Stil eingerichtet, klein und bunt, wie das bei Kinderzimmern der Fall zu sein pflegt. Die Möbel waren rosa lackiert, die Vorhänge waren blau, an den Wänden befand sich eine Blumentapete. Auf dem ebenfalls rosafarbenen Teppich lagen unordentlich Puppen von verschiedener Größe und andere Spielsachen herum.

Im Bett lag Lucilla, Marcellos Kind. Giulia saß neben dem Bett, sprach mit Lucilla und wandte sich beim Eintritt ihres Mannes kaum um, warf ihm nur einen Augenblick lang einen Blick zu, sagte aber nichts.

Marcello zog eines der lackierten Sesselchen heran und setzte sich ebenfalls neben das Bett.

Das Kind sagte: «Guten Abend, Papa!»

«Guten Abend, Lucilla», antwortete Marcello und sah die Kleine an.

Sie war ein schwarzhaariges zartes Mädchen mit rundem Gesicht, sehr großen Augen und feinen Zügen, die in ihrer außerordentlichen Weichheit beinahe geziert wirkten. In diesem Moment kam sie ihm geradezu übertrieben anmutig vor, und sie schien sich ihrer Anmut auch bewußt zu sein – auf eine Art, die der Beginn einer zwar unschuldigen Koketterie sein mochte, die Marcello aber unangenehm an seine Mutter erinnerte, der die Kleine sehr ähnlich war. Diese Koketterie machte sich jedesmal bemerkbar, wenn Lucilla mit ihm oder der Mutter sprach oder wenn sie ihre Eltern nur ansah. Außerdem kam sie in der außerordentlichen, fast unglaublichen Sicherheit ihrer Redeweise zum Ausdruck.

Mit einem blauen Nachthemd bekleidet, ganz Bändchen und Schleifchen, saß sie auf dem Bett und hielt die Hände zum Gebet gefaltet, in dem sie durch den Eintritt ihres Vaters unterbrochen worden war.

«Komm, Lucilla», sagte die Mutter gutmütig. «Träum nicht! Sag dein Gebet mit mir.»

«Ich träume gar nicht», sagte das Kind mit einer Grimasse ungeduldiger Überheblichkeit. «Du hast aufgehört zu beten, als Papa kam. Da hab ich auch aufgehört.»

«Du hast recht», meinte Giulia geduldig. «Aber du kannst das Gebet ja auswendig. Du hättest allein weitersprechen können.

Wenn du größer bist, werde ich nicht mehr da sein, um dir vorzubeten.»

«Siehst du, wie du mich aufhältst... Dabei bin ich so müde...» Sie zuckte ein wenig die Schultern, löste aber nicht die Verschränkung der Hände. «Da fängst du an zu reden... Inzwischen wären wir schon lange mit dem Gebet fertig!»

«Los!» erwiderte Giulia, diesmal gegen ihren Willen lächelnd. «Fangen wir nochmals an. Gegrüßt seist du, Maria – voll der Gnade...!»

Das Kind wiederholte mit schleppender Stimme: «Gegrüßt seist du Maria – voll der Gnade...!»

«Der Herr ist mit dir. Du bist gebenedeit unter den Weibern...»

«Der Herr ist mit dir. Du bist gebenedeit unter den Weibern...»

«Und gebenedeit ist die Frucht deines Leibes, Jesus.»

«Und gebenedeit ist die Frucht deines Leibes, Jesus.»

An diesem Punkt fragte das Kind: «Kann ich mich etwas ausruhen?»

«Warum?» wollte Giulia wissen. «Bist du denn schon so müde?»

«Eine Stunde hast du mich sitzen lassen, mit gefalteten Händen», sagte das Kind und sah den Vater an. «Als Papa hereinkam, hatten wir schon das halbe Gebet hergesagt.» Sie rieb sich die Oberarme, um kokett ihre Müdigkeit zu demonstrieren. Dann hob sie von neuem die Hände, faltete sie und sagte: «Ich bin bereit.»

«Heilige Maria – Mutter Gottes...» begann Giulia von neuem ohne Hast.

«Heilige Maria – Mutter Gottes...» wiederholte das Kind.

«Bitt für uns arme Sünder...»

«Bitt für uns arme Sünder...»

«Jetzt und in der Stunde unseres Absterbens!»

«Jetzt und in der Stunde unseres Absterbens!»

«Amen.»

«Amen.» Dann fragte das Kind ohne Übergang: «Und du betest nie, Papa?»

«Wir beten am Abend, ehe wir uns schlafen legen», erwiderte Giulia schnell.

Das Kind aber blickte Marcello fragend an und schien ungläubig. Er beeilte sich jedoch zu bestätigen: «Natürlich, jeden Abend, vor dem Schlafengehen ...»

«Jetzt streck dich aus und schlafe», sagte Giulia, stand auf und versuchte, das Kind niederzulegen. Endlich, nach einer gewissen Anstrengung, gelang ihr dies, obwohl das Kind offenbar gar nicht geneigt war, zu schlafen. Dann zog die Mutter dem Mädchen das Bettlaken bis ans Kinn.

«Mir ist heiß!» sagte Lucilla. «Mir ist so heiß!» Sie versetzte dem Laken ein paar heftige Fußtritte.

«Morgen fahren wir zur Großmutter. Dort wird dir nicht mehr heiß sein.»

«Wo ist die Großmutter?»

«Im Gebirge, wo es kühl ist.»

«Wo im Gebirge?»

«Das hab ich dir schon so oft gesagt – in Tagliacozzo. Das ist ein kühler Ort. Da werden wir den ganzen Sommer bleiben.»

«Aber werden keine Flugzeuge kommen?»

«Die Flugzeuge kommen nicht mehr.»

«Warum nicht?»

«Weil der Krieg zu Ende ist.»

«Warum ist der Krieg zu Ende?»

«Weil zwei nicht gleich drei ist», sagte Giulia brüsk, aber ohne schlechte Laune. «Schluß mit den Fragen! Schlaf, denn morgen früh fahren wir zeitig weg. Jetzt geh ich und hole deine Medizin.»

Sie verließ das Zimmer. Marcello blieb mit dem Kind allein.

«Papa», fragte das Mädchen sogleich und setzte sich im Bett wieder auf, «erinnerst du dich an die Katze der Leute, die unter uns wohnen?»

«Ja», erwiderte Marcello, erhob sich von dem Stühlchen und ließ sich auf dem Bettrand nieder.

«Die hat vier Junge bekommen.»

«Na, und?»

«Das Kindermädchen hat mir gesagt, wenn ich eines von den Kätzchen haben wollte, könnten sie es mir schenken. Darf ich? Dann nehme ich es nach Tagliacozzo mit.»

«Aber wann sind denn diese Kätzchen auf die Welt gekommen?» fragte Marcello.

«Vorgestern.»

«Dann ist das nicht möglich. Die kleinen Katzen müssen bei der Mutter bleiben, solange sie Milch trinken», sagte Marcello und streichelte den Kopf seines Töchterchens. «Du kannst das Kätzchen holen, wenn du aus Tagliacozzo zurück bist.»

«Und wenn wir nicht aus Tagliacozzo zurückkommen?»

«Warum sollten wir nicht zurückkommen? Wir fahren ja Ende des Sommers wieder nach Rom», antwortete Marcello und liebkoste mit den Fingern die dunklen, weichen Haare seiner Tochter.

«Au! Du tust mir weh!» beklagte sich das Kind.

Marcello ließ die Haare fahren und sagte: «Lächerlich! Warum behauptest du, daß ich dir weh tue? Du weißt doch, daß es nicht wahr ist!»

«Doch, du hast mir weh getan», antwortete sie mit Nachdruck. Und dann führte sie die Hände mit einer typisch weiblichen Geste an die Schläfen. «Jetzt bekomme ich ein furchtbares Kopfweh!»

«Dann zieh ich dich bei den Ohren», erwiderte Marcello scherzend, hob zart die Haare über dem kleinen, rosigen, runden Ohr und zog ein wenig daran.

«Au! Au! Au!» schrie das Mädchen mit gellender Stimme, als empfände sie furchtbare Schmerzen. Ein leichtes Rot übergoß ihr ganzes Gesicht. «Au! Au! Du tust mir weh!»

«Siehst du, wie du lügst», warf ihr Marcello vor und ließ das Ohr los. «Du weißt, daß man nicht lügen soll.»

«Diesmal», sagte sie altklug, «kann ich dir schwören, daß du mir wirklich weh getan hast.»

«Möchtest du, daß ich dir eine Puppe für die Nacht gebe?» fragte Marcello und sah auf den Teppich, wo die Spielsachen verstreut waren.

Lucilla musterte die Puppen mit ruhiger Verachtung und meinte hochmütig: «Wenn du willst . . .»

«Was heißt das – wenn ich will?» fragte Marcello lächelnd. «Du sprichst so, als ob du mir einen Gefallen erweisen müßtest. Schläfst du nicht gern mit einer Puppe?»

«Doch, das tu ich gern», sagte sie. «Gib mir eine.» Unschlüssig blickte sie auf den Teppich hinunter. «Gib mir die mit dem rosa Kleid.»

Marcello erhob sich und sah sich auf dem Teppich um. «Aber alle haben rosa Kleider an!»

«Es gibt Rosa und Rosa», sagte das Mädchen ungeduldig. «Das Rosa dieser Puppe da zum Beispiel ist so wie das Rosa der rosa Rosen auf dem Balkon.»

«Die hier?» fragte Marcello und hob die schönste und größte von den Puppen empor.

«Siehst du, daß du nichts verstehst!» rief das Kind. Plötzlich sprang die Kleine aus dem Bett und lief bloßfüßig zu einer Ekke des Teppichs, nahm dort eine recht häßliche Stoffpuppe mit zerquetschtem und schmutzigem Gesicht auf und stieg hastig wieder ins Bett. «So. Erledigt.» Diesmal streckte sie sich richtig unter dem Bettlaken aus und schmiegte das rosige, friedliche Gesicht zärtlich an das schmutzige, dumme der Puppe.

Giulia kam zurück, trug in der Hand eine Flasche und einen Löffel. «Komm, nimm die Medizin», sagte sie und trat ans Bett.

Lucilla ließ sich nicht bitten. Gehorsam richtete sie sich halb auf, schob den offenen Mund vor, mit der Haltung eines Vogels, der auf Fütterung wartet. Giulia steckte ihr den Löffel in den Mund und gab ihr die Medizin zu trinken.

Das Kind legte sich wieder flach hin und erklärte: «Schmeckt scheußlich!»

«Also dann gute Nacht!» sagte Giulia, beugte sich über ihre Tochter und küßte sie.

«Gute Nacht, Mama! Gute Nacht, Papa», gab das Kind mit scharfer Stimme zurück.

Marcello küßte Lucilla auf die Wange und folgte seiner Frau. Giulia löschte das Licht und schloß die Tür.

Im Korridor wandte sie sich halb nach ihrem Mann um und sagte: «Ich glaube, das Essen ist bereit.»

Jetzt auf einmal, in dem gleichsam anklägerischen Schatten des Korridors, bemerkte Marcello, daß Giulia verweinte, geschwollene Augen hatte. Der Besuch bei dem Kind hatte ihn zwar abgelenkt, doch nun, beim Anblick seiner Frau, befiel ihn von neuem die Angst, nicht so ruhig und fest erscheinen zu können, wie er wollte.

Giulia war ihm inzwischen in das Speisezimmer vorausgegangen. Es war ein recht kleiner Raum mit einem runden Tisch und einer Kredenz. Der Tisch war gedeckt, die Mittellampe brannte. Durch das offene Fenster drang der Lärm eines Radios herein. Der Sprecher verkündete mit jenem keuchenden und triumphierenden Ton, der für gewöhnlich bei Fußballübertragungen verwendet wurde, den Sturz der faschistischen Regierung.

Das Dienstmädchen erschien, trug die Suppe auf und ging wieder hinaus.

Sie begannen langsam und ruhig zu essen. Plötzlich schien das Radio verrückt zu werden: Der Sprecher berichtete in exaltierten Ausdrücken und mit fiebernder Stimme, es dränge sich eine große Menschenmenge in den Straßen der Stadt und applaudiere dem König.

«Widerwärtig!» meinte Giulia, legte den Löffel beiseite und blickte zum Fenster.

«Warum widerwärtig?»

«Bis gestern haben sie Mussolini applaudiert. Vor wenigen Tagen haben sie dem Papst applaudiert, in der Hoffnung, er könne sie vor den Bombenangriffen retten. Und jetzt applaudieren sie dem König, der Mussolini gestürzt hat.»

Marcello entgegnete nichts. Ihm waren die Meinungen und Reaktionen Giulias in politischen Dingen so geläufig, daß er sie jedesmal im Geist hätte vorwegnehmen können.

Giulia dachte und reagierte wie ein einfacher Mensch – ohne Neugier, ohne Interessen für die tieferen Motive, die den Ereignissen zugrunde lagen. Sie ließ sich hauptsächlich von ihrem Instinkt und ihren persönlichen Beweggründen leiten.

Schweigend aßen sie ihre Suppe zu Ende, während das Radio weiter wie ein Wasserfall lärmte.

Nachdem das Dienstmädchen den zweiten Gang serviert hatte, trat plötzlich ein geradezu bedrückendes Schweigen ein. Die ganze lastende, regungslose Schwüle der Sommernacht schien sich niederzusenken.

Sie sahen einander an.

Dann fragte Giulia: «Und was wirst du jetzt tun?»

Marcello antwortete kurz: «Ich werde das tun, was alle tun, die sich in meiner Lage befinden. Es sind viele in Italien, die daran geglaubt haben . . .»

Giulia zögerte, ehe sie sprach: «Nein . . . Ich meine . . .» Langsam fuhr sie fort: «Ich meine – was wirst du in der Sache Quadri tun?»

So wußte sie also davon und hatte von jeher davon gewußt!

Marcello bemerkte, daß sein Herz stockte. So wäre es ihm vor zehn Jahren ergangen, wenn ihn jemand gefragt hätte: «Und was wirst du jetzt in der Sache Lino tun?» Darauf hätte er geantwortet, wenn ihm die Gabe der Prophetie verliehen gewesen wäre: «Ich werde Quadri töten.» Aber was sollte er jetzt antworten?

Er legte die Gabel neben den Teller. Sobald er sicher war, daß seine Stimme nicht zittern würde, entgegnete er: «Ich verstehe nicht, wovon du sprichst.»

Er sah, wie sie die Augen niederschlug und eine weinerliche Grimasse zog. Schließlich sagte sie mit langsamer, trauriger Stimme: «In Paris hat mir Lina erzählt – vielleicht, weil sie mich damit von dir trennen wollte –, du gehörtest zur politischen Polizei.»

«Und was hast du ihr geantwortet?»

«Ich habe ihr gesagt – das interessiert mich nicht, ich bin seine Frau, ich liebe ihn auf jeden Fall, was immer er auch tut. Und wenn er wirklich so einen Beruf hat, ist das ein Zeichen dafür, daß dies ein guter Beruf ist.»

Marcello sagte nichts. Von dieser starren, unerschütterlichen Treue wurde er gegen seinen Willen gerührt.

Giulia sprach mit zögernder Stimme weiter: «Als aber dann Quadri und Lina getötet wurden, bekam ich solche Angst, daß auch du darin verwickelt sein könntest... Seit damals habe ich an nichts anderes mehr denken können. Aber ich habe nie davon gesprochen. Da du mir nichts von deinem Beruf gesagt hast, dachte ich, daß auch ich nicht davon sprechen dürfe.»

«Und was denkst du jetzt?» fragte Marcello nach einem Augenblick des Schweigens.

«Ich...» begann Giulia, hob die Augen auf und sah ihn an.

Marcello bemerkte, daß in ihren Augen Tränen glänzten, und verstand, daß diese Tränen schon eine Antwort waren.

Mit einer gewissen Anstrengung fuhr sie fort: «Da du mir in Paris selbst gesagt hast, der Besuch bei Quadri sei für deine Laufbahn sehr wichtig, so denke ich – es könnte wohl wahr sein...»

Er erwiderte sofort: «Es ist wahr.» Im gleichen Augenblick

begriff er, daß Giulia bis zuletzt gehofft hatte, er werde widersprechen.

Bei seinen Worten, wie auf ein Zeichen, warf sie sich über den Tisch, vergrub das Gesicht in den Armen und begann zu schluchzen.

Marcello erhob sich, ging zur Tür, drehte den Schlüssel um. Dann trat er neben sie. Ohne sich niederzubeugen, legte er die Hand auf ihre Haare und sagte: «Wenn du willst, können wir uns trennen. Ich begleite dich nach Tagliacozzo mit dem Kind. Dann gehe ich und lasse mich nicht mehr blicken. Willst du das?»

Giulia hörte sofort auf zu schluchzen. Dann kam aus der Beuge ihres Armes, wo sie das Gesicht verborgen hatte, ihre traurige, maßlos überraschte Stimme: «Aber was sagst du denn da? Uns trennen? Deshalb weine ich doch nicht. Ich habe nur solche Angst um dich! Was werden sie dir jetzt tun?»

Giulia empfand also keinen Abscheu vor ihm wegen Linas und Quadris Tod. Sie hatte ausschließlich Angst um sein Leben, um seine Zukunft. Diese Empfindungslosigkeit gegenüber allem, was nicht ihre Liebe betraf, machte einen seltsamen Eindruck auf ihn: Ihm war, als stiege er eine Treppe empor und träte auf einmal statt auf die nächste Stufe auf einen Treppenabsatz. Marcello hatte im Grunde Entsetzen und ein strenges Urteil erwartet und auch erhofft. Aber er fand nur die gewohnte blinde und solidarische Liebe vor.

Mit leichter Ungeduld sagte er: «Mir wird gar nichts geschehen. Es gibt keine Beweise. Und ich habe ja auch nur Befehle ausgeführt.» Er zögerte einen Augenblick aus Scham und aus Abneigung gegen einen Gemeinplatz. Schließlich erklärte er mit Anstrengung: «Ich habe nur meine Pflicht getan. Wie ein Soldat.»

Giulia hängte sich sofort an diese abgenutzte Phrase, die damals nicht einmal genügt hätte, um den Agenten Orlando zu beruhigen.

«Ja. Das hab ich auch gedacht.» Sie hob den Kopf, begann inbrünstig seine Hand zu küssen. «Ich hab mir immer gesagt – Marcello ist ja im Grunde nur ein Soldat. Auch die Soldaten töten, weil man ihnen das befiehlt. Er ist nicht schuld, daß er gewisse Dinge tun mußte. Aber glaubst du nicht, daß sie dich holen werden? Ich bin sicher, daß diejenigen, die dir Befehle gegeben haben, davonlaufen. Und du, der du nichts damit zu tun hast und nur deine Pflicht getan hast, bleibst dabei hängen.»

Sie hatte seinen Handrücken geküßt, jetzt begann sie – mit immer derselben Heftigkeit – seine Handfläche zu küssen.

«Beruhige dich», sagte Marcello und streichelte sie. «Im Augenblick haben die anderes zu tun, als mich zu suchen.»

«Aber die Leute sind so schlecht! Es genügt einer, der dir übel will, der dich denunziert. So ist es ja immer: Den Großen, die befehlen, die Millionen gemacht haben, denen geschieht nichts. Aber die Kleinen wie du, die nur ihre Pflicht getan haben, die nichts ersparen konnten, gehen vor die Hunde. Ach, Marcello, ich habe solche Angst!»

«Hab keine Angst! Alles kommt wieder in Ordnung!»

«Ach, ich weiß – nichts kommt in Ordnung. Das fühle ich. Und dann bin ich auch so müde...» Giulia hatte das Gesicht an seine Hand gelegt, küßte sie aber nicht mehr. «Nach der Geburt Lucillas habe ich gedacht, obwohl ich deinen Beruf kannte – jetzt wird mir nichts mehr passieren, ich habe ein Kind, einen Mann, den ich liebe, eine Wohnung, eine Familie, ich bin glücklich, wirklich glücklich. Es war das erste Mal in meinem Leben, daß ich mich glücklich fühlte. Dieser Zustand kam mir ganz unwirklich vor, ich konnte gar nicht recht daran glauben. Immer hatte ich solche Angst, alles würde eines Tages wieder vorbei sein, das Glück würde nicht dauern. Und tatsächlich hat es nicht gedauert. Jetzt müssen wir davonlaufen, du verlierst deinen Posten. Und wer weiß, was man uns antut. Und das arme Kind – es wird schlimmer daran sein als eine Waise. Man muß vollkommen von vorn anfangen. Aber es ist nicht mehr möglich, von vorn anzufangen. Unsere Familie ist zerstört.»

Wieder brach sie in Weinen aus und warf sich vornüber, das Gesicht im Arm.

Marcello entsann sich plötzlich wieder des Bildes, das er schon einmal vor sich gesehen hatte: Die göttliche Zuchtrute, die gnadenlos eine ganze Familie trifft – sowohl ihn, den Schuldigen, als auch seine Frau und sein Kind, die Unschuldigen. Er erschauerte.

Es klopfte an der Tür. Er rief dem Dienstmädchen zu, sie seien mit dem Essen fertig und brauchten nichts mehr.

Dann wandte er sich wieder zu Giulia und sagte sanft: «Ich

bitte dich, nicht mehr zu weinen. Beruhige dich doch ... Unsere Familie wird nicht zerstört werden. Wir fahren nach Amerika, nach Argentinien, und beginnen dort ein neues Leben. Auch dort werden wir eine Wohnung haben. Und ich werde bei dir sein. Und Lucilla. Hab nur Vertrauen. Du wirst schon sehen – alles kommt in Ordnung!»

Diesmal hob Giulia voll plötzlicher Hoffnung ihr tränenfeuchtes Gesicht: «Wir fahren nach Argentinien? Aber wann?»

«Sobald es möglich ist. Sobald der Krieg wirklich zu Ende ist.»

«Und inzwischen?»

«Inzwischen gehen wir von Rom weg und wohnen in Tagliacozzo. Dort sucht uns niemand. Du wirst sehen – alles geht gut.»

Giulia stand auf und putzte sich die Nase. Sie schien durch seine Worte erleichtert und vor allem, wie er dachte, durch den festen Ton seiner Stimme.

«Entschuldige ...» sagte sie. «Ich bin dumm. Ich müßte dir doch helfen. Statt dessen weine ich. Ich dumme Gans, die ich bin!»

Sie räumte den Tisch ab, stellte das Geschirr auf die Kredenz.

Marcello trat ans Fenster, neigte sich über das Fensterbrett und blickte hinaus. Die Lampen des Stiegenhauses gegenüber schienen gedämpft hinter den Mattglasscheiben – Stockwerk über Stockwerk, scheinbar bis zum Himmel hinauf. In den tiefen Zementhöfen verdichtete sich die Dunkelheit, wurde schwarz wie Kohle. Die Nacht war warm und ruhig. Nicht einmal bei angestrengtestem Lauschen hätte man ein anderes Geräusch als das der Gartenpumpe hören können, mit der irgendwer unten im Hof, im Dunkeln, seine Hecke sprengte.

Marcello wandte sich um: «Wollen wir eine Fahrt durch das Stadtzentrum machen?»

«Warum? Wozu? Wer weiß, was für ein Gedränge dort sein wird!»

«Warum? Damit du siehst, wie eine Diktatur stürzt», antwortete er fast leichthin.

«Aber ich kann doch Lucilla nicht allein lassen! Wenn die Flieger kommen ...!»

«Sei ruhig, heute nacht kommen sie nicht.»

«Aber warum willst du denn ausgerechnet ins Stadtzentrum fahren!» protestierte sie plötzlich. «Ich verstehe dich wirklich nicht. Glaubst du, daß dir das Spaß machen wird? Oder hast du es darauf angelegt zu leiden?»

«Bleib du. Ich fahre allein.»

«Nein, dann komme ich auch», erwiderte sie sogleich. «Wenn dir etwas geschieht, will ich dabeisein. Das Dienstmädchen wird auf das Kind achtgeben.»

«Nur keine Angst, heute nacht kommen die Flieger nicht.»

«Dann ziehe ich mich also schnell um», sagte sie im Hinausgehen.

Allein geblieben, trat Marcello wieder ans Fenster. Jemand ging soeben im Stiegenhaus gegenüber die Treppe hinunter, ein Mann. Stockwerk für Stockwerk zeichnete sich sein Schatten hinter den Mattglasscheiben ab. Nach der Schlankheit zu schließen, mußte es sich um einen jungen Mann handeln. Sein Schritt schien ganz sorglos zu sein. Vielleicht pfeift er sogar, dachte Marcello neidisch.

Auf einmal begann das Radio wieder zu brüllen. Marcello vernahm die gewohnte Stimme, die – wie am Ende einer Rede – schloß: «Der Krieg geht weiter!»

Das war die Botschaft der neuen Regierung, die er schon vorher gehört hatte.

Marcello zog sein Etui aus der Tasche und entzündete eine Zigarette.

Zweites Kapitel

Die Straßen an der Peripherie Roms waren schweigend, dunkel und verlassen – wie ein großer Körper, dessen ganzes Blut plötzlich an einem einzigen Punkt zusammengeströmt ist.

Als der Wagen sich allmählich dem Zentrum näherte, sahen Marcello und Giulia jedoch immer häufiger gestikulierende und schreiende Menschengruppen.

An einer Straßenecke verlangsamte Marcello die Fahrt, um eine Reihe von Lastwagen voll junger Männer und junger Frauen vorbeizulassen, die Fahnen und Plakate trugen. An den Kotflügeln und Trittbrettern hingen Menschen. Diese übervollen geschmückten Lastwagen wurden von der die Gehsteige bevölkernden Menge mit einem wirren Applaus begrüßt.

Ein Mann trat an Marcellos Wagen und brüllte durch das Fenster Giulia ins Gesicht: «Es lebe die Freiheit!» Darauf verschwand er wieder, als habe ihn die schwarze Menge ringsum aufgesogen.

Giulia fragte: «Wäre es nicht besser, umzukehren?»

«Warum?» fragte Marcello zurück und betrachtete durch die Windschutzscheibe die Straße. «Die Leute sind so vergnügt! Die denken bestimmt nicht daran, jemandem etwas Böses zu tun. Jetzt stellen wir den Wagen irgendwo ab und gehen ein wenig spazieren, um zu sehen, was geschieht.»

«Werden sie uns den Wagen nicht stehlen?»

«Lächerlich!»

In seiner gewohnten, etwas nachdenklichen, ruhigen, etwas geduldigen Art steuerte Marcello das Auto durch die vollen Straßen des Zentrums. Trotz des unklaren Lichts der Verdunklung konnte man deutlich erkennen, wie sich die Leute immer wieder zu Haufen zusammenfanden und wieder auseinanderliefen. Jeder von diesen Menschen benahm sich anders, gemeinsam aber war ihnen die aufrichtige Freude über den Sturz der Diktatur:

Man sah Passanten, die sich auf der Straße umarmten, ohne einander zu kennen. Man sah Leute, die lange schweigend und aufmerksam dastanden, um plötzlich beim Vorbeifahren eines fahnengeschmückten Lastwagens den Hut vom Kopf zu reißen und ihren Beifall hinauszuschreien. Einzelne rannten wie eine Stafette von Gruppe zu Gruppe, schrien vor Freude und feuerten ihre Mitbürger an. Andere wieder – als seien sie auf einmal wie von einer Wut erfüllt – hoben die Faust drohend gegen irgendeinen geschlossenen und dunklen Palast, der bisher der Sitz eines öffentlichen Amtes gewesen war. Marcello bemerkte, daß zahlreiche Frauen, manche sogar mit Kindern, am Arm ihrer Mütter unterwegs waren, was es seit den erzwungenen Kundgebungen des gestürzten Regimes nicht mehr gegeben hatte. Es bildeten sich entschlossene Reihen – wie vereint durch eine geheime Parteizusammengehörigkeit – und defilierten unter Applaus hin und her, um sich schließlich in der Menge zu verlieren.

Beifallspendende Gruppen umgaben irgend jemanden, der eine improvisierte Rede hielt. Andere Leute wieder ballten sich zusammen und sangen eine Freiheitshymne.

Marcello steuerte den Wagen langsam, geduldig und mit Rücksicht auf jede Menschenansammlung durch die Menge und kam so allmählich vorwärts.

«Wie sie sich freuen!» bemerkte Giulia in gutmütigem und fast solidarischem Ton. Sie schien plötzlich ihre Angst und ihre persönlichen Interessen vergessen zu haben.

«Wenn ich an ihrer Stelle wäre, würde ich mich auch freuen ...»

Sie fuhren ein gutes Stück den Corso hinauf, immer durch die vielen Menschen hindurch, hinter zwei, manchmal drei Wagen her, die ebenfalls nur sehr langsam vorwärts kamen. Schließlich bog Marcello in eine Seitengasse ein, nachdem er eine Kolonne von Demonstranten vorbeigelassen hatte. Es gelang ihm, das kleine Gäßchen entlangzufahren, an dessen Ende es einen verlassenen Winkel gab. Dort hielt er an, schaltete den Motor ab, wandte sich zu seiner Frau und sagte:

«Also steigen wir aus ...»

Giulia gehorchte, ohne ein Wort zu sagen. Marcello schloß sorgfältig den Schlag ab und ging mit ihr zur Hauptstraße zurück, von wo sie gekommen waren.

Er war jetzt ganz ruhig, losgelöst und Herr seiner selbst – so, wie er den ganzen Tag über gewünscht hatte zu sein.

Allerdings überwachte er sich. Die Freude der Menge explodierte stürmisch, aufrichtig und aggressiv um ihn herum, und er fragte sich – wenn auch nicht ganz ohne Beunruhigung –, ob diese Freude nicht in ihm eine gegenteilige Reaktion erwekke. Doch nach einem Augenblick aufmerksamer Prüfung sagte er sich: Nein! Ich fühle weder Bitterkeit noch Haß noch Angst. Ich bin wirklich ruhig, beinahe apathisch, und geneigt, die Freude der anderen anzusehen. Ich nehme zwar nicht an dieser Freude teil, empfinde sie aber auch nicht als Drohung oder Kränkung.

Ziellos schlenderten sie zwischen den Menschen umher, von einer Gruppe zur anderen, von einem Gehsteig zum anderen. Giulia schien wirklich keine Angst mehr zu haben und Herr ihrer selbst zu sein.

Marcello dachte: Sie hat die Fähigkeit, gutmütig die Gefühle anderer zu teilen. Deshalb ist sie jetzt so ruhig.

Die Überfülle auf der Straße nahm nicht ab, schien eher dauernd zuzunehmen. Die Leute freuten sich allenthalben. Es war eine erstaunte, noch unsichere und ungläubige Freude, als seien sie noch keineswegs überzeugt davon, dies ungestraft tun zu dürfen.

Wieder fuhren Lastwagen durch die Menge, auf denen Arbeiter – Frauen und Männer – dreifarbige und rote Fahnen schwenkten. Dann kam ein kleines, offenes deutsches Auto, darin saßen ruhig zwei Offiziere. Ein Soldat in Kampfuniform stand auf dem Trittbrett, die Maschinenpistole in der Hand. Von den Gehsteigen her ertönten Pfiffe und Schimpfworte.

Marcello bemerkte auch viele abgerissene und waffenlose Soldaten, die sich umarmten und in deren stumpfen Bauerngesichtern eine leuchtende, trunkene Hoffnung stand. Dann entdeckte er zwei ebenfalls abgerissene Soldaten, deren Bajonette über den aufgeknöpften Waffenröcken baumelten und die sich umschlungen hielten wie ein Brautpaar. Da empfand er zum erstenmal so etwas wie Verachtung. Das waren doch Leute in Uniform! Für ihn bedeutete die Uniform unverändert Würde – wie immer auch die Empfindungen ihrer Träger beschaffen sein mochten.

Giulia, die seine Gedanken beinahe erriet, zeigte auf diese zwei zärtlichen und schlampig gekleideten Soldaten und fragte: «Aber heißt es nicht, der Krieg gehe weiter?»

«Das heißt es ...» antwortete er. Dann, mit einer fast schmerzhaften Anstrengung, setzte er sich plötzlich selber ins Unrecht, indem er Verständnis bewies: «Aber es ist nicht wahr. Denn für diese armen Teufel ist der Krieg wirklich zu Ende, sie haben recht, sich zu freuen.»

Vor dem Portal des Ministeriums, das Marcello am Vortag seiner Abreise nach Paris aufgesucht hatte, um sich seine Instruktionen zu holen, drängte sich eine große protestierende, brüllende Menschenmenge. Die Leute schüttelten die Fäuste in der Luft, und diejenigen, die sich direkt am Portal befanden, schlugen dagegen, um sich die Öffnung zu erzwingen. Aus vielen Kehlen wurde mit tiefer Antipathie und Verachtung der Name des mittlerweile gestürzten Ministers gerufen.

Lange Zeit betrachtete Marcello diese Versammlung und verstand nicht, was die Demonstranten eigentlich wollten. Schließlich tat sich das Tor ein wenig auf. Im Spalt erschien bleich und beschwörend ein Diener in gestreifter Uniform. Er sagte irgend etwas zu den Nächststehenden. Jemand trat durch das Tor ein, das sich sofort wieder schloß. Die Menge brüllte noch ein wenig. Die größere Zahl der Leute zerstreute sich. Nur einige Unentwegte schrien weiter und hämmerten gegen das geschlossene Tor.

Marcello ließ das Ministerium im Rücken liegen und begab sich zu einem in der Nähe befindlichen Platz. Man hörte Geschrei: «Aus dem Weg! Aus dem Weg!» Die Menge drängte zurück und zog ihn mit. Er streckte den Kopf vor und sah vier junge Burschen herankommen, die eine große Büste des Diktators am Strick hinter sich herzogen. Die Büste war bronzefarben, bestand aber in Wirklichkeit aus angemaltem Gips. Das war an den beschädigten Stellen zu erkennen, wo das Weiße des Gipses durchkam. Ein kleiner, schwarzhaariger Mann, das Gesicht fast unsichtbar hinter einer enormen Hornbrille, wandte sich Marcello zu. Leicht lachend sagte er im Ton eines Mannes, der Weisheiten von sich gibt:

«Er sah aus wie Bronze, war aber in Wirklichkeit ganz ordinärer Gips!»

Marcello gab keine Antwort, starrte einen Augenblick lang mit vorgerecktem Hals fest auf die Büste, die hüpfend an ihm vorübergezogen wurde. Es war eine Büste, wie es deren viele Hunderte in den Ministerien und anderen öffentlichen Ämtern gab: derb stilisiert, der Unterkiefer stark betont, die runden Augen tief in den Höhlen, der glatte Schädel wie geschwollen. Marcello dachte: Der Mund aus falscher Bronze da – das Abbild eines anderen, einst so arroganten Mundes – wird nun unter Hohngelächter und Pfeifen von derselben Menge beschmutzt, die noch vor kurzer Zeit allen Worten aus diesem Munde stürmisch zugestimmt hat.

Erneut schien Giulia seine Gedanken zu erraten, denn sie murmelte: «Wenn man sich vorstellt, daß diese Büste einmal in irgendeinem Vorzimmer genügte, damit die Leute ihre Stimmen senkten ...»

Trocken antwortete er: «Wenn sie ihn jetzt lebendig, in Fleisch und Blut, in die Hände bekämen, würden sie mit ihm das gleiche tun wie mit dieser Büste.»

«Meinst du, daß sie ihn erschlagen würden?»

«Bestimmt, wenn sie könnten ...»

Sie machten noch ein paar Schritte zwischen den im Dunkeln wie eine Überschwemmung dahintreibenden Menschen. An einer Straßenecke hatte eine Gruppe eine lange Leiter an die Ecke eines Palastes gelehnt. Ein Mann war hinaufgestiegen und hämmerte jetzt gegen einen Gedenkstein, der das Zeichen des Regimes trug.

Irgendwer sagte lachend zu Marcello: «Überall gibt's diese Liktorenbündel. Um sie zu beseitigen, werden Jahre nötig sein.»

«Stimmt», sagte Marcello.

Sie überquerten den Platz und erreichten die Galerie. Im trüben Licht der blauen Lampen, fast im Dunkeln, stand ein Menschenhaufen um etwas herum, das man nicht ausnehmen konnte – gerade dort, wo die beiden Arme der Galerie ineinandermündeten.

Marcello näherte sich, beugte sich vor und entdeckte einen Jungen, der komische Gesten und Verrenkungen – wie bei einem Bauchtanz – vollführte. Er trug einen farbigen Öldruck des Diktators gleich einem Halsband umgehängt und ähnelte einem an den Pranger gestellten Menschen, der mit seinem Folterinstrument am Hals tanzt.

Während sie auf den Platz zurückgingen, wandte sich ein junger Offizier mit schwarzem Spitzbart und glühenden Augen – am Arm eines ebenfalls dunkelhaarigen und glutäugigen Mädchens – Marcello zu und schrie ihn in zugleich lehrhaftem und exaltiertem Ton an:

«Es lebe die Freiheit! Ja! Aber vor allem ... Es lebe der König!»

Giulia blickte zu ihrem Mann hin.

«Es lebe der König!» sagte Marcello, ohne mit der Wimper zu zucken.

Sie entfernten sich. Dann meinte Marcello:

«Es gibt viele Monarchisten, die nun versuchen, die ganze Geschichte zugunsten ihrer Partei zu drehen. Sehen wir einmal nach, wie es auf dem Platz vor dem Quirinal aussieht ...»

Nicht ohne Mühe kehrten sie in das Gäßchen zurück, wo sie den Wagen stehengelassen hatten.

«Ist es wirklich nötig? Ich habe dieses Geschrei so satt.»

«Ach, wir haben ja ohnehin nichts Besonderes zu tun.»

Rasch fuhr Marcello durch allerlei Querstraßen hinauf zum Quirinal. Dort angelangt, stellten sie fest, daß dieser Platz nicht voll war. Die meisten Menschen standen unter dem Balkon, auf dem sich für gewöhnlich die Angehörigen der königlichen Familie zeigten. Der Platz war teilweise leer. Am Rand lungerten da und dort ein paar Leute herum. Die Beleuchtung war wie überall nur schwach. Die großen eisernen Lampen mit den gelben, traurigen Lichtertrauben konnten die Schwärze der Menschen nur mangelhaft aufheben. Applaus und Zurufe waren nicht sehr häufig. Mehr als anderswo gewann man gerade hier den Eindruck, daß die Bevölkerung nicht recht wußte, was sie eigentlich wollte. Wahrscheinlich standen mehr Neugierige als Begeisterte herum. Noch vor kurzem hatten sich die Leute genauso versammelt, um den Diktator zu sehen und zu hören – wie bei einem Schauspiel. Jetzt wollten sie wohl den sehen und hören, der den Diktator gestürzt hatte.

Giulia fragte leise, während der Wagen sanft um den Platz herumfuhr: «Wird sich der König auf dem Balkon zeigen?»

Ehe er antwortete, blickte Marcello durch die Windschutzscheibe zum Balkon empor. Dieser war matt von zwei rötlichen Fakkeln erleuchtet, zwischen denen die geschlossenen Fensterladen sichtbar waren.

Er antwortete: «Ich glaube nicht. Warum sollte er sich zeigen?»

«Aber auf wen warten denn dann diese Leute?»

«Auf niemanden. Es ist in solchen Situationen eine Gewohnheit, sich auf irgendeinen Platz zu stellen und nach irgend jemanden zu rufen.»

Gemächlich fuhr Marcello noch einmal um den Platz herum. Dabei schob er gleichsam mit dem Kotflügel vorsichtig die Menschen beiseite, die sich nur ungern rührten.

Unerwarteterweise sagte Giulia: «Weißt du, daß ich irgendwie enttäuscht bin?»

«Warum?»

«Ich habe gedacht, daß hier weiß Gott was geschieht, daß

Häuser verbrannt, Leute umgebracht werden. Deshalb bin ich mitgekommen. Ich hatte Angst um dich, als wir abfuhren. Statt dessen? Nichts! Nur Geschrei, Applaus, Hoch, Nieder, Gesänge, Demonstrationen!»

Marcello konnte nicht umhin, zu antworten: «Das dicke Ende kommt nach.»

«Was willst du damit sagen?» fragte sie mit plötzlich erschrockener Stimme. «Für uns? Oder für die anderen?»

«Für uns und für die anderen.»

Er bereute seine Worte sofort, denn er spürte, wie Giulias Hand jetzt seinen Arm umklammerte.

«Ich wußte es ja die ganze Zeit ...» meinte sie ängstlich. «Du hast gelogen, als du sagtest, alles käme wieder in Ordnung. Jetzt hast du dir widersprochen.»

«Fürchte dich nicht. Ich habe nur so dahergeredet ...»

Diesmal antwortete Giulia nicht, sondern beschränkte sich darauf, seinen Arm mit beiden Händen zu umklammern und sich an ihn zu drücken.

Er wollte sie nicht fortschieben.

Er steuerte durch Nebengassen wieder auf den Corso zurück, von dort zur Piazza del Popolo und dann über die Rampen des Pincio nach der Villa Borghese hinauf. Sie überquerten den dunklen Pincio – mit seinen Marmorbüsten – und fuhren schließlich an der Reitbahn entlang zur Via Veneto.

An der Porta Pinciana sagte Giulia plötzlich mit trauriger Stimme: «Ich will nicht nach Hause!»

«Warum denn nicht?» fragte Marcello und verlangsamte die Fahrt.

«Ich weiß nicht ...» antwortete sie und blickte vor sich hin. «Mein Herz zieht sich bei dem bloßen Gedanken an unsere Wohnung zusammen. Ich habe das Gefühl, daß wir von dort für immer fortgehen werden. Ich meine damit nichts Schreckliches ...» fuhr sie hastig fort. «Nur, daß wir ausziehen müssen ...»

«Also ... Wo sollen wir jetzt hinfahren?»

«Wohin du willst ...»

«Wollen wir eine Runde durch die Villa Borghese machen?»

«Ja. Gut. Tun wir das.»

Marcello steuerte den Wagen eine lange, dunkle Allee entlang, an deren Ende man das weiße Borghese-Museum schimmern sah. Dort angekommen, hielt Marcello den Wagen an, stellte den Motor ab und stieg aus.

«Wollen wir ein paar Schritte machen?»

«Ja, wenn du willst...»

Arm in Arm gingen sie in Richtung der Gärten, die hinter dem Museum liegen. Der Park war verlassen. Die politischen Ereignisse hatten sogar die Liebespaare weggefegt. Die weißen Marmorfiguren mit ihren heroischen oder elegischen Gesten hoben sich von dem düsteren Hintergrund der Bäume – die wie ein Wald wirkten – hell ab. Sie gingen bis zu dem Brunnen, blieben dort einen Augenblick schweigend stehen und starrten in das schwarze, regungslose Wasser. Giulia preßte die Hand ihres Mannes und schob ihre Finger zwischen die seinen. Es wirkte wie eine Umarmung.

Sie begannen wieder zu gehen, drangen schließlich in eine sehr dunkle Allee ein, die durch einen Eichenwald führte.

Nach ein paar Schritten blieb Giulia plötzlich stehen, wandte sich ihm zu, umschlang Marcellos Hals mit einem Arm und küßte ihn auf den Mund. Eine Weile standen sie so inmitten der Allee. Dann lösten sie sich voneinander.

Giulia flüsterte, indem sie ihren Mann bei der Hand ergriff und nach dem Wald zog: «Komm! Dorthin! Wir wollen uns dort lieben – richtig...»

«Aber nein!» rief Marcello. «Dort?»

«Ja. Dort», sagte sie. «Warum nicht? Komm! Ich brauche das, um mich geborgen zu fühlen.»

«Geborgen vor was?»

«Alle denken an den Krieg, an die Politik, an die Flugzeuge. Statt dessen könnte man doch so glücklich sein! Komm! Ich würde mich jetzt auch mitten auf einem Platz niederlegen», fügte sie in plötzlicher Verzweiflung hinzu. «Wenn schon nur deshalb, um ihnen zu zeigen, daß ich auch an andere Dinge denken kann. Komm!»

Sie schien vollkommen außer sich zu sein, ging ihm im Schatten der dunklen Baumstämme voraus. «Du wirst sehen, was für ein schönes Schlafzimmer wir haben werden...» murmelte sie. «Bald sind wir ohne Wohnung. Aber das ist ein Schlafzimmer, das man uns nicht nehmen kann. Dort können wir schlafen und uns lieben, wann immer wir wollen.»

Plötzlich verschwand sie vor seinen Augen, als habe sie der Boden verschluckt. Marcello suchte sie. Dann entdeckte er sie schließlich: Sie lag in der Finsternis ausgestreckt zu Füßen eines Baumes auf der Erde – einen Arm unter dem Kopf als Kissen, den anderen ihm entgegengehoben in einer Art schweigender Einladung, sich neben ihr auszustrecken.

Er gehorchte. Sofort klammerte sich Giulia mit Armen und Beinen an ihn und küßte ihn mit blinder Heftigkeit auf das ganze Gesicht – als suche sie auf seiner Stirn und auf seinen Wangen nach einem zweiten und einem dritten Mund.

Plötzlich aber löste sich ihre Umarmung. Marcello sah, wie sie sich halb über ihm erhob und ins Dunkel blickte.

«Da kommt irgendwer ...»

Auch Marcello richtete sich auf und schaute. Zwischen den Bäumen, aber noch weit weg, war das Licht einer Taschenlampe zu sehen. Dieses Licht kam langsam näher – hinter einem kreisförmigen hellen Fleck her, der sich am Boden vorwärtsbewegte. Als einziges Geräusch war nur das Knacken des welken Laubes unter den Schritten des Unbekannten zu hören. Die Taschenlampe bewegte sich in ihrer Richtung. Giulia brachte ihre Kleider in Ordnung und umklammerte ihre Knie mit den Armen. Seite an Seite sitzend, mit dem Rücken gegen den Stamm gelehnt, sahen sie in das sich nähernde Licht.

«Das wird ein Polizist sein», murmelte Giulia.

Jetzt warf die Lampe ihren Schein ganz nahe bei ihnen auf den Boden. Dann wurde die Lampe emporgehoben, und sie befanden sich im vollen Licht.

Geblendet blickten sie zu der männlichen Gestalt empor, aus deren Faust das weiße Licht kam, sie selbst aber kaum mehr als ein Schatten war. Marcello dachte: Sobald uns der Polizist in Augenschein genommen hat, wird er die Taschenlampe senken.

Das geschah aber nicht. In einem seltsamen Schweigen leuchtete die Lampe weiter die beiden an.

«Was wollen Sie denn eigentlich?» fragte Marcello verärgert.

«Ich will nichts, Marcello ...» antwortete plötzlich eine sanfte

Stimme. Zugleich senkte sich das Licht, begann sich zu bewegen und entfernte sich wieder.

«Aber wer ist denn das?» murmelte Giulia. «Er kennt dich . . .»

Marcellos Atem stockte. Tief beunruhigt sagte er zu seiner Frau: «Entschuldige einen Augenblick. Ich komme sofort zurück.»

Mit einem Sprung war er auf den Beinen und lief dem Mann nach. Er erreichte ihn am Rand des Wäldchens, neben dem Sockel einer der weißen Marmorstatuen.

Nicht weit entfernt befand sich eine Straßenlampe. Als sich der Mann beim Geräusch der Schritte umwandte, erkannte ihn Marcello sofort an dem asketischen Gesicht unter den Haaren im Bürstenschnitt – trotz der vielen seither vergangenen Jahre. Damals hatte ihn Marcello in der Uniform eines Chauffeurs gesehen. Jetzt trug er eine andere Uniform: schwarz und bis zum Hals zugeknöpft, mit schwarzen Reithosen und Gamaschen aus Leder. Unter dem Arm hielt er eine Mütze und in der Hand die Taschenlampe.

Sofort sagte er lächelnd: «Tja – wie man sich so wiedersieht . . .»

Marcello, keuchend wegen seines raschen Laufes und vor Aufregung, sagte: «Aber – ich glaubte doch – ich hätte dich getötet . . .»

«Und ich wieder hoffte, du hättest erfahren, Marcello, daß ich gerettet worden bin», antwortete Lino ruhig. «Eine Zeitung schrieb freilich, ich sei gestorben. Aber das war ein Mißverständnis. Ein anderer starb im Bett neben mir. Du hast mich also für tot gehalten . . .?»

Marcello war mehr als über die Wiederbegegnung mit Lino über den gemütlichen, wenn auch irgendwie traurigen Ton bestürzt, der sich sofort zwischen ihnen eingestellt hatte. Mit Schmerz sagte er:

«Daß ich dich für tot gehalten habe, hat viele Folgen gehabt. Und dabei warst du gar nicht tot . . .»

«Auch für mich, Marcello, hat es viele Folgen gegeben», meinte Lino und sah ihn irgendwie mitleidig an. «Ich dachte mir damals – das Ganze ist eine Warnung! Darauf heiratete ich. Später starb meine Frau, und dann», fügte er noch langsamer hinzu, «begann alles von neuem wie vorher. Jetzt bin ich Polizist. Diese Gärten sind voll von hübschen Jungen, wie du einer bist.» Er sagte dies mit einer ruhigen, sanften Unverschämtheit, ohne eine Spur von Schmeichelei.

Jetzt erst bemerkte Marcello, daß Linos Haar fast grau und sein Gesicht dicker geworden war.

«Und du hast auch geheiratet...» redete Lino weiter. «Das war doch deine Frau, nicht wahr?»

Plötzlich konnte Marcello dieses unsaubere halblaute Gerede nicht mehr ertragen. Er packte Lino bei den Schultern und schüttelte ihn:

«Aber du redest ja, als ob nichts geschehen wäre! Bist du dir denn nicht darüber im klaren, daß du mein Leben zerstört hast?»

Lino versuchte nicht, sich freizumachen. «Warum sagst du mir das, Marcello? Du bist verheiratet. Vielleicht hast du Kinder. Du siehst aus, als wärest du gut situiert. Was beklagst du dich? Es wäre doch schlimmer, wenn du mich wirklich umgebracht hättest.»

«Aber ich...» rief Marcello, «ich – als ich dich kennenlernte – war unschuldig! Und nachher bin ich es nicht mehr gewesen!»

Er bemerkte, daß Lino ihn verblüfft anschaute.

«Alle sind wir unschuldig gewesen, Marcello. Bin nicht vielleicht auch ich einmal unschuldig gewesen? Und alle verlieren wir unsere Unschuld auf irgendeine Art. Das ist ja ganz normal.» Ohne Mühe befreite er sich von dem schon lockeren Griff Marcellos und flüsterte im Ton eines Komplicen: «Paß auf – da ist deine Frau! Es wird gut sein, wenn wir uns trennen.»

«Marcello...!» sagte Giulias Stimme aus dem Schatten heraus.

Er wandte sich um und gewahrte seine Frau, die unsicher näher trat. Im gleichen Augenblick setzte Lino seine Mütze auf, salutierte und entfernte sich hastig in der Richtung auf das Museum zu.

«Darf man wissen, wer das war?» fragte Giulia.

«Ein alter Schulkamerad von mir. Jetzt ist er Polizist.»

«Fahren wir nach Hause», sagte sie und ergriff seinen Arm.

«Willst du nicht mehr spazierengehen?»

«Nein, ich möchte nach Hause.»

Sie erreichten das Auto, stiegen ein und wechselten, bis sie daheim ankamen, kein Wort mehr.

Während Marcello am Lenkrad saß, dachte er an die Worte Linos und an deren unbeabsichtigte Bedeutung: «Und alle verlieren wir unsere Unschuld auf irgendeine Art. Das ist ja ganz normal.»

Er sagte sich: Diese Worte enthalten das Urteil über mein Leben. Alles, was ich getan habe, geschah, um mich von einem gar nicht verübten Verbrechen zu befreien. Aber auch, wenn ich Lino nicht getroffen, nicht auf ihn geschossen, nicht geglaubt hätte, ihn getötet zu haben – mit anderen Worten, wenn gar nichts geschehen wäre –, hätte ich meine Unschuld so oder so verloren. Das heißt also, ich hätte auf jeden Fall versucht, sie wiederzugewinnen und deshalb genau das getan, was ich getan habe. Dies alles ist mir heute zum erstenmal durch die Worte Linos klargeworden. Ich weiß nun, daß jenes Traumbild, dem ich seit der Begegnung mit Lino nachgejagt bin, trügerisch war und keineswegs die Normalität darstellte. Vielmehr besteht das normale Verhalten des Menschen gerade in dem verzweifelten, wenn auch vergeblichen Bemühen, das eigene, mit der Erbsünde belastete Leben immer wieder zu rechtfertigen.

Er hörte, wie Giulia fragte: «Wann fahren wir morgen früh?»

Und er verjagte seine Gedanken und antwortete: «So bald wie möglich.»

Drittes Kapitel

Gegen Morgen erwachte Marcello. Er sah seine Frau in der Zimmerecke neben dem Fenster stehen und durch die Scheiben in das graue Licht des frühen Tages hinausblicken.

Giulia war völlig nackt. Sie hielt mit einer Hand die Gardine beiseite und bedeckte mit der anderen ihren Busen – vielleicht aus Scham, vielleicht aus Angst. Eine lange, unordentliche Haarsträhne hing ihr über der Wange. Das vorgebeugte blasse Gesicht trug einen Ausdruck verzweifelter, mutloser Nachdenklichkeit. Auch ihr Körper schien während der vergangenen Nacht seine robuste, lustvolle Fülle verloren zu haben: Die Brust wies im

Profil eine müde Falte auf, die er nie zuvor bemerkt hatte. Der Bauch, mehr geschwollen als rund, wölbte sich in einer ungeschickten, wehrlosen Schwere. Dieser Eindruck wurde noch verstärkt durch die Haltung der Schenkel, die sich bebend zusammendrängten, als wollten sie sich verstecken. Das kalte Licht des beginnenden Tages erhellte unfreundlich ihre Nacktheit wie ein apathischer und zugleich indiskreter Blick.

Während er sie betrachtete, fragte sich Marcello: Was mag wohl in ihrem Gehirn vorgehen, während sie da regungslos bei Tagesanbruch auf den leeren Hof hinabblickt?

Mit einem lebhaften Gefühl des Mitleids dachte er: Ich kann mir ja vorstellen, was sich jetzt in ihr abspielt.

Sie sagt sich: Da bin ich nun ... Da bin ich, in der Mitte meines Lebens, aus meiner Wohnung verjagt, mit einem Kind in zartem Alter und einem ruinierten Mann, der nichts mehr von seiner Zukunft zu erwarten hat, dessen Schicksal unsicher, dessen Leben vielleicht in Gefahr ist. Das ist das Ergebnis aller Anstrengungen, aller Leidenschaft, aller Hoffnungen.

Giulia schien ihm wie Eva, aus dem Paradies vertrieben.

Eden, das war ihre Wohnung und die bescheidenen Dinge, die sie enthielt: die Sachen in den Schränken, die Küchengeräte, der Salon, in dem sie ihre Freundinnen empfangen hatte, das Silberbesteck, die falschen Perserteppiche, das Porzellangeschirr, das ihr von der Mutter geschenkt worden war, die Blumenvase im Vorzimmer, der Eisschrank, das eheliche Schlafzimmer in falschem Empire, auf Raten gekauft. Und er, der sie in diesem Schlafzimmer jetzt ansah.

Eden, das war für sie zweifellos auch das Vergnügen, zweimal am Tag mit der Familie bei Tisch zu sitzen, in der Nacht Arm in Arm mit ihm zu schlafen, auf die Wohnung zu achten, Pläne für sich, ihre Tochter und ihn zu machen.

Eden, das war für sie schließlich auch der Frieden der Seele, die Übereinstimmung mit sich selbst und mit der Welt, die Heiterkeit des ruhigen, gesättigten Herzens.

Aus diesem Paradies wurde sie jetzt durch einen zornigen, erbarmungslosen, mit dem Flammenschwert bewaffneten Engel für immer vertrieben und nackt und wehrlos in die feindliche Welt hinausgejagt.

Marcello betrachtete Giulia noch eine Weile, während sie regungslos ihren melancholischen Betrachtungen nachhing. Dann sah er, fast wieder im Halbschlaf, wie sie vom Fenster zurücktrat, auf Zehenspitzen zum Kleiderhaken ging, ein Hauskleid anzog und lautlos das Zimmer verließ.

Wahrscheinlich setzte sie sich jetzt an das Bett des schlafenden Kindes, was wieder unfreundliche Betrachtungen nach sich ziehen mußte. Oder sie traf die letzten Reisevorbereitungen.

Einen Augenblick dachte er daran, ihr nachzugehen und sie in irgendeiner Weise zu trösten. Aber er war noch so müde, daß er binnen kurzem von neuem einschlief.

Später, während das Auto unter dem reinen Morgenlicht in der Richtung nach Tagliacozzo fuhr, erinnerte er sich an das traurige Bild bei Tagesanbruch, und er fragte sich, ob er geträumt oder Giulia wirklich beobachtet hatte.

Seine Frau saß neben ihm. Sie drängte sich an ihn, um Lucilla Platz zu lassen, die auf dem Sitz kniete, den Kopf zum Fenster hinausstreckte und sich an der Fahrt freute. Giulia saß aufrecht da, die offene Jacke über einer weißen Bluse, das Gesicht beschattet von einem Reisehut.

Marcello bemerkte jetzt, daß sie auf den Knien einen länglichen, in braunes Papier gewickelten und mit Bindfaden umwundenen Gegenstand hielt.

«Was hast du denn in diesem Paket?» fragte er überrascht.

«Du wirst lachen», antwortete sie, «aber ich konnte mich nicht entschließen, die Kristallvase im Vorzimmer zurückzulassen. Ich habe sie mitgenommen, weil sie schön ist und weil du sie mir geschenkt hast nach der Geburt des Kindes. Erinnerst du dich? Es war eine Schwäche, ich weiß. Aber ich werde sie schon gebrauchen können. In Tagliacozzo tue ich Blumen hinein.»

Es ist also wirklich wahr gewesen, ich habe nicht geträumt, dachte er bei ihren traurigen Worten. Ich habe Giulia tatsächlich heute morgen in Fleisch und Blut am Fenster gesehen.

Nach einer kleinen Weile sagte er: «Wenn es dir Freude macht, die Vase bei dir zu haben, dann hast du recht daran getan, sie mitzunehmen. Ich versichere dir aber, daß wir pünktlich zurückkehren werden, sobald der Sommer zu Ende ist. Du brauchst absolut nicht beunruhigt zu sein.»

«Ich bin nicht beunruhigt.»

«Alles wird sich aufs beste lösen.» Marcello schaltete, da der Wagen eine Anhöhe hinauffuhr. «Du wirst genauso glücklich sein wie in den letzten Jahren. Sogar noch glücklicher.»

Giulia gab keine Antwort, schien aber nicht überzeugt.

Marcello betrachtete sie einen Augenblick: Mit einer Hand hielt sie die Vase auf den Knien, mit der anderen das zum Fenster hinausblickende Kind.

All ihre Liebe, all ihr Besitz befanden sich jetzt ausschließlich in diesem Auto: der Mann an ihrer einen, das Kind an ihrer anderen Seite und als Symbol des Familienlebens die Kristallvase auf ihren Knien.

Er erinnerte sich, daß sie im Moment der Abfahrt gesagt hatte: «Wer weiß, wer in unsere Wohnung einziehen wird...» Und er begriff, daß er sie nie würde überzeugen können, denn sie reagierte nicht mit dem Verstand, sondern ausschließlich mit dem Instinkt, der ihr jetzt ein ungutes Vorgefühl und Schrecken eingab.

Trotzdem fragte er ruhig: «Darf man wissen, woran du gerade denkst?»

«An nichts. Ich schaue mir die Gegend an.»

«Nein, ich meine, was denkst du so im allgemeinen?»

«Im allgemeinen? Daß die Dinge für uns schlecht stehen... Aber daran hat niemand schuld.»

«Vielleicht habe ich schuld.»

«Warum du? So etwas ist nie die Schuld von irgend jemandem allein. Alle haben gleichzeitig recht und unrecht. Die Dinge stehen schlecht, weil sie schlecht stehen. Das ist alles.»

Sie sagte dies in einem entschiedenen Ton, als wolle sie damit andeuten, daß sie keine Lust habe, weiterzusprechen.

Marcello verstummte. Von diesem Augenblick an herrschte eine ganze Weile Schweigen zwischen ihnen.

Trotz des frühen Morgens spürte man bereits, wie warm der Tag zu werden versprach. Zwischen dem Auto und den staubigen Hecken zitterte bereits die Luft über der Straße, drehte sich spiegelnd über dem Asphalt. Die Straße wand sich durch ein welliges Terrain: gelbe Hügel voll trockener Stoppeln, hier und da dunkelgraue Bauernhäuser in der Tiefe baumloser, verlassener Täler. Bisweilen begegnete ihnen ein Fuhrwerk oder ein altes Provinzauto.

Es war eine wenig befahrene Straße. Der militärische Verkehr spielte sich anderswo ab. Alles ringsherum war ruhig, von einer normalen Gleichgültigkeit, und man hätte meinen können, sich keineswegs im Herzen eines kriegführenden und revolutionären Landes zu befinden. Dann und wann tauchten Bauern an den Hecken oder auf den Feldern auf, doch auch in deren Gesichtern stand die gewöhnliche, friedliche Aufmerksamkeit für die bekannten, offenkundigen Dinge des Lebens. Sie schienen alle nur an die Ernte zu denken, an die Sonne, an den Regen, an die Preise der Lebensmittel. Vielleicht dachten sie auch an gar nichts.

Marcello sagte sich: Jahrelang ist Giulia so gewesen wie diese Bauern. Jetzt tut es ihr weh, aus diesem Frieden herausgerissen worden zu sein.

Gereizt dachte er: Um so schlimmer für sie! Leben bedeutet für die Menschen nicht, sich einfach einem von der Natur vielleicht gütig gegebenen schläfrigen Frieden zu überlassen. Leben heißt vielmehr, dauernd kämpfen, jeden Augenblick irgendein kleineres Problem innerhalb der größeren Probleme lösen, die ihrerseits wieder Teile des Gesamtproblems «Leben» überhaupt ausmachen. Diese Überlegung gab Marcello eine Art Selbstbewußtsein.

Das Auto kam jetzt aus der trostlosen Ebene hinaus und fuhr in eine Hügellandschaft voller roter Felsen hinein. Vielleicht deshalb, weil er das Lenkrad des Wagens in den Händen hielt, kam es Marcello so vor, als sei er eins mit dem Motor, der die Schwierigkeit der in Kurven ansteigenden Straße leicht bewältigte.

Seit vielen Jahren empfand er zum erstenmal wieder so etwas wie Optimismus, als hätte ein Windstoß den stürmischen Himmel seiner Seele reingefegt. Er dachte: Ich muß eine ganze Periode meines Lebens für erledigt und begraben ansehen und auf einer anderen Ebene mit anderen Mitteln von neuem beginnen. Die Begegnung mit Lino ist sehr nützlich gewesen, nicht nur, weil sie mich von der Reue über ein nichtbegangenes Verbrechen befreien konnte, sondern auch, weil Lino mit seiner Bemerkung über die Unausweichlichkeit, mit der jeder Mensch seine Unschuld verliert, mir klargemacht hat, daß ich zwanzig Jahre lang auf einer falschen Straße gegangen bin, die ich nun mit Entschiedenheit verlassen muß. Diesmal brauche ich nicht die Rechtfertigung durch eine Kommunion. Ich bin entschlossen, nicht zu gestatten, daß das tatsächlich begangene Verbrechen, die Ermordung Quadris, mich mit den Qualen einer vergeblichen Suche nach Reinigung vergiftet. Was geschehen ist, ist geschehen. Quadri lebt nicht mehr. Ich werde über seinen Tod endgültig den Stein völligen Vergessens legen, der schwerer sein wird als ein Grabstein.

Die Landschaft hatte sich allmählich verändert. Von der schwülen Wüste, die sie bisher durchfahren hatten, war nichts mehr zu sehen. Von den Straßenrändern her kam das Geräusch vieler unsichtbarer Rinnsale, die Pflanzen und Blumen und weiter oben auf den Tuffhügeln das dichte Grün eines Waldes hatten entstehen lassen. Vielleicht war der Anblick dieser Landschaft die Ursache, daß er glaubte, von jetzt ab für immer die Verzweiflung der Wüsten meiden zu können, in denen der Mensch seinem eigenen Schatten nachläuft, sich verfolgt und schuldig fühlt. Er wollte in Zukunft nur frei, einem Abenteurer gleich, solche Gegenden aufsuchen wie die, durch die er jetzt fuhr: felsiges, ungangbares Gelände, geeignet für Räuber und wilde Tiere.

Freiwillig und töricht hatte er sich beharrlich selbst in Bande gezwängt, die seiner unwürdig waren, hatte er Verpflichtungen übernommen, die seiner noch unwürdiger waren – um der Fata Morgana einer Normalität willen, die es nicht gab. Endlich waren diese Bande gesprengt, die Verpflichtungen gelöst, er war frei und würde von seiner Freiheit Gebrauch zu machen wissen.

In diesem Augenblick hatte die Landschaft ihren pittoresken Höhepunkt erreicht: auf einer Straßenseite der Wald, der die Flanke des Hügels bedeckte. Auf der anderen ein grasiger Abhang, der sich voller riesiger belaubter Eichen bis hinunter zu einem von Gebüsch umstandenen Graben senkte, in dem das Wasser eines Wildbaches schäumte. Jenseits des Grabens sprühte an einer Felswand das blitzende Band eines Wasserfalls.

Plötzlich hielt Marcello den Wagen an und sagte: «Hier ist es schön. Bleiben wir einen Augenblick ...»

Das Kind wandte sich am Fenster um und fragte: «Sind wir schon da?»

«Nein, wir sind noch nicht da. Wir bleiben nur ein Weilchen stehen», sagte Giulia, nahm die Kleine in den Arm und hob sie aus dem Wagen.

Als sie ausgestiegen waren, sagte Giulia, sie wolle den Aufenthalt dazu benutzen, das Kind ein Bedürfnis erledigen zu lassen. Marcello blieb beim Wagen, während seine Frau sich ein paar Schritte entfernte. Sie führte das Kind an der Hand, ohne sich zu ihm hinabzubeugen, ging langsam. Die Kleine – in dem kurzen weißen Kleidchen, eine große Schleife in den offenen, bis auf die Schulter herabfallenden Haaren – plapperte angeregt wie gewöhnlich. Bisweilen schaute sie zu der Mutter empor, um eine Frage an sie zu richten.

Marcello dachte: Welche Stellung wird meine Tochter in jener freien, neuen Zukunft einnehmen, die ich mir mit solcher Begeisterung plötzlich ausgemalt habe?

Er gab sich selbst die Antwort: Ich will Lucilla wenigstens zu einem Leben hinführen, das nicht von den Beweggründen bestimmt wird, die mich selbst bisher geleitet haben. Alles im Leben meiner Tochter soll Schwung, Grazie, Leichtigkeit, Klarheit, Frische und Abenteuer sein. Alles soll einer Landschaft gleichen, in der es keine schwüle Atmosphäre gibt, sondern nur die raschen, reinigenden Stürme, die die Luft klarer und die Farben leuchtender machen. Nichts soll in diesem Leben an jene blutrünstige Pedanterie erinnern, die bis gestern mein Geschick gewesen ist. Ja, sie soll in voller Freiheit leben!

Während dieser Betrachtungen verließ er den Straßenrand, überquerte die Fahrbahn und näherte sich dem Wäldchen, das auf der anderen Seite seine Schatten warf. Die Bäume waren dort hochgewachsen und belaubt, zu ihren Füßen hatte sich ein wildes Gestrüpp entwickelt. Darunter, im Halbdunkel, wuchsen Gras und Blumen auf einem Moosbett.

Marcello pflückte eine blaue, fast violette Glockenblume ab – eine einfache Blume mit weißgestreiften Blütenkelchen. Als er sie an die Nase hielt, spürte er einen bitteren Geruch wie nach Heilkräutern.

Er sagte sich: Diese Blume, gewachsen im schattigen Gestrüpp des Unterholzes, ohne viel Erde auf unfruchtbarem Tuffstein, hat nicht versucht, die hohen, festen Pflanzen nachzuahmen. Wo ihr

Same zufällig zu Boden gefallen ist, hat sie sich in voller Unbewußtheit und Freiheit entwickelt – bis sie heute von meiner Hand gepflückt worden ist. Wie diese einsame Pflanze auf ihrem Moosbett müßte man sein! Das wäre ein wirklich demütiges und natürliches Geschick!

Die gewaltsame Demut einer unmöglichen Angleichung an eine trügerische Normalität hingegen verbirgt nichts anderes als Stolz und Eigenliebe! Er fuhr zusammen bei der Stimme seiner Frau:

«Wollen wir weiterfahren?»

Marcello setzte sich wieder ans Lenkrad. Der Wagen glitt rasch über die gekrümmte Straße, umfuhr den mit Eichen bewachsenen Abhang. Dann durchquerten sie einen dichten Wald und befanden sich schließlich einer gewaltigen Ebene gegenüber.

Der Dunst der Julihitze hing vor dem fernen Horizont und um die bläulichen Berge im goldenen Licht. Marcello gewahrte mitten in der Ebene einen einsamen schroffen Berg, auf dem sich ein Ort mit wenigen Häusern befand, unter den Türmen und Mauern eines Kastells – wie unter einer Akropolis.

Die grauen Seitenwände der Häuser, senkrecht über der Umfahrungsstraße, waren deutlich zu erkennen. Das Kastell hatte eine quadratische Form mit einem rohen zylindrischen Turm auf jeder Seite. Die Sonne, die den Himmel entzündete, ließ die Fenster der Häuser grell auffunkeln. Am Fuß des Berges lief die Straße gerade wie ein weißer Streifen auf den fernen Rand der Ebene zu.

Dem Berg gegenüber, auf der anderen Seite der Straße, lag eine weite, gelblichgrüne Wiese. Es war ein Flugfeld.

Dort war – im Gegensatz zu den alten Häusern des Ortes – alles modern und neu: die drei langen Hallen, getarnt mit grüner, blauer und brauner Farbe. Die Antenne, auf der eine rotweiße Flagge wehte. Die zahllosen silbernen Flugzeuge, wie zufällig rings um das Feld abgestellt.

Lange betrachtete Marcello dieses Bild, während das Auto eine Kurve nach der anderen nahm und rasch in die Ebene hinabglitt. Der Gegensatz zwischen dem alten Felsen und dem äußerst modernen Flugfeld schien ihm bedeutungsvoll. Allerdings gelang es ihm in seiner Zerstreutheit nicht, herauszufinden, was daran bedeutungsvoll war. Gleichzeitig empfand er ein sonderbares Gefühl der Vertrautheit mit diesem Anblick, als hätte er alles in der Vergangenheit schon einmal gesehen. Dabei fuhr er doch das erste Mal – wenn er sich richtig erinnerte – diese Straße.

Auf der geraden Straße angelangt, die endlos schien, beschleunigte Marcello die Fahrt. Die Straße verlief zwischen zwei abgemähten Feldern von metallischem Gelb, ohne Baum oder Haus. Offenbar wohnten die Bauern alle oben im Ort und kamen nur am Morgen herunter zu den Feldern, um zu arbeiten.

Die Stimme Giulias riß ihn aus seinen Betrachtungen:

«Schau», sagte sie und zeigte auf das Flugfeld, «was geschieht denn dort?»

Marcello sah, daß mehrere Leute auf der großen Rasenfläche hin und her liefen und die Arme schwenkten. Gleichzeitig, mitten im blendenden Licht der Sommersonne, zuckte auf einem der drei Hallendächer eine rote, scharfe, fast rauchlose Flamme empor. Dann sprang eine andere Flamme auf dem zweiten Dach hoch. Und wieder eine zuckte plötzlich über dem dritten. Auf einmal hatten sich die drei Flammen zu einer einzigen vereinigt, die heftig flackerte, während Wolken schwarzen Rauches bis auf den Boden herunterkamen, die Hallen verbargen und sich ausbreiteten. Inzwischen war jedes Lebenszeichen verschwunden, das Flugfeld lag verlassen da.

Marcello sagte ruhig: «Fliegerangriff.»

«Ist es gefährlich?»

«Nein. Sie sind wohl schon vorbei ...»

Er beschleunigte die Fahrt noch mehr. Der Zeiger des Tachometers stieg auf hundert, hundertzwanzig empor. Jetzt befand sich der Wagen Marcellos direkt unter dem Ort. Man konnte von der Straße aus genau alle Einzelheiten der Häuser und des Kastells sehen.

Im selben Augenblick hörte Marcello in seinem Rücken das eiserne, wütende Geräusch eines Flugzeuges, das niederstieß. Durch den Lärm hindurch vernahm er wie Hagelschlag die Maschinengewehrschüsse und begriff, daß das Flugzeug unmittelbar hinter ihm war und sogleich über ihm sein würde. Der Motorenlärm folgte ihm in Richtung der Straße – genauso gerade und unbeirrbar wie diese. Dann war das Getöse betäubend über ihm. Und entfernte sich alsbald wieder ...

Er fühlte einen heftigen Schlag gegen seine Schulter – wie von einer Faust. Sofort befiel ihn eine tödliche Trägheit. Mit äußerstem Energieaufwand gelang es ihm, den Wagen am Straßenrand zum Stehen zu bringen.

«Steigen wir aus ...» sagte er mit tonloser Stimme, legte die Hand auf die Klinke und öffnete den Schlag.

Der Schlag flog auf. Marcello fiel aus dem Auto hinaus. Mühsam schleppte er sich mit den Händen zum Straßengraben und blieb dort liegen, das Gesicht im Gras.

Niemand sprach. Niemand kam aus dem Wagen zum Vorschein, obwohl der Schlag offengeblieben war.

In diesem Augenblick ertönte von neuem der Lärm des Flugzeuges, das zurückkehrte.

Marcello dachte: Guter Gott, gib, daß sie nicht getroffen worden sind! Sie sind unschuldig!

Er wartete, den Mund im Gras, resigniert die Rückkehr des Fliegers ab.

Das Auto mit dem offenen Schlag stand schweigend da.

Er hatte genügend Zeit, voller Schmerz zu begreifen, daß niemand mehr aussteigen würde ...

Schließlich war das Flugzeug über ihm.

Dann zog die Maschine, während sie sich in dem feurigen Himmel wieder entfernte, das Schweigen und die Nacht nach sich.

*

ALBERTO MORAVIA

Die Reise nach Rom
Roman.
288 Seiten, Leinen.

„Moravia scheut, man spürt es, den spektakulären Effekt nicht, er liebt die Offenheit und Direktheit, er schätzt den starken Moment, wenn grelles Licht auf die dunklen und verborgenen Seiten einer Lebensgeschichte fällt ... Dieser Schriftsteller ist noch immer ein Meister beim Inszenieren spannender Situationen, ein Autor, der Atmosphäre schaffen kann."

Claus-Ulrich Bielefeld in der *Frankfurter Allgemeinen Zeitung*

LIST